SOL ROJO SOBRE HIROSHIMA

«Me niego a someter mi noción del bien y del mal a la de la mayoría».

Martin Luther King

CONTENIDO

AGRADECIMIENTOS

La idea para esta novela surgió en el viaje de promoción de mi primer libro. En la ciudad de Salamanca conocí a un amigo que me contó una historia fascinante. Casi un año más tarde regresé a la ciudad y volví a contactar con Ken José Thomson, un hispano-norteamericano-japonés entrañable, que me narró la historia más increíble jamás contada. Después almorzamos comida japonesa en casa de su encantadora madre y regresé a Madrid con las alforjas repletas de ideas. Por ello, es de debido cumplimiento dedicar este libro a Ken y su familia.

Es imposible que un libro vea la luz sin la ayuda de muchos amigos y colaboradores, por ello quiero agradecer a Dolores Mcfarland sus comentarios y sugerencias. Sergio Puerta mantuvo el tipo, como siempre, y aguantó mis peroratas sobre bombas atómicas.

Gracias a Anika Libros por su apoyo y ayuda a mis libros. A mi compañero de letras Manel Haro, periodista brillante, gracias por sus comentarios, ánimo y ayuda. También quiero reconocer el apoyo y ánimo de mis dos amigos, Sergio Remedios y David Yagüe.

Agradecer a Miquel, mi editor, aquella comida en la calle Alcalá donde nos conocimos y el apoyo de este proyecto. Su vida me pareció una verdadera novela.

Agradecer por último a ti lector, que te interesas por el pasado y disfrutas de la aventura de la historia.

Todos mis libros están dedicados a mis dos mujeres preferidas, Eli y Andrea, pero en este caso quería dedicárselo especialmente a mi sobrino Adrián, que comenzó el año de una manera muy complicada, pero que ahora es un hombre nuevo.

«En mi grupo trabaja un asesino, tres hombres culpables de homicidio sin premeditación y varios criminales; todos ellos habían escapado de prisión. El asesino estaba condenado a cadena perpetua; los tres hombres culpables de homicidio cumplían condenas que oscilaban entre los diez y los quince años; y los otros delincuentes entre tres y cinco. Después de haberse escapado se alistaron con nombres falsos. Todos eran técnicos habilísimos. Eran hombres formidables en sus respectivas profesiones; sí, verdaderamente formidables, y los necesitábamos. Les dijimos que si no causaban molestias, tampoco las tendrían por nuestra parte. Cuando todo acabe, les llamaremos uno por uno, les entregaremos sus antecedentes penales y una caja de cerillas. Después les diremos: "Podéis quemarlos"».

Extracto de entrevista con el general de brigada retirado Paul Tibbets el hombre encargado de adiestrar al Grupo Mixto 509.

PERSONAJES

ESTADOS UNIDOS DE AMÉRICA

Ejército

- Leslie R. Groves. General de brigada y director del Proyecto Manhattan.
- Curtis LeMay. General y comandante del XXI Mando de Bombardeo, jefe del Estado Mayor de las Fuerzas Aéreas Estratégicas.
- Paul Tibbets. Coronel encargado de reunir al Grupo 509 y organizar el lanzamiento de la bomba. Comandante del Grupo Mixto 509.
- Tom Ferebee. Comandante bombardero del Grupo 509.
- Theodore van Kira. Capitán y uno de los pilotos de la escuadrilla 393.
- Jacob Beser. Teniente encargado de Contramedidas de Radar del 393.
- Claude Eatherly Capitán y piloto, comandante del avión Straight Flush.
- Robert Lewis. Capitán y copiloto del Enola Gay.
- George Caron. Sargento y artillero de cola del Enola Gay.
- Wyatt Duzenbury. Sargento segundo y mecánico de vuelo del Enola Gay.
- Joe Stiborik. Sargento segundo y operador de radar del Enola Gay.
- Robert Shumard. Sargento y ayudante mecánico en vuelo del Enola Gay.
- Richard Nelson. Soldado y radiotelegrafista del Enola Gay.
- John Smith. Teniente meteorólogo.
- Walter Wolf. Sargento y asistente de John Smith en Postdam.
- L. Gilman. Coronel reclutador.

Científicos

- J. Robert Oppenheimer. Director científico de Los Álamos.
- Enrico Fermi. Director de la División de Desarrollo Superior.
- Leo Szilard. Físico e impulsor de la investigación atómica para competir con los nazis.

Políticos

- Franklin Delano Roosevelt. Trigésimo segundo presidente e impulsor del Proyecto Manhattan.
- Harry S. Truman. Trigésimo tercer presidente.
- Henry L. Stimson. Secretario de Guerra y supervisor del Proyecto Manhattan.
- James F. Byrnes. Secretario de Estado.
- Allan Dulles. Jefe del OSS. Servicios secretos anteriores a la creación de la CIA.

JAPÓN

Militares

- Seizo Arisue. Director del Servicio de Información del Ejército Imperial.
- Yoshikazu Fujimura. Agregado militar japonés en Alemania.
- Friedrich W. Hack. Ex nazi y agregado económico de la embajada japonesa en Suiza.

Políticos

- Hiro-Hito. Emperador del Japón.
- Kantaro Suzuki. Primer ministro.
- Shigenori Togo. Ministro de Asuntos Exteriores.
- Naotake Sato. Embajador japonés en Rusia.

REINO UNIDO

- Winston Churchill. Primer ministro británico.
- Clement Attlee Anthony. Sucesor de Winston Churchill.

OTROS PERSONAJES

- Ana Chávez. Esposa de John Smith.
- Samuel Smith. Profesor de filología japonesa y padre de John Smith.
- Susumo Okada. Madre japonesa de John Smith.
- Alan High. Director de tesis de John Smith.

1ª PARTE

LA ATALAYA DE JOHN

1

EL PAÍS SIN DESCUBRIR

«Un país sin descubrir, de cuyos límites ningún viajero regresó jamás, que desconcierta la voluntad y nos obliga a soportar los males que tenemos aquí antes que lanzarnos a otros desconocidos».

William Shakespeare

Algunos han dicho que Berkeley es mucho más que la sombra alargada de San Francisco. A su entrada se encuentra una de las puertas más emblemáticas de la ciudad. En ella están grabados dos nombres. Uno es el de Jane K. Sather, que donó la puerta en memoria de su marido Peder Sather, uno de los benefactores de la universidad, y el otro es el del propio Sather. John Galen Hogard, su constructor, escandalizó a la buena gente de San Francisco, cuando incluyó en el diseño original a cuatro hombres desnudos que representaban a la ley, las letras, la medicina y la minería; junto a ellos, colocó a cuatro mujeres desnudas que simbolizan la agricultura, el arte, la arquitectura y la electricidad. Los Sather también donaron a la universidad la menos polémica Torre de Sather. Muchos dicen que se parece a la hermosa torre de San Marcos de Venecia, pero los habitantes de Berkeley saben que la de los Sather es aún más bella. La torre simboliza el ascenso del hombre de su absoluta ignorancia hasta el conocimiento pleno.

John había escuchado esa explicación mil veces de boca de su padre y había seguido su dedo por el aire mientras enfocaba la blanca y reluciente torre. Allí no había iglesias ni catedrales que le quitaran el protagonismo. La torre se erguía solitaria observando la Bahía de San Francisco, como una especie de faro del conocimiento.

John solía subir a la torre muchas tardes de verano. Ascendía por las escalinatas sus trece plantas y llegaba, casi desfallecido, a lo que él llamaba «el techo de California». No usaba el ascensor como lo hacía la mayoría de los alumnos y profesores. Quería subir por sus propias fuerzas. Notar como los músculos de las piernas se entumecían y sentir como el dolor dejaba paso al agotamiento, y éste al sosiego de la insensibilidad. Cuando llegaba hasta la cima, se paraba agachado con la cabeza inclinada hacia delante e intentaba recuperar el aliento. Después, se aproximaba al vacío inexorable y desde allí contemplaba las colinas que rodean por el este a la universidad, el inmenso campus desierto, la Bahía de San Francisco y el hermoso puente Golden Gate. A veces, John se detenía por unos momentos para observar el puente que unía el continente con la Península de California y le gustaba pensar en la fuerza del hombre para unir las cosas donde la naturaleza se empeñaba en dividirlas.

Aquella tarde era distinta. No había escogido aquel lugar secreto para maravillarse de la puesta del sol sobre la bahía, tenía otras cosas en que pensar. Su cabeza no dejaba de dar vueltas a la propuesta que había recibido aquella misma mañana. Se había levantado como siempre. Había dejado la habitación de la residencia de estudiantes donde vivía desde hacía dos años y había atravesado el campus con la mente centrada en su tesis. En los últimos meses sus estudios habían llegado a obsesionarle, pero por lo menos ya no tenía que soportar al viejo profesor Smith, su padre. Su director de tesis era la antítesis de su progenitor. Alan High era un hombre moderno, abierto a las ideas del mundo que estaba comenzando a nacer de las cenizas de una guerra que daba sus últimos y sangrientos coletazos.

Aquel verano del 1944 los chicos del «Tío Sam» habían desembarcado en Normandía y avanzaban imparables hacia el corazón de Alemania. Todo el mundo decía que el final de la guerra era cuestión de meses. En el Pacífico por fin las cosas comenzaban a mejorar. Los soldados americanos habían recuperado Las Marianas, unas islas imprescindibles para llegar a bombardear Japón y acelerar el fin de la guerra.

John tenía un conocimiento limitado de la guerra. Su condición de estudiante y menor de 22 años le había salvado por ahora del alistamiento obligatorio. Definitivamente, aquella no era su guerra, la única batalla que quería ganar era la de demostrar a su padre que había algo más importante que la literatura, algo que estaba cambiando la concepción del mundo, la ciencia.

Cuando llegó al viejo edificio de Climatología de la universidad, su anodina fachada de ladrillos rojos apenas estaba iluminada por el sol de julio. Los pasillos permanecían en penumbra y sólo la luz del despacho de High al fondo delataba algo de vida en la planta.

Entró en el despacho sin llamar y vio a su profesor con un apuesto caballero vestido con un impecable traje gris. Aunque su atuendo era civil, a John no se le escapó el rígido comportamiento del hombre, que se puso en pie como si tuviera un resorte, con la espalda recta y los brazos caídos ante él. ¿Qué hacía aquel hombre del gobierno en el despacho de su director de tesis Alan High? Su aspecto no se diferenciaba mucho de los rudos militares que asaltaban a los estudiantes mientras descansaban en los jardines para animarles a alistarse, pensó John al observarle detenidamente. John los conocía muy bien, pero nunca había tenido que evitarlos, era invisible a los reclutadores de las Fuerzas Armadas. Pero había algo que hacía diferente a aquel individuo, algo inquietante y atrayente al mismo tiempo. John no sabía identificarlo. Podían ser sus modales de Harvard, su traje caro o la familiaridad con la que hablaba con Alan.

Aquél no era el típico reclutador de estudiantes novatos. Tenía la rigidez de un militar, la posición firme, la mirada fría y un deje castrense que John había aprendido a odiar en las pocas ocasiones en las que había tratado con militares, pero sus modales no parecían militares. El hombre del gobierno también pareció desconcertarse cuando Alan les presentó.

—John, permíteme que te presente al coronel Gilman. Coronel Gilman, mi mejor doctorando, John Smith.

El coronel Gilman miró de arriba a abajo al estudiante y esbozó una sonrisa picarona.

—Alan, no me habías dicho nada.

El profesor Alan observó de reojo a su estudiante y sin dejar de sonreír contestó al coronel.

—Por fuera John puede parecer un japo, pero te aseguro que por dentro es todo un americano y lo que es más importante, es el mejor meteorólogo que se ha licenciado en esta universidad en los últimos veinte años. La próxima primavera será profesor adjunto y, quién sabe, puede que en poco tiempo termine por ganar algunas de las nuevas cátedras que se están creando por todo el país.

John frunció el ceño y retrocedió un paso. No pensaba aguantar las bromitas de un cabeza cuadrada como aquel tipo. Los uniformes no iban con él. Todo lo que se extendía a las afueras de Sather Gate le traía sin cuidado.

—No se ofenda señor Smith. Alan no me había dicho que era...

—Japonés -dijo John visiblemente alterado.

—Japonés -contestó el coronel.

—Pues lo siento, creo que por lo menos lo soy en un cincuenta por ciento. Bueno Alan, será mejor que vuelva en otro momento -dijo John dando media vuelta.

—Espera John, el coronel tiene que proponerte algo. Por favor, te pido que le atiendas durante unos minutos.

—John -dijo por fin el coronel-, tu país te necesita. Escúchame, por favor.

La tensión siguió aumentando en el rostro del joven y el coronel decidió utilizar otra estrategia.

—Esta bendita guerra está poniendo a la meteorología en el lugar que le corresponde -dijo High, intentando desviar la conversación.

El coronel había cometido una torpeza al fijarse en el aspecto oriental de John. ¿Cuántos buenos americanos habían venido de Asia para construir el ferrocarril? ¿Acaso Norteamérica no era el país de todas las razas y todos los credos? High no le había dicho nada sobre su origen étnico porque simplemente no le había dado importancia.

—En eso estamos de acuerdo. El bueno de Ike cree más en los meteorólogos que en el mismo Dios. ¿Sabes la historia del desembarco de Normandía? -preguntó el coronel al profesor.

Por unos momentos ignoraron al joven, como si estuvieran manteniendo una agradable charla entre dos amigos en algún club de golf junto a una buena cerveza.

—No, pero seguro que es algún chiste tuyo sobre meteorólogos.

El coronel soltó una carcajada y por unos momentos dejó

su rígida postura.

—Me imagino que has oído hablar de John Stagg -dijo el coronel.

—¿El meteorólogo inglés? Yo también tengo mis contactos con la NWS.[1]

—Bueno, pues el tal Stagg, apoyado por el coronel norteamericano D. N. Yates, está ayudando a ganar la guerra más que todos los jerifaltes del Alto Mando Aliado.

—No me digas -dijo escéptico High.

El coronel miró por primera vez a los ojos de John, como si quisiera volver a atraer su atención y continuó contando su animado relato.

—Bueno, como te decía... El Día D, ese era el nombre clave del desembarco de Normandía, no podía posponerse más allá de veinticuatro horas. El ejército necesitaba que la luna brillara sobre Francia para lanzar a sus paracaidistas y que el tiempo en el Canal fuera el mejor posible...

—Pues los días 4, 5 y 6 de junio fueron unos días nefastos en el Canal -le interrumpió High.

---

1. La NWS ó ONME, La Oficina Nacional de Meteorología de los Estados Unidos, que junto a los meteorólogos de la RAF ayudaron en la mayor parte de las operaciones militares del Atlántico.

—Eso fue lo peor. Los meteorólogos habían lanzado sus C-47 y varios barcos para medir las perturbaciones de la climatología y detectaron que un frente de bajas presiones se estaba formando en Canadá y que no tardaría mucho en barrer todo el continente Europeo. Al principio, se pensó que el frente pasaría rápido y no sería muy fuerte, pero el día 1, cuando los barcos comenzaban a levar anclas hacia Francia con más de un millón de soldados, Stagg le dijo al general Ike, que se esperaba una gran perturbación.

—Menudo papel el del pobre Stagg -dijo High mirando a John.

—El día 2 de junio, Stagg debía llevar a Ike una previsión que incluyera los próximos 5 días, pero su equipo no se ponía de acuerdo en el pronóstico. Todos estaban nerviosos, de su decisión dependía el éxito o fracaso de la mayor operación militar de todos los tiempos.

El coronel se paró por unos instantes para percibir la reacción del profesor y su alumno. High le miraba atento, emocionado, casi angustiado por conocer el final de la historia. John seguía como ausente, intentando disimular la fascinación que ejercía sobre él el coronel y la nueva visión que le daba de la meteorología.

—El bueno de Stagg decidió dar el pronóstico más pesimista. El 5 de junio se desplazaría el frente de tormentas, trayendo nubes bajas y vientos de una intensidad de fuerza cuatro o cinco. Ike tomó la determinación de retrasar para el día 3 la decisión de enviar o no a los barcos al frente o posponer cuarenta y ocho horas más la invasión. El pobre Stagg volvió la noche del 3 de junio para reunirse con el Cuartel General de Ike. El pobre Stagg tuvo que mirar a todos esos jefazos y decirles que en los dos próximos días el tiempo sería adverso. Las olas impedirían el desembarco en las playas y las nubes bajas dificultarían la misión de los paracaidistas y el refuerzo aéreo. Al final el general Ike retrasó el desembarco veinticuatro horas.

—¿Un meteorólogo hizo temblar a todos esos militares bravucones? -bromeó High.

—Los romanos miraban las entrañas de las bestias para decidir si emprendían o no la guerra. Los nuevos agoreros son los meteorólogos -dijo el coronel en tono jocoso.

—Termina la historia, nos tienes en vilo –dijo el profesor mirando a John.

—Si la tormenta se prolongaba, el desembarco debería retrasarse hasta el día 20 de junio, cuando se preveía la próxima luna llena. Ike era consciente de que el secreto del desembarco no sobreviviría quince días más. Demasiada gente sabía el objetivo principal de la misión y con toda probabilidad alguien se iría de la lengua. Stagg pasó toda la noche estudiando los diferentes informes que le llegaban desde todas las estaciones meteorológicas y vio un ligero cambio en el pronóstico de las siguientes veinticuatro horas. Una de las perturbaciones formadas frente a Terranova se había intensificado durante la noche y se debilitaba a medida que se acercaba al continente. Eso abría una pequeña cortina entre un frente y otro. Si las previsiones eran correctas la operación era perfecta. Los alemanes no cuentan con las estaciones de mediciones que nosotros tenemos en el Atlántico. Tan sólo verían una terrible tormenta que impediría cualquier desembarco. Estarían tranquilos y confiados, a la espera de que el mal tiempo amainara. Era el mejor momento para un ataque masivo.

—Me va a dar un infarto, termina de una vez –dijo High, tocándose el pecho.

El coronel sonrió y comenzó a describir la escena de la última reunión en la biblioteca de Southwick House, la sede del Cuartel General Aliado.

—Stagg estaba deseoso de dar las buenas noticias a los allí reunidos. Así que, en cuanto se le dio la palabra, se levantó emocionado y explicó el cambio inesperado del tiempo. Mientras la lluvia rugía en los jardines de la mansión y golpeaba los cristales de la biblioteca, Stagg les informó que en las próximas veinticuatro horas amainaría el temporal, aunque seguiría lloviendo y el cielo semicubierto por nubes, la misión era posible. Ike tomó la decisión aquella misma noche. El resto ya es historia.

* * *

El estudiante hizo un gesto de asentimiento y terminó por sentarse en una de las sillas del despacho. La historia que les había contado aquel oficial le parecía increíble. Nunca había pensado en la importancia estratégica de la meteorología. Conocía a meteorólogos que perseguían tornados por el medio oeste o se adentraban con un avión en el ojo de un huracán para intentar medir la presión, velocidad y descubrir en sus entrañas la fuerza que lo movía; pero, ¿meteorólogos dando instrucciones a los generales? Le parecía algo increíble.

El coronel Gilman se sentó en uno de los lados de la mesa y comenzó a hacerle algunas preguntas.

—Alan me ha contado algunos detalles de tu vida, aunque me temo que se ha reservado lo mejor, pero me gustaría que fueras tú el que me resumiera a grandes rasgos tus datos y en qué estás trabajando ahora.

El silencio inundó la sala débilmente iluminada por el perezoso sol de la mañana y el profesor Alan pensó que John terminaría por irse y mandar con viento fresco a su viejo amigo Gilman.

El coronel Gilman no era un tipo corriente. Las palabras corriente y Gilman eran opuestas. Cuando se conocieron en Harvard su amigo ya era uno de los mejores estudiantes de física de la universidad y el galán más famoso del campus. Su futuro se truncó de repente. Una pelea le impidió graduarse, pero en el ejército había hecho una envidiable carrera. Gilman constituía una anomalía en las Fuerzas Armadas. No era el típico pueblerino patriota, tampoco el inmigrante o marginado que quería tener un oficio de por vida y ver mundo: Gilman era un caballero... Pero aquello no le sorprendió a John. El ejército había recibido un gran número de voluntarios en los casi tres años de guerra. Lo realmente sorprendente era que el coronel Gilman le estaba ofreciendo entrar en un grupo llamado de elite. Una fuerza especial que tenía como misión acabar la guerra cuanto antes.

—Creo que no le he entendido bien. ¿Me esta pidiendo que me enrole en un grupo de mercenarios? –preguntó John cada vez más furioso.

—No son exactamente un grupo de mercenarios -dijo Gilman frunciendo el ceño. Era muy común que algunos de los voluntarios reclutados reaccionaran con sorpresa al principio, pero la arrogancia de aquel joven mestizo terminó por exasperarle.

—Entonces, ¿de qué me está hablando?

—Mira jovencito. La guerra en Europa marcha bien. Los rusos avanzan por el Frente Oriental a toda velocidad; Francia ha sido prácticamente liberada y dentro de poco cruzaremos el Rin; en el Pacífico, la Armada Japonesa ha quedado prácticamente neutralizada, pero esta guerra está costando cada día miles de vidas americanas. Gran parte de nuestros jóvenes están dejando su piel en esta guerra, mientras que niños malcriados como tú se divierten con sus compañeras en el césped de la universidad.

El coronel tomó su gorra y dando la espalda al joven se dirigió al profesor.

—Me temo que tenías razón. Será mejor que los tres olvidemos esta conversación.

El profesor se levantó de golpe e hizo un gesto con la mano al militar. Después miró con una sonrisa forzada a John y comenzó a hablar en tono conciliador.

—Entiendo tu postura John, pero lo que el coronel te ofrece es la oportunidad de tu vida. Cuántas veces hemos hablado de tus deseos de casarte, de independizarte de tu padre. Aquí tienes un futuro casi asegurado, pero el sueldo de un profesor no es muy alto y pasarán años antes de que tú y Ana podáis casaros. Si escuchas la oferta del coronel estoy seguro que recapacitarás -el profesor esperó unos segundos antes de seguir hablando. Colocó su mano sobre el hombro del joven y dijo-: Te aseguro que si todo esto no fuera completamente legal y provechoso para nuestro país no le hubiera hablado de ti a Gilman.

El joven volvió a sentarse y se sintió aún más confuso. El profesor Alan no era el tipo de persona capaz de engañar a un amigo. Le conocía en profundidad. Llevaban dos años trabajando codo con codo y con él había compartido algunos de sus sueños y deseos más profundos. La convivencia con su padre se hacía cada vez más difícil y John veía lejos la oportunidad de emanciparse.

—Está bien, ¿qué quiere de mí?

El coronel Gilman volvió a sonreír. Aquella era la parte que más le gustaba de su trabajo. Todos los hombres que había conocido tenían una meta, un sueño por realizar y el dinero solía ser el principal obstáculo para conseguirlo. Gilman llevaba desde 1941 en China, había volado en el primer vuelo de los AVG[2] y había visto combatir a sus compañeros y derrumbar los aviones enemigos con una pasión y una temeridad que sólo justificaba los 500 dólares americanos que el gobierno chino ofrecía por cada avión japonés derribado. Algunos de sus compañeros se habían hecho ricos en apenas dos años.

—Lo que te proponemos es que te unas a un grupo de elite encargado de acelerar el final de la guerra. Llevamos varios años investigando un arma secreta y se necesitan profesionales que ayuden al ejército a ponerla a punto –dijo por fin el coronel.

—No entiendo muy bien que puede hacer un pobre meteorólogo para ayudar a terminar la guerra. Por lo que ha contado antes, el ejército ya tiene profesionales experimentados que llevan años facilitando pronósticos para lanzar bombas o dar luz verde a opera-

---

2. Grupo de Voluntarios Americanos. Los «Tigres Voladores» o «The Flying tigres» que el apodo del Grupo de Voluntarios Americanos, un grupo de la USAAF, USN y de los USMC. Eran pilotos reclutados bajo órdenes secretas del Presidente de los Estados Unidos, Franklin Delano Roosevelt. El entonces capitán Claire Chennault, consejero del Generalísimo Chiang Kai-shek, comandó el grupo de tres escuadrones de cazas, que entrenaron en China, con el objetivo de defender la carretera de Burma, que constituía la principal vía de suministros a las fuerzas chinas del Kuomintang, que estaban en guerra con el Imperio de Japón. La unidad fue reclutada entre pilotos activos en el Ejército de Estados Unidos, a los que se les ofreció un pago mensual de unos 650 dólares, casi tres veces el monto acostumbrado. A los pilotos interesados se les retiró del Ejército y se les envió a China, donde entrenaron con los Curtiss P-40. Los estadounidenses no vieron combate hasta el 20 de diciembre de 1941, trece días después del ataque a Pearl Harbor. A mediados de 1942, el grupo fue reabsorbido por la USAAF como el 23.º Grupo de Cazas. No obstante, las fauces de tiburón que pintaron en las narices de sus aviones continuaron siendo un icono de sus victorias.

ciones especiales -contestó John.

—Creo que no me has entendido bien. Tenemos hombres capaces de dar un pronóstico sobre el tiempo con una exactitud que te dejaría petrificado, pero necesitamos a gente como tú. Expertos en Meteorología Física. El arma que estamos fabricado es muy precisa y necesitamos especialistas que nos digan algo más que sí va a llover o que no lloverá.

—Comprendo -dijo John empezando a mostrar interés por primera vez.

—Hace tres años fuimos oficialmente absorbidos por el ejército. Estos galones son de verdad. Aunque muchos de nosotros no somos soldados de carrera -dijo el coronel señalando su cuello.

—¿Entonces? -preguntó John.

—Es una historia muy larga, pero te la resumiré. Los jefazos estaban hartos de nuestro jefe Chennault y de que algunos pilotos ganaran más en un año que ellos en toda su vida. Nuestro jefe siempre se saltaba el protocolo e informaba de todo directamente al Presidente. El presidente Roosevelt le dio un nuevo juguete, la 14ª Fuerza Aérea.[3] Dentro de ella seguimos estando los AVG. Hay ciertas misiones que es mejor hacer sin el engorro de las órdenes. ¿Me entiendes? -dijo el coronel guiñando un ojo.

El sol comenzó a penetrar por la persiana y la figura del coronel se recortó en la luz. A pesar de su buen porte, su aspecto parecía sombrío. John se imaginó a Fausto y Mefistófeles por unos momentos y pensó que la oferta del coronel no distaba mucho de la del diablo de Goethe.

—Bueno, será mejor que vaya al grano. Necesitamos urgentemente meteorólogos. Las misiones en el Pacífico se han multiplicado tras la derrota de Alemania y no hay muchos expertos en climas tropicales. Creo que las condiciones que te podemos ofrecer son muy buenas y los riesgos mínimos. Estamos hablando de una cantidad de dinero considerable y libre de impuestos. Cobrarías 750 dólares al mes, gastos de viaje, alojamiento incluido y 30 dóla-

3. La 14ª Fuerza Aérea era la destinada de proteger la zona de Birmania.

res adicionales para alimento. Los pilotos reciben 500 dólares por avión derribado, los meteorólogos son de los pocos que también reciben algún tipo de plus. Aunque vestirás un uniforme no serás exactamente un militar. El Presidente ha asignado a algunos de nosotros a una nueva misión: tenemos que dar cobertura, adiestrar, señalar objetivos y planificar un ataque sobre Japón. No te puedo decir más, hijo.

Las palabras del coronel habían confundido a John. ¿Por qué el Ejército pagaba a unos hombres para que hicieran ese trabajo? ¿Acaso no había soldados adiestrados para organizar una misión de ese tipo? ¿Qué diferenciaba a aquellos tipos de meros mercenarios? Había escuchado topo tipo de historias sobre los AVG, pero creía que ya no existían, que el ejército los había absorbido por completo. Pero necesitaba el dinero. Había intentado no pensar en ello y no enfrentarse a sus fantasmas, pero ya no podía huir más. Lo necesitaba urgentemente. Ana, su novia, estaba embarazada y él no podía sacar adelante una familia con su beca. Al fin y al cabo, antes o después le llamarían a filas y entonces sería un soldado anónimo, en medio de una guerra en la que morían cientos de tipos como él todos los días. Seis mil dólares era lo que ganaba un profesor adjunto en cinco años, y eso si lograba sacar la plaza. Podía pedir ayuda a su padre. Tenía una casa grande, unos cuantos miles de dólares en su cuenta y el deseo de verle volver al redil, pero ahora era dueño de su vida y no podía desandar el camino.

—¿Entonces, John...? –preguntó impaciente su profesor. Observó a su alumno y amigo, su rostro era una mezcla de preocupación y ansiedad. La misma cara que había visto en los fanfarrones que se lanzaban desde los acantilados, justo cuando sus pies se separaban de la roca.

Cuando John le contó el embarazo de Ana, su novia, Alan supo que los dos tendrían problemas si no se casaban inmediatamente. Berkeley podía ser muy liberal para algunas cosas, pero ninguno de los dos amantes lograría terminar en su carrera si no se casaban antes de que la criatura llegara al mundo.

La cara pálida del joven comenzó a sudar y cuando intentó hablar, su deje arrogante se convirtió en algo parecido a un balbuceo.

—¿Puedo pensarlo? –logró preguntar.

— Naturalmente hijo. Estaré por aquí hasta mañana. Tienes todo el día de hoy para pensarlo. Mañana por la mañana a las ocho en punto te esperaré al lado de Le Conte Hall, si no estás allí, entenderé que no quieres unirte a nosotros. Me imagino que tendrás gente de la que despedirte. Lo único que te ruego es que te abstengas de comentarle nada sobre el grupo en el que vas a ingresar. Para el resto del mundo ingresarás en la Fuerza Área 14 destinada en Birmania, para apoyo de misiones en el Pacífico Sur. Entendido.

—Sí, señor.

Las palabras del coronel seguían aún frescas en su memoria. Apenas habían pasado unas horas, pero el peso de la incertidumbre las convertía en interminables. Aquella decisión era la más importante que había tomado nunca y no tenía a nadie con quien hablar. Su padre le hubiera dicho que los Smith de Maine no habían participado en ninguna guerra desde la de Independencia, cuando el afamado teniente Smith había matado al primer inglés de la guerra. Desde entonces, todas las guerras de la Unión habían sido ladinas e interesadas, incluida la aclamada Guerra de Secesión. Samuel Smith no portaba armas, nunca lo había hecho. Se había declarado objetor de conciencia en la Gran Guerra y había pasado seis meses en la cárcel de San Francisco, pero no había movido un dedo por luchar en Europa.

La otra persona que podía ayudarle a tomar una decisión, Ana, estaba tan asustada por su embarazo, que cuando él insinuara la idea de irse al frente, se echaría a llorar en sus brazos.

Se apoyó en la barra metálica y sacó los brazos. Una brisa agradable mecía los árboles de los alrededores. Desde el «Campanile»[4] el mundo parecía una mancha de colores y sonidos insignificantes. La altura expresaba perfectamente su sensación de soledad. Por fin se había convertido en un hombre. Dos horas antes, mientras ascendía por los peldaños de la torre, todavía era un niño asustado que buscaba intensamente el reconocimiento de los demás. Por primera vez iba a tomar una decisión pensando únicamente en él, en el futuro

4. Nombre por el que también se conoce a la Torre Sather.

de Ana y en el hijo que iban a tener. Al fin y al cabo, un meteorólogo era un tipo que decía dónde y cuándo iba a llover. Y eso no podía hacer daño a nadie, aunque lo hiciera vestido de uniforme, pensó mientras bajaba las escaleras de la torre.

2

EL AMARILLO DEL TÍO SAM

«La verdad es la primera víctima de la guerra».

EN ALGÚN LUGAR AL NORTE DE CALIFORNIA,
26 DE OCTUBRE DE 1944.

Los ejercicios en un campamento de entrenamiento eran lo más parecido a las rutinas sagradas de un monasterio que John Smith había conocido. Se levantaban a las 5:30, una media hora antes de que el sol saliera por las boscosas montañas que se erguían enfrente del minúsculo campamento. Tras una ducha fría, caminaban durante dos horas antes de desayunar. A las 8 de la mañana recibían la primera clase de instrucción militar que, tras un breve descanso, continuaba hasta las doce del medio día. En las clases aprendían desde técnicas de lucha libre, nociones de japonés, manejo de la radio, supervivencia en la selva y primeros auxilios, hasta resistencia a interrogatorios. John pensaba que la mayoría de aquellas cosas eran superfluas. Él tan sólo era un meteorólogo que la mayor parte de las veces estudiaría el comportamiento del clima a miles de kilómetros de los teatros de operaciones, pero estaba equivocado. La meteorología militar consistía en mucho más que en vagas predicciones medidas a cientos de millas de los objetivos militares, los meteorólogos del ejército viajaban en aviones B-17 y B-24 casi desprotegidos, muchas veces precediendo a los ataques militares. El número de aviones de meteorología derribados en ocasiones eran más numerosos que el de los propios aparatos operativos.

Después de la comida, a las 13:00 horas, comenzaban las clases de tiro, los entrenamientos con armas, los asaltos estilo comando y las prácticas de lanzamiento en paracaídas. A las 17:00 horas los hombres tenían media hora libre y tras una cena ligera el campamento quedaba silencioso a eso de las 19:00 horas. La vida era espartana, la comida sencilla pero contundente y no quedaba mucho tiempo para pensar o arrepentirse de haberse alistado en las Fuerzas Armadas.

El comandante les permitía escribir una carta a la semana, los domingos. Las cartas no debían exceder las dos hojas y nunca se debían contar aspectos de la instrucción, la localización de la base o cualquier otro tipo de información militar. John solía aprovechar su única carta semanal para escribir a Ana. Después de tres meses fuera de casa, la situación de su novia se hacia cada vez más problemática. En un par de meses su embarazo sería tan evidente que no podría disimularlo por más tiempo.

Los días pasaron con rapidez. Cuando llegó el otoño, en medio de aquellos bosques milenarios, el agotamiento hizo presa de la mayor parte de los hombres. Todos eran demasiado jóvenes, no estaban acostumbrados a la vida dura del campo ni habían sufrido nunca aquel tipo de disciplina. El invierno sería largo y la separación de la familia comenzaba a pesar en sus mentes.

Una fría mañana de octubre, el comandante Harry Wolf les anunció la visita del general Emmett O'Donnell. Las novedades en el rígido sistema del campo eran muy bienvenidas. La agitación entre los chicos era evidente. Aquello sólo podía significar una cosa: la instrucción estaba a punto de terminar y no tardarían mucho en entrar en acción.

El pequeño pabellón de madera estaba repleto de soldados. Algunos se habían tenido que sentar en el suelo o esperar al fondo de la sala, junto a la puerta. El comandante anunció la llegada del general y el murmullo de voces se apagó de repente.

—Señores, el general Emmett O'Donnell les expondrá brevemente cuál es la situación de las operaciones militares aéreas en el Pacífico -dijo el comandante señalando al general. Un hombre delgado, con lentes y aspecto de oficinista, dio un paso adelante y se situó delante de la treintena de soldados.

Todos le observaron con atención. Aquel hombre corriente tenía unos expresivos ojos azules y un don natural para contactar con la gente.

—Caballeros, me alegra conocerles. El comandante Wolf me ha informado periódicamente de sus progresos. No es fácil crear soldados de la masa informe de intelectuales y universitarios. En el famoso discurso de Ralph Waldo Emerson a los estudiantes de la Universidad de Harvard se definió al intelectual estadounidense, como el hombre que debía reunir en sí mismo dos virtudes capitales: la libertad y la valentía. Libre hasta la definición de libertad, sin impedimento alguno que no surja de su propia constitución. Valiente, pues el temor es algo que un intelectual, por su misma función, rechaza. El temor nace siempre de la ignorancia. El reverendo Waldo despreciaba la debilidad del hombre que en tiempo de peligro, los comparaba con los niños o las mujeres, que se creen parte de una especie protegida, que aleja sus pensamientos de la política o los asuntos engorrosos. Ustedes han de ser libres y valientes. Eso es lo que les exige su país en este momento, eso es lo que necesita la civilización occidental que representan, ese es el mensaje que deseamos transmitir al mundo y a esos japos en particular.

El general comenzó a moverse entre las filas de los pupitres, parándose de vez en cuando delante de uno de los soldados y dirigiéndose directamente a él.

—La guerra en Europa está a punto de terminar, pero en el Pacífico el fascismo sigue amenazando al mundo libre. Nuestro deber es defender la forma de vida americana. Preparar un mundo mejor para nuestros hijos y darle a esos japos donde más les duele: en las pelotas.

Una carcajada general relajó el ambiente y los muchachos comenzaron a sentirse fascinados por aquel discurso erudito, pero a la vez llano.

—1944 ha sido un buen año para nuestros ejércitos. Después de meses de retrocesos, nuestros avances han sido imparables. En enero recuperamos las islas Marshall. Poco después ocupamos por primera vez territorio japonés en la isla de Majuro y otras islas de la zona. La importante base militar de Truk está prácticamente inutilizada. Prácticamente hemos destruido su armada después de la Batalla del Mar de Filipinas. Los japoneses también están retrocediendo en China y Birmania. La India ya está libre de la amenaza nipona. Hace apenas un par de meses se liberó la isla de Guam. En estos momentos nuestros muchachos están luchando en Formosa, Okinawa y Luzón. Isla a isla, como un castillo de naipes, el imperio japonés va cayendo. Pero nosotros, las fuerzas aéreas de los Estados Unidos tenemos el deber de acelerar ese proceso y dar una patada en el centro del Japón –dijo el general señalando las islas en el centro del mapa que había en la pared de la pizarra.

Los soldados permanecieron en silencio, aguantando la respiración. El general cogió una tiza y comenzó a dibujar en la pizarra.

—A finales de 1943 nuestros aviones comenzaron a acercarse a Japón para infringirles los primeros daños. Nuestras bases en China estaban muy alejadas de Japón y con nuestros aviones B-17 y B-24 era muy difícil llegar hasta el archipiélago, atacar y retornar a nuestras bases. Tras la ocupación japonesa de Birmania, nuestras bases en China estaban aisladas y sólo era posible abastecerlas desde la India por la peligrosa «Joroba» de Chengtu. No ha sido hasta abril de este mismo año que hemos logrado tener disponibles los nuevos B-29. Los cazas japoneses apenas logran arañar a nuestros aparatos –bromeó el general.

El grupo de soldados volvió a soltar otra carcajada. John se sentía incómodo. Aquel general hablaba bien, pero a él no le gustaba que le manipularan de una manera tan descarada.

—En la India tenemos ocho bases: Dudkhundo, Chakulia, Kharagpur, Kalaikunda, Piardabo, Chittagong, Horhat y Chabau; también tenemos bases en China Bay en Ceilán. En China tenemos doce bases más; ustedes puede que sean trasladados tras su instrucción a la de Kunming.

Uno de los soldados levantó la mano, se puso en pie en posición de firme y lanzó una pregunta:

—Señor, ¿cuáles son los objetivos principales de la zona?

—Gracias por la pregunta, soldado. Los objetivos principales son éstos –dijo señalando con un punzón el mapa–: Hankow, Mukden y Anshan en China. En el resto del área están: Shinchiku, Kagu, Tainan, Okayama y Takao en Formosa, Singapur y Palembang en Sumatra. También hay otros objetivos en Tailandia y la Indochina francesa.

—Señor, los objetivos son muy amplios, pero ¿no hay objetivos dentro de las islas del Japón? –preguntó otro de los soldados, levantado el brazo.

—Japón queda lejos de nuestro alcance, pero estamos incluyendo entre nuestros objetivos algunas ciudades del sur como: Omura, Sasebo y Yakata en Kyushu.

—Señor, ¿cuáles son las mejoras del B-29 frente al B-17? –preguntó una tercera voz.

—Nuestros técnicos han estado trabajando en tres terrenos imprescindibles para llevar la guerra a las islas del Japón; el aumento de la velocidad, la resistencia y la capacidad de los aviones. De la velocidad de 450 kilómetros por hora del B-17 hemos pasado a la de 600 kilómetros por hora del B-29. Otra de las mejoras es el radio de acción que se ha ampliado de los 1.750 kilómetros a los 9.350 kilómetros Por último, el B-29 puede transportar 7.200 kilos de bombas frente a los 2.740 kilos del B-17.

—Es increíble –dijo el comandante desde su asiento en primera fila.

—La verdad es que cuando uno ve un B-29 en pleno vuelo siente escalofríos. Es el avión más mortífero que el hombre haya creado jamás –dijo el general en tono teatral.

—¿Esos aparatos han sido ya utilizados contra Japón? –preguntó John, intentando poner en un aprieto al general.

—Hace apenas unos meses, en junio, pero los aviones no llegaron a bombardear ningún objetivo importante. En agosto se han hecho varios bombardeos sobre Tokio, pero apenas se han destruido los objetivos señalados. El tiempo es un factor a contar en el Pacífico, por eso están ustedes aquí. Soldados de diferentes ejércitos preparados para ayudar a ganar la guerra con la meteorología.

—Entonces general, ¿para qué sirven sus juguetes? No son efectivos en la guerra en el Pacífico -dijo John torciendo la cara.

El comandante se puso en pie, se acercó al joven y señalándole con el dedo le dijo:

—No te pases de listo con el general. Te tengo calado hace tiempo, John Smith. No me gusta tu cara amarilla de japo ni tu gesto arrogante de niño de papá.

—Comandante, no me importa responder al muchacho -dijo el general intentando apaciguar los ánimos-. Mire, soldado John, las cosas en la guerra nunca van al ritmo que nos gustaría. Las bases en China y la India no nos sirven para bombardear Japón. Por eso, ahora mismo, mientras usted y yo hablamos y bromeamos sobre los japoneses, miles de soldados están consolidando y protegiendo las recién adquiridas islas Marianas. Desde nuestras nuevas bases ya llegamos hasta nuestro objetivo de la siderurgia de Yawata, como le he dicho, pero todavía habrá que esperar un poco para ser más efectivos. Los bombardeos diurnos y a gran altura no están dando los resultados deseados ¿Satisfecho?

John se puso colorado e hizo un leve gesto con la cabeza.

—¿Alguna pregunta más? -dijo el comandante sin dejar de mirar malhumorado al recluta.

—No, señor.

—¿El resto tiene alguna duda? -preguntó el comandante con los brazos apoyados en la cintura.

El ambiente cortante rompió la amigable charla y nadie se atrevió a lanzar una nueva pregunta.

—Pues si no hay una nueva pregunta, pueden volver a sus quehaceres, la clase ha terminado -bramó el comandante.

El grupo se dispersó ordenadamente, pero antes de que todos saliesen el comandante pidió a tres de los soldados que se quedaran.

—John Smith, Mark Radien y Peter Márquez, no abandonen sus asientos.

Los tres soldados se miraron unos a otros extrañados y cuando la sala quedó vacía el general se acercó a cada uno de ellos y los escudriñó con la mirada antes de comenzar a hablar.

—Se preguntarán porqué les he pedido que se quedaran. Todos los hombres entrenados en este campamento secreto son excepcionales, pero le pedí al comandante que seleccionara a los tres mejores para una misión especial en la que podrán poner a prueba sus habilidades.

Los soldados miraron al general sin salir de su asombro. Mark y Peter eran los hombres favoritos del comandante, pero John era todo lo contrario. Desde el primer momento la situación de John en el campamento no había sido buena. Su aspecto frágil, sus rasgos orientales, su timidez y el poco interés que ponía el recluta en su adiestramiento, le habían causado muchos problemas. La mayor parte de los soldados no le hablaban y, los dos o tres que todavía no le habían retirado el saludo, apenas le dirigían la palabra. Sufría continuas bromas y humillaciones. Le ponían la zancadilla cuando se dirigía con la bandeja a su asiento en el comedor, le escondían sus cosas para que se presentara tarde a la revista y le llamaban despectivamente «el amarillo».

—Como comprenderán, la misión es extremadamente secreta y no pueden contar nada al resto de sus compañeros. Lo único que puedo decirles por ahora es que partirán en un avión conmigo esta noche. Nuestro destino será el Pacífico y en el vuelo les explicaré los detalles de la misión, por eso les aconsejo que hagan sus petates y los carguen en la camioneta que está detrás de mi jeep. En un par de horas tenemos que estar en la base militar de Palo cerca de San Francisco –dijo el general a los tres jóvenes.

Los tres soldados se pusieron de pie a la vez, como si tuvieran un resorte, saludaron al general y al comandante. Cuando cruzaron el umbral de la puerta corrieron hacia sus barracones y prepararon a toda velocidad sus petates. Su adiestramiento había terminado de la forma más inesperada. Iban a entrar de lleno en la guerra.

* * *

El B-29 brillaba bajo la luz de la luna. El colosal pájaro plateado, con sus formas redondeadas, tenía sus motores en marcha, rugiendo como medio millar de leones hambrientos. John se ató el cinturón de seguridad y se recostó nervioso en su asiento. Era la primera vez que volaba. Las pruebas de paracaidismo de la base siempre se realizaban desde plataformas altas y paracaídas simulados, pero nunca desde un avión real. Respiró hondo, cerró los ojos e intentó pensar en otra cosa, pero los cuatro motores comenzaron a coger fuerza y percibió el traqueteo del avión sobre la pista y el olor a combustible quemado. Notó que se le secaba la boca y que le faltaba el aire. Abrió los ojos por unos momentos y observó como todo se bamboleaba. A su lado, sus dos compañeros también estaban con los ojos cerrados y aferrados a su asiento.

El avión comenzó a correr por la pista hasta que logró levantarse del suelo y tomó altura. John sintió la presión del despegue, que le pegaba al asiento y los giros del avión a uno y otro lado mientras llegaba a veinticinco mil pies. Después el morro se bajó y el avión recuperó la posición horizontal. Entonces, escuchó una voz y la delgada figura del general se acercó hasta él.

—Soldados, por lo que veo, éste es su primer vuelo. No se preocupen, al final se acostumbrarán. Al principio cuesta un poco, pero con el tiempo uno se olvida que está a siete u ocho mil metros sobre la tierra.

Los tres soldados intentaron sonreír, pero en ningún momento se soltaron de los pasamanos de sus asientos.

—Soldados, nos dirigimos a la base de la isla de Saipan, en el archipiélago de las Marianas. En unas horas haremos escala en Hawai, pero sólo será para repostar. Va a ser una noche muy larga, les aconsejo que descansen.

El general se alejó dando tumbos hasta su asiento y dejó que los soldados intentaran descansar, pero los tres soldados estaban demasiado nerviosos para relajarse y dormir. Se conformaban con no vomitar y llegar con vida a tierra.

* * *

La base de Saipan brillaba bajo una luz límpida. John nunca había visto un agua tan cristalina y una arena tan blanca. Las playas de California eran muy bellas, pero parecían viejas y andrajosas comparadas con aquellos arrecifes de corral y aquel cielo resplandeciente. La verdad era que John casi nunca iba a la playa. Se sentía acomplejado por su cuerpo menudo, amarillo y huesudo. Aunque le gustaba pasear por la orilla del mar con su perro Charli y mirar el infinito azulado del océano, nunca se había internado en el agua. A veces se preguntaba por las tierras que había al otro lado. Él pertenecía a California, pero su cuerpo delataba su origen asiático, del otro lado del Pacífico.

El general les apremió para que bajaran lo más rápidamente posible del avión y les dejó bajo el cuidado de un sargento mayor. Éste les llevó hasta un barracón y les dijo que descansaran hasta las doce del mediodía. Tendrían que partir en menos de una hora. John se desplomó sobre la cama y enseguida se quedó dormido. Las emociones del día anterior y el interminable vuelo le habían dejado agotado. ¿Qué se proponía aquel incisivo general? ¿Cuál era la misión que tenían que realizar?, se preguntó justo antes de caer en un profundo sueño.

* * *

El avión del general O'Donnell tenía un gran cartel rotulado en el que se leía Dauntless Dotty, el nombre del avión. John no sabía de dónde venía la tradición de ponerle nombres a los aviones, pero había escuchado que los «Tigres Voladores» a los que pertenecía

todo estará cubierto por un gran manto blanco.

—¿No podremos ver nuestros objetivos? -preguntó el general, mientras apretaba la pluma con fuerza.

—No, señor. Aunque lo peor es el viento. A la altura que estamos la desviación de las bombas es muy difícil de calcular. Deberíamos abortar y regresar a la base –dijo el oficial visiblemente nervioso.

—Demasiado tarde, lanzaremos nuestro equipaje y cruzaremos los dedos –contestó el general dando la orden de ataque.

Unos minutos después las compuertas del B-29 se abrieron y las bombas salieron silbando de los silos. John pudo ver la lluvia de grandes gotas de acero sobre el cielo encapotado de Tokio.

* * *

Después de la misión, John y sus dos compañeros pudieron descansar una noche entera. A la mañana siguiente, el general O'Donnell y el coronel Gilman les esperaban en el despacho del general. Habían oído rumores de que el bombardeo no había sido muy efectivo y O'Donnell estaba de un humor de perros.

—Por favor, tomen asiento –ordenó el general sin florituras. Los tres soldados se sentaron. Se percibía su nerviosismo y su deseo que el rapapolvo que estaba a punto de recibir se acabara lo antes posible.

—Muchachos, no me voy a andar con rodeos: el bombardeo de ayer fue un rotundo fracaso. De los ciento once aviones que partieron para la misión para destruir la fábrica de motores Musashima, sólo veinticuatro vieron el objetivo, el resto lanzó las bombas a voleo.

Los jóvenes soldados se miraron estupefactos.

—Naturalmente, el objetivo apenas ha sido dañado. El bombardeo a gran altura no parece ser muy efectivo y menos en condiciones meteorológicas adversas –añadió el general.

El coronel tomó la palabra en tono más reconciliador.

—Con ello no estamos acusándoles directamente a ustedes. Su pronóstico fue desacertado, pero tan sólo ayudaban al teniente Thomas. Siguen en periodo de entrenamiento y todavía tienen mucho que aprender, pero queríamos que fueran conscientes de la importancia que tiene un buen pronóstico del tiempo.

El silencio en la habitación era total. Los soldados, cabizbajos, no sabían qué responder. El general forzó una sonrisa y colocando su mano sobre uno de los hombres les animó.

—En esta guerra tendrán muchas oportunidades de demostrar lo que valen y de ayudar a su país. Lo importante en la vida no es acertar siempre, sino aprender de nuestros errores. Pueden retirarse.

Los tres se pusieron en pie y se dirigieron a la salida.

—John, usted quédese, por favor –dijo el coronel.

El joven miró extrañado a sus dos superiores y volvió a sentarse.

—El teniente Thomas nos habló de su pronóstico. Todavía no entiende cómo pudo predecir el cambio del viento y la llegada de esas nubes. He confirmado personalmente los elogios que hizo de usted el coronel Gilman –dijo el general.

—Gracias, señor –contestó perplejo John.

—Sus dos compañeros se quedarán en esta base y se unirán al equipo meteorológico del Pacífico. Pero usted regresará a Estados Unidos.

John parecía no entender las palabras del general. Aquello parecía un castigo más que un regalo.

—Desde este momento y terminada su formación, queda ascendido al grado de teniente. Espero que lleve con honor esos galones. También he recibido informes de su instructor; al parecer no considera que tenga madera de militar –dijo el general alargando las últimas palabras.

El joven se encogió de hombros.

—Pero, qué demonios, ¿de qué madera estamos hechos nosotros? Esta guerra necesita que todos arrimen el hombro. No me importa una mierda si es capaz de disparar un tiro o vestirse correctamente, lo realmente importante es su capacidad para prever lo que el cielo va a hacer a cada momento –dijo el general apoyando una mano sobre el hombro de John.

—En eso John no tiene competencia –añadió el coronel.

—Será asignado a un grupo especial en Estados Unidos, pero ahora le recomiendo que descanse. Le queda un largo viaje de vuelta. He firmado un permiso de dos semanas. Disfrute del tiempo que le queda libre, después será enteramente del ejército.

—Gracias, señor –contestó John exultante.

Sus dos superiores se miraron sonrientes, los jóvenes reclutas exhalaban una ilusión que ellos habían olvidado hacía tiempo. Hasta el trabajo más emocionante se convierte en pura rutina cuando pasan los meses.

John saludó a los dos hombres y salió del despacho. No había avanzado unos pasos por el pasillo, cuando escuchó detrás la voz del coronel.

—John, no te marches. Tengo que hablar contigo un momento.

El muchacho se detuvo y esperó muy serio al coronel.

—La verdad es que no esperaba que el general reaccionara tan positivamente. Al fin y al cabo, el bombardeo de ayer fue un verdadero desastre. Sabe que el Estado Mayor pedirá su cabeza en una bandeja. Ya se rumorea que será sustituido por el general Curtis E. LeMay.

—Es una pena –añadió John–. El general O'Donnell parece un buen tipo.

—Es un buen tipo, pero los jefazos quieren resultados y no perdonan los fallos. Pero lo que nos importa es que el general O'Donnell te ha recomendado para una operación especial que se está organizando en Estados Unidos. La operación especial por la que el VGA contactó contigo, ya me entiendes. Sólo quiero decirte dos cosas: la primera es que comenzarás a recibir tu paga del VGA, pero para que el fisco no comience a hacerte preguntas usaremos el procedimiento habitual. El dinero será ingresado en un banco situado en las Islas Bahamas, en una cuenta cifrada. Al final de tu servicio podrás retirarlo o seguir con la cuenta abierta. La segunda cosa es más importante, quiero que mantengas la boca cerrada durante el permiso. Nada de ir contando por ahí que trabajas para nosotros. Eres un teniente de las Fuerzas Aéreas de Estados Unidos, es todo lo que necesita saber tu gente. ¿Entendido?

—Sí, coronel.

—Ah, otra cosa más. Felicidades por tu pronóstico. Cuando te conocí en la universidad pensé que tu profesor se había equivocado. Me pareciste un tipo frío, arrogante e indisciplinado. Ahora sé que no tenía razón. Cuida tu culo amarillo, ya me entiendes, John. Esto no es un juego. Cumple con tu trabajo y antes de que acabe esta guerra tendrás una fortuna esperándote, mete la pata y yo mismo me encargaré de romperte las pelotas.

John tomó muy en serio las amenazas del coronel. Gilman era de todo menos un farolero. Convenía tenerlo de su parte.

—Lo intentaré, coronel. Sé que no he nacido para ser soldado, pero estamos en guerra y conozco perfectamente mi deber.

—Muy bien, John. En el ejército las cosas son muy sencillas. Unos piensan y otros actúan. Tú estás en el segundo grupo. Obedece y todo saldrá bien.

El coronel escudriñó a John con la mirada y después sonrió y le pasó el brazo por el hombro.

—Pero no nos pongamos tan serios. Hay que celebrar tu ascenso. Conozco un sitio cerca de la playa en el que hacen los mejores cócteles del Pacífico. Hoy voy a enseñarte otros de los secretos del ejército. Por ejemplo, que hay que beber mucho, el alcohol ayuda a digerir muchas cosas.

—No tengo ningún otro plan –contestó John más relajado. Los dos hombres se dirigieron con paso acelerado hasta el parking y tomaron uno de los jeep. El coronel condujo hasta la playa y en media hora estaban sentados bajo un tejado de paja, disfrutando de un asombroso día de verano. Parecía que estuvieran en cualquier lugar turístico de California. Por un momento el tiempo se detuvo y la guerra se convirtió en un fantasma lejano.

—Yo también estudié en la universidad. En Harvard, para ser más exacto, pero no terminé la carrera. Cuando uno es joven no piensa en el futuro y al hacerte viejo ya no hay futuro en el que pensar.

—¿Está casado, coronel? -preguntó John, después de sorber por la pajita de su bebida.

—Lo estuve una vez, pero mi vida es incompatible con el matrimonio. No tengo residencia fija, siempre de una lado para el otro reclutando a mocosos como tú -bromeó el coronel–. Pero hagamos un brindis.

—¿Por qué, señor?

—Por nuestras cuentas corrientes, y para que esta guerra dure lo suficiente para hacernos ricos.

—¡Salud! -dijeron los dos hombres a coro.

John miró hacia el agua e intentó pensar en Ana y en su padre. En unos días estaría de nuevo en casa, pero temía que las cosas hubieran cambiado mucho, que él hubiera cambiado mucho. El ejército le había robado esa especie de inocencia cínica que tienen los universitarios durante todo su periodo de estudios. La realidad se abría a golpes en su vida y eso le asustaba.

—¿Sabes una cosa, John? A veces veo la existencia como una pistola con una sola bala. Te pasas todo el tiempo preguntándote si es el momento de disparar o hay que esperar a más. La mayoría de la gente no dispara nunca. Se muere con su única bala en el cargador.

—Entiendo lo que quiere decir.

—Has sido valiente, John. Muchos se hubieran quedado en casa a esperar que todo esto acabara. Pero tú has dado el paso al frente -dijo el coronel mirando a los ojos del joven.

—Gracias, señor -contestó John complacido.

—Apea el tratamiento, John. En el AVG no hay jerarquías. Mientras estemos solos puedes hablarme de tú.

—Sí, señor. Perdona, sí, Gilman.

—Eso está mejor, muchacho. Tú y yo somos iguales, lo veo en tu mirada. Estamos por encima de los sentimientos. Hemos soltado lastre y flotamos. No dejes que te jodan con toda esa mierda de la conciencia y el deber. Los AVG tenemos dos reglas únicas. Haz todo por el AVG y vuela cuando algo o alguien te quiera atrapar.

—Bonita filosofía -dijo John, pero sabía que él no era como el coronel y que nunca lo sería. Era verdad que nunca había logrado echar raíces, que sus ojos achinados, su cara ovalada y su tez amarillenta le habían alejado de los demás, pero ahora iba a ser padre, quería a Ana y, a su manera, quería al viejo.

Miraron la puesta del sol sobre las aguas cristalinas del Pacífico, John pensó en lo cerca que estaba de su madre. Ella vivía en alguna maldita isla de Japón. ¿Cómo sería su vida allí?

¿Se encontraría bien? Llevaba tres años sin tener noticias suyas. Hasta ese momento Japón apenas había sido bombardeado, pero las cosas iban a cambiar muy pronto. La sola idea de la muerte de su madre, le produjo un escalofrío que recorrió toda su espalda. Su madre podía encontrarse debajo del avión en el que él había volado aquella misma noche. Tal vez, ya tenía una bomba con su nombre escrito. Tal vez ya estaba muerta.

3

LA VOZ DE LA LLUVIA

«¿Y quién eres tú?, le dijo el aguacero que caía suavemente».

Whitman

BERKELEY, CALIFORNIA,
20 DE NOVIEMBRE DE 1944

San Francisco había mudado su rostro cuando John regresó a casa. La guerra había cubierto sus calles como un manto pesado. Los uniformes blancos brillaban por todas partes. Era evidente que muchos de los soldados que habían combatido en Europa, y que lentamente, como en un goteo interminable habían vaciado la ciudad, ahora regresaban como una marea alta, mientras otros iban a sustituirles en el frente. Las calles de Berkeley no eran una excepción. En el campus cientos de uniformes habían tomado el césped y a John le pareció que seguía en alguna de las bases que había visitado en el pacífico.

Atravesó la universidad con su petate al hombro y su uniforme de las Fuerzas Aéreas y se dirigió a la casa que su padre tenía en uno de los extremos del campus, justo cerca de Albany. La casa seguía tal y como él la recordaba: pequeña, rodeada de aquella valla blanca y del exiguo jardín donde había pasado la mayor parte de su vida. Abrió la puertecita de la valla y cruzó el camino empedrado hasta el porche. Miró el balancín desconchado, que crujía agitado por el viento y echó un vistazo por la ventana. No parecía que hubiese nadie.

Entró sin llamar y subió por la escalera blanca, pisando descalzo el suelo enmoquetado después de dejar los zapatos en la entrada. Sus amigos y los niños de la calle siempre se reían de sus costumbres orientales, pero la casa de los Smith tenía sus propios rituales, las pequeñas cosas que convierten a un grupo de extraños en una familia.

Su cuarto permanecía inmutable. El resto de la casa también estaba igual. Los mismos muebles, los mismos cuadros, los mismos libros que hacía veinte años. Como si la vida se hubiera detenido en los años 1920. En muchos sentidos era así. Su padre vivía anclado en el pasado. Era incapaz de asumir la realidad. Asumir que su mujer ya no estaba allí, que su hijo ya no estaba allí y que ya no eran una familia.

John dejó sus cosas y se cambió el uniforme por una ropa más deportiva. Por lo menos aquel día volvería a ser él. Pero cuando se observó en el espejo vestido de civil, le abrumó la sensación de que estaba traicionando a alguien. Las ropas parecían más estrechas y se sintió desnudo sin los abalorios del uniforme. Pero lo peor de todo es que intuyó que ya no podía dejar de ser militar. Colocó el uniforme sobre la cama y salió a buscar a Ana.

Su novia vivía cerca de allí. Como él, ella era también hija de un profesor de Berkeley. Su padre, Julio Chávez, era descendiente de un largo linaje de californianos hispanos que estaban en la ciudad antes de que llegaran los anglosajones. Los Chávez tenían una casa enorme cerca de Kenney Park. Julio Chávez había sido rector durante diez años, pero su especialidad era la literatura nórdica europea. Su esposa era una sueca alta y rubia llamada Gudrid y Ana, a pesar de su apellido y sus antecedentes familiares, era una chica alta, rubia y de expresivos ojos verdes. Se habían conocido tres años atrás en una clase de Historia americana. Ana tenía el aspecto de la típica niña rubia intratable y presumida, pero era todo lo contrario.

Durante aquel curso se habían visto varias veces en la biblioteca y habían paseado juntos en alguna ocasión hasta clase, pero a John no se le había ocurrido nunca que él, con su físico andrógino, sus ojos rasgados y su cuerpo pequeño y delgado, pudiera atraerla. Lo cierto era que Ana podía haber elegido a cualquier otro, porque todos los chicos de la universidad andaban detrás de ella. Era guapa y lista. ¿Qué más se podía pedir?

Los padres de Ana, los señores Chávez, no vieron con buenos ojos su noviazgo. John se imaginaba que tras cien años tratando de quitarse el sambenito de parecer hispanos en Estados Unidos y conseguir ser aceptados por los anglosajones que vivían al norte de la bahía, tener unos nietos de ojos rasgados era más de lo que podían soportar. Para colmo, corría la leyenda de que a la madre de John, Susumo, la señora Smith, le faltaba un tornillo. Susumo vestía con el traje tradicional del Japón, vivía como una japonesa y tenía unas ideas que irritaban a las rígidas mujeres de los profesores de Berkeley. Porque Susumo desprendía tradición por los cuatro costados, pero su mente era el de una mujer del siglo XXI. Revindicaba mantener su propio apellido, lo que la americana media consideraba un desprecio al marido, bebía en público más de lo que una mujer de un profesor podía hacer sin desentonar y se rumoreaba que engañaba a su marido con algunos estudiantes.

Para John, su madre no tenía nada que ver con la fama que las damas de la liga moral habían hecho caer sobre ella. Era verdad que vestía como una japonesa, que comían sentados en el suelo en una mesa baja y que su dieta era japonesa, pero nunca había visto beber a su madre. Lo de los amantes era otra cosa. Su marido pasaba largos periodos dando charlas por las universidades de varios estados y Susumo y él pasaban semanas enteras solos. John veía a algunos estudiantes entrar y salir de la casa durante las largas ausencias de su padre pero, por lo menos oficialmente, iban allí a aprender japonés.

John llamó a la puerta de la residencia y enseguida apareció la pecosa criada que tenían los Chávez. Le pidió que esperara en uno de los salones y se fue a avisar a Ana. Observó la recargada habitación y paseó nerviosamente por la alfombra mullida hasta pararse frente a la ventana que daba al jardín trasero.

—John –dijo una voz a su espalda.

Cuando se dio la vuelta pudo observar la cara redonda del señor Chávez y sus ojos negros brillaban en medio de su piel cetrina, le escudriñaron lentamente. John se acercó y le tendió la mano.

—Felicidades, John, me he enterado que estás sirviendo en las Fuerzas Aéreas. Ana me ha dicho que ya eres teniente. Muy bien, hijo, el deber de todo buen americano es defender a su nación cuando ésta le necesita.

—Gracias, señor -dijo John, agitado. El padre de Ana apenas había cruzado alguna palabra con él en los últimos años.

—La guerra está a punto de terminar. Los alemanes están perdidos. ¿Has oído las noticias? Nuestros muchachos avanzan imparables hacia Berlín. A lo mejor para Navidades podemos celebrar el final de la guerra.

—Eso espero, señor.

—Pero no te preocupes, seguro que te da tiempo a matar a muchos japos. Esos son más duros de pelar. Estás destinado en el Pacífico, ¿verdad, John?

—Sí, en las Marianas. Aunque antes de volver tengo que completar mi formación aquí, en Estados Unidos.

El señor Chávez puso la mano sobre el hombro de John y le dijo:

—Todavía recuerdo mis años en Europa. Esos alemanes siempre han sido unas malas bestias, pero les dimos una buena paliza en Marne -dijo el hombre con los ojos emocionados.

Ana entró en el salón y rescató a John justo a tiempo. Llevaba un vestido corto y amplio que disimulaba totalmente su avanzado estado de gestación. John se contuvo y la recibió con dos castos besos en las mejillas. Un par de minutos más tarde, se encontraban en la calle principal, lejos de las miradas indiscretas de los padres de Ana.

—Ana, ¡cuánto te he echado de menos! No me podía creer que te vería tan pronto. No sabes lo mal que lo he pasado estos meses -dijo John abrazando a su novia.

Ana no hizo ningún gesto. Se quedó impasible y levantó la barbilla. Caminaron de la mano un rato, sin que ella se decidiera a hablar.

—Pero, ¿qué te pasa? Atravieso medio mundo para verte, vengo corriendo hasta Berkeley y no me hablas... –dijo John agitando las manos.

La chica se paró en seco y se puso frente a él con los ojos rojos.

—¿Qué? –contestó enfurecida.

Comenzó a llorar mientras le golpeaba en el pecho.

—No sabes por lo que he pasado. Llevo meses mintiendo a mis padres, mintiendo a todo el mundo. Pero no puedo más, no sé qué sucederá cuando se enteren que su única hija está embarazada y encima se lo ha ocultado todo este tiempo.

Ana hundió su rostro en el hombro de John y comenzó a llorar amargamente. Él la rodeó con sus brazos y durante unos minutos permanecieron así, abrazados y callados en mitad de la calle.

—Hasta tres veces he pasado por la clínica para abortar, pero en el último momento me he echado para atrás. Pero, ¿qué podemos hacer John? Llévame contigo –suplicó Ana.

—No puedo, Ana, en tres días tengo que volver a mi unidad y no sé cuánto tiempo pasará antes de que volvamos a vernos. Posiblemente tendremos que esperar a que termine la guerra.

—¿A que termine la guerra? Tu hijo no va a esperar tanto –dijo la chica tocándose la barriga.

—Lo sé y he pensado en ello. He venido para hacer las cosas bien.

De repente John se puso de rodillas en mitad de la acera y sacó una pequeña caja del bolsillo. Sin dejar de mirar a la chica a los ojos, extrajo un anillo y lo colocó en la punta del dedo a Ana.

—Por favor, Ana, ¿quieres casarte conmigo?

La chica ahogó un suspiro y los ojos se le nublaron por las lágrimas. Alargó más la mano y recibió el anillo. Después tiró de John para que se levantara y le abrazó.

—John, John. Esto es una locura. Te amo, John, quiero ser tu esposa.

El chico notó la tripa de Ana pegada a la suya y por primera vez fue consciente de la vida que crecía dentro de ella. Sintió miedo. Miedo a morir y no ver nunca a su hijo y miedo a volver; miedo a repetir los mismos errores que sus padres.

—He hablado con un vicario de Kesington. Mañana por la mañana antes de irme nos casaremos. He alquilado una pequeña casa en Oakland. No es muy grande, pero será suficiente para ti y el niño.

—Y, ¿qué les voy a decir a mis padres?

—No les digas nada. Déjales una nota contándoles todo y con tu nueva dirección. Cuando se les pase el enfado irán a ver a su hija y a su nieto. Tus padres te quieren, Ana.

—¿Y tu padre?

—Bueno, él es un caso perdido. Esta noche en la cena se lo diré. Pensará que su hijo John le ha vuelto a fallar –tragó saliva y continuó diciendo–: Pero ya estoy acostumbrado a que eche toda su mierda sobre mí.

—John, no hables así de tu padre –le regañó Ana.

—Perdona, Ana. No estropeemos este momento tan feliz. ¿Nos tomamos un helado en la heladería italiana? –propuso John con la ilusión de un niño.

—Fantástico, John. ¿Qué mejor manera de celebrarlo? Caminaron hacia el centro, abrazados y en silencio. Nunca se habían sentido tan asustados y satisfechos al mismo tiempo. La vida se componía de eso, de pequeños saltos al vacío que hacen que los hombres sientan un nudo en la garganta y la irrepetible sensación de estar vivos.

* * *

La noche parecía más oscura por las nubes que ennegrecían a la luna. John confiaba en que su padre se hubiera dormido ya para cuando hubiera regresado a casa. No le apetecía mucho hablar con él. Cuando era niño las cosas eran muy distintas. Le buscaba en todas horas, pero él estaba siempre de viaje o encerrado en su despacho escribiendo el libro más importante de su vida. Alguna vez lograba sacarle al pequeño jardín y que le tirara unas pelotas al desgastado guante de béisbol, pero la mayoría de ocasiones aporreaba inútilmente la puerta. No dudaba del cariño de su padre, aunque sabía que a quien Peter Smith amaba más que a nadie era a sí mismo. Desde entonces las cosas no habían hecho si no empeorar. Cuando su madre se marchó de casa y regresó al Japón, el frágil mundo de John se vino abajo. Ella le rogó que la acompañara a Japón, pero él siguió con su padre. Todavía se preguntaba porqué había reaccionado así. Tal vez fuera miedo a lo desconocido, a volver a pasar otra vez por el desprecio y la soledad de ser diferente, siempre diferente. Aunque él creía que era por su padre. Lo vio tan débil e indefenso, tan asustado ante la perspectiva de estar realmente solo, que no tuvo fuerzas para abandonarle. Al principio los dos se apoyaron mutuamente. Salían a pescar, corrían juntos por las noches, cenaban en el porche y se reían hasta las tantas, pero tras el verano se reanudaron las clases y su padre volvió a elegir el prestigio y la fama de su cátedra antes que la complicidad con su hijo pequeño.

John observó la fachada, atravesó el jardín y pasó al interior de la casa. Todo estaba en silencio. Esquivó el salón y se dirigió directamente a la planta de arriba, pero una voz hizo que se detuviera en seco.

—John, ¿eres tú?

El joven no contestó, se limitó a bajar los escalones y caminar lentamente hasta la voz.

—Hola padre, creía que dormías. A estas horas sueles estar acostado.

—Es cierto, John, pero no una noche como ésta. Mi único hijo regresa a casa después de varios meses sin saber nada de él. Lo menos que podía hacer era esperarte despierto, ¿no crees?

John se puso enfrente de su padre y se sentó en uno de los sofás. La habitación estaba en penumbra. Apenas se veían las caras. Él lo prefería así. De hecho, llevaban años percibiéndose sin llegar a verse del todo.

—La verdad es que pienso que no fue una buena idea que me

quedara a dormir en tu casa. Estoy cansado y no quiero discutir. Mañana me voy temprano.

—¿Por qué íbamos a discutir? ¿Esa es la imagen que tienes de mí? ¿La de un viejo gruñón que sólo disfruta discutiendo?

El joven respiró hondo y sin saber porqué, le dijo a su padre:

—¿Sabes algo de ella?

—No, John. Es imposible averiguar nada. No está permitido enviar cartas a Japón, estamos en guerra.

—Tiene su lógica, ¿no te parece?

El hombre aspiró el cigarrillo que tenía entre los dedos y dejó que el humo ascendiera por encima de su cabeza.

—Fui hasta la oficina de asuntos extranjeros. Pensé, qué ingenuo, que si ella mantenía su pasaporte americano a lo mejor podría salir de allí. Me imaginé que habría algún tipo de canje de prisioneros, pero me equivocaba.

—He estado allí -dijo John.

—¿Dónde? -preguntó el padre incorporándose en el asiento.

—En Japón.

—¿En Japón? Pero, ¿cómo? Nadie puede entrar ni salir del Japón.

—Sobrevolamos Tokio, que en el visor era poco más que una mancha.

—¿Qué hacías sobrevolando Japón? -preguntó el hombre alzando el tono de voz.

—Pues, ¿qué iba a hacer sobre Tokio en un B-29? Estamos en guerra con Japón. Si dejaras de estar entre tus libros y salieras al mundo real te enterarías de las cosas que pasan.

—¿Has arrojado bombas sobre tu madre? -dijo el hombre levantándose y gritando.

John se movió inquieto en la silla.

—Pues claro que no. Mi madre no está en Tokio, está en Kioto.

—Y, ¿tú qué sabes? Puede que ese día estuviera por algo en Tokio, no conocemos su residencia desde el verano de 1941.

—De todas formas yo no tiré ninguna bomba.

—No, claro. Llevas un uniforme de las Fuerzas Aéreas, lo he visto colgado en tu habitación. Sirves como meteorólogo, pero lo que pase en la guerra no tiene nada que ver contigo.

—Pues no, no tiene nada que ver conmigo. No he disparado un solo tiro ni creo que lo haga en toda la guerra, si eso te consuela.

El padre de John prendió la luz del salón y de repente se vieron las caras. Peter estaba visiblemente alterado, pero su hijo intentaba mantener la calma.

—¿No tiene nada que ver contigo? Tú te limitas a señalar dónde y cómo matar y que del trabajo sucio se encarguen otros –dijo y después comenzó a recitar:

Hay una sombra bajo esta roca roja
(ven bajo la sombra de esta roca roja)
así podré enseñarte algo distinto
tanto de la sombra matutina que avanza tras de ti
como de la sombra matutina que se alza hasta encontrarte;
enseñaré tu miedo en puñados de tierra.

Y continuó:

—Tienes miedo, John, puedo verlo en tus ojos. Aunque no tenga mucha luz y mis pupilas estén cansadas y rotas. Eres más listo que todo eso, hijo. La mano ejecutora es moralmente menos culpable que la mano inductora.

—No me vengas con monsergas. La poesía de Elliot está muy bien para tus estudiantes, pero no la uses conmigo. ¿Tú qué sabes de la guerra?

—Más de lo que crees, John.

—Me has contado mil veces que te hiciste objetor de conciencia en la Gran Guerra. Estuviste en varias cárceles hasta 1919. Tuviste que dejar tu puesto en la Universidad de Washington. ¿Qué sabes tú de la guerra?

— El último año de mi arresto lo pase en un hospital para veteranos de guerra. Tuve que cuidarlos, que escucharlos y que llamar a sus familiares cuando terminaban por suicidarse o morían por sus heridas en el cuerpo o en el alma.

La voz del padre de John sonaba triste, como si intentara convencerle de que no cayera en su mismo error.

—Nadie puede escapar a la guerra, pero por lo menos podemos evitar alimentarla y formar parte de ella. No importa que no dispares un solo tiro, si participas te arrepentirás toda la vida.

—Correré ese riesgo. Es mi vida. Eso nunca lo has entendido. Yo no soy como tú, no puedo vivir en un mundo de libros aislado del resto del mundo. Hay cosas que no me gustan, pero no sirve de nada mirar para otro lado -dijo John subiendo progresivamente el tono de voz.

—El ejército te usará y después te destruirá John. No importa lo listo que te creas, ellos saben cómo hacer las cosas y la forma de lavar el cerebro a gente como tú.

—Nuestro país me necesita. Tenemos que ganar esta guerra para que todo siga igual, para que gente como tú pueda seguir opinando y oponiéndose a aquellos que se juegan el pellejo por ellos. Yo he visto a chicos de muy corta edad vomitando antes de entrar en combate, pero es más fácil criticar todo, dejar que la boca se te llene de paz y confraternidad. ¿Acaso el ser humano ha vivido alguna vez en paz? Si no vencemos a los alemanes y a los japoneses, el mundo que hemos conocido se acabará.

Peter miró a su hijo, después apartó la vista y se sentó derrotado en el sofá. John había sido siempre un chico difícil. La ausencia de su madre le había convertido en una persona cínica y descreída, individualista y arrogante, pero era su hijo.

—La mayor parte de mis amigos judíos, los profesores que vinieron huyendo de Alemania en el 1939 y en el 1940, hablan como tú.

Creen que para matar a un monstruo todo vale, pero están equivocados. No podemos matar a un monstruo convirtiéndonos nosotros en otro peor, porque entonces lo que haremos será sustituir su monstruosidad por la nuestra. Rezaré por ti, John. Buenas noches.

El hombre se levantó y se dirigió cabizbajo hacia el vestíbulo de entrada. John permaneció inmóvil, callado, con la vista perdida. Escuchó el murmullo de la lluvia en la calle. Hacía calor en la habitación por la calefacción. Se dirigió hacia una de las ventanas y la abrió. La voz de la lluvia susurró algo en un idioma ininteligible. El mismo idioma con el que había hablado a millones de seres humanos a lo largo de la historia, pero John ya no podía escuchar su voz. Algo había roto los lazos que le unían a la naturaleza y su voz ancestral era irreconocible. Aspiró fuertemente y el aroma a tierra húmeda le vivificó. Pensó en la mutabilidad de la vida, en el mundo que estaba a punto de desaparecer y el interrogante que se habría a su paso, tuvo miedo y recordó las palabras de su padre y el poema de Eliot: «Enseñaré tu miedo en puñados de tierra».

John tenía miedo, pero pensó en Ana y en el futuro que les esperaba juntos, ahogó su miedo en la ingenua esperanza de que un día las cosas serían distintas, en el deseo de poder un día olvidar y perdonar.

4

«SILVER PLATE»

«Los celos entre los hombres son muy raros aquí».
Descripción de Pensilvania
Gabriel Thomas

BASE AÉREA DEL EJÉRCITO DE ESTADOS UNIDOS,
WENDOVER, UTAH
24 DE NOVIEMBRE DE 1944

Los barracones de madera de la base Wendover parecían ennegrecidos por el constante viento que azotaba aquel desierto embarrado. El piloto y el resto del equipo del B-29 no pudieron dar a John muchos detalles sobre el uso de aquella base ultra secreta. Apenas sabían que el coronel Paul Tibbets organizaba y mandaba el Grupo Mixto 509. Algunos rumoreaban que se trabajaba en un arma secreta para acabar con la guerra, pero nadie sabía a ciencia cierta qué se cocía en aquel pedacito de mierda en mitad de ninguna parte.

Wendover se encontraba justo entre la frontera de Utah y Nevada, a unos doscientos kilómetros de Salt Lake City, la capital del puritanismo mormón, el peor sitio del mundo para pasarlo bien, y aproximadamente a la misma distancia de la ciudad de Elko, en Nevada.

John bajó del flamante B-29 con el petate al hombro y observó la yerma planicie. Su anterior base al norte de California era un vergel de árboles milenarios, que respiraba vida por los cuatro costados. Aquello, en cambio, era lo más parecido al infierno que John había visto en los últimos meses.

Un sargento se acercó hasta él y le saludó como si se conocieran de toda la vida. Llevaba el uniforme abierto por completo dejando al aire su camiseta blanca de tirantes.

—Hola, teniente. Bienvenido al infierno mormón. ¿Puedo ayudarle con su equipaje?

—No, gracias, sargento –dijo John.

Los dos hombres comenzaron a caminar por el suelo embarrado. A un lado la alambrada delimitaba la franja de tierra que se convertiría en su hogar los próximos meses y al otro lado se quedaba para siempre su anterior vida de civil. Entonces vio un cartel que le llamó poderosamente la atención.

LO QUE OIGAS AQUÍ
LO QUE VEAS AQUÍ
DÉJALO AQUÍ
CUANDO TE VAYAS DE AQUÍ

John imaginó que no debía ser fácil que los mil doscientos hombres que formaban el 509 se mantuvieran callados, sobre todo cuando tenían dos copas de más.

—Ya sabe cómo es el ejército, teniente. Todo es secreto, aunque esto es una gran familia en la que es muy difícil guardar secretos.

John hizo un gesto de aprobación, aunque estaba en profundo desacuerdo. El ejército era de todo menos una familia.

Siguieron avanzando y pasaron junto a unos talleres de pertrechos rodeados de una alambrada y un cartel que ponía: ZONA RESTRINGIDA. En el hangar número seis, la alambrada se convertía en una masa casi sólida y otro rótulo anunciaba: ZONA TÉCNICA MUY RESTRINGIDA.

—Será mejor que no intente atravesar las zonas restringidas, señor. La policía militar se pasa todo el día dándonos la murga con la seguridad. Ni en la cárcel hay tantas alambradas –señaló el sargento.

—Ya estoy acostumbrado a estar encerrado como un ratón en su ratonera.

—Por lo menos aquí se come mejor que en ningún otro sitio donde he sido destinado. El oficial de rancho, Charles Perry, cocina mejor que mi mamá –bromeó el sargento.

Llegaron frente a un gran barracón y el sargento se detuvo.

—Éste será su alojamiento. Lo llamamos la suite presidencial. Aquí se aloja el 393, los niños mimados del coronel. Nunca he entrado, pero algunos dicen que tiene hasta agua caliente. Todo un lujo en Wendover –dijo el sargento despidiéndose burlonamente del joven.

—Gracias, sargento.

John se sintió aliviado de perder de vista al sargento. A gente como aquélla, él los llamaba las viejas del pueblo. Tipos que no sabían mantener la boca cerrada y que venderían hasta a su madre por conseguir algún privilegio. Imaginaba que gente como esa encontraba en el ejército su verdadero sentido de la vida. Habían dejado atrás su maloliente existencia de pueblo y ahora vestían bien todo el día y con sus galones podían joder la vida a cualquier señorito de la ciudad.

Entró en la inmensa nave y contempló los catres. La mayoría estaban desordenados. Algunos soldados tumbados, leían o simplemente miraban al techo. Caminó por el pasillo saludando a sus nuevos compañeros con desigual fortuna. Algunos le respondían con una ligera inclinación de cabeza, otros le miraban impasibles y sólo un par se levantaron para saludarlo.

—Hola, teniente. Soy Claude Eatherly –dijo el gigantesco capitán cuando John pasó a la altura de su cama.

—Encantado, teniente John Smith.

—Espero que se encuentre bien en el hotel de lujo que hemos

preparado -dijo sarcásticamente.

—Este es un lugar tan bueno como otro cualquiera para pasar esta guerra -contestó John.

El capitán Eatherly le miró y con su sonrisa adolescente y con su acento tejano le dijo:

—¿No ha estado en el estado de la Estrella Solitaria? Allí hay lugares donde un tipo como usted viviría un infierno de verdad, teniente.

John siguió caminando hasta que llegó a la altura de un hombre bajo y muy delgado.

—Jacob Beser, teniente primero -se presentó.

—Encantado, teniente.

—No tiene cara de aviador ¿A qué se dedica?

—Tiene razón, lo mío es tener los pies sobre la tierra. Soy meteorólogo.

—¿Uno de esos brujos del tiempo? Pues más vale que acierte en el pronóstico o aquí hará muchos enemigos, teniente -dijo Beser muy serio.

El joven se sintió desconcertado. De hecho se extrañaba que sólo uno de sus compañeros hubiera mencionado su aspecto oriental.

—Es un chiste judío -dijo una voz desde un par de camas más allá.

—¿Qué otro tipo de chistes puede hacer un judío? -preguntó Beser.

John observó al hombre. Era robusto y parecía un granjero disfrazado de soldado.

—Sargento técnico George Caron -dijo el hombre sin levantarse.

John le hizo un gesto con la cabeza y dejó su petate en una cama próxima a la de Caron.

—Pero llámame Bob, aquí todos me llaman con ese nombre. Cuando oigas «bum», es que estoy cerca lanzando unos petardos.

—Bob es artillero -dijo Beser. Ya sabes, de los que dan a la palanquita cuando todos los demás hemos estado horas trabajando.

—Beser, lanzar una bomba desde un B-29 a miles de pies de altura es mucho más complicado que tirar de una palanquita -contestó Caron enfadado.

—Era otro chiste judío -bromeó Beser.

El joven se tumbó vestido sobre la cama y dejó que las voces de sus nuevos compañeros se convirtieran en un rumor. Ya estaba en Wendover, ahora sólo esperaba que la guerra terminara lo antes posible.

* * *

Se quedó dormido. No se acordaba en qué punto la conversación de sus compañeros se había disipado hasta convertirse en un murmullo lejano, y después en un silencio interior. Soñó con Ana. Las cosas no habían sido fáciles para ella a la mañana siguiente. Casarte, discutir con tus padres, independizarte y quedarte sola en el mismo día, embarazada de cuatro meses, era algo que nadie podía soportar sin perder un poco la cordura. John llevaba cuarenta y ocho horas lejos de casa y ya la echaba de menos, pero sabía que para que pudieran estar juntos primero tenían que estar separados.

Eatherly llamó a John y éste se despertó sobresaltado. El estado de tensión permanente era común al ejército y a la guerra. En cualquier momento había que salir corriendo para alguna parte, cumplir alguna orden o simplemente escapar de algún peligro.

—John, tenemos que ir a ver al coronel.

El joven se levantó de un salto y se ajustó un poco la camisa y la corbata. Aquellos malditos e incómodos uniformes nunca se arrugaban. Algunas veces tenías que llevarlos durante días y su tela rugosa te pulía la piel como una lija, pero había que recortar gastos de intendencia. Tenían que ganar una guerra.

—¿Qué pasa? -preguntó John colocándose la gorra.

—Todos los días a las diez tenemos una reunión con el coronel Tibbets. Nos informa de las novedades, si las hay, hacemos un listado del material que falta y compartimos impresiones.

—¿Compartís impresiones? –dijo extrañado John. El ejército era de todo menos un lugar donde compartir impresiones.

—Tibbets es un tipo especial, ya lo irás conociendo. Pero no le gusta que lleguemos tarde. Puede ser muy cabrón cuando quiere.

Los dos hombres caminaron a toda velocidad por el campamento hasta un pequeño barracón militar donde Tibbets había colocado su cuartel general. El coronel Gilman le había hablado algo de Tibbets. Su nuevo jefe era uno de los aviadores más experimentados de Estados Unidos. Lo sabía todo sobre aviones y cómo combatir con ellos. Había sido el primer americano en pilotar un B-17 para bombardear Europa, piloto personal del general Eisenhower y del general Clark, héroe del frente de África y uno de los mayores expertos en el nuevo B-29.

Cuanto entraron en la sala, la mayoría de los hombres ya estaban sentados, pero seguían charlando entre ellos animadamente. De las casi cuarenta sillas apenas veinte estaban ocupadas, el resto se encontraba amontonada en un lado de la habitación. Tomó una y se puso en primera fila. Tibbets estaba de espaldas. Su pelo cortado casi al cero, brillaba con gotitas de sudor a pesar de estar a cuatro o cinco grados. Sus anchas espaldas perfilaban su pulcra chaqueta. La estufa de carbón silbaba a su lado, pero el frío no terminaba de rendirse. Los pies de John parecían dos témpanos de hielo, aquel clima gélido y áspero era difícil de soportar para un californiano como él, acostumbrado a una temperatura primaveral casi todo el año, con inviernos muy cortos.

—Señores, vamos a empezar –dijo el coronel con su voz fuerte y penetrante.

La sala se quedó en silencio. Todos los hombres miraron hacia delante y John se imaginó en una larga y aburrida clase de la universidad.

—Hoy ha llegado un nuevo hombre a nuestra escuadrilla 393.

Hace un par de semanas se incorporaron Theodore van Kirk, más conocido por «Dutch», también el bombardero Kermit Beahan y el navegante James van Pelt. El resto sois de la casa: Robert Lewis, Charles Sweeney, Don Albury, el teniente Beser, los mecánicos Bob Caron y Wyatt Duzenbury, el sargento mecánico Shumard y el radiotelegrafista Richard Nelson. Bueno, el novato ya irá aprendiendo los nombres. Vamos a pasar una larga temporada juntos –terminó Tibbets dirigiéndose a John.

Tibbets hizo un gesto a John para que se pusiera en pie y se diera la vuelta.

—El teniente John Smith es meteorólogo de las Fuerzas Aéreas. Los que hemos volado en el Pacífico sabemos lo cabrón que puede ser ese océano cuando se le cruzan los cables. El teniente es un cerebrito de Berkeley. Espero que le traten con el respeto que se merece.

—Pues parece un japo –se oyó una voz al fondo.

—¿Quién ha abierto su bocaza? ¿No serás tú, Lewis? –preguntó enfadado Tibbets.

Un atractivo joven se puso de pie en posición de firme.

—Lo siento, señor. Se me ha escapado.

—¡Lo siento! Arrogante hijo de puta. Aquí sólo insulto yo. Yo soy vuestro jodido enemigo. Para ti soy el puto Hiro-Hito. Eso va por todos –dijo el coronel mirando a los reunidos.

La habitación se llenó de un silencio nervioso hasta que el coronel mandó sentarse a Lewis.

—*Kokutai* –dijo Tibbets dirigiéndose a John.

John le miró sin saber que responder. Conocía perfectamente el japonés, pero dudaba si era mejor guardar ese secreto para él. Tibbets le hincó su incisiva mirada.

—¿Le puede decir a estos caballeros que significa *kokutai*? –dijo Tibbets.

—*Kokutai no Hongi*. Es una idea un poco compleja, pero viene a significar la esencia nacional del Japón. El Emperador es el padre de la gran familia del Japón que es su pueblo.

—¿Un mestizo puede formar parte de ella?

—No, señor. Todo lo extranjero está prohibido.

—Gracias, teniente. ¿Pensabais que soy un zopenco sin cultura? Mientras vosotros os vais a Salt Lake City o dormís como beodos en vuestras camas, yo intento conocer la mente del enemigo. La guerra hay que ganarla aquí -dijo el comandante señalándose con un dedo la cabeza.

John notó como las miradas de sus compañeros se clavaban en su espalda. No podía haber entrado de peor manera en el grupo. Gracias a él uno de los hombres sería sancionado y, por si esto fuera poco, el coronel le había hecho quedar como un listillo delante de todos.

—Ahora sin más interrupciones vamos a repasar los pormenores de la misión. Ya tenemos los quince B-29 que necesitábamos. Algunos de vosotros me han preguntado por qué no vienen armados. Me imagino que alguno de vosotros se ha meado en los pantalones al pensar que podríamos ir a Japón o a otro objetivo sin una sola defensa. Pues vamos a ir a nuestra misión sin más armas que las ametralladoras de cola y sin planchas de protección. Necesitamos alcanzar la máxima velocidad y altura posible, por eso hay que deshacerse de lo superficial.

—Pero, señor, entonces, ¿cómo evitaremos los cazas enemigos? -preguntó Bob Caron.

—No te preocupes Bob, te dejaremos que uses tu ametralladora de cola -bromeó Eatherly.

—Bromas aparte. La verdad es que pretendemos volar tan alto, que estaremos en todo momento a resguardo de antiaéreas y cazas enemigos.

—Eso me deja mucho más tranquilo, coronel -dijo Bob Caron. No me gustaría perderme un poco de acción, pero si es por el bien de la misión, sabré esperar.

—Por ahora, y sé que esto os revienta, todas nuestras misiones de prueba serán dentro del país. No podemos arriesgarnos a perder uno de los aviones, son muy valiosos. Seguiremos con la rutina de ir a «Salton Sea» para hacer las prácticas de tiro. Esto me recuerda que Lewis y Albury estarán en tierra toda la semana.

—Pero, coronel… -dijo Albury.

—Ya sabéis cuales son las consecuencias a los fallos en vuelo. El comandante Tom Ferebee ya os ha demostrado que sí se puede dejar caer las bombas dentro del círculo. Además, esta semana reduciremos aún más el círculo del objetivo.

—¡Más! -protestó Lewis.

—Más -contestó tajante el coronel.

Tibbets revisó sus papeles, se sentó al borde de la mesa y dijo:

—Dutch ha realizado algunos cálculos. Por favor, ¿puedes leerlos?

El capitán Dutch se puso en pie y comenzó a explicar sus mediciones.

—Como habrán comprobado, caballeros, los B-29 son aviones extremadamente precisos. Los vuelos de entrenamiento de las últimas semanas han demostrado que se pueden hacer largos vuelos sobre tierra o sobre agua con un máximo de error en el rumbo de apenas ochocientos metros. Estos cálculos se han hecho siempre en condiciones óptimas, sin hostigamiento enemigo y sobre terreno conocido -dijo el capitán Van Kirk con un tono atildado arrogante.

—Gracias, Dutch. Tu informe ha sido impecable, pero ya puedes relajar las nalgas y sacarte la flor del culo.

El capitán frunció el ceño y se sentó de golpe. Por detrás, la risita ahogada de Lewis le crispó aún más los nervios. El niñato de Lewis se pasaba todo el día intentando llamar la atención y Dutch ya estaba cansado de su comportamiento infantil. Se lo había dicho varias veces a Tibbets, pero éste le había respondido que Lewis tan sólo estaba aliviando tensión. La verdad era que el coronel había elegido como hombres de confianza a Ferebee y Van Kirk y el resto del grupo 393 se sentía desplazado. Se podía ver a los tres trabajando juntos a todas horas. Si alguien sabía lo que se estaba cociendo en aquella misión eran ellos, los demás eran meras comparsas. Lewis intentaba entrar en el círculo, pero la hostilidad de Dutch le ponía muchas veces en evidencia. Pero los problemas del apuesto capitán no terminaban ahí, también tenía su guerra personal con Beser, el oficial de radar. Además Beser era el único, junto a Tibbets, al que le estaba permitido salir de la base para acompañar al coronel en sus viajes a Los Álamos, la base científica.

—Bueno, señores, ya se huele el potaje de Perry desde aquí. Creo que será mejor que dejemos el resto para mañana –dijo Tibbets olfateando el aire.

El grupo se levantó y saludó al coronel. Primero salió Tibbets seguido por Dutch y Ferebee, después les siguieron Lewis, Bob, Nelson y Stiborik. Eatherly y Beser se quedaron junto a John.

—¿Qué te parece? Un judío, un libertino y un japo juntos. Creo que hacemos un trío perfecto. Los del Klu Klux Klan se lo pasarían en grande con nosotros –bromeó Beser.

—Bueno chico, no te lo tomes a mal. Lewis es un poco bocazas, pero no es mal tipo. ¿Verdad, Beser? –dijo Eatherly.

—A mí no me metas en líos. Para mí Lewis es un capullo que va de listillo y que se cree protegido por el coronel porque volaron juntos en Europa.

—Bueno, ¿qué te parece nuestra familia? –preguntó Eatherly a John intentando cambiar de tema.

—Todavía es pronto para opinar, pero como todas las familias, bien y mal avenida al mismo tiempo.

Los tres hombres rieron y se dirigieron hambrientos hacia los pucheros de Charles Perry, el mejor cocinero del ejército americano. Se rumoreaba que Tibbets utilizaba los aviones para traer las mejores provisiones de una punta a otra de los Estados Unidos. Las palabras mágicas de «Silver Plate» abrían todas las puertas al 393.

5

SALT LAKE CITY

«Éste es el lugar».
Brigham Young

—La verdad es que eres un tipo con suerte, John –dijo Eatherly sonriendo. Llegas justo el día en el que libramos y podemos ir a la ciudad.

—Ni que lo digas. Tiene más suerte que un judío en un día de mercado –bromeó Beser.

Los tres hombres se internaron en las calles de Salt Lake City y desembocaron en la Plaza del Templo y observaron las abigarradas torres del edificio principal de la ciudad y corazón del mormonismo.

—No es por ofender, pero yo nunca sería mormón aunque fuera tan sólo por un problema de estética. No es que los judíos nos hayamos destacado nunca por la arquitectura, después de lo de Salomón y Herodes no hemos construido nada decente, pero este edificio me puede –bromeó Beser, señalando la iglesia.

—Lo peor no es eso, amigo. Esta ciudad es la cuna de la sobriedad y la decencia. No se puede encontrar una timba de póquer decente por ningún lado y de putas ya ni hablamos –dijo Eatherly.

John se removió incómodo en el uniforme de los domingos. No se consideraba un mojigato, pero hablar con tanta liberalidad de las cosas, no encajaba en la familia Smith. A pesar de todo, estaba entusiasmado con la compañía de Beser y Eatherly, porque por primera vez conectaba con alguien en el ejército. Aquellos tipos estaban curtidos en mil batallas, pero se habían convertido, desde el primer momento, en sus protectores. Aunque ellos también eran dos tipos raros en el 393.

—Tengo la garganta seca. ¿Por qué no vamos a mojar el gaznate? -preguntó Eartherly mientras se frotaba su largo cuello.

—Es una estupenda idea. No creo que liguemos con ninguna de esas -dijo Beser señalando a un grupo de chicas con faldas hasta el tobillo y pañuelo en la cabeza.

A las afueras de la ciudad y para gran escándalo de los ancianos mormones, algunos renegados y un pequeño grupo de italianos habían abierto algunos tugurios de aspecto detestable. Nada serio. Unos bares medio destartalados que servían para repostar a los camioneros que se dirigían hacia Nevada. Los marcianos de la base de Wendover los habían convertido en su patio particular; todo el mundo de la base bebía unas cervezas allí y jugaba a las cartas. Los miembros del 393 siempre eran mirados con recelo por el resto de sus compañeros. Eran los niños mimados de Tibbets, a pesar de que el coronel tenía bajo su mando al Ala de Transporte 320, el Grupo de Servicio Aéreo 390, el Ala de Ingenieros del Aire 603 y el Ala de Material Aéreo 1207. Pero la pesadilla del 393 era la Policía Militar 1395. La base era un entramado de grupos siempre en discordia.

El garito era un gran agujero negro y humeante llamado «Chi Chi Club». Mientras que el sol resplandecía en «el sitio», como los soldados llamaban Salt Lake City, allí dentro era siempre de noche. Los ojos tardaban un rato en adaptarse a la luz, pero cuando lo hacían les decepcionaba el patético lugar en el que tenían que divertirse los soldados de Wendover.

—Bienvenido al purgatorio -dijo Beser extendiendo sus cortos brazos.

Apenas un par de fulanas y dos o tres camareras flotaban en aquel mar caqui de uniformes. Casi todas las mesas estaban ocupadas, pero Eatherly se abrió paso a codazos hasta una de las mesas del fondo después de pedir dos cervezas en la barra. John le siguió de cerca, como si temiera que la multitud volviera a cerrarse enseguida. Beser pasó despacio, saludando a varios soldados y los tres se sentaron desganados en el banco templado y maloliente.

—¿Por qué dices que esto es el purgatorio? -preguntó John.

— Aquí esperamos a que nos manden al cielo o al infierno. Cada noche está más cerca la misión. La jodida y secreta misión -dijo Beser tomando una cerveza.

—¿Sabéis en qué consiste? -preguntó John.

—Yo no sé una mierda. Pero éste sabe más de lo que cuenta -dijo Eatherly señalando a Beser. Los judíos siempre saben más de lo que dicen.

Beser les miró de reojo haciéndose el interesante. Apuró la cerveza y se recostó en el banco, con las manos detrás de la nuca.

—¿Ves a ese tipo de allí? -dijo el judío señalando hacia la barra.

—Sí -contestó John, distinguiendo a un tipo gigantesco.

—Es mi sombra.

—¿Tu sombra? -preguntó extrañado el joven.

—El poder salir de la base tiene sus ventajas y desventajas.

—¿Puedes salir de la base? -preguntó John.

—Claro, japo. Ser oficial de Contramedidas de Radar no es cualquier cosa. Pilotar un avión lo hace cualquiera -dijo burlándose de Eatherly.

—¿En qué consiste tu trabajo? -preguntó John, ignorando las bromas del judío.

—Es confidencial -dijo Beser en un tono más bajo. Eatherly miró por encima del hombro a Beser y guiñó un ojo a John.

—Ya te lo dije. A los judíos les encantan los secretos.

—No es eso, ¡animal! Pero si se os va la lengua me la juego.

—Venga, Beser. Tienes delante de ti a dos marginados de mierda a los que nadie hace caso.

Beser observó a su vigilante y después echó un vistazo a las mesas de al lado. Por menos de lo que les iba a contar, muchos estaban congelándose destinados en Alaska.

—Sólo puedo deciros que tengo acceso a la Zona Técnica. Hay muchos científicos investigando una nueva arma. A veces tengo que ir a una base secreta en Nuevo México y otras veces me traen varios cabezas cuadradas de allí, para que les explique cómo analizo las variaciones de intensidad de las ondas y cómo calculó la velocidad o trayectoria de objetos.

—Esos son «los ingenieros de la sanidad» -explicó Eatherly a John.

—¿Cómo? -preguntó éste sorprendido.

—Unos tipos que lo husmean todo. Los mecánicos y técnicos de la base están hasta el gorro de ellos. Aparecen de vez en cuando con Tibbets y echan el trabajo de los muchachos por tierra. Ese es el precio de trabajar para una misión de la que desconocemos casi todo. Mira, la mayoría de nosotros llevamos años luchando en la guerra. Esta tranquilidad nos pone de los nervios, no es que seamos héroes, pero los días se hacen eternos en Wendover -dijo Eatherly frunciendo el ceño.

—No es fácil -añadió Beser. Sabemos que todo esto se ha montado para algo grande. Algo que puede terminar con la guerra, pero desconocemos el tiempo que nos tendrán aquí. Ya nos han dicho que nada de permisos a casa. Nos pasamos los meses de la base a aquí y de aquí a la base. Y por si esto fuera poco, ahora llega el invierno adelantado y con ese gélido viento, que te enfría hasta las pelotas.

—¡Y luego estos mierdas nos miran por encima del hombro! -dijo Eartherly alzando la voz.

Al instante media docena de militares se giraron y les miraron con el rabillo del ojo. Eartherly los retó con los ojos encendidos y los cuatro hombres se pusieron de pie.

—Mierda del 393. ¿No la oléis? -bromeó el más alto, un comandante de Infantería de aspecto hosco.

Una carcajada general inundó el local, pero cuando el piloto Eartherly se puso en pie, se hizo el silencio. El hombre sacaba una cabeza al más alto de sus contrincantes.

—Será de la cagada que se pegó tu madre cuando te trajo al mundo.

—Capitán, ¿no ha visto mis galones? –dijo el comandante, irritado.

—Sólo veo mierda de infantería. Mientras vosotros os arrastráis como cucarachas, nosotros os salvamos el culo matando a los malos.

El comandante levantó el puño pero no le dio tiempo a descargarlo sobre Eartherly, éste lo detuvo en el aire y apretó la mano con sus gruesos y gigantescos dedos. El comandante se retorció de dolor. Los otros tres tipos aprovecharon la distracción para lanzarse sobre el gigante y derrumbarle sobre la mesa. Eartherly partió la mesa en dos y cayó pesadamente sobre sus compañeros sin soltar la mano del comandante que aullaba y maldecía. La bebida se vertió sobre Beser y con una maldición se lanzó al cuello de uno de los soldados de Infantería. Un puñetazo voló sobre John, que lo esquivó en el último momento. Eartherly se levantó de un salto, empujó con fuerza a los dos hombres que quedaban sobre él y los lanzó por encima de la cabeza de los soldados que estaban sentados al lado. Entonces todo el mundo empezó a repartir sopapos y las sillas y las botellas comenzaron a volar por el local.

John golpeó a un soldado en plena cara y se subió al banco para intentar huir por encima de las cabezas de la multitud, pero le atraparon dos soldados y comenzaron a golpearle con fuerza. Beser se lanzó a por el que sujetaba a John por la espalda y le dio un cabezazo mientras él le daba una patada en los testículos al otro.

Eartherly intentó zafarse de la media docena de soldados que intentaban derrumbarle de nuevo, pero al final consiguieron que perdiera el equilibrio. Beser y John corrieron en su ayuda repartiendo puñetazos, patadas y rompiendo botellas en las cabezas de varios soldados.

El silbido de la Policía Militar paró al instante la pelea. La multitud corrió hacia la salida trasera como una estampida de búfalos furiosos. Beser y John levantaron a Eartherly, pero el gigante estaba medio inconsciente. La policía se lanzó sobre ellos y los redujeron a porrazos. Mientras la Policía Militar les llevaba en un camión, John pensó que si la mañana le había puesto en contra de la mayor parte de sus compañeros, por la noche había conseguido que le mandaran a Alaska a vigilar pingüinos.

* * *

La puerta del calabozo se abrió y Tibbets entró resoplando en la exigua habitación. Beser, Eartherly y John estaban sentados sobre la misma cama, entumecidos y medio adormilados. El coronel se puso en jarras delante de ellos y los miró muy serio.

—¿Se puede saber para qué mierda pierdo el tiempo con ustedes? Escojo a los mejores hombres del ejército para una misión especial, me encierro durante meses para entrenarles, consigo para ellos el mejor material y ¿cómo me lo pagan? Destrozando un bar de mala muerte en Salt Lake City, dejando varios soldados hospitalizados y arrastrando por el suelo el buen nombre del 393. Ustedes son la elite del ejército. Están destinados a la gloria, a que las generaciones futuras les recuerden con asombro y les veneren, en cambio, aquí sólo veo a tres borrachos, tres perdedores, verdadera escoria. ¿Qué tengo que hacer con ustedes? ¿Enviarles a Alaska? ¿Hacerles un consejo de guerra? ¿Degradarles?

Los tres hombres miraban sin pestañear y en posición de firme al coronel. Sabían que su futuro pendía de un hilo. La seguridad era una de las obsesiones de Tibbets. Controlar a mil doscientos hombres no era tarea fácil. La Policía militar y los agentes de seguridad controlados por el comandante William L. Bud Uanna, que habían sido enviados desde Los Álamos para vigilar a los soldados, estaban esperando cualquier error suyo o de sus hombres, para informar al general Groves y apartarles de la misión. Cualquiera podía ser un espía de Uanna. La situación en algunos casos era desesperante, había muchos hombres que se habían acostado con mujeres casadas cuyos maridos estaban en el frente y las peleas y las borracheras eran constantes. Las autoridades de Salt Lake City estaban comenzando a cansarse.

Eartherly estaba en el punto de mira de Uanna. El jefe de los servicios secretos había recomendado a Tibbets que se deshiciera de él. Eartherly era un jugador compulsivo, agresivo y con una tendencia preocupante a la psicopatía, pero el coronel sabía que el capitán era también uno de sus mejores hombres y no podía prescindir de él. Aunque Eartherly fuera el mismo diablo, necesitaban a gente como él para que la misión fuera un éxito.

El coronel volvió a mirarles de arriba abajo y les espetó:

—Es su última oportunidad, señores. O se comportan como verdaderos caballeros del Aire o no podré hacer nada por ustedes y terminarán la guerra en alguna prisión militar en Alaska. ¿Han entendido?

—Sí, señor –respondieron los tres hombres a coro.

—Con respecto a usted, señor John Smith, se ha juntado con lo peor de mis hombres, felicidades. Ha puesto su carrera en peligro en menos de un día. Queda sancionado sin paga durante un mes. Y ahora salgan de aquí echando leches. ¡Venga! –les gritó Tibbets.

Los tres hombres arrastraron sus doloridos cuerpos por el pasillo hasta la salida. Los guardias de la Policía Militar los miraron con desprecio. A partir de ahora los tendrían pegados al culo, como las moscas a la mierda, pero por lo menos por ahora habían salvado el pescuezo.

John se tumbó en la cama y todo comenzó a darle vueltas. Estaba cometiendo demasiados errores. Tenía una familia que cuidar y muchas razones para regresar lo antes posible a casa. Se prometió a sí mismo que no volvería a pisar un bar en lo que le quedaba de tiempo en el ejército y que, sobre todo, no tomaría ni una gota de alcohol. Sería un buen chico, lo haría por Ana y por el niño. Lo haría por el futuro.

6

LOS ÁLAMOS

«Nunca habíamos tenido tan poco tiempo para hacer tanto».

Franklin D. Roosevelt

LOS ÁLAMOS, NUEVO MÉXICO,
1 DE DICIEMBRE DE 1944

Las mañanas en Wendover se habían convertido en un verdadero infierno de frío y lluvia. Pasaban la mayor parte del tiempo encerrados en los barracones o corriendo de uno a otro, enfangándose hasta los tobillos en el barro que había sustituido al polvo pesado del verano. John pensaba que si seguía allí mucho tiempo terminaría por volverse loco. Para colmo, el último mes había estado sin paga y limitado en algunos de sus privilegios. Su relación con el grupo era superficial, menos con el grandullón de Eartherly y el bueno de Beser. No había seguido los consejos de Tibbets, pero la verdad era que el resto de los hombres apenas le saludaban cuando se cruzaban con él en los baños o la sala de comunicación.

Aquella mañana era distinta a todas las demás. Y que algo rompiera la rutina era el mayor regalo que el cielo pudiera hacerle. Beser se lo había dicho la noche anterior. Tibbets quería que fuera con ellos a Los Álamos, la base de los científicos en Nuevo México. Eso suponía permanecer dos días fuera de Wendover, volar y ver nuevas caras.

John se acercó al aeródromo y se puso a contemplar los aviones. Aquellas moles de acero parecían tan pesadas que todavía le costaba asimilar que pudieran mantenerse en el cielo, pero su belleza era innegable. Había viajado en varios aviones, pero la experiencia de volar en un B-29 era algo único. La estabilidad y solidez del aparato te mantenía tranquilo y confiado. Era como cruzar el océano en un trasatlántico.

John sintió que alguien se situaba a su espalda y permaneció quieto, como si no se hubiera dado cuenta.

—Son hermosos, ¿verdad? –preguntó la voz del coronel Tibbets.

—Sí, señor. Son unos verdaderos caballos de acero.

—Yo participé en las pruebas del B-29 y tuve el honor de volar uno de los primeros prototipos. Con ese avión no tienes la sensación de que vuelas, pareces flotar literalmente en una nube. Uno de esos pájaros nos ayudará a ganar la guerra.

—Eso espero, señor.

—En los próximos meses está planeado que nuestros hombres lleguen a Luzón e Iwo Jima. Desde allí, Japón será nuestro patio particular. Por lo que he leído en tu expediente fuiste en el ataque del general O'Donnell sobre Tokio.

—Sí, señor. Volé aquella noche con él.

—Ahora los ataques aéreos los dirige el general LeMay. Es un buen tipo ese LeMay.

Los dos hombres permanecieron en silencio unos instantes. Tibbets siempre estaba demasiado ocupado dirigiendo la base, las pruebas o reuniéndose con especialistas como para pasar un rato con sus hombres. John se sentía halagado y atemorizado al mismo tiempo por la atención que le prestaba el comandante.

—Te he estado observando estas semanas y has progresado mucho. No te has metido en líos y has realizado un trabajo impecable. Este viaje no es un regalo, se trata de simple rutina, hay unos aparatos nuevos que quiero que conozcas. Será mejor que sigas las normas. Si te parecen estrictas las medidas de seguridad de Wendover, las de Los Álamos son muchos más duras. Lo que veas y lo que oigas es estrictamente confidencial.

¿Has entendido?

—Sí, señor.

—Bueno, hijo. Será mejor que nos montemos en el avión. Por allí viene tu amigo Beser –dijo el coronel. Después se dirigieron al avión y despegaron.

El viaje se le hizo corto. Pasó la mayor parte del tiempo tumbado, con la agradable sensación de no tener nada que hacer. El rugido de los motores le adormecía, como el canto melodioso de dos niñeras. Cuando el avión comenzó a descender, miró por la ventanilla. Los Álamos se encontraba en una zona boscosa y, como le había contado Beser, era una verdadera ciudad en mitad de la nada. Según tenía entendido, allí el ambiente era muy distinto. No era una base militar propiamente dicha, era una pequeña ciudad con excepcionales medidas de seguridad. El personal civil podía vivir junto a su familia.

Cuando los tres hombres descendieron del avión no estaban en Los Álamos sino en Alburquerque, Nuevo México, a unos pocos kilómetros de la base. Un automóvil les esperaba para llevarlos hasta allí. Tibbets y Beser ya estaban acostumbrados al protocolo de seguridad, por eso en cuanto vieron al coronel John Lansdale se quitaron los emblemas de las Fuerzas Aéreas y se los guardaron en el bolsillo; John Smith les imitó y los cuatro se introdujeron en el sedán de color verde claro. Al parecer, después del giro de los acontecimientos y la inminente victoria aliada en Europa, muchos científicos se oponían a terminar la nueva arma secreta y mucho menos a lanzarla, y por eso los militares eran mirados con desconfianza en la base.

El coronel Lansdale les advirtió a ese respecto antes de llegar a la base. Nadie debía saber nada sobre «Silver Plate» ni sobre Wendover. John miró extrañado a Beser. ¿Por qué las Fuerzas Armadas impedían que los científicos que estaban fabricando el arma secreta conocieran que se planeaba utilizarla en algún momento?, se preguntó John.

Comenzaron a atravesar bosques de pinos tupidos y vírgenes de las solitarias montañas Jemez hasta que el coche se adentró en la base. Los Álamos parecía una ciudad futurista. Sus diseñadores no habían tenido tiempo ni dinero para embellecer los barracones que se extendían como serpientes sobre una gran llanura, diferentes corredores colgantes unían los edificios de ambos lados de la calle. John se imaginó ese gran hormiguero humano con miles de personas moviéndose por sus pasadizos y escondrijos, ajenos casi por completo al exterior. La población ascendía a más de seis mil científicos sin contar a sus mujeres y niños.

El coche se detuvo frente a una reja antiquísima y caminaron dentro de una antigua edificación de la época de la colonización española. Entraron en el amplio vestíbulo y una secretaria les invitó a que esperaran sentados y se ofreció a llevarles un poco de café y pastas.

John lo agradeció, llevaban muchas horas de viaje y sentía como sus tripas quejicosas se revolvían. Después del tentempié, el bueno de Norman Ramsey les sirvió de guía en la zona Y, una de las más restringidas de Los Álamos.

—Por favor… –comenzó a decir Norman.

—Ya lo sabemos, Norman. Nada de llamar doctor o profesor al jefe –dijo Beser cortando al hombre.

Este les miró sonriente y Beser continuó la broma dirigiéndose a John.

—Seguridad. Bendita seguridad.

Caminaron por un pasillo largo hasta uno de los despachos y Norman llamó a la puerta. Se escuchó una voz del otro lado y penetraron en un despacho pequeño, lleno de papeles por todas partes. Sentado frente a su escritorio estaba un hombre delgado, de aspecto frágil, piel algo cenicienta, frente despejada y ojos grandes y expresivos. Podía haber sido un galán de cine. Vestía un traje sobrio pero elegante que estilizaba su delgada figura. El hombre levantó la cara y John lo reconoció al instante. No supo cómo reaccionar. Su enlace, Norman, les había advertido que no trataran al hombre por sus títulos y que mantuvieran la máxima discreción.

—Señores, encantado de volver a verles –dijo el hombre intentando sonreír.

—Lo mismo digo –contestó Tibbets.

—Hoy les tengo preparada una reunión especial. ¿Este es su nuevo fichaje? –preguntó el hombre señalando a John.

—Sí. Permítame que les presente. Este es el nuevo meteorólogo del 393, John Smith. John, le presento al señor Oppenheimer.

El hombre observó a John con detenimiento.

—¡Pero si yo le conozco! ¿No es usted John Smith, el hijo del profesor Peter Smith? –dijo el hombre ahora con una amplia sonrisa.

John agachó azorado la cabeza y no dijo palabra.

—¿Se conocen? –preguntó sorprendido Tibbets.

—No sé si John se acuerda de mí, pero yo sí me acuerdo de él.

Robert Oppenheimer, hijo de un rico emigrante de origen judío alemán. Había estudiado en Harvard obteniendo altísimas calificaciones y se había especializado en física experimental. Se había doctorado en la Universidad de Göttingen en Europa y tras un largo periodo allí, había regresado a Estados Unidos. Al poco tiempo aceptó un cargo de profesor asistente en Física en la Universidad de Berkeley en California.

—Sí, señor. Sé quién es. Estuvo varios años pasando por casa para ir a ver a mi padre. Yo era muy joven pero aún me acuerdo de sus discusiones sobre religión y política.

—Tu padre había leído los Vedas y otros textos hindúes, aunque creo que su especialidad era Japón, ¿verdad?

—La lengua japonesa –precisó John.

—¿Qué tal anda Peter?

—Bien, señor. Sigue igual de testarudo –se le escapó a John.

Todos se rieron y Oppenheimer se levantó señalándoles con la mano la salida.

—Como les decía antes, la reunión de hoy es especial. No tengo que recordarles que hay que mantener todo lo que se hable en el más estricto secreto. Hay varios colegas que se están poniendo nerviosos. Es lógico, después de tantos meses de trabajo, estamos a punto de conseguir nuestro objetivo.

—Somos como tumbas -dijo Beser con un gesto gracioso.

—Beser, conténgase -le reconvino Tibbets.

—Hoy mantendremos una reunión con el general Groves.

—¿El general está aquí? -preguntó Tibbets.

—Ya les he dicho que se han producido unos cambios importantes. Los turnos se han doblado, estamos trabajando a toda máquina -dijo orgulloso Oppenheimer.

—¿Por qué? ¿Los generales quieren usar su juguetito antes de que se acabe la fiesta? -dijo Beser sarcásticamente.

—Beser, no sea burro. Se lo advierto por última vez.

—Perdone, señor.

—Yo no entiendo de preparativos militares. El general Groves nos dio la orden y yo no sé quién se la dio a él. Me imagino que el Presidente.

Llegaron a un salón amplio repleto de mapas y fotos. Apoyado sobre la mesa un hombre de mediana edad, algo grueso, con el pelo y el bigote canosos, parecía meditar sobre un amplio mapa del Japón. Al oírles llegar levantó la cabeza. Los militares le saludaron y el científico se limitó a hacer un leve gesto con la cabeza.

—Robert, caballeros -dijo el general con un gesto de cabeza.

—Aquí te traigo a nuestro nuevo fichaje -dijo Oppenheimer adelantando con el brazo a John. Su nombre es John Smith.

Groves lo escrutó con la mirada, deteniéndose un rato en sus ojos rasgados. Después le dijo con un gesto que se acercara.

—Hijo, necesitamos tu ayuda para decidir algo de vital importancia –dijo el general apoyando un brazo sobre el hombro del muchacho.

—Usted dirá, señor –contestó John con voz temblorosa.

—Usted es un especialista en meteorología de Asia, lleva meses estudiando el clima del Japón.

—Así es, general –dijo John expectante.

—El clima allí es algo endiablado, ¿verdad? –preguntó Groves para dar cuerda al tímido muchacho.

—El clima de Japón es como el de todo el planeta. Imprevisible y a veces caprichoso.

—Claro, claro. Pero bueno, me gustaría que me hablases de la estación de lluvias, los vientos y todo eso –dijo impaciente Groves.

John miró el mapa y empezó a describir algunos de los rasgos del clima de la zona.

—Podría empezar diciendo que Japón es un país lluvioso y con una humedad alta que posee un clima templado con cuatro diferentes estaciones bien definidas –dijo John como si repitiera una lección de memoria.

—¿Cómo sucede en la costa este, en Nueva Inglaterra? –preguntó el general.

—Sí, señor.

—Continúe, por favor –contestó el general.

—El clima en el norte es ligeramente frío, aunque su temperatura se templa gracias a los fuertes vientos del sur en verano. En invierno en esta zona nieva copiosamente.

—Una zona horrorosa para hacer operaciones militares –concluyó Groves.

—Podemos decir que sí. En cambio el centro del país tiene un clima cálido, veranos húmedos e inviernos cortos y el del sur ligeramente subtropical con veranos largos, calientes y húmedos e inviernos cortos y suaves. Esto es en líneas generales y a grandes rasgos. Pero, como sabrán, el clima sufre variaciones bruscas al ser afectado por los vientos estacionales producidos por los centros ciclónicos y anticiclónicos que se forman en el continente y en el Pacífico. A estos fenómenos los denominamos, anticiclón o ciclón hawaiano. Los anticiclones y los ciclones generan vientos desde el continente hacia el Pacífico en invierno y del Pacífico al continente en verano.

—Por lo que dice, el viento del verano favorece un ataque sobre Japón, ya que nuestras bases más cercanas se encuentran al este del archipiélago. El viento favorable del verano nos ahorraría combustible y nos daría más autonomía de vuelo y más tiempo para actuar en la zona del objetivo –señaló Tibbets con el dedo sobre el mapa.

Las últimas conquistas americanas facilitaban los bombardeos sobre el Japón. Luzón, al norte de Filipinas, estaba a punto de caer en manos norteamericanas. El próximo objetivo era Iwo Jima.

—¿Cuál es la mejor época del año para atacar Japón y qué zona del archipiélago es más vulnerable? –preguntó el general Groves.

—Yo volé en octubre de este año en la misión enviada a bombardear Tokio. El tiempo en octubre es muy cambiante y un repentino viento de Siberia desvió las bombas de sus objetivos. Existen dos factores primarios en la influencia climatológica de Japón: el primero, es la cercanía con el continente asiático y las corrientes oceánicas. El clima desde los meses de junio a septiembre es caliente y húmedo debido a las corrientes de viento tropicales que llegan desde el Océano Pacífico y desde el sudeste asiático. Sin duda esos meses son los mejores para realizar un ataque contra el Japón –dijo John con seguridad.

—Muchas gracias, hijo. Eso nos deja fuera de juego hasta el verano del 45. Una misión de la envergadura de la que tenemos entre manos no debe realizarse sin tener todo a nuestro favor –dijo el general Groves.

—Pienso lo mismo –asintió Tibbets.

Beser hizo un gesto de aprobación con la cabeza y comenzó a hablar.

—Ni qué decir tiene que el sistema de radar funciona mejor con un tiempo estable. Si los vientos son moderados es más fácil calcular la distancia, la latitud y la velocidad.

—Hay un inconveniente que no he apuntado. Estas corrientes del sur, que provienen del Pacífico, se convierten en precipitaciones que llevan grandes cantidades de agua al tocar tierra, por lo que el verano es una época muy lluviosa. El periodo de lluvias comienza a principios de junio y se extiende alrededor de un mes.

—Eso significa que la mejor fecha para atacar está entre julio y agosto –dijo el general.

—Sí, señor. Las lluvias torrenciales no suelen durar más de un mes. Le sigue una época de calor, desde primeros de agosto hasta principios de septiembre. Aunque todo esto son pronósticos medios de los últimos años, y hay que tener en cuenta que el clima es imprevisible.

—Y, ¿cuál es la situación en septiembre? –preguntó Tibbets.

—Normalmente es el periodo de tifones. Lo normal es que Japón sufra cinco o seis tifones al año. Los tifones suelen producir daños significativos. La precipitación anual de lluvias se encuentra entre 100 a 200 centímetros, pero entre el 70 y el 80 por ciento de estas precipitaciones se concentran entre los meses de junio y septiembre. En invierno, los centros de alta presión del área siberiana y los centros de baja presión del norte del Océano Pacífico son los causantes de los vientos fríos que recorren Japón de oeste a este, produciendo fuertes nevadas en la costa japonesa del Mar del Japón.

—Un tiempo de mil diablos –señaló el general Groves. Pero que hay que tomar en cuenta si al final se decide la invasión del Japón.

—Sí, señor. Los vientos chocan contra las cadenas montañosas del centro de Japón, y eso hace que en las grandes alturas las precipitaciones sean en forma de nieve y al pasar por la costa pacífica del país llegan sin portar notables cantidades de humedad, por lo que no son el factor principal de nevadas en la costa pacífica. Además esto provoca que en la costa pacífica el tiempo en invierno sea seco y de días sin nubes, al contrario del invierno en la costa oeste –dijo John, visiblemente orgulloso de la atención con la que le atendía el resto del grupo.

El general examinó de nuevo el mapa y comenzó a señalar el Mar del Japón y el Océano Pacífico.

—¿Cuáles son las corrientes predominantes en la zona? –terminó por preguntar.

—Como podrá observar en el mapa, hay dos corrientes oceánicas que afectan al modelo climático de Japón. La primera es una corriente cálida, que los japoneses denominan Kuroshio. La segunda es la corriente fría llamada, Oyashio. La corriente de Kuroshio fluye por el Pacífico desde la zona de Taiwán y pasa por el Japón llegando a esta zona, muy hacia el norte de Tokio. Esta corriente atrae vientos cálidos sobre la costa este de Japón y dispara las temperaturas.

—Le felicito Tibbets. Su hombre es un verdadero pozo de sabiduría. La mayor parte de los meteorólogos del ejército no saben casi nada del clima de las costas del Pacífico. Sobre todo de los cambios bruscos del clima. Muchas misiones han fracasado en esa zona debido al mal tiempo –apuntó Groves, visiblemente impresionado.

—Gracias, señor –dijo Tibbets levantando la barbilla.

El general sacó dos mapas nuevos. En uno aparecía claramente la costa sur este del Japón ampliada con todo lujo de detalles. En el segundo mapa, se representaba la costa oeste.

—Ahora viene lo más difícil, muchacho. Atendiendo a la climatología, ¿qué ciudades son objetivos más claros para un bombardeo? –preguntó el general.

—Perdone, señor. Hay algo que no entiendo bien. El coronel Tibbets me ha hablado en todo momento que los bombarderos no llevarán apenas defensas. Entonces, ¿cómo se supone que vamos a protegernos del fuego enemigo? –preguntó Beser.

—Beser, deje al general que siga con las preguntas –dijo Tibbets frunciendo el ceño.

—No importa, coronel. Puede responder a la pregunta. Tibbets dirigió la mirada hacia Beser y comenzó a darle todo tipo de datos. Oppenheimer confirmaba con la cabeza las palabras del coronel.

—Después de nuestra última reunión empecé a preocuparme

por la protección de nuestros bombarderos. Japón ha perdido muchos aviones en el último año, pero todavía tiene una fuerza considerable protegiendo sus costas. Como ya hemos dicho, los B-29 necesitan volar sin escudos protectores y casi sin armamento para conseguir la velocidad y altura adecuada. Le he estado dando vueltas. El avión debe hacer el viaje solo.

—¿Solo? –dijo Beser nervioso.

—Sí, la escolta de cazas tendría que estar muy alejada a la hora del bombardeo, lo que haría inútil su protección. Por otro lado, cuanto mayor sea la fuerza de ataque, más posibilidades hay de que los japoneses nos localicen.

—Pero eso no está probado, ¿cómo sabremos que el avión podrá alcanzar una altura suficiente para encontrarse a salvo?

—Yo hice la prueba con un B-29 desarmado en Nuevo México y funcionó. El avión ganó en rapidez, era mucho más manejable y podía volar mil doscientos metros por encima que un B-29 armado –contestó Tibbets cansado de las preguntas de Beser.

—Pero los cazas... –insistió Beser.

—Los cazas a los diez mil metros tienen que abandonar la persecución, no pueden volar tan alto. Lo hemos comprobado con los cazas P-47 que son prácticamente iguales a los Zero japoneses.

—Pero queda el fuego antiaéreo –señaló Groves.

—El fuego antiaéreo es ineficaz cuando se pasa la barrera de los nueve mil setecientos metros –comentó Tibbets.

—Bueno, creo que la explicación está muy clara. ¿No le parece Beser? –dijo Groves cortando el tema. Bueno, iba a lanzar una pregunta al joven teniente. Necesitamos saber qué objetivos son los más favorables para un bombardeo. Precisamos ciudades que estén en una gran llanura. Nuestros expertos en estrategia han señalado estas cinco: Kioto, Yokohama, Kokura, Niigata y el palacio imperial de Tokio. ¿Qué le parecen, John?

—Bueno, señor. Yo no soy un estratega, tan sólo le puedo facilitar algunos datos geográficos y climáticos –dijo John.

—Eso es exactamente lo que queremos. ¿Verdad, caballeros? El resto del grupo afirmó con la cabeza y se inclinó hacia el mapa. A John comenzaron a sudarle las manos y se las frotó por detrás del pantalón antes de identificar los objetivos que el general le había señalado.

¿Había oído bien? Uno de los objetivos era Kioto. Pensó. Su madre podía estar en esa ciudad, pero no podía desechar un objetivo por motivos personales.

—Bueno, teniente, estamos esperando -dijo impaciente el general Groves.

—No es sencillo, señor. Todos los objetivos tienes sus puntos fuertes y sus puntos flojos. ¿Podría estudiar los objetivos y comentárselo en unas horas? -dijo John intentando ganar tiempo.

—No, hijo. Hoy salgo para Washington. El Presidente está esperando un informe para mañana. Algunos científicos se están poniendo nerviosos y el Presidente quiere tener toda la información posible -dijo Groves en tono grave.

El silencio se adueñó de nuevo de la sala. John notaba como su corazón le latía en la garganta. Señaló el primer objetivo.

—No sé mucho sobre las ciudades que me ha enumerado. Pero yo descartaría de pleno Niigata. La ciudad está en la costa del Mar del Japón y como les dije anteriormente, los vientos en verano vienen del sureste. Además tendrían que atravesar la isla con el riesgo de ser atacados por aviones o antiaéreos. Incluso en verano Niigata puede cubrirse de nubes en cuanto sople el viento desde el continente.

—Entonces desestima Niigata -afirmó Groves.

—Sí, señor.

—Era uno de nuestros objetivos secundarios. Continuemos. ¿Qué le parece Tokio?

—Geográficamente está mejor situada, pero considero que está todavía demasiado al norte. El tiempo es cambiante tan al norte del archipiélago. Por otro lado, allí esta la residencia del Emperador y los japoneses le veneran como a un dios.

—El paganismo de esta gente haría sonrojar a cualquiera -dijo Groves con desprecio.

Oppenheimer se enderezó y mordisqueó su pipa nerviosamente. El general y él habían tenido muchos encontronazos durante aquellos años, a pesar de que Groves había hecho la vista gorda al conocer su pasado comunista y le había defendido frente a los que pedían su cabeza. El FBI llevaba meses persiguiéndole y le había salpicado el caso de su amigo y profesor de literatura en Berkeley, Haakon Chevalier, al que había tenido que denunciar como presunto espía ruso. Oppenheimer sabía que acusar a alguien de espía podía llevarle a la horca, pero prefirió salvar su pellejo, su matrimonio y su carrera.

—General, la cultura oriental es muy compleja. Como sabrá, el culto al Emperador no es tan ancestral como se cree. No fue hasta finales del siglo XIX que se impuso la divinidad del Emperador. Hasta entonces, el Emperador era visto como un sumo sacerdote. La era Meiji impuso el culto al Emperador, los burócratas pensaban que el politeísmo japonés era negativo para el país. Rehicieron el sintoísmo y los transformaron en una religión estatal, jerarquizada e institucionalizada. Para ellos el culto al Emperador es algo parecido a lo que nosotros hacemos con el culto a la bandera o la veneración a la Constitución Republicana.

Groves miró de reojo al científico. Odiaba cuando se ponía a divagar sobre las culturas orientales. Para él, todo eso de la meditación trascendental, las dietas budistas y los ritos animistas, sólo eran basura pagana.

—Nos estamos volviendo a desviar del tema. Por ahora no creo que sea prudente descartar del todo a Tokio, pero podemos ponerlo como segunda opción -determinó el general.

—Señor, perdone que le contradiga, pero le aseguro que si mata al Emperador, la guerra continuará hasta que muera el último japonés, ya sea niño, mujer, joven o anciano -dijo John enfatizando cada palabra.

—Ya he dicho que no será un objetivo primario. ¿Seguimos? –dijo Graves poniéndose de peor humor cada vez.

Todos se miraron entre sí. John volvió a fijar sus ojos en el mapa y, con el pulso tembloroso señaló Kioto. Se imaginó a su madre vestida con kimono, en mitad de la ciudad y notó cómo sus piernas comenzaban a temblar. Llevaba años sin verla, pero todavía conservaba una vieja foto en su poder. La imagen estaba desgastada y con los bordes carcomidos. ¿Cuántas veces se había preguntado por qué no se había ido con ella? A lo mejor, en ese mismo instante, hubiera estado en el bando contrario, preparando un ataque contra Estados Unidos. Alejó la idea de su mente y se puso a hablar de Kioto.

—En Kioto, las temperaturas suben mucho en verano. En algunos casos superan los 36 o 38 grados. La humedad es muy alta y es normal que a finales de julio y en agosto se formen tormentas repentinas.

—Kioto es una de las ciudades candidatas. No creo que esté todo el verano lloviendo en la ciudad –dijo Groves, comenzando a cansarse de las objeciones del joven.

—No, señor. Pero, ¿qué harán los aviones si se encuentran en mitad de una repentina tormenta de verano? –preguntó Tibbets.

—¡Abortar! ¿Qué van hacer si no?

—Una misión como la que vamos a llevar a cabo no se puede abortar, a no ser que no haya más remedio –respondió Tibbets.

—Por ahora Kioto queda como objetivo primario –determinó el general.

John notó como se le hacía un nudo en la garganta. Pero ¿qué podía hacer él? No sería fácil disuadir al general de su idea. Tampoco cabía la posibilidad de entrar en contacto con su madre. Las comunicaciones con Japón estaban rotas. La única solución era encontrar objetivos más atractivos para el general Groves.

—También está Yokohama, pero los problemas que plantea geográficamente son los mismos que Tokio. Clima cambiante en verano debido a las altas temperaturas y peligro de tormentas. Lo mejor sería escoger objetivos más al sur, de la zona oeste.

—¿Propone usted algún objetivo? –preguntó el general repiqueteando con los dedos en la mesa. Aquel joven se estaba extralimitando en sus funciones, pero tenía que presentar el proyecto de una forma clara al Presidente. En los últimos meses, el presidente Roosevelt había comenzado a tener serias dudas sobre la conveniencia de lanzar la bomba sobre el Japón.

* * *

Alexandre Sach, el financiero que había sido el portavoz de la petición de los científicos liderados por Albert Einstein de que Estados Unidos se tomara en serio el programa nuclear y adelantara a los alemanes en la fabricación de la bomba, ahora quería que Roosevelt no la lanzara sobre Japón. Los servicios secretos sabían que Alemania era, a finales de 1944, incapaz de fabricar una bomba de aquellas características. El propio León Szilard, uno de los científicos que más había animado a la construcción de la bomba, ahora veía que el uso injustificado de ella podía lastrar la imagen de los Estados Unidos para siempre. Sach había llegado a presentar un borrador al Presidente y pretendía verlo en cuanto pasaran las elecciones. El Alto Mando estaba al corriente de estas maquinaciones y quería contrarrestar los intentos de los científicos comunistas por parar el proyecto.

El propio general Groves había leído la propuesta de Sach y opinaba que era del todo inadmisible. Los científicos pretendían que se hiciera una demostración pública de la bomba, en la que estuvieran presentes científicos enemigos, para advertir a sus enemigos de las consecuencias de una bomba de aquellas características; la otra opción, en caso de no aprobarse la demostración, era arrojarla después de advertir antes a la población civil, para que se alejara de la zona de lanzamiento. Todo aquello era absurdo. El plan secreto mejor guardado de la historia puesto al descubierto a científicos enemigos, para que aprendieran cómo fabricar su propia bomba. Aquello era la guerra. No un juego de niños, pensaba Groves y el resto del Alto Mando. Roosevelt, para colmo, se estaba haciendo más blando con la edad y el hijo de puta del vicepresidente, el rojo de Wallace, cada vez estaba más cerca de los comunistas.

John miró los mapas y señalo una primera ciudad como objetivo de la misión, Hiroshima.

—Esta es nuestra ciudad, general –dijo John, entusiasmado.

—¿Hiroshima? ¿Qué sabemos sobre Hiroshima, Tibbets? –preguntó el general.

El coronel hojeó entre los informes y comenzó a leer.

—Hiroshima es un puerto militar, que no ha sido tocado por los bombardeos convencionales. Se cree que la ciudad está infectada de pequeñas fábricas artesanales de armas. La población civil colabora con el esfuerzo de guerra en esos pequeños talleres familiares. Al parecer, los japoneses han repartido la producción de sus aviones y otras armas por este tipo de talleres, para evitar que destruyamos con bombardeos su capacidad de rearmarse. Por otro lado, Hiroshima es el lugar desde donde se organiza la defensa de las islas Kyushu, el lugar donde está previsto el desembarco.

—¿Algo más, coronel? –preguntó el general.

—Hiroshima es una ciudad de importancia táctica y militar. En las afueras se encuentran los cuarteles del Segundo Ejército Imperial, que se encarga de defender el frente sur de Japón. También hay un centro de comunicación, un punto de almacenamiento militar y un área de ensamblaje de tropas. En las afueras hay algunas plantas industriales y el puerto. Todos estos objetivos están intactos –leyó Tibbets.

—Parece interesante, ¿no creen? –dijo el general tocándose el mentón.

—La población, según una estimación realizada por nuestra inteligencia, es de 250.000 habitantes –terminó de decir Tibbets.

El resto del grupo miró con aprobación y John se sintió aliviado. Era imposible que su madre estuviera en una ciudad tan al sur. Además, dentro de lo malo, Hiroshima era una ciudad mucho más pequeña que Kioto o Tokio, su población no era tan numerosa. De todas formas era muy difícil calcular la población de una ciudad en guerra. Una cosa es el número de habitantes registrados y otra muy distinta la población flotante que se movía de un lado a otro. El cálculo de población se basaba en la población registrada y, en base a ella, las autoridades japonesas medían el número de raciones de comida necesarias, pero no eran muy exactas las cantidades estimativas de trabajadores y tropas adicionales que se encontraban en la ciudad.

—Pero, según el informe, esta ciudad incumple algunos de los criterios que se dieron en la primera reunión para asignar blancos –comentó Oppenheimer y después leyó: «Para la designación de los blancos, se tomaron los siguientes criterios: nunca objetivos anteriormente bombardeados, un objetivo de relevancia para el esfuerzo bélico japonés y por último, gran densidad poblacional en un perímetro pequeño».

—Tal vez, Hiroshima no sea un objetivo bélico vital, pero creo que cumple la mayor parte de los requisitos –dictó Groves.

—Pienso de la misma manera –le apoyó Tibbets.

—Incluiremos a Hiroshima como objetivo primario –dijo tajante Groves, tomando nota en una libreta.

* * *

Hiroshima era una plaza muy fiel al Imperio nipón. Según un informe interno japonés: «Desde el comienzo de la guerra, más de mil veces los ciudadanos de Hiroshima habían saludado con gritos de "¡Banzai!" a las tropas saliendo desde el puerto». Aunque la propaganda, tanto en un bando como en el otro, era una manera más de hacer la guerra.

—La estructura de la ciudad es perfecta –comentó Tibbets, mientras releía el informe. El centro de la ciudad posee un buen número de edificios de hormigón reforzado y estructuras más livianas. En el área de los alrededores se encuentra un conglomerado de pequeños talleres de madera entre casas japonesas. Las casas están construidas de madera con techos de teja. Muchos de los edificios industriales también están construidos con madera. La ciudad en general es extremadamente susceptible al fuego.

—Perfecto –dijo entusiasmado Groves. Parecía un niño al que le acabaran de dar un juguete en Navidad.

John, animado por los comentarios de aprobación, decidió añadir algo más a su explicación.

—No les he dicho que debido a los peligros de terremoto presentes en Japón, esta es una zona sísmica muy activa, y algunos de los edificios de hormigón reforzado son construcciones mucho más fuertes que las requeridas por los estándares de Estados Unidos. Hiroshima está dividía por los seis brazos del río Ota y está repleta de puentes que comunican unas zonas con otras.

—El puente Aioi está en la zona central de la ciudad. En el sector centro de la ciudad también se encuentra el castillo de Hiroshima, donde está el Cuartel General del Segundo Ejército. El monte Futaba se encuentra a dos kilómetros, las industrias Mitsubishi a cinco kilómetros, en dirección al puerto –añadió Tibbets.

—Creo que con esta información, ya no cabe ninguna duda. Por todos los criterios anteriormente expuestos, Hiroshima tiene que entrar en la lista de blancos del bombardeo. Ya tenemos a Kioto, Kokura e Hiroshima. Necesitamos una cuarta ciudad, otro objetivo secundario –dijo el general.

El joven comenzó a pensar rápidamente. ¿Qué otra ciudad del mapa estaba lo suficientemente lejos de la zona cercana a Kioto? John se acordó de repente de una de las ciudades de las que su madre le había hablado desde niño: Nagasaki. Su madre era una japonesa convertida al cristianismo, ser cristiano en Japón nunca había sido fácil, pero había habido una ciudad en Japón que había resistido la mayor parte de las purgas anticristianas y que era el centro del cristianismo japonés.

—Nagasaki, ¿qué les parece Nagasaki?

Tibbets rebuscó entre los informes y encontró el de Nagasaki.

—Nagasaki está al oeste de la Prefactura de Saga, rodeada de agua: la bahía de Ariake, el estrecho de Tsushima y al este, el Mar de China. También incluye un gran número de islas como Tsushima e Iki.

—Perfecto –dijo Groves.

—La mayor parte de la prefectura está cerca de la costa y hay un gran número de puertos como el de Nagasaki.

—No se hable más. Nagasaki será, junto a Niigata, objetivo secundario.

El general Groves se frotó las manos. Por fin tenía localizados todos los posibles objetivos. Era mejor que el Presidente viera el lanzamiento de la bomba como un hecho inevitable, cuando ya no sirvieran de nada los escrúpulos mojigatos que le estaban entrando a última hora. Llevaban años de investigación y trabajo, millones de dólares invertidos, más de doscientas mil personas trabajando de día y de noche, para sacar el Proyecto Manhattan adelante. Ése era su proyecto, el sueño de toda una vida dedicada al ejército y a su país. ¿Qué importaba que murieran más o menos civiles? Eso no pareció echar para atrás a los japoneses cuando atacaron sin previo aviso Pearl Harbor.

—Creo que nos hemos ganado un buen almuerzo, caballeros. Hacer la guerra levanta el apetito, ¿no les parece? –bromeó el general.

Todos los reunidos rieron a la vez. John echó un último vistazo al mapa antes de salir de la sala. No sabía qué arma era la que el ejército iba a emplear contra Japón, pero esperaba que su madre estuviera lejos de allí, lo más lejos posible. Era un pensamiento egoísta, pero nunca se habría perdonado condenar a su propia madre a la muerte, aunque ésta estuviera adornada de estrategia, ideas razonables y el legítimo deseo de que la guerra terminara.

7

CUBA

«El verdadero amigo se conoce en los peligros».

Cicerón

BASE DEL EJÉRCITO DE ESTADOS UNIDOS
CAMPO BATISTA, LA HABANA
4 DE FEBRERO DE 1945

La pelea en el bar de Salt Lake City había roto la incipiente amistad entre John Smith, el capitán Eatherly y Beser. Después del incidente y tras el viaje de John a Los Álamos, el joven se había vuelto cada vez más callado y taciturno, hasta el punto que la mayor parte de sus compañeros comenzó a llamarle «lechuza Smith». John apenas hablaba, pasaba las noches en vela mirando hacia el techo y parecía distraído en las reuniones organizativas de Tibbets.

Las semanas corrieron rápidamente y el 393 fue informado de su inminente traslado a Cuba. Todo el mundo se sintió entusiasmado menos John, que parecía indiferente a casi todo.

La única tarea que parecía animarlo era escribir cartas a su mujer. John escribía constantemente, compulsivamente. Tan rápido, que los censores del ejército tenían que emplear horas extras para revisar todos sus envíos. Según sabía, Ana se encontraba bien. Después de más de ocho meses de gestación sus movimientos eran pesados y torpes, pero se encontraba expectante ante el nacimiento de su primer hijo. Al final, las cosas se habían arreglado un poco y los padres de Ana la visitaban con regularidad, le llevaban toda clase de cachivaches inútiles y le habían casi obligado a que les prometiera que tras el parto pasaría dos o tres meses con ellos, hasta verse completamente recuperada. John se sentía aliviado, pero su deseo de estar con ella era tan fuerte, que muchas noches se cruzaba por su mente la idea de desertar, ir a por Ana y escapar juntos a México o cualquier país de Sudamérica.

Por medio de su mujer también estaba informado de la salud de su padre. Al parecer, el viejo y egoísta profesor comenzaba a dar señales de chocheo y visitaba a Ana regularmente para verla, ansioso por conocer a su primer nieto. También preguntaba mucho por él, aunque evitaba que Ana le hablara de su situación en el ejército.

John sabía que el tiempo se agotaba y que la misión estaba cercana a cumplirse. La guerra en Europa parecía próxima a acabar. Los alemanes habían intentado frenar a los Aliados en una desesperada maniobra a mediados de diciembre del 1944, pero en pocas semanas los Aliados habían recuperado el terreno perdido y se adentraban en Alemania. En el frente oriental las cosas tampoco marchaban muy bien para los nazis: los rusos estaban a sesenta kilómetros de Berlín. En el Pacífico la situación se había invertido desde el verano del 1944. Ahora eran los japoneses los que retrocedían en todos los frentes. Luzón había vuelto a manos estadounidenses, terminando así la reconquista de Filipinas; Iwo Jima y Okinawa eran las próximas piezas de un complejo puzzle que estaba a punto de completarse. John sabía que desde aquellas islas tan próximas a Japón, los bombardeos sobre el archipiélago serían constantes y los generales no tardarían en usar su nueva arma secreta.

El joven se movió inquieto en la cama. Llevaban dos días en Cuba y, a pesar de que prefería el calor húmedo del Caribe al frío invierno de Utah, le estaba costando aclimatarse. Terminó por levantarse de la cama, salir al amplio patio de la base y sacar un cigarrillo. Hasta entrar en el ejército nunca había fumado, pero la tensión de las últimas semanas casi habían terminado con sus calmados nervios. Llevaba nueve meses de servicio y desde hacía cuatro no había obtenido ningún permiso. Su equipo se encontraba en máxima alerta.

No había vuelto a ir a Los Álamos, cosa que agradecía sinceramente. Pero Beser algunas veces se había ido de la lengua y le había contado algunos detalles de la misión, nada importante o ultrasecreto, pequeños detalles sin importancia. Al parecer, Tibbets había anunciado a Groves que su grupo estaría listo para el 15 de junio, lo que situaba la misión final a menos de cuatro meses. John desconocía si podría soportar cuatro meses más de presión. Se sentía temeroso por el destino de su madre y el de las personas que sufrirían las consecuencias de los bombardeos. No sabía qué tipo de bomba se estaba fabricando en Los Álamos, pero cuando vio aquella mañana a Oppenheimer allí, no le cupo la menor duda de que el proyecto era de envergadura. Oppenheimer era un físico de prestigio y una de las cabezas pensantes más valiosas del país.

Junio no era un buen mes para realizar un ataque. John había advertido a sus superiores que mayo y junio eran dos meses lluviosos en Japón. Eso alargaba un par de meses más la agonía, tal vez para julio o agosto.

El joven aspiró el cigarrillo y lanzó una nube de humo sobre su cabeza. Llevaba semanas dándole vueltas a todo aquel maldito asunto. Seguía sin comprender por qué le había alistado el AVG, ni tenía noticias del comandante Gilman desde hacía meses, después del vuelo sobre Tokio.

Por lo que le había contado Beser, Groves seguía apostando por Kioto como objetivo primordial y eso no dejaba dormir a John. En la ciudad se hacinaban más de un millón de habitantes, sin contar los refugiados que llegaban de otras partes del país. Además Kioto era el alma de Japón. Decididamente, aquel general estaba mal de la cabeza.

En diciembre, el ambiente se encontraba movido en Wendover. Tibbets estaba obsesionado con solucionar un problema en el visor del B-29. Pero el mayor quebradero de cabeza se lo había dado el capitán Lewis, cuando tras coger un avión sin permiso para irse a pasar las navidades con su mujer, había puesto en alerta roja a todo el campamento. Aquella era una falta muy grave, Tibbets no le llevó ante un consejo de guerra por los viejos tiempos, pero Lewis estaba fuera de la misión, por lo menos por ahora. Seguía en la base haciendo el trabajo sucio, pero no pilotaría el avión que iba a lanzar el arma secreta.

John apagó el cigarrillo con el pie y decidió que ya era hora de regresar a la cama. Tenía que intentar dormir un poco antes de que amaneciera. Justo en ese momento una sombra se cruzó por delante y le dio un vuelco el corazón.

—¿Tú tampoco puedes dormir? –preguntó una voz en medio del silencio espeso y oscuro.

John dio un respingo y retrocedió instintivamente. La sombra se acercó hasta la tenue luz del farol colgado sobre la fachada del barracón y se transformó en un rubicundo joven de poco más de veinte años. A John su cara le resultaba vagamente conocida.

—Me imagino que no se acuerda de mí –dijo el joven con una sonrisa de oreja a oreja.

—Disculpa, pero no.

Le extrañó el trato cordial y educado del joven. En el ejército siempre había recibido un trato rudo, con la típica actitud condescendiente o el típico compañerismo, en muchos casos hipócrita, de los compañeros.

—Soy un, ¿cómo se dice oficialmente? –bromeó el joven.

—Ah, eres un «ingeniero sanitario» –dijo John.

—Eso, «un ingeniero sanitario», como vosotros decís.

—¿Y qué haces aquí?

—Bueno, a algún jefazo le pareció buena idea que algunos cerebritos acompañaran al 393 –dijo el hombre sonriendo.

—¿Por qué no estás durmiendo como los demás? –preguntó John.

—Me imagino que por la misma razón que tú. Echo de menos mi casa, mi novia y sobre todo el frío de Maine.

—¿Eres de Maine? –le preguntó John.

—Sí, ¿has estado allí?

—No, yo soy de San Francisco.

—Pues allí también hace calor.

—Sí, pero no es el calor lo que me angustia. Vosotros, al fin y al cabo no sois militares, pero nosotros…

—No creas. Vivimos en un régimen semicarcelario parecido al vuestro; también revisan nuestro correo y sólo podemos ir a casa si se nos concede permiso. Encima, no tenemos uniforme, con lo que se liga con él en la ciudad.

John se rió. Aquel cerebrito parecía simpático. Le recordaba a uno de sus amigos de la universidad.

—¿Quieres un pitillo?

—No, gracias –contestó el joven.

—¿Cómo te llamas?

—Stephen Gordon.

—John Smith –dijo el teniente extendiendo la mano.

—Encantado –dijo el joven estrechándosela.

Los dos jóvenes permanecieron un rato en silencio, hasta que de repente comenzaron a hablar al mismo tiempo.

—Disculpa. Habla tú primero –dijo el joven.

—No, tú por favor –respondió John.

—Tan sólo quería preguntarte si sabes por qué razón nos han enviado aquí. Cuando nos dijeron que nos trasladaban, pensé que iríamos a alguna isla del Pacífico.

John le observó detenidamente; sabía que los servicios secretos del ejército tenían muchos agentes infiltrados entre el personal de la base para poner trampas a los miembros del 393. Beser le había hablado de cinco miembros del grupo que habían caído en las redes de los agentes de Uanna y que habían sido trasladados fulminantemente a Alaska. Oficiales que te invitaban a una copa, antiguos amigos que te encontrabas casualmente o mujeres que te cortejaban para probarte. Cualquiera podía ser un espía alemán, ruso o uno de los sabuesos de Uanna.

—La verdad es que no lo tengo muy claro. Yo me limito a hacer mi trabajo –contestó John con brusquedad.

—Veo que os han aleccionado bien –dijo el joven sonriendo. Nosotros también tenemos estrictamente prohibido hablar de nuestro trabajo. Pero, la verdad es que estoy cansado de tanto secretismo. Me siento manipulado, como un peón de ajedrez que alguien está dispuesto a sacrificar para salvar al rey.

John respiró hondo. Era la primera vez que alguien hablaba su mismo lenguaje. Hasta ese momento se veía como uno de esos extraterrestres de los que hablaba Ray Bradbury en sus novelas.

—Creo que has expresado exactamente cómo me siento yo –dijo John relajadamente.

—Cuando me pidieron que participase en el proyecto las cosas eran muy distintas, creía que íbamos a perder la guerra, Alemania parecía capaz de cualquier cosa. Pero ahora, no sé si tiene sentido seguir tirando millones de dólares para nada.

—¿Para nada? –preguntó John.

—Esta guerra está a punto de terminar. ¿No has escuchado las últimas noticias de Filipinas?

—No. En el campamento no nos permiten escuchar la radio.

—Ayer nuestras tropas entraron en Manila. Esos malditos japoneses huyen como ratas ante nuestro avance. Berlín está arrasado y los rusos están a punto de acometer el asalto final. La guerra no puede durar mucho.

—Mientras continúe tendremos que hacer lo que nos manden –dijo John resignado.

—Pues no sé si aguantaré tanto. Cualquier día mando todo al diablo y me marcho. ¿Qué pueden hacerme? Al fin y al cabo yo no soy militar.

John miró a un lado y al otro. Su nuevo amigo levantaba demasiado la voz. No sabían quién podía estar oculto escuchándoles.

—Será mejor que no expreses tus ideas tan abiertamente o terminarás en algún campo de concentración –dijo John.

—¿En un campo de concentración? Esto no es Alemania –dijo el joven sorprendido.

John sabía que estaba metiéndose en terreno peligroso. Mucha gente desconocía la existencia de esos campos de concentración en Estados Unidos, pero él se había enterado después de ver a varios compañeros japoneses que estaban estudiando en su universidad cuando estalló la guerra. Su propio padre se lo confirmó poco después, cuando en un claustro había escuchado al rector justificando el internamiento de todos los japoneses residentes en el país en campos de concentración.

—Mi padre estuvo investigando el caso a fondo. Tenía muchos amigos de origen japonés, dado que él era un especialista en literatura japonesa y durante su matrimonio con una japonesa había entablado relación con la comunidad nipona de San Francisco.

«Las indagaciones de mi padre le llevaron hasta un antiguo alumno mestizo como yo, que era utilizado de enlace y como traductor. Su nombre era Iam Buruma, un ex alumno de mi padre. Aún a riesgo de terminar en la cárcel, Iam le explicó que a unas 120.000 personas las habían encerrado en diferentes campos de concentración en los Estados Unidos. La mayor parte de ellas era de raza japonesa. Lo que resultaba tal vez más grave era que casi la mitad eran ciudadanos estadounidenses, cuyo único delito era tener los ojos rasgados y que sus antepasados procediesen del Japón. Los campos comenzaron a construirse en 1942. La mayor parte de lo residentes y ciudadanos de etnia japonesa vivían en la costa oeste. Fueron arrancados de sus viviendas y trasladados a instalaciones construidas bajo medidas extremas de seguridad en las que se incluían alambradas de espino vigiladas por guardias armados. Los centros estaban aislados y alejados de ciudades y pueblos. Iam había visto en una ocasión cómo los soldados disparaban sobre prisioneros que intentaban fugarse. Al parecer, la decisión de retener contra su voluntad a los ciudadanos de origen japonés se tomó a raíz del ataque a Pearl Harbor. Algunos activistas de los derechos humanos habían denunciado la situación y habían interpuesto una demanda ante el Tribunal Supremo, reclamando que se declarara la inconstitucionalidad de la decisión del gobierno de encerrar a personas por razones étnicas, pero la Suprema Corte de los Estados Unidos rechazó su petición. La orden de reunir a los japoneses y alemanes en campos de concentración fue dictada por el presidente Roosevelt, a través del Decreto 9066, que autorizaba a los jefes de las guarniciones militares a designar «áreas de exclusión», lo que determinaba la prohibición de vivir dentro de ciertos límites a los ciudadanos sospechosos. En el caso de la costa oeste se la denominaba «área de exclusión militar número uno», que ocupaba la costa del Pacífico por completo, y se declaró zona prohibida para cualquier persona de ascendencia japonesa. Únicamente algunos japoneses mestizos pudieron escapar a los campos de concentración.

Cuando John terminó su explicación observó la reacción de su nuevo amigo. No salía de su asombro. ¿Campos de concentración en los Estados Unidos?

—Eso no puede estar pasando en nuestro país –dijo el joven negando con la cabeza.

—Pues la cosa no se queda ahí. Después, mi padre se enteró de que nuestro gobierno había llegado a acuerdos con varios países de Latinoamérica, para que estos deportaran a sus respectivos ciudadanos de origen japonés a los campos de concentración situados en los Estados Unidos y Panamá o aplicasen su propio programa de concentración de prisioneros. La mayoría de esta gente eran descendientes de japoneses, pero nunca habían estado en Japón y, en muchos casos, desconocían hasta el idioma japonés. No sé las cifras exactas pero fueron miles los internados en países como Perú, Bolivia, Colombia, Costa Rica, la República Dominicana, Ecuador, El Salvador, Guatemala, Haití, Honduras, México, Nicaragua, Panamá y Venezuela.

—¿Dónde están esos campos?

—Están esparcidos por todos los Estados Unidos. Uno de ellos está en Crystal City en Texas. Al parecer, según el amigo de mi padre, en este campo los presos recibieron un trato digno, pero en otros centros como es el caso de Tule Lake el régimen es mucho más abusivo. En él se encuentran los descendientes de japoneses que son líderes comunitarios de algún tipo, como sacerdotes o maestros, y sus familias. También se está internando allí a los sospechosos de espionaje, traición o deslealtad –dijo John.

El joven permaneció en silencio unos instantes. Después, algo cabizbajo, se despidió de John y se esfumó tal y como había aparecido, entre las sombras. John se arrepintió de inmediato de haber hablado con aquel desconocido. Estaba perdiendo la poca cordura que le quedaba. Si aquél era uno de los espías del ejército no tardaría ni una semana en ser destinado a Alaska, y pasarían años antes de que pudiera volver a ver a Ana y su futuro hijo.

* * *

Beser era un tipo concienzudo. Llevaba tiempo en el ejército y conocía todos los trucos. Aprovechando el traslado a La Habana había planeado emborrachar a su guardaespaldas. El judío había convencido a su víctima que, dado que era su última noche en la Cuba, no pasaba nada si bebía un poco más de la cuenta y disfrutaba de las noches de La Habana. Por eso, le llenó varias veces la copa en el club de oficiales. Cuando el hombre estuvo suficientemente borracho, Beser le dejó allí, tirado en una silla, sin que éste se enterara.

El oficial se acercó al parque de coches y recogió un camión. Se adentró en plena noche en el barrio viejo de La Habana y paró frente a un edificio. Un grupo de cubanos salió de uno de los portales y, sin mediar palabra, comenzó a cargar el vehículo. Beser se apoyó en el camión y encendió un pequeño puro mientras los hombres hacían el trabajo. De repente, observó cómo al final de la calle un policía militar se acercaba con su casco blanco y su porra. Beser no movió ni un milímetro, permaneció recostado como si nada sucediera. El policía militar se acercó hasta él y le abordó directamente.

—Teniente, tengo que inspeccionar el vehículo –dijo el hombre.

La mente de Beser trabajó a toda velocidad. Se imaginó que aquel hombre era insobornable, pero tal vez pudiera al menos meterle algo de miedo. Le hincó la mirada y le dijo:

—¿Cuál es tu grado de seguridad?

El policía militar le miró extrañado.

—¿Cómo?

—No me hagas perder el tiempo, hijo. ¿Cuál es el grado de seguridad que tienes?

—No lo sé, señor –contestó el hombre desconcertado.

—Entonces será mejor que lo averigües. ¡Venga, soldado! No tengo toda la noche para ti –dijo Beser empujando en el brazo al policía militar.

El policía militar retrocedió aturdido. Beser se subió al camión y salió de la calle ante los ojos atónitos del soldado. Una vez en la base dio varias vueltas para observar si alguien lo seguía. Parecía que el terreno estaba despejado. Acercó el camión a su B-29 y esperó a que varios soldados se acercaran.

—Vamos muchachos. Metan el material con cuidado, pero no se olviden de terminar antes del amanecer, si no quieren que nos metan un buen puro.

En seguida se formó una cadena y las cajas comenzaron a pasar del camión al avión. El tintineo de las cajas delató enseguida su contenido. Cada una de ellas llevaba en su interior doce botellas de whisky de la mejor calidad.

Beser había tratado con los licoreros de La Habana para hacerse con aquel cargamento. La mala fama de los hombres del 509, en especial de sus compañeros del 393, les había precedido. Cada noche montaban un escándalo en la ciudad. Las autoridades militares apenas podían poner coto a sus fiestas y peleas. Al final, los hombres de la 393 eran absueltos de cualquier cargo, como si su misión les diera impunidad para saltarse todas las reglas. Aquel cargamento clandestino alegraría al 393 en las frías noches que les quedaban por pasar en Wendover.

Los ensayos de los últimos días en Cuba habían perfeccionado su sistema de lanzamiento de bombas con total certeza. Aquélla era la última noche en La Habana. En unas horas volverían a las cenagosas tierras de Wendover, pero por lo menos tendrían whisky para una buena temporada.

2ª PARTE

UNA CUESTIÓN DIPLOMÁTICA

8

DUDAS RAZONABLES

«Esta generación de americanos debe enfrentarse algún día con su destino».

Franklin D. Roosevelt

WASHINGTON D. C.,
2 DE MARZO DE 1945

Los esfuerzos del Subcomité de Déficit del Comité de Gastos de Congreso fueron en vano. A pesar del interrogatorio, la Subcomisión fue incapaz de sacar la más mínima información al subsecretario de Guerra Tobert Patterson. El subsecretario se recostó en la silla, como si la cosa no fuera con él, y respondió lacónicamente a cada una de las preguntas que le hacían.

Patterson miró repetidamente el reloj, dejando entrever que le aburría soberanamente tener que hablar con comisiones como aquella. Sabía que ante la palabra mágica, Alto Secreto, los senadores no podrían hacer otra cosa que protestar.

El presidente del comité, el senador por Missouri Clarence Cannon, hincó la mirada sobre el subsecretario y señalándole con el dedo, le dijo que en cuanto la guerra acabase, el Congreso investigaría a fondo el proyecto.

El subsecretario no se inmutó. El presidente Roosevelt acababa de ganar las elecciones y paralizaría cualquier comisión por lo menos en los próximos cuatro años.

Patterson tenía las espaldas bien cubiertas. Había escrito todo tipo de memorandos. Era consciente de que gran parte del dinero destinado al Proyecto Manhattan se perdía en el camino. Algunos generales se habían hecho de oro al favorecer a ciertas empresas a la hora de proveer el material. Muchos gastos no estaban justificados y, con toda seguridad, una buena parte del dinero descansaba en paraísos fiscales y cualquier comisión del Congreso.

* * *

En su despacho, a unas pocas manzanas del Congreso, aquella mañana Groves recibió un aviso para ir a ver a Stimson, el Secretario de Guerra. Llevaba semanas esperando aquella reunión, pero sintió cierta desazón al acercarse al despacho del Secretario.

El despacho era amplio y elegante. Las paredes estaban cubiertas por libros de la biblioteca privada de Stimson. Groves entró en la habitación y se acomodó en una cómoda silla de piel. El Secretario, frío y directo, no dejó que el general recuperara el aliento. Le lanzó una pregunta directa, sin mirarle a los ojos, mientras atendía los papeles que tenía sobre la mesa.

—¿Cuáles son los nombres de las ciudades japonesas seleccionadas para un posible ataque, general?

El general Graves abrió su portafolios, a pesar de que sabía el nombre de las ciudades de memoria, como si intentara retrasar lo inevitable.

El informe llevaba el título de «Bombas de fisión atómica», sellado con el famoso «ALTO SECRETO», contenía información vital acerca de las cuatro ciudades seleccionadas. Desde el mismo momento que el subsecretario recibiera el informe, las cuatro ciudades se convertirían en objetivos provisionales, hasta que alguna comisión o el mismo Presidente los aprobaran definitivamente.

—Las ciudades elegidas después de que el Comité de Objetivos se reuniera, son las siguientes -Groves se ajustó unas pequeñas gafas y respiró hondo antes de leer-: Kokura, Hiroshima, Niigata y Kioto, tenemos nuestras dudas con respecto a Nagasaki.

—Estupendo. ¿Quiere añadir algo más? ¿Desea que le transmita algún mensaje al Presidente? -los fríos ojos del Secretario le miraron directamente por primera vez.

—Tan sólo que los objetivos han sido elegidos estratégicamente, pero que también la comisión ha pensado en el efecto psicológico de dichos objetivos en la población japonesa. Por ello, vemos Kioto como uno de los objetivos primordiales. Allí vive mucha gente inteligente que puede apreciar el significado de una bomba como la que estamos fabricando.

Stimson miró al general por encima de las gafas y se preguntó hasta qué punto los miembros de la inteligencia militar tenían un mínimo de sentido común.

—No creo que los muertos puedan apreciar «el significado de la bomba», ¿no cree? -contestó Stimson sarcásticamente.

Groves se puso colorado y respiro hondo. Aquella camarilla de intelectuales de dos al cuarto era el principal impedimento para ganar la guerra.

—De todas maneras, señor, Kioto es el centro cultural del país. Si golpeamos esa ciudad la moral del Japón se vendrá abajo -explicó el general-. Yo creo que Kioto es nuestro objetivo.

—Gracias por sus sinceras palabras, pero la decisión no es suya -contestó molesto Stimson.

—Lo sé, señor. De hecho pretendo entregar mañana mismo este informe al general Marshall, él es el encargado de confirmar los objetivos.

—El general Marshall tampoco está autorizado para confirmar esos objetivos -contestó abruptamente el Secretario-. Ya le he dicho antes que este informe irá directamente al presidente Roosevelt.

—Pero los objetivos son un asunto militar. Los militares somos los más apropiados para dirigir la estrategia. Preferiría no mostrarle el informe ante de que el general Marshall lo haya supervisado -dijo Groves intentando controlar su furia.

—General, no me ha entendido. Esta cuestión me compete a mí, no al general Marshall. Es un asunto político -dijo el Secretario de Guerra.

Stimson comenzó a enrojecer. Llevaba más de treinta años en el servicio público y había sido Secretario de varios presidentes y nunca nadie le había llevado la contraria de aquella manera.

El Secretario intentó ser amable y no enfrentarse directamente al general. Podía haberle dado una orden directa y haberle dejado con la palabra en la boca, pero intentó ponerse en su lugar y pensar en la presión a la que todos los miembros del Proyecto Manhattan estaban sometidos.

—Sé que están haciendo un buen trabajo. El Presidente ha dejado en mis manos esta cuestión. Me agradaría leer el informe y, si tengo dudas, consultaré con usted o con el propio general Marshall -dijo el Secretario suavizando el tono de voz.

—Tengo que terminar el informe y hacer algunas copias -se excusó el general, en un último intento de no entregárselo al Secretario.

—No importa, deme el informe como esté -dijo Stimson extendiendo su mano huesuda de dedos largos.

—Pero, señor…

—Haga lo que le ordeno. Mi secretaria puede hacerle todas las copias que quiera.

Stimson llamó a la secretaria por el interfono y ésta entró en la habitación. Groves soltó su informe con desgana sobre la mesa. Unos veinte minutos más tarde, la secretaria regresó con el informe pasado a limpio y dos copias más. Durante todo ese tiempo, el Secretario continuó con sus quehaceres ignorando la presencia del general.

—Bueno, parece que ya hemos solucionado el problema -dijo el Secretario con los papeles en la mano.

El Secretario comenzó a leer por encima el informe.

—Veo que, como dijo antes, Kioto aparece como primera ciudad de la listas. No se ofenda general, pero Kioto es un objetivo inadecuado.

—¿Inadecuado? ¡Es la cabeza misma del Japón! -dijo el general subiendo el tono de voz-. Si cortamos la cabeza a la serpiente, la mataremos.

—Por eso mismo es inadecuado. Nunca aprobaré esa ciudad como objetivo para la bomba.

El general Groves no podía creer lo que estaba escuchando.

¿Desde cuando los políticos tomaban las decisiones en los asuntos militares?

—Mire Groves, tal vez esto sea demasiado sutil para usted, pero Kioto es una ciudad histórica. Le diría más, es la memoria viva del Japón y el centro de la religión del país. Hace años, cuando era gobernador general de Filipinas, visité la ciudad y me quedé impresionado por la basta cultura que encerraban sus templos y palacios.

—Pero, señor... centenares de ciudades históricas han sido bombardeadas por los alemanes y por los nuestros. ¿Qué hace tan especial a Kioto?

Stimson tomó su teléfono y pidió que le pusieran directamente con el general Marshall.

—General Marshall, (...) muy bien gracias. Tengo aquí al general Groves. (...) Sí, el general ha realizado un buen trabajo, pero nunca aprobaré Kioto como objetivo para la bomba. Gracias, general. Adiós.

El Secretario colgó el teléfono y se levantó. Se dirigió hasta el general Groves y le estrechó la mano mientras éste se ponía en pie.

—Buen trabajo. Cuando todo esto termine, el Presidente sabrá recompensar sus servicios a los Estados Unidos -dijo Stimson sonriendo por primera vez.

Groves asintió con la cabeza y se dirigió hacia la puerta. El general estaba visiblemente afectado. Se sentía derrotado y humillado.

Llevaba semanas trabajando con la Comisión de Objetivos, elegir la ciudad más adecuada no había sido sencillo, y ahora un político que no tenía ni idea de estrategia militar había echado todo su trabajo a la basura. Se dijo que las cosas no quedarían ahí. Había perdido una batalla pero no la guerra. Groves seguiría trabajando como si Kioto continuara siendo el objetivo principal.

* * *

El Secretario abandonó su oficina y salió a la calle. Prefería recorrer a pie la distancia que le separaba de la Casa Blanca. A sus setenta y ocho años, el secretario de Guerra Henry L. Stimson estaba en plena forma. Su complexión delgada, su dieta a base de verduras y legumbres y una austeridad espartana, le habían hecho llegar al ocaso de su vida con el vigor de un hombre de cincuenta años. Aquel puesto era el broche final a una carrera de éxitos. Había sido nombrado Secretario de Guerra en dos ocasiones y había sido Secretario de Estado en otra. Durante toda su vida había servido a su país, sin esperar nada a cambio.

Mientras caminaba por Washington siempre tenía la misma sensación. Aquellos suntuosos edificios dedicados a la memoria del país le parecían estrafalarios y chabacanos. Su educación había sido esmerada. Tras terminar sus estudios en Yale, estudió Derecho en Harvad y comenzó su carrera de abogado en Wall Street. Había coqueteado con la política desde muy joven, perdiendo las elecciones de 1910 a gobernador del estado de Nueva York. Curiosamente, aquella única derrota de su vida le había llevado a la Secretaría de Guerra en 1911. Uno años más tarde, había luchado en la Gran Guerra de 1914 como oficial de caballería. Tras la guerra, había servido en Nicaragua como negociador del presidente Calvin Coolidge, para después convertirse en gobernador de Filipinas. Después de varios años dejó el cargo para convertirse en Secretario de Estado bajo el presidente Hoover.

Su admiración y aversión por Oriente eran ambivalentes. Había participado en la Conferencia de Paz de Ginebra y había denunciado desde el principio las ansias expansionistas japonesas. Desde entonces, la idea de un Japón fuerte en Oriente le obsesionaba. Cuando Roosevelt le llamó para ocupar la Secretaría de Guerra no lo dudó ni un instante.

Al llegar frente a la fachada de la Casa Blanca miró hacia el despacho Oval. Su jefe, Roosevelt, era mucho más joven que él, pero la edad le estaba ablandando. Stimson se oponía a la blanda actitud que el Presidente usaba con su aliado ruso. Además, las dudas de Roosevelt sobre el uso de la bomba atómica le preocupaban.

El Secretario llamó a la puerta del despacho y entró. El Presidente estaba de espaldas, sentado, mirando por el gran ventanal que daba a los jardines. Stimson caminó despacio hasta su altura y se puso a contemplar los últimos coletazos del invierno en la húmeda Washington.

—Hola Henry, veo que has venido dando un paseo –dijo el Presidente.

—¿Cómo lo sabe? –preguntó sorprendido el Secretario.

—Todavía hueles a tierra mojada. Esta mañana ha caído un buen chaparrón. Te conservas tan bien, que parece que hubieras hecho un pacto con el diablo.

—Sirvo bajo su mandato, señor Presidente.

A Roosevelt le encantaba el humor ácido del Secretario. Stimson no era servil ni hipócrita, aunque a veces era demasiado rígido.

El Presidente sabía que el Secretario le traía información sobre los objetivos de la bomba. Esa maldita bomba le había quitaba el sueño en las últimas semanas. Ahora que parecía que no tendría que usarla contra Alemania, ya que la guerra estaba a punto de terminar, tendría que usarla contra Japón.

—Señor Presidente, le traigo el informe del general Groves. Creo que lo ha titulado: «Bombas de fisión nuclear». Ya sabe que el general es algo prosaico.

—No pido a mis generales que sean poetas, Henry –dijo el Presidente de mejor humor.

—Los objetivos son cuatro. ¿Quiere que le lea el informe?

—¿Tengo pinta de estar ciego? Puede que esté en una silla de ruedas, pero todavía esto me rige perfectamente –dijo el Presidente señalando su cabeza.

—Disculpe, señor.

—No, disculpa tú, Henry. Los cambios de tiempo me producen terribles dolores. Y todo ese asunto de la bomba va a hacer que me estalle la cabeza –dijo el Presidente tocándose las sienes.

—Sé que el Congreso se está poniendo muy pesado con su comisión de investigación, pero lo tenemos todo controlado, señor.

El Presidente le miró por encima de las lentes. El Secretario sabía que ese no era el asunto que le preocupaba. Recogió el informe y mientras le echaba un vistazo dijo:

—¿Crees que después de todos estos años tengo miedo a los señoritingos del Congreso? La mayoría de sus señorías están demasiado ocupadas enriqueciéndose con esta guerra, haciendo favores a sus amigos potentados o escondiendo a sus hijos hasta debajo de las piedras para que no vayan a la guerra. No son ellos los que me preocupan, Henry.

—¿Entonces?

—¿Alguna vez has oído hablar de algo llamado conciencia? Imagino que no. Nadie resiste a cuatro presidentes si tiene el menor atisbo de conciencia.

—Por eso me eligió para este trabajo, ¿no es así, señor Presidente?

—Sí, por eso le elegí. Por eso también le nombré responsable del programa nuclear.

—Si me lo permite, señor Presidente, creo que Leo Szilard le está llenando la cabeza de fantasmas. Primero nos persiguió hasta que nos tomamos en serio el programa nuclear y ahora, después de tres años de investigación y cientos de millones de dólares, quiere que cerremos el quiosco, como si nada. Si nosotros no conseguimos la bomba, los rusos la tendrán en una década, o incluso antes.

—Los rusos, los rusos… Está obsesionado con ellos, Secretario -dijo Roosevelt agitando el informe con la mano.

—Le pido que no reciba a Szilard, creemos que es un agente comunista encubierto.

—Usted no es mi secretaria personal. Será mejor que sea yo quien decida a quién veo o dejo de ver. Ese Szilard no está solo. Un buen número de científicos está en contra del empleo de la bomba. Según ellos, Japón no tiene posibilidades de construir una bomba atómica.

—Eso no lo sabemos a ciencia cierta -dijo Stimson.

—Eso son paparruchas.

—Pero, la guerra con Japón está lejos de terminar. Se podría alargar un año o dos más. Eso significaría millones de americanos muertos.

—Los informes del servicio secreto no dicen eso. El Alto Mando, como usted sabe, está preparando los planes para la invasión de Japón. En la reunión de Yalta he conseguido el apoyo de Stalin. En cuanto se rinda Alemania declarará la guerra a Japón. La isla no aguantará un ataque conjunto. No creo que resistan más de seis meses.

—Stalin no es un buen aliado -dijo Stimson frunciendo el ceño.

—Pues gracias a él hemos ahorrado un buen número de vidas americanas, ¿no le parece?

Stimson se cruzó de brazos y miró fijamente al Presidente. Roosevelt podía ser muy tozudo cuando se lo proponía, aunque su posición en el Partido Demócrata no hacia más que empeorar y en las últimas elecciones había tenido unos resultados mediocres. Roosevelt había renunciado al vicepresidente Wallace, el hombre que él había preparado para sucederle, por Truman, un campesino de Missouri, gris y zafio. La era Roosevelt estaba llegando a su fin. El propio Roosevelt parecía acabado. Su piel cenicienta y una casi constante expresión de dolor, opacaban su profunda mirada.

—Si usted lo dice, señor Presidente -contestó con cinismo el Secretario.

Roosevelt comenzó a enfurecerse. Stimson tenía la habilidad de sacarle de sus casillas. Sacó del cajón una de sus pastillas para la tensión y bebió un trago de agua.

—Bueno, leeré el informe y le diré algo en unos días -dijo el Presidente con el tono demudado y la frente perlada de un sudor frío.

—Una última cuestión, señor Presidente…

Roosevelt asintió con la cabeza y el Secretario de Guerra le sonrió.

—No quiero abrumarle, señor. El nuevo vicepresidente lleva un par de meses en el cargo y no ha asistido a ninguna reunión del Alto Mando, ni tampoco sabe nada del Proyecto Manhattan.

—¿Tan mal me ve, Stimson? Mientras sea presidente, ese pueblerino no verá ni un papel sobre la guerra. ¿Me ha entendido?

—Entiendo su postura, señor Presidente, pero lleva semanas detrás de mí pidiéndome información y no sé qué decirle.

—Pues déle largas, Henry.

—Está bien. Intentaré esquivarle.

Stimson abandonó la sala mal humorado. Había sobrevivido políticamente a muchos presidentes y también sobreviviría al eterno Roosevelt, pero aquel maldito hijo de puta arrogante le sacaba de sus casillas. De todas maneras, él seguiría con el plan. La producción de la bomba continuaba su estricto programa. La bomba debía estar preparada para ser lanzada en agosto de ese mismo año. La diferencia entre lanzar o no lanzar aquella bomba podría suponer un millón de vidas americanas desperdiciadas. Aquel maldito carcamal del Presidente tenía remordimientos de conciencia de última hora, pero llegado el momento asumiría su responsabilidad. Aunque a veces se preguntaba si el Presidente llegaría a ver el final de la guerra. Su aspecto tras la Conferencia de Yalta era muy malo.

Parecía mucho más viejo. En todo caso, el vicepresidente Truman parecía un hombre más razonable. Stimson estaba seguro, de que al vicepresidente no le temblaría la mano a la hora de firmar la autorización para el lanzamiento de la bomba.

9

EL HIMNO DE TOKIO

«Lo he visto en los fuegos de cientos de campamentos que en círculos se forman; han erigido altares en su honor en los rocíos y en las humedades de la tarde; puedo leer Su palabra justo a la luz débil y llameante».

El Himno de la Batalla de la República

BASE DE LA FUERZA AÉREA WENDOVER,
7 DE MARZO DE 1945

Las miradas de Tibbets y del comandante William Uanna se cruzaron de nuevo. Durante todo el tiempo, Tibbets había seguido con sus quehaceres sin prestar mucha atención al responsable de seguridad de la base. Sabía que aquel tipo era el peor de los sabuesos de Groves y que disfrutaba hurgando en la vida de los demás, pero esta vez se había pasado de la raya.

—¿No me ha oído, coronel? Entre sus hombres se esconden varios convictos. Ya le he enumerado antes los nombres y los cargos que se les imputan, pero se lo puedo volver a leer –dijo Uanna mirando de nuevo el informe–. Un asesino sentenciado, tres hombres condenados por homicidio y una lista larga de criminales. Son prófugos y delincuentes peligrosos.

—¿No creerá que esos hombres van a arriesgar sus vidas dejando atrás una guapa mujer, una casa con jardín y un trabajo en un banco? Esos tipos no tiene nada que perder y eso les convierte en los mejores, les hace invulnerables.

—¿En los mejores? –dijo Uanna sorprendido.

—Sí, me ha oído bien. En los mejores.

—Pero nunca había visto una cosa igual. No me diga que los han escogido adrede.

—Yo he seleccionado a esos hombres porque son los mejores haciendo su trabajo. No son santos, pero merecen una segunda oportunidad –dijo Tibbets frunciendo el ceño.

El comandante Uanna le miró atónito. En aquellos meses el coronel había hecho la vista gorda a los desmanes de sus hombres en Salt Lake City, pero aquello era demasiado.

—¿Tiene a criminales bajo su mando y no lo va a denunciar a sus superiores? –preguntó sorprendido el comandante.

—No lo voy a denunciar y quiero pedirle que usted tampoco lo haga. No importa lo que esa gente hiciera antes de la guerra. Todos ellos luchan por su país y han demostrado su valor. Tienen derecho a una segunda oportunidad.

—No estamos hablando de robos o hurtos. Estamos hablando de asesinos y homicidas.

—Todos nosotros somos asesinos en cierto modo, ¿no cree? Cuando uno arroja una bomba sobre una ciudad en la que hay mujeres, ancianos y niños inocentes, ¿no le convierte eso en un asesino? Esta guerra es brutal, lo sé, pero la empezaron ellos, ¿recuerda? Ahora, sólo el que sea más brutal la ganará.

—No entiendo la guerra de esa manera –dijo Uanna.

—Entonces, ¿qué es? ¿Una justa entre caballeros? No sea ridículo. No somos caballeros del aire. Cuando tengo un avión a tiro allí arriba no espero a que se dé la vuelta, le disparo a la cola y cruzo los dedos. Cuando sobre vuelo una ciudad no lanzo octavillas, lanzó bombas.

Uanna reflexionó por un momento. La guerra era brutal, como decía Tibbets, pero a él le gustaba pensar que ellos se diferenciaban en algo de sus enemigos, que perseguían una causa más justa, que eran el baluarte del mundo libre. Tal vez debían ser feroces para vencer al mal, aunque tuvieran que utilizar sus mismas armas.

—¿Qué quiere que haga? -preguntó al fin Uanna.

—¿Hará lo que le pida? -preguntó Tibbets.

—Sí, lo haré.

—¿Eso incluye violar la ley si es preciso?

—Incluso violar la ley -contestó el Uanna.

—Hablaré con cada uno de ellos. Les informaré de que estamos al corriente de sus delitos y les prometeré que si todo sale bien, les daré sus expedientes y una cerilla para que hagan con ellos lo que quieran.

El comandante Uanna asintió con la cabeza. No le gustaba ocultar información a sus superiores, pero se taparía la nariz y miraría para otro lado. Si alguien tenía que morir, prefería que fuera esa gentuza, aunque fueran enterrados como héroes. Entregó la carpeta a Tibbets y se olvidó del asunto, ahora todo estaba en sus manos.

* * *

La rutina de Wendover absorbía todas las horas de John Smith. Desde su regreso de Cuba su relación con el resto de sus compañeros era nula. Con el único hombre de la base con quien hablaba era con Stephen Gordon, el joven físico que había conocido en la base de Cuba. Gordon estaba instalado en Wendover y trabajaba con algunos de los técnicos del ejército. Cuando su trabajo se lo permitía, los dos paseaban por la base o viajaban a la ciudad para despejar sus cabezas. Pero su rutina estaba a punto de terminar: Tibbets le buscaba por toda la base porque tenía una noticia importante que comunicarle.

John se frotó los ojos e intentó relajar la mente por unos momentos. Llevaba semanas analizando y midiendo el clima de Japón, en especial el de las ciudades seleccionadas en la última reunión del

Comité de Objetivos. Los resultados no variaban mucho. El verano solía ser lluvioso en Japón, pero a mediados de agosto se producía una calma prolongada, sobre todo al principio del mes. Los días 2 al 14 de agosto eran los más despejados de casi todo el año y con el viento soplando del sureste, las condiciones para un bombardeo no podían ser mejores.

Tibbets entró en la sala y contempló al joven. Aquel delgado y debilucho muchacho era un verdadero genio de los pronósticos meteorológicos. Sus informes habían sido utilizados para varias misiones y hasta ahora siempre había acertado.

—¿Aburrido, John? –dijo el coronel apoyado en el umbral de la puerta.

—¿Señor? –respondió sobresaltado el joven.

—Me imagino que te sentaría bien un poco de acción. Desde que volvimos de Cuba te veo desmotivado.

—¿Acción, señor?

—Sí, un poco de diversión para aderezar la vida.

—¿Qué tipo de acción? –preguntó John jugueteando con el lapicero.

—Al parecer has impresionado a varios miembros del Alto Mando. Mira lo que dice este telegrama: Recomendado por el general O'Donnell, recomendado por el general Groves y ahora reclamado para una misión especial por el general LeMay, el jefe del Alto Mando y el encargado de borrar a la «Rosa de Tokio»[5] su sonrisa –bromeó Tibbets.

---

5. La Rosa de Tokio o Tokio Rose fue el sobrenombre asignado por los servicios de inteligencia a la docena de locutoras angloparlantes, que mandaban mensajes derrotistas a las tropas Aliadas en Asia y ponían música nostálgica para que desertaran y regresaran a casa. La más conocida de aquellas mujeres fue Iva Toguri d'Aquino, una ciudadana estadounidense nacida en Los Ángeles, hija de inmigrantes japoneses, que viajó a Japón el 5 de julio de 1941 para visitar a algunos familiares y estudiar la posibilidad de seguir la carrera de Medicina allí. El 7 de diciembre de 1941, tras el ataque a Pearl Harbor, se quedó confinada en Japón y fue obligada a trabajar para los japoneses.

—No entiendo, señor.

—El general LeMay es el encargado de reducir las ciudades de Japón a escombros. Es hora de que los japoneses prueben la medicina que le estamos dando a los alemanes.

—El bombardeo que yo contemplé sobre Tokio fue un desastre -dijo John.

—El general LeMay ha tenido una idea brillante. Los bombardeos sobre Japón no están siendo efectivos. Las ciudades son de madera casi en su totalidad y la producción militar está dividida en miles de pequeñas empresas caseras. Los bombardeos convencionales a gran altura no son eficaces. Dado que las bases aéreas desde las que lanzan los ataques ahora están más próximas, el general ha cargado los B-29 de bombas incendiarias.

—¿Bombas incendiarias? -preguntó John horrorizado.

—Sí. Cuando LeMay llegó al Pacifico le dio mil vueltas a los fracasos de los bombardeos sobre Japón. Los bombardeos tenían que gastar mucho combustible para alcanzar la altura necesaria para lanzar ataques convencionales, cargados con toneladas de bombas. Además, como tú bien sabes, el tiempo variable de Japón dificulta mucho la localización de los objetivos. En definitiva, que nuestras bombas caían en todas partes menos donde tenían que caer.

—Eso es lo que yo pude observar en Tokio -dijo John.

—¿Cómo crees que lo resolvió el general LeMay? -preguntó Tibbets.

—No sé -contestó John-. Tal vez realizando vuelos más bajos.

—Exacto, John. LeMay va a cambiar su táctica por completo. En vez de lanzar ataques a plena luz del día y a gran altitud, quiere probar a hacerlo por la noche y en vuelo rasante.

—¿En vuelo rasante? ¿Y los cazas enemigos y los antiaéreos? -preguntó extrañado John.

—Muy sencillo. El general LeMay ha hecho lo mismo que yo, ha aligerado a los B-29 de piezas de ametralladoras y escudos protectores para que sean más rápidos y operativos. El general se ha informado de que los japoneses no tienen cazas con radar, por lo que sus aviones son ineficaces por la noche. A los antiaéreos les pasa igual, por la noche son ineficaces.

—Comprendo, pero por la noche los objetivos no se ven.

—No hay objetivos, John. Todas las ciudades de Japón son ahora nuestro objetivo; convertiremos la isla en una gran pira funeraria -bromeó Tibbets.

John intentó sonreír, pero sintió como se le congelaba el gesto. Se imaginó por un momento aquel horror y notó como se le revolvían las tripas. Nunca había percibido el olor de la carne humana quemada, pero pudo imaginarse a cientos de miles de personas asándose a fuego lento.

—Bueno muchacho, no pongas esa cara. El general no quiere que tires las bombas tú mismo, pero me ha pedido que asistas al primer viaje. Eres afortunado, vas a estar sentando en primera fila y vas a ser testigo de cómo les devolvemos la patada en el culo a esos japoneses.

—¿Cuándo parto de viaje?

—Ahora mismo. Haz el petate. El día 9 por la tarde comienza la misión, el nombre clave es *Meetinghouse*[6] -dijo Tibbets apremiando al joven.

John fue hasta su barracón, hizo con desgana su equipaje y sin mediar palabra se dirigió a la pista de aterrizaje. Por unos instantes su rabia y su horror se transformaron en satisfacción. Al fin y al cabo le habían seleccionado a él para aquella misión. Estaba sirviendo a su país y nadie le había prometido que las cosas serían fáciles. La guerra no entendía de sutilezas, era total y se alimentaba de vidas, como su viejo coche Ford lo hacía de combustible. El que lograra matar a más gente en menos tiempo ganaría la guerra, en eso consistía el juego. Los japoneses habían cometido toda clase de atrocidades en Asia. Debía mantener la cabeza fría y obedecer órdenes, cuanto antes acabara todo aquello mejor, y si él podía ayudar a que el proceso se acelerara, lo haría con gusto.

6. Nombre con el que se conocía a la residencia oficial del Emperador del Japón.

BASE AÉREA DE LA ISLA DE GUAM
9 DE MARZO DE 1945

John Smith había llegado con unas pocas horas de antelación. No era la primera vez que recorría medio mundo para realizar una misión, pero los efectos sobre su cuerpo sí eran los mismos. Una mezcla de agotamiento y excitación. Se dirigió directamente ante el general LeMay, pero le recibió su asistente, que le recomendó que descansase todo lo que pudiera, la noche iba a ser larga y no regresarían hasta prácticamente el amanecer del día siguiente.

El joven siguió el consejo y tras encontrar una cama vacía, durmió profundamente. Al atardecer, un soldado le despertó y le llevó hasta una de las pistas de vuelo de la isla. En la alargada serpiente de asfalto trece inmensos B-29 esperaban para alzar el vuelo. El sonido de sus hélices era ensordecedor, de la clase de ruido que penetra por los tímpanos hasta ocupar todos tus pensamientos. Entró en el B-29 del general LeMay y caminó hasta el fondo del avión.

El general LeMay estaba sentado rodeado de media docena de oficiales de alta graduación. Su aspecto era vulgar, ni alto ni bajo, sin ningún rasgo que le distinguiera. Se levantó al verle y le estrechó efusivamente la mano.

—Teniente Smith, encantado de conocerle al fin. Todo el mundo habla maravillas de usted. Espero que la fama no se le suba a la cabeza –bromeó LeMay sonriente.

—Muchas gracias, señor –contestó John.

—Le presento a mi equipo…

Después de las presentaciones formales, LeMay buscó un sitio para John. Al parecer, el general no estaba muy contento con su equipo de meteorólogos.

—No son capaces de predecir el endiablado tiempo de la isla –dijo LeMay a John.

—No es sencillo hacer un pronóstico fiable. El clima del Japón es muy cambiante. El mes de marzo se caracteriza por los vientos del norte provenientes de Siberia. Al norte de las islas es normal que las lluvias sean constantes e intermitentes –contestó John, justificando a sus colegas.

—Afortunadamente nuestro primer objetivo no está tan al norte –dijo LeMay, señalando un punto en el mapa.

—El pronóstico para hoy es muy bueno. Cielos despejados, vientos suaves e improbabilidad de lluvias, pero hay que ver cada zona. En unos pocos kilómetros el tiempo puede cambiar radicalmente –dijo John.

—Espero que no se equivoque.

—Iré notificándole los cambios a medida que me lleguen los informes de los aviones meteorológicos –dijo John poniéndose manos a la obra.

John ocupó su puesto. El radio teleoperador y él tenían que estar en contacto constante. La información llegaba codificada, para que el enemigo no supiera cuáles eran los objetivos del ataque y un soldado iba descifrando los códigos y pasándoselos a John.

El general LeMay dejó de atender a los planos y se acercó a John de nuevo.

—Sé que estuvo en el bombardeo del general O'Donnell. Tokio apenas sufrió daños y, desde entonces, los japoneses se creen invencibles. Esta noche cambiarán de opinión, se lo aseguro –dijo el general con los ojos brillantes.

—Aquel día el tiempo no acompañó, señor. El viento era fuerte y el cielo se encapotó de repente. La visibilidad de los aviones era nula y, al lanzar las bombas desde tanta altura, era difícil saber dónde caerían.

—Nuestro plan es diferente. Primero saldrán los que he denominado aviones de exploración. Este grupo lanzará bombas incendiarias, aquí y aquí –dijo señalando el mapa–. Formarán una gigantesca X de fuego que nos indicara el objetivo desde el cielo –dijo LeMay levantando la barbilla.

—Una idea brillante, general.

—En esta operación utilizaremos trescientos veinte bombarderos. Una fuerza abrumadora. En sus barrigas transportan casi un total de dos mil toneladas de bombas incendiarias.

—Espectacular -dijo John sin mucho entusiasmo.

El general LeMay observó al resto del grupo y repitió las palabras que había dicho al conjunto de pilotos unas horas antes.

—¡Vais a lograr que los japos contemplen la más formidable sesión de fuegos artificiales de toda su vida!

El grupo de oficiales rió al unísono, aunque el nerviosismo y el cansancio se reflejaba en sus rostros fatigados por una guerra demasiado larga.

—Ya sabéis que los japoneses consideran asesinos a los tripulantes de los aviones de guerra. Si os pillan vivos os ejecutarán -anunció el general. Pero he de confesaros, que esta noche espero volver con todos mis chicos a casa.

LeMay sabía que sus chicos estaban especialmente nerviosos. La falta de armamento de defensa en los aviones los convertía en un blanco fácil. Si las previsiones del general fallaban y los japoneses tenían instalados radares en sus cazas, sus B-29 serían cazados como patos y arrojados al mar. Las fuerzas aéreas en Tokio no eran nada desdeñables. Los japoneses todavía disponían de trescientos treinta y un cañones de grueso calibre, trescientas siete ametralladoras antiaéreas, trescientos veintidós cazas y ciento cinco bimotores. La ventaja de los americanos era la sorpresa y la oscuridad de la noche. El general esperaba que esos dos elementos fueran suficientes.

Cuando los aparatos penetraron en cielo japonés el silencio se apoderó del grupo. Todos esperaban ansiosos las informaciones del general Power, que viajaba en los primeros aparatos con la misión de supervisar el ataque de los aviones exploradores.

Los primeros aparatos de reconocimiento atravesaron los cielos de Tokio a medianoche. La ciudad era una gran mancha negra que apenas se distinguía del resto de la tierra oscura. Las previsiones de los meteorólogos eran acertadas. El cielo estaba despejado, un viento frío de cuarenta y cinco kilómetros por hora favorecería la propagación de los incendios y avivaría el fuego que los B-29 estaban a punto de lanzar sobre la ciudad.

Los aviones se pusieron a favor del viento. Descendieron rápidamente y en vuelo rasante lanzaron las primeras bombas de magnesio, napalm y fósforo. El cielo de Tokio se iluminó en forma de una gigantesca X. Las casas de madera comenzaron a arder alimentando las llamas, que servirían al grueso de bombarderos para atacar la ciudad.

Media hora más tarde, el destacamento en pleno comenzó a volar sobre la ciudad. En el cielo negro de Tokio no se divisaba ninguna clase de caza, como había previsto el general. Las metralletas y los cañones antiaéreos apenas se escuchaban en mitad de la noche. Tan sólo el estruendo de cientos de B-29, que se movían como un enjambre de avispas furiosas, cubría la ciudad.

Los aviones comenzaron a lanzar bombas sin descanso. La gigantesca X brillaba con claridad en la noche despejada. Los artilleros podían haber arrojado las miles de bombas con los ojos cerrados. Primero dejaron caer los botes metálicos para avivar el fuego.

La voz de Power se escuchó nítida a través de la radio.

—El fuego se está extendiendo como si se tratara de una pradera incendiada... al parecer no se pueden dominar las llamas... esporádico fuego aéreo... sin oposición de cazas.

El aire caliente producido por las explosiones llegaba hasta los aviones, avivado por las continuas conflagraciones. El fuego lo llenaba todo, parecía que los B-29 habían alcanzado hasta las mismas puertas del averno. Los remolinos de viento levantados por el fuego lanzaban a los bombarderos para arriba. Los aviones se volvían incontrolables y un dulzón olor a carne quemada y madera chamuscada revolvió el estómago de los más experimentados pilotos. En el avión en el que viajaba John, todos comenzaron a vomitar. El hedor de la muerte se extendía por el aire convirtiéndolo en irrespirable.

Después de tres horas de bombardeo ininterrumpido, el último aparato lanzó sus bombas y los aviones comenzaron a alejarse de la ciudad. La voz del general Power se escuchó de nuevo en la radio.

—Objetivo totalmente incendiado. Las llamas se extienden mucho más de Meetinghouse. El incendio ilumina perfectamente toda la ciudad de Tokio. Éxito total.

John se apoyó sobre el respaldo de su asiento e instintivamente comenzó a rezar. Le pidió a Dios que su madre no se encontrara allí aquella noche. Le suplicó que aquel horror no fuera en vano y que las autoridades japonesas aceptaran la rendición.

En la pira funeraria en la que se había convertido la capital del Japón yacían calcinados decenas de miles de cuerpos, su antiguo esplendor había quedado reducido a cenizas.

LeMay se sintió satisfecho cuando, a su regreso a la base, le informaron que tan sólo catorce de los trescientos veinte aparatos se habían perdido. Ahora le tocaría el turno a otras ciudades como Osaka, Kobe, Okoyama o Nagoya, pensó LeMay mientras caminaba hacia la salida del aparato.

El avión paró los motores y todos los tripulantes comenzaron el descenso. LeMay fue el último en bajar junto a John.

—¿Qué te ha parecido, muchacho? Esta vez sí les hemos dado una buena paliza –dijo el general entusiasmado.

John miró al general y asintió con la cabeza.

—Gracias a tus consejos, el bombardeo ha sido efectivo. Tus recomendaciones al general O'Donnell en la anterior misión y tu previsión del tiempo han sido de gran ayuda.

—Cumplo con mi deber, señor.

—Te voy a proponer para una medalla y un ascenso –dijo LeMay sonriente.

—No lo merezco, señor –dijo cabizbajo John.

—¿Por qué dice eso? –preguntó extrañado LeMay.

—No lo he pasado bien allí arriba. Cuando pensaba en toda esa gente sufriendo sentía como se me retorcían las tripas –dijo el joven tocándose el abdomen.

—Te entiendo. No creas que yo me alegro por la suerte de esos pobres diablos, pero en la guerra a veces hay que hacer cosas muy desagradables -dijo el general muy serio.

—Ya lo sé, señor. Pero no logro acostumbrarme. Tal vez debía pedir el traslado a algún cargo administrativo, alejado de todo esto.

—Te necesitamos aquí. No olvides que fueron ellos los que empezaron esto. Me imagino que ser medio japonés y tener que matar a tu gente no es fácil, pero podría darte datos que te pondrían los pelos de punta.

—Me imagino, señor. No creo que los japoneses sean unos santos -dijo John intentando ahorrarse los comentarios del general.

—Tras la liberación de Filipinas también nos hemos enterado de las atrocidades que han cometido en el archipiélago. Los invasores eran tan fieros, que si un filipino olvidaba saludar a un soldado japonés con respeto, era colgado en cualquier farola. Por nuestros servicios secretos sabemos que en Sumatra y Java más de un millón de habitantes son obligados a trabajar en la construcción del ferrocarril de Birmania en condiciones de esclavitud. Hace dos años, en la rebelión que hubo en Jesselton,[7] cientos de aldeas locales fueron destruidas y sus habitantes fueron torturados hasta la muerte. Ahora son tan odiados en esos países, que los nativos nos suplican que vayamos a liberarlos.

»Según el estricto código militar japonés del *bushido*, los prisioneros renunciaban a su honor al rendirse, y con la pérdida del honor renuncian también al derecho a ser tratados como seres humanos. No luchar hasta la muerte o no suicidarse antes de caer en manos del enemigo, es un deshonor que los japoneses castigan golpeando a sus prisioneros, negándoles atención médica, matándoles de hambre o utilizándoles para construir puentes y otras infraestructuras hasta el agotamiento. Además, los oficiales japoneses impiden a la Cruz Roja atender a los prisioneros. No respetan a los oficiales y las autoridades de las colonias han sido sometidas a toda clase de bajezas.

---

7. Capital de Borneo.

—He escuchado todas esas acusaciones muchas veces, pero la gente inocente no tiene culpa –dijo John.

—No podemos separar a los inocentes de los culpables, cuando estén ante Dios el salvará a los justos y condenará a los injustos –dijo LeMay en tono solemne.

John permaneció callado unos instantes y después añadió:

—Y a nosotros, señor, ¿cómo nos juzgará Dios?

10

CAMBIOS DRÁSTICOS

«Este es inexorablemente el momento de decir la verdad, toda la verdad, con franqueza y atrevimiento. Debemos actuar rápidamente; utilizaré el Congreso como el último recurso para combatir la crisis, con un poder ejecutivo amplio para librar una batalla contra el estado de emergencia, con un poder tan grande como el que me sería conferido si de hecho fuésemos invadidos por un país extranjero».

F. D. Roosevelt. Discurso de toma de posesión de la presidencia (1933)

WARM SPRING, GEORGIA,
2 DE ABRIL DE 1945

El Presidente miró el informe de las bajas producidas en Okinawa y se quedó horrorizado. En la batalla habían muerto 16.000 de los 200.000 hombres enviados a invadir la isla y había 52.000 soldados heridos. Las bajas japonesas eran aún mayores, 151.000 soldados y 150.000 civiles japoneses muertos. Si una isla tan pequeña había costado tanto sacrificio, ¿cuál sería la reacción del pueblo japonés ante la invasión de las islas principales?, pensó el Presidente.

Cogió la taza de manzanilla y se la llevó con mano temblorosa a los labios. Había comido muy poco, apenas nada. No tenía apetito y sentía una merma importante en la salud desde su regreso de Yalta. Al principio lo había achacado a algún resfriado, pero en los últimos días los síntomas se incrementaban. Las preocupaciones le habían seguido hasta su tranquilo retiro en Georgia. La pila de documentos que tenía que supervisar y firmar era enorme. Si el bueno de Wallace estuviera conmigo, pensó, me hubiera ahorrado una buena cantidad de trabajo.

El Presidente todavía no había superado el mazazo que había supuesto para él tener que renunciar a su vicepresidente Wallace, pero en los últimos tiempos la presión se había hecho insoportable. La candidatura republicana de Thomas E. Dewey había puesto nerviosos a muchos líderes de su partido. De hecho, en el último momento Dewey había conseguido un significativo apoyo poniéndose a tan sólo tres puntos de él en las recientes elecciones de 1944. Aunque Roosevelt había ganado en casi todas los estados, los republicanos habían estado a punto de quitarle la presidencia. Su partido le pidió la cabeza de Wallace, el hombre que tan concienzudamente había preparado durante cuatro años. Los patricios demócratas no querían otro «Roosevelt» en el liderazgo de la nación ni del partido. El Presidente reconocía que Wallace era un tipo indomable, que no caía bien en el ejército ni en el sector financiero. Jesse H. Jones, el enemigo más fiero que tenía Roosevelt, había logrado desbancar a Wallace en la convención del partido e imponer al palurdo de Truman. Muchos no perdonaban a Wallace su lucha por los derechos civiles, ni sus duras críticas a sus colegas, a los que había llegado a comparar con los nazis. Roosevelt, al principio, se lo había tomado todo a broma. Claro que él quería garantizar los derechos de los negros en los estados del sur, pero necesitaba otra década más para lograrlo. Algunos acusaban a Wallace de comunista y otros de loco místico. Puede que fuera las dos cosas, se dijo el Presidente. Pero sobre todo era la conciencia dormida de la América acomodada.

Roosevelt repasó el informe sobre la bomba y notó de repente como el corazón se le aceleraba. Había pospuesto la decisión muchas veces, pero sabía que no podía hacerlo por mucho más tiempo. Churchill, los generales, su Secretario de Guerra, todos querían lanzar la bomba y le pedían que lo hiciera lo antes posible. Aunque ahora el objetivo ya no era la famélica y casi exhausta Alemania;

ahora «los halcones» miraban codiciosos hacia Japón. Delante tenía la lista de ciudades elegidas como objetivo. De su decisión dependía la destrucción total de una de ellas.

Tomó de nuevo la taza y la acercó a los labios casi sin probarla. El telegrama que había enviado a Churchill unas horas antes era claro. No iba a ceder nada más a Rusia. Ahora tocaba ser fuertes, Stalin era un tipo insaciable y Estados Unidos tenía que garantizar la autonomía de los territorios liberados. Stalin pedía privilegios garantizados en Manchuria, una zona de ocupación en Corea, el derecho a veto en las Naciones Unidas, la revisión de las fronteras con Polonia y las islas Kuriles del Japón, a cambio de su intervención en la guerra contra Japón y el reconocimiento de Jiang Jieshi como gobernante de China.

Junto al informe de Groves estaba el del general Leahy que se oponía a la utilización de la bomba. También el informe de Leo Szilard que le pedía que reconsiderara el proyecto y un memorándum de Byrnes que le instaba a que se llevara a cabo una investigación independiente para demostrar la utilidad de la bomba en Japón. Pensó que esa última era la mejor opción. No sentía ninguna aversión por el pueblo japonés ni quería desatar el odio del mundo hacia Norteamérica, si podía evitarlo.

La señora Shoumatoff entró en la habitación para continuar con el retrato del Presidente. Roosevelt no tenía ganas de posar. Se sentía cansado y atenazado por las dudas, pero al final accedió a las peticiones de la pintora y encendió un cigarrillo para relajarse.

Un fuerte dolor en la cabeza le hizo abandonar la pose y tocarse la frente con insistencia. Notaba como si la cabeza le fuera a estallar. Dejó el cigarrillo en el cenicero y con la mano derecha comenzó a masajearse el cuello. Con los ojos cerrados y la cabeza ligeramente inclinada hacia delante empezó a sentirse muy cansado. Entonces, perdió el conocimiento.

La señora Shoumatoff salió de la sala muy alterada y pidió ayuda a la secretaria, y unos minutos más tarde el médico ya estaba atendiendo al enfermo. No sabía lo que tenía, pero por la rigidez del rostro pensó en una hemorragia subaracnoidea. Sacó una inyección del maletín y puso al Presidente unas dosis de papaverina para detener la hemorragia y evitar que la sangre se extendiera por las cavidades que rodean el cerebro. La respiración entrecortada del Presidente cada vez era más débil e irregular. Le llevaron hasta la cama. Su rostro parecía sereno, como si al final hubiera descubierto la respuesta a todas sus preguntas, justo en el otro lado de la muerte.

WASHINGTON D. C.

El vicepresidente Truman se encontraba en el Senado presidiendo la sesión. Su cara de aburrimiento demostraba lo tediosas y aburridas que podían llegar a ser las reuniones de la cámara. Truman garabateaba notas de la reunión y de vez en cuando miraba el reloj deseando volver a su modesto apartamento para echarse una siesta.

Su vida diaria no había cambiado mucho desde su nombramiento como vicepresidente. Roosevelt y él apenas se habían visto en unas cuantas ocasiones, el Presidente no ocultaba su antipatía hacia él, por eso ahora tenía que realizar tareas secundarias como aquella y disimular que sabía de todos los asuntos del gobierno, aunque de muchos se enterara por los periódicos.

Truman aprovechó el receso para tomar una copa en el despacho de su amigo Sam Rayburn, pero apenas había llevado el bourbon con agua a los labios cuando recibió la llamada de Steve Early, el secretario de prensa del Presidente.

—Vicepresidente Truman, venga lo antes posible a la Casa Blanca.

Las escuetas palabras de Early le habían inquietado. Roosevelt no era el tipo de hombre que requiriera su atención para un asunto baladí. Aunque, hasta el momento, el Presidente le había excluido de los temas realmente importantes, estaba seguro que le llamaba para alguna cosa urgente. Tomó su sombrero y se dirigió a toda prisa a su vehículo oficial.

Las calles de la ciudad comenzaban a despertar del largo invierno y los árboles empezaban a cubrirse de hojas. Añoraba Missouri, la vida tranquila de la granja de su padre. El poder ir caminando a todas partes mientras saludaba a los vecinos de su pequeño pueblo. Todo eso había quedado ya muy atrás. La guerra de 1914 le había cambiado la vida y aumentado sus expectativas de futuro. Truman admiraba profundamente a Roosevelt, en los años 1930 había sido director del programa de empleo estatal en Missouri y apoyaba la política social del Presidente. En 1934, se presentó a las elecciones para senador por Missouri y las ganó. Desde ese momento su ascenso político había sido imparable. Era un conservador de perfil débil, capaz de contentar a todos, un hombre de consenso en el alborotado partido demócrata que comenzaba a ponerse nervioso ante la debilidad física y política de Roosevelt. Su política proalemana al principio y sus vínculos con el Ku Klux Klan habían levantado las suspicacias de los liberales, pero en la convención de 1944 los conservadores consiguieron la mayoría y colocaron a Truman en la elección para la vicepresidencia.

Durante aquellos tres meses, Truman se había comido su orgullo y había actuado con naturalidad.

Cuando se apeó del coche, presintió que algo raro estaba pasando. Los funcionarios parecían nerviosos y apesadumbrados. Uno de los miembros de protocolo llevó al vicepresidente hasta el despacho de la Primera Dama y Truman confirmó todas sus sospechas.

Eleanor, la mujer de Roosevelt, se levantó al verle entrar. Sosegada y con voz templada se dirigió a él amablemente.

—Harry, el Presidente ha muerto –dijo directamente Eleanor.

Truman recibió la noticia como un mazazo. Contuvo la respiración y puso una mano sobre el hombro de la mujer. Musitó un «lo siento» y agachó la cabeza.

—Harry, si podemos hacer algo por usted no dude en pedirlo. Lo que sea. Ahora es usted el que está en apuros.

El vicepresidente asintió con la cabeza. Nunca se había imaginado como Presidente de los Estados Unidos. Sabía cuál era el estado de salud de Roosevelt, pero por alguna razón pensó que el Presidente terminaría la legislatura. La Primera Dama le instó a utilizar el teléfono y lo dejó solo. Truman tomó el aparato y telefoneó a su mujer.

Unas horas más tarde, Truman juró su cargo en la Sala de Gabinete de la Casa Blanca. Tras el breve juramento, el nuevo Presidente besó efusivo la Biblia. Después instó a la decena de personas que había asistido al juramento a que se sentaran a la mesa.

—Señores, prometo dedicar todos mis esfuerzos a continuar el legado de mi predecesor y tomar las decisiones tal y como creo que las hubiera tomado el Presidente.

Cuando el grupo de hombres abandonó la sala, el secretario de Guerra Stimson se acercó a él.

—Señor Presidente, debo hablarle de un asunto de la mayor importancia.

Truman frunció el ceño. El Secretario de Guerra le había estado evitando durante todos aquellos meses, ahora se dirigía a él con respeto y educación.

—Deseo informarle acerca de un proyecto de gran envergadura que requiere su atención inmediata.

El nuevo Presidente se sintió intrigado, ¿Qué era tan urgente que no podía esperar unas horas? Todavía el cuerpo de Roosevelt estaba caliente y gran parte del país desconocía su fallecimiento.

—Un proyecto que contempla el desarrollo de un nuevo y potente explosivo, con un poder destructor casi ilimitado.

Truman observó el rostro arrugado del anciano Secretario. Sus ojos parecían cansados, la expresión de la cara reflejaba la tensión de las últimas horas. El nuevo Presidente se preguntó qué clase de proyecto podía ser tan importante para que aquel hombre superara su tensión nerviosa y hablara de él con tanta presteza.

Stimson contempló la cara anodina de Truman y se preguntó si estaría a la altura de las circunstancias. Hasta ahora había sido un vicepresidente meramente decorativo. Roosevelt se había opuesto a que entrara en la Sala de Guerra de la Casa Blanca y jamás había participado en ninguna reunión de jefes del Estado Mayor. Se preguntó si aquél hombre sería tan fácil de manejar como todos suponían.

—Usted dirá, Stimpson.

—Solo le pido dos cosas, señor Presidente. La máxima discreción sobre este asunto y una reunión antes de que termine el mes para hablar de él en profundidad.

—Concedido, Secretario –contestó Truman en su recién estrenado papel de Presidente.

El Secretario abandonó la sala y el nuevo Presidente se quedó solo. Imaginó la cara de su madre cuando se enterase que su hijo se había convertido en Presidente de la más poderosa nación sobre la tierra y no pudo evitar esbozar una sonrisa.

11

LOS ÚLTIMOS RETOQUES

«Un científico debe tomarse la libertad de plantear cualquier cuestión, de dudar de cualquier afirmación, de corregir errores».

Julius Robert Oppenheimer

BASE AÉREA WENDOVER,
23 DE ABRIL DE 1945

La paciencia del coronel Tibbets estaba empezando a llegar al límite. Cada vez era más difícil controlar a sus hombres. Llevaban meses entrenándose para una misión de la que desconocían casi todo. La tensión crecía por momentos y los escándalos en Salt Lake City eran ya del dominio público. Pero eso no era lo que más preocupaba al coronel, lo que realmente le tenía obsesionado era la lentitud con la que se tomaban las cosas en Los Álamos. Según sus últimas informaciones, la primera bomba estaba prácticamente terminada. Los problemas del principio se habían resuelto. Uno de los científicos, un tal Parsons, había viajado allí unos días antes para explicarle cuál era el funcionamiento de la bomba y cómo habían resuelto algunos de los problemas que se habían encontrado.

El núcleo de la bomba estaba compuesto por uranio, con un peso de unos diez kilogramos. Éste estaba dividido en dos y separado por unos ciento ochenta centímetros dentro del ánima del cañón, que se encontraba en el interior de la cubierta de la bomba. Entre las dos piezas había un diminuto pisón, un escudo resistente a los neutrones, compuesto por una aleación de elevada densidad. El pisón debía impedir que las dos partes de uranio reaccionaran entre ellas, para evitar un punto crítico no deseado. De esta manera se podía controlar la explosión. La pieza más pequeña de U-235 pesaría poco más de dos kilos. Su forma era la de una bala atómica que se pondría en funcionamiento mediante un sistema de encendido por proximidad, saliendo disparada a través del ánima del arma hacia el «objeto», la otra pieza de U-235. El «objeto» permanecería fijo en la boca del cañón, a unos cuantos centímetros de distancia y pesaría unos ocho kilogramos. Cuando fuera disparada la bala de uranio, segaría los pernos que la sostenían en su lugar, atravesando el pisón, chocando contra el «objeto», provocando la explosión nuclear en cadena.

Después de la explicación, Parsons le dijo algo a Tibbets típicamente científico. A pesar de toda la planificación y las pruebas, los hombres de Los Álamos no estaban seguros de que la bomba funcionara. Hasta el mismo momento de la prueba algo podía fallar; no creía que el riesgo de fracaso fuera muy alto, pero cabía la posibilidad.

Desde entonces los científicos de Los Álamos se habían dedicado a perfeccionar la bomba. Sus continuos retoques le hacían pensar a Tibbets que a aquellos hombres les importaba más crear un arma perfecta, que acabar el trabajo y terminar con aquella maldita guerra. Al paso que iban, la guerra terminaría y ellos seguirían con sus dichosos retoques.

Tibbets había investigado por su cuenta la base de Tinian, desde donde tendrían que realizar las operaciones. Una de las secciones de la base se había reservado al 509. Las órdenes para reservar un barco en el que transportar todo el material y a los hombres ya estaban dadas. El barco estaba preparado en Seattle. Todo lo que tenía que hacer era telefonear a Washington utilizando su clave secreta e inmediatamente la orden se activaría.

Tibbets estaba ansioso por entrar de nuevo en acción, todos aquellos meses de preparación estaban causando mella en su cabeza. Echaba de menos a su esposa y sus hijos, pero sabía que mientras aquella misión continuara no podría verles. El coronel había estado un par de veces a punto de dar las órdenes, pero no sabía cuáles serían las consecuencias de su decisión. Groves podía quitarle el mando por saltarse las normas, hacerle comparecer ante un consejo de guerra o mandarle directamente a Alaska.

Lo que desconocía Tibbets es que Groves también se estaba impacientando con los científicos.

El coronel Tibbets siguió su instinto y, dejando a un lado sus miedos, pidió en la centralita que le pusieran en comunicación con el Cuartel General de las Fuerzas Aéreas en Washington. Le pasaron con su oficial de enlace y le transmitió el mensaje clave.

—Aquí Silverplate. El 509 está preparado para actuar -dijo con voz firme.

Desde el otro lado de la línea no hubo respuesta, pero el proceso se puso en marcha. A los pocos días le informaron que el equipo de tierra abandonaría la base antes del 6 de mayo para embarcar en Seattle, los aviones saldrían hacia el Pacífico unas semanas más tarde.

Unos días después, Tibbets recibió una llamada telefónica de alta prioridad.

—Coronel -dijo la voz-, tiene un grave problema con «caballito».

A Tibbets se le secó la boca. Sabía que «caballito» era el nombre clave del general Groves. Imaginaba que el general ya estaba al corriente de su jugada y que no tardaría mucho en ponerse en contacto con él. Las consecuencias de su decisión eran imprevisibles.

Al día siguiente, fue convocado a una reunión en el despacho de Groves a primera hora de la tarde. Tibbets llamó a la puerta. Le sudaban las manos y sentía el corazón acelerado. Apenas cruzó el umbral, el general Groves estalló en cólera.

—¡Maldita sea, coronel! ¿Quién diablos se cree usted que es para ordenar sin mi permiso que el 509 sea trasladado a su base en el Pacífico?

Tibbets no abrió la boca. Permaneció en posición de firme mirando para el frente.

—¿Usted cree que en el ejército cada uno puede hacer lo que le venga en gana? El 509 no es su equipo particular, lo paga el contribuyente y usted está bajo mis órdenes. ¿Acaso yo he ordenado el traslado? –dijo el general gritando.

—No, señor. No ha ordenado el traslado, pero mis hombres no pueden soportar más la presión. Mientras sus compañeros mueren en el frente ellos están aquí, disfrutando de la vida.

—¿Quiere que le destine al frente, coronel? ¿Es eso lo que quiere? Llevamos meses preparándoles para la misión más importante de esta maldita guerra, una misión que puede acabar con los japoneses de un plumazo, pero ustedes quieren pegar unos tiros para desahogarse. ¿No les basta con los escándalos de Salt Lake City? Tengo la mesa llena de quejas y en la mayoría de las denuncias me piden su cuello, coronel.

—Lo lamento, señor. Hago lo que puedo para que mis hombres se comporten, pero son jóvenes y están aburridos. Sólo buscan algo de diversión.

—¿Diversión? A su edad, durante la Gran Guerra, nos pasábamos todo el tiempo en capilla rogando a Dios para que todo terminase y pudiéramos volver a casa, sanos y salvos. ¿Qué clase de hombres ha elegido, Tibbets? ¿A bestias pardas?

—He elegido a los mejores, señor.

Se produjo un silencio en el despacho. Groves apoyó su mano sobre la barbilla y observó a Tibbets. Conocía los informes del comandante Uanna sobre los delitos de algunos de los hombres del 509. Había mirado para otro lado y cruzado los dedos para que en el Alto Mando no se enterasen que el 509 era un nido de delincuentes y asesinos, pero su paciencia tenía un límite.

—Mire Tibbets, me pongo en su lugar –dijo el general levantándose de la silla.

—Gracias, señor.

—No es fácil meterse en una jaula y domar a esas fieras. Además, qué diablos, yo también estoy hasta las narices de tantos retrasos. El plazo para la terminación de la bomba expira en un mes y medio. Sus hombres necesitan conocer el terreno para familiarizarse con él.

—Eso es lo que yo pienso, señor –dijo Tibbets, respirando hondo y comenzando a relajase.

—El cambio de Presidente está siendo una contrariedad. El secretario de Guerra Stimson tiene que reunirse uno de estos días con Truman para que dé luz verde al proyecto –dijo Groves.

—Entiendo, señor.

—Pero, maldita sea, ¡ha logrado usted que nos movamos! ¡Ahora ya nadie puede detenernos! –dijo Groves cambiando el tono y mostrando su felina sonrisa.

—Pero, ¿entonces no está enfadado, señor? –preguntó Tibbets con los ojos muy abiertos.

—¿Enfadado? Llevaba semanas esperando que este maldito proyecto volviera a ponerse en marcha y usted lo ha conseguido, Tibbets.

—Sólo cumplía con mi deber, general –respondió el coronel confuso por la reacción de Groves.

—Esos científicos no pueden seguir parando el proceso. Ahora que sus aviones están de camino a la base principal, tendrán que tener terminado su juguetito cuanto antes.

12

UN ASUNTO SECRETO

«La libertad es el derecho de escoger a las personas que tendrán la obligación de limitarnos».

Henry Truman

LA CASA BLANCA, WASHINGTON,
25 DE ABRIL DE 1945

Los últimos días habían sido agotadores. El presidente Truman había leído decenas de informes y recibido a tanta gente que apenas podía recordar la última vez que se había sentado en un sillón con un bourbon en la mano. Aquel día era tan frenético como la última semana, pero el asunto que tenía que tratar era extremadamente delicado.

Truman leyó la carta del Secretario de Guerra que había llegado el día anterior. La carta era breve y en ella Stimson le recordaba el tema del que le había hablado brevemente tras su toma de posesión.

Señor Presidente:

Creo que es importante que sostenga con usted una conversación, tan pronto como sea posible, acerca de un asunto altamente secreto. Se lo mencioné poco después de haber jurado su cargo, pero no quise insistir más comprendiendo que en tales días el trabajo le abrumaba. Sin embargo, este asunto ejerce enormes influencias sobre nuestras relaciones exteriores y me preocupa enormemente, hasta el punto de que creo que usted debe conocerlo sin más demora.

Henry Stimson

Secretario de Guerra

Truman dejó la nota de nuevo sobre la mesa y empezó a acariciarse el mentón. El Secretario de Guerra era un viejo zorro de la administración, así que si no le había dicho nada en aquellos días era por otras razones, pensó el Presidente. Stimson sabía que él había estado dándole vueltas al asunto, no podía ser de otra manera. Si lo que el Secretario pretendía era ponerle nervioso y captar toda su atención, el viejo zorro lo había conseguido.

El Presidente miró el reloj, eran casi las doce del mediodía. En cualquier momento llegaría el Secretario. Se puso en pie y paseó nerviosamente por el despacho. Estaba rodeado de los recuerdos de Roosevelt: Eleonor seguía viviendo allí, su familia no quería importunarla y apremiarla para que se marchase. Su marido había sido un gran hombre, un hombre al que él admiraba profundamente, aunque nunca se hubieran caído bien.

Truman volvió a mirar el reloj; apenas había pasado un minuto. Por lo que Stimson ponía en su nota, le traía un as para llevar debajo de la manga en su viaje a Potsdam. El simple hecho de pensar en la cumbre le ponía muy nervioso. Ya había hablado por teléfono con Churchill, que siempre se había mostrado cordial con él, pero Stalin era un hueso duro de roer.

Durante aquellos días había leído todo lo que tenían los servicios secretos sobre el dictador comunista, y también había devorado el informe sobre Yalta que le había entregado James Byrnes, el Secretario de Estado. Truman había decidido continuar con el mismo Secretario de Estado que Roosevelt. No es que apreciara mucho a Byrnes, Truman conocía las maquinaciones del Secretario de Estado para mantenerle lejos de la corriente del poder, pero a Truman le gustaba ser pragmático y no le parecía correcto poner patas arriba al Estado con un nuevo gobierno, sobre todo cuando la guerra continuaba y cada día morían soldados americanos en el frente.

Alguien llamó a la puerta y Truman se acercó a la mesa y cogió unos papeles.

—Adelante -dijo Truman con voz firme.

—Señor Presidente, el Secretario de Guerra, el señor Stimson.

El Secretario cruzó la sala y estrechó la mano del Presidente con firmeza.

—Si no le es molestia, preferiría esperar a que llegara el general Groves.

—¿El general Groves? ¿Por qué debemos esperarle? -preguntó malhumorado el Presidente. No le gustaban las sorpresas de última hora ni los fuegos de artificio del Secretario.

—Es de vital importancia. El general Groves es el director del proyecto del que vengo hablarle y no hay nadie que sepa más sobre el tema que él.

—Entonces, siéntese, Secretario -dijo el Presidente señalando una de las sillas. Después comenzó a releer informes y Stimson comenzó a juguetear con su bastón.

A los cinco minutos apareció el general Groves. Llevaba el uniforme impecablemente limpio y su rostro recién afeitado. Era la primera vez que veía a Truman. Le habían dicho que era un tipo directo, campechano, pero que si le sacaban de sus casillas no se andaba con miramientos.

—Señor Presidente, le presento al general Groves. En las manos de este hombre puede estar el destino de la guerra.

El Presidente esbozó una sonrisa. El Secretario solía utilizar un lenguaje melodramático que le recordaba a un viejo profesor de escuela.

—General -dijo Truman–, será mejor que nos sentemos en los sillones, estaremos más cómodos.

Los tres hombres se dirigieron hasta allí. Truman y Stimson se sentaron, pero el general se quedó de pie.

—Señor Presidente, llevamos más de tres años trabajando en un proyecto de alto secreto. Su nombre en clave es «Proyecto Manhattan». En este proyecto hemos recibido el apoyo del Reino Unido y Canadá. El objetivo final del proyecto es desarrollar la primera bomba atómica.

Truman se incorporó y apoyó los codos sobre sus rodillas. Si Stimson quería captar toda su atención, lo había conseguido.

—La investigación científica está a cargo del reconocido físico Julius Robert Oppenheimer; la seguridad y las operaciones militares son supervisadas por mí mismo. El proyecto es muy complejo. No hay un único centro de investigación. Tenemos laboratorios por varios estados –dijo Groves sacando un mapa de su maletín.

El Presidente recogió el mapa y repasó los puntos señalados.

—El más importante de los centros de investigación es el Distrito de Ingeniería Manhattan más conocido como Laboratorio Nacional Los Álamos. El centro está en las montañas de Nuevo México, al resguardo de curiosos y espías –dijo Groves.

—Pero el Congreso desconoce este proyecto por completo. La Comisión del Senado que estaba investigando dos mil millones de dólares sin justificar, debería saber en que se están empleando –dijo el Presidente.

—Pero, eso es imposible –dijo el Secretario–. La opinión pública no se puede enterar. Cuanta más gente conozca la naturaleza del Proyecto Manhattan más fácil será que los alemanes, los japoneses o los rusos se enteren de nuestros planes.

Truman miró muy serio a los dos hombres. No entendía cómo Roosevelt no le había hablado de algo de aquella envergadura. Todavía no sabía en qué consistía el proyecto, pero después de la guerra el Senado pediría una investigación a fondo.

—Como podrá imaginarse, el proyecto agrupó a una gran cantidad de eminencias científicas de todas las áreas, desde la física, la química, hasta especialistas en explosivos y radar –dijo Groves retomando el tema.

—¿Por qué comenzó este proyecto? –preguntó el Presidente.

—Teníamos pruebas de que tras los experimentos en Alemania previos a la guerra se sabía que la fisión del átomo era posible. Los nazis llevan años trabajando en su propio programa nuclear –dijo Groves.

—Pero los alemanes están a punto de rendirse. No creo que sean capaces de crear una bomba nueva –dijo el Presidente.

—Probablemente no. Nosotros contamos con las mentes más brillantes de América y Europa, muchos de ellos son judíos exiliados. Aunque, he de reconocer, alguno de los científicos tiene ideas filocomunistas.

Truman frunció el ceño. Si había algo que aborrecía con todas sus fuerzas era a los comunistas. Especialmente a los comunistas americanos. ¿Acaso no era él, el hijo de un humilde comerciante sin estudios superiores, el presidente del país? En Norteamérica, la tierra de las oportunidades, no tenía sentido hablar de revoluciones o de lucha de clases.

—Durante meses hemos corrido en una carrera endiablada para conseguir la bomba antes que los alemanes –dijo Groves.

—Pues no creo que los alemanes puedan ganarles. Los rusos están a las puertas de Berlín –dijo el Presidente.

Truman no dudaba de la capacidad de la Alemania nazi para propagar el mal. Los Aliados habían liberado varios campos de concentración en Alemania y habían visto con sus propios ojos el horror al que eran capaces de producir los nazis. El propio Hitler se mantenía encerrado en su refugio secreto en Berlín, permitiendo que su país se convirtiera en cenizas.

—Puede que Hitler y sus asesinos no puedan conseguir la bomba, pero no sabemos si los japoneses están cerca –dijo Groves, intentando amedrentar al Presidente.

—Tampoco debemos olvidarnos de los rusos, señor Presidente

–dijo Stimson, consciente de la animadversión del Presidente hacia los soviéticos.

Truman miró con atención al Secretario e intentó leer en su mirada. Era algo que hacía habitualmente. Los hombres podían mentir con sus palabras, pero era mucho más difícil mentir con los ojos.

—¿Es posible que los rusos tengan un programa nuclear?

¿Nosotros tenemos ya la bomba? –preguntó inquieto el Presidente.

—El primer ensayo todavía no lo hemos realizado. Los científicos están construyendo un artefacto llamado Trinity. Se trata de una bomba de plutonio –dijo Groves.

—Eso significa que no la tenemos todavía –dijo el Presidente decepcionado.

—He hecho todo lo posible por acelerar el proceso pero no ha sido fácil, señor Presidente –contestó Groves algo avergonzado.

—Los rusos tienen un proyecto nuclear denominado «Operación Borodino» –dijo Stimson.

—El trabajo no ha sido sencillo. El proyecto Manhattan comenzó inicialmente en diferentes lugares del país. Aunque la más avanzada era la Universidad de Chicago, que fue la primera en completar los primeros tests de reacción en cadena. Después construimos el Laboratorio Nacional de Los Álamos en Nuevo México, a cuyo cargo está la Universidad de California.

—Por lo que veo es un complicado entramado de laboratorios –dijo el Presidente, mientras ojeaba el mapa con todos los emplazamientos.

—Muy complicado, señor Presidente. En la actualidad, el proyecto emplea a más de 130.000 personas. Llevamos gastados más de veinte mil millones de dólares –dijo Groves.

—¿Veinte mil millones de dólares? Cielo santo, eso es una cantidad enorme de dinero. Espero que puedan justificar hasta el último centavo –dijo el Presidente.

Groves sonrió ligeramente. Por fin comenzaba a sentirse más relajado. El Presidente parecía un tipo razonable.

—Algunos de los científicos con los que estamos trabajando son Leo Szilard, Edward Teller y Eugene Wigner. Los tres son refugiados judíos provenientes de Hungría. Los tres habían llegado a la conclusión de que la energía liberada por la fisión nuclear podía ser utilizada para construir bombas por los alemanes. Esa idea les obsesionaba de tal manera que persuadieron a Albert Einstein para que se pusiera en contacto con el presidente Franklin D. Roosevelt y le advirtiera del peligro de que los alemanes pudieran crear la bomba atómica.

—¿Cómo entraron en contacto con el presidente Roosevelt? -preguntó Truman.

—Por medio de una carta que Szilard, uno de los científicos húngaros, y Einstein escribieron y enviaron el 2 de agosto de 1939 a la Casa Blanca.

—¿Y qué contestó el presidente Roosevelt? -preguntó Truman intrigado.

—Roosevelt se tomó en serio la amenaza. Respondió a la carta e incrementó las investigaciones sobre la fisión nuclear. La historia de los pormenores de aquellos años está escrita en mi informe. No quiero alargarme demasiado -se disculpó Groves.

Truman alargó la mano y tomó un segundo informe. Después miró al general y asintió con la cabeza para que siguiera.

—Los avances continuaron. En la Universidad de Columbia, el físico Enrico Fermi logró diseñar y construir varios prototipos de reactores nucleares. Para ello, utilizó dos materiales escasos, el grafito y el uranio. Después, Vannevar Bush, director del Instituto Carnegie de Washington, organizó el Comité de Investigación de la Defensa Nacional para movilizar los recursos científicos de los Estados Unidos y emplearlos en la defensa nacional.

—Entiendo -dijo Truman intentado seguir el hilo del general.

—Vuelvo a extenderme, señor Presidente -dijo Groves disculpándose-, pero no veo otra manera.

Truman volvió a hacer un gesto de aprobación.

—El Consejo de Investigación de la Defensa Nacional se hizo cargo del «Proyecto Uranio», como se conocía el programa de física nuclear, y en 1940 V. Bush y el presidente Roosevelt crearon la Oficina de Desarrollo en Investigación Científica. El 9 de octubre de 1941, Roosevelt autorizó finalmente el desarrollo del arma atómica.

—Por lo que voy entendiendo, el proyecto lleva en marcha casi cinco años. ¿Cómo es posible que todavía no hayan conseguido resultados? –le reprochó de nuevo el Presidente.

—Los dos primeros años sólo fueron de arranque. Le aseguro que desde la entrada de nuestro país en la guerra, los esfuerzos para obtener material para construir la bomba se incrementaron en todos los campos. En el Laboratorio de Metalurgia de la Universidad de Chicago, el Laboratorio de Radiación de la Universidad de California y el Departamento de Física de la Universidad de Columbia, el trabajo ha sido frenético. Lo principal en aquel momento era obtener isótopos de plutonio, para ello había que bombardearlos con neutrones de Uranio-235, el cual al absorber los neutrones transforma todo en Uranio-236, mucho más radiactivo que el U-235, y plutonio. Para ello se construyeron dos enormes plantas, una en Oak Ridge, Tennessee y la otra en Hanford, Washington.

—¿Y después? –preguntó el Presidente, comenzando a impacientarse.

No entendía nada de aquella jerga técnica. Aquello estaba bien para los científicos, pero a él lo que le interesaba era la potencia de la bomba y para cuándo estaría terminada. Las batallas de Iwo Jima y Okinawa habían causado muchas bajas entre sus hombres y no quería prolongar más la guerra si había una forma de terminarla.

—A principios de 1942, Arthur Holly Compton organizó el Laboratorio de Metalurgia de la Universidad de Chicago, quería estudiar el plutonio. Para ello Compton solicitó la ayuda de un joven físico llamado Julius Robert Oppenheimer, profesor en la Universidad de California.

—El director del Proyecto Manhattan –dijo el Secretario, que también estaba comenzando a impacientarse.

—Sí, el director actual del proyecto –aclaró Groves.

—Entonces… –dijo Truman haciendo un gesto brusco con la mano.

—En la primavera de 1942, Oppenheimer y Robert Serber trabajaron en los problemas de la difusión de neutrones y en la hidrodinámica. Dicho estudio fue supervisado por un grupo de físicos, entre los que estaban Hans Bethe, John Van Vleck, Edward Teller y Félix Bloch, entre otros. Todos juntos llegaron a la conclusión de que la construcción de una bomba de fisión podía ser factible. El Cuerpo de Ingenieros del Ejército nombró al coronel James Marshall supervisor de la construcción de las fábricas encargadas de la separación de isótopos de uranio y producción de plutonio –dijo finalmente Groves.

—Pero, ¿puede explicarme alguien en qué consiste una bomba atómica? –dijo Truman levantando los brazos.

El general le miró atónito. Llevaba una hora hablando con el Presidente y todavía no le había explicado en que consistía la bomba y cuál era su poder destructor.

—Podríamos definir una bomba atómica como un dispositivo que obtiene su energía de reacciones nucleares. Su funcionamiento es relativamente simple, se basa en provocar una reacción nuclear en cadena no controlada –explicó brevemente Groves. No sabía si el Presidente seguía su explicación. A él mismo le había costado años entender el funcionamiento de la energía nuclear.

—¿Es como una figura hecha con piezas de dominó? Una empuja a la otra hasta que todas se mueven –dijo el Presidente.

—Algo parecido, señor Presidente –dijo Stimson.

—El funcionamiento de la bomba se basa en la escisión de un núcleo de un átomo pesado en elementos más ligeros mediante el bombardeo de neutrones que, al impactar en dicho material, provocan una reacción nuclear en cadena. Como si al lanzar una bola de billar contra otra más grande se convirtiera en cientos de minúsculas bolas.

—Comprendo –dijo el Presidente.

—Para que ese tipo de reacción se produzca, es necesario usar núcleos fisibles o físiles como el del U-235 o el Plutonio-239. Según el mecanismo y el material usado se conocen dos métodos distintos para generar una explosión nuclear, el de la bomba de uranio y el de la de plutonio.

—¿No puede hacerse con otro material? –preguntó el Presidente.

—Que nosotros sepamos, no –dijo Stimson.

—Una de las bombas que estamos probando es la de uranio. En este caso, a una masa de uranio se le añade una cantidad del mismo elemento químico para conseguir una masa crítica, que comienza a fisionar por sí misma. También se le añaden otros elementos que potencian la creación de neutrones libres que aceleran la reacción en cadena. Cuando esto se produce se provoca la destrucción de un área determinada por una onda de destrucción masiva desencadenada por la liberación de neutrones –explicó Groves.

—Esta se llama de... –dijo el Presidente tomando nota.

—Señor, está todo en el informe –le interrumpió Groves.

—Para mí es más fácil de recordar cuando lo escribo con mis propias palabras –apuntó Truman.

—Hay otra línea sobre la que se está investigando, la llamada bomba nuclear de plutonio.

—¿Por qué construir dos armas diferentes? –preguntó Truman.

—No son dos bombas diferentes, son dos caminos diferentes para llegar a producir el mismo efecto –dijo Groves.

—Siga... –dijo Truman.

—El arma de plutonio tiene un diseño más complicado. Hay que rodear a la masa fisionable de explosivos convencionales especialmente diseñados para comprimir el plutonio. De esta forma una esfera de plutonio del tamaño de una pelota de tenis se reduce hasta un volumen de 2 a 4, o incluso 5, veces menos, aumentando en la misma proporción la densidad del material. La masa de material físil comprimida, que inicialmente no era masa crítica, se convierte en masa crítica debido a las nuevas condiciones de densidad y geometría, iniciándose una reacción en cadena de fisión nuclear descontrolada ante la presencia de neutrones, que acaba provocando una violenta explosión.

El Presidente se puso en pie y se dirigió hacia el gran ventanal de su despacho. Roosevelt había dejado sobre sus hombros una responsabilidad difícil de soportar. No podía imaginar la destrucción que podía causar una bomba de ese tipo, estaba claro que el ejército no estaba fabricando una bomba convencional.

—¿Cuales son los efectos de una bomba de esas características? -preguntó el Presidente.

—Es difícil determinarlo. En esto no se ponen de acuerdo ni los expertos, pero se calcula que una bomba de esas características puede matar entre 80.000 y 100.000 personas -dijo Groves.

—¡Tanta gente! -dijo Truman horrorizado.

—En un abrir y cerrar de ojos, volatilizados -dijo Stimson con un gesto de manos.

—¿Para cuándo estará terminada la bomba? -preguntó el Presidente.

—Calculamos que como mucho serán cuatro meses. Aunque hemos compartido su desarrollo con el Reino Unido, actualmente los Estados Unidos es el único país capaz de controlar los recursos necesarios para fabricar y usar la bomba. Por lo menos es eso lo que creemos, aunque ya señalé antes que no podemos estar seguros -dijo Stimson.

—Usted cree que si lanzamos la bomba, ¿acabará antes la guerra? -preguntó el Presidente volviéndose hacia el Secretario.

—Sí, señor Presidente. La potencia de la bomba es tan descomunal, que paralizará a nuestros enemigos. Si la bomba se emplea contra Japón, nuestro principal enemigo ahora, la guerra terminará mucho antes.

Truman miró a los ojos a Stimson, aquel tipo parecía sincero. Aun así, no debía tomar una decisión precipitada, se dijo.

—Sólo puedo prometerles una cosa, señores. En mi juramento

prometí seguir los pasos de mi antecesor. Roosevelt puso en marcha este audaz proyecto; con la ayuda de Dios, yo buscaré la forma de terminar con esta guerra.

—Sabemos que lo hará, señor Presidente -dijo Groves.

—Mi primer paso será ordenar inmediatamente la creación de un Comité Provisional, el cual redactará una legislación de posguerra y me aconsejará sobre los aspectos de esta nueva fuerza, denominada nuclear. Por favor, secretario Stimson -dijo el Presidente dirigiéndose al anciano–, ¿acepta convertirse en el Presidente de dicha comisión?

Stimson sonrió y poniéndose en pie dijo:

—Con sumo gusto, señor Presidente.

Los dos hombres abandonaron el despacho y Truman se sumió en sus pensamientos. Recordó el verso de la Biblia en el que Jesús decía a sus discípulos: «No penséis que he venido a traer paz sobre la tierra; no he venido a traer paz, sino espada». Sin duda, la espada era la única manera de traer paz. Pero, ¿podría el mundo soportar una espada tan violenta?

13

DESTINO

«Nadie alcanza a abatir las fuerzas del destino».

Esquilo

BASE AÉREA DE WENDOVER,
26 DE ABRIL DE 1945

La base comenzaba a parecerse a un apartamento de alquiler a punto de ser abandonado. El personal caminaba de un lado para el otro guardando todo tipo de cosas en cajas. Diariamente se cargaban decenas de camiones con el material de la misión y, las otras veces animadas cantinas de la base estaban completamente desiertas. La vida en Wendover comenzaba a desaparecer, en unas semanas todo el equipo estaría en la nueva base.

John estaba sentado en una de las mesas del club de oficiales. Se acercó el vaso a los labios y se tomó un sorbo de whisky. Nunca había sido aficionado al alcohol, pero con algo había que matar las interminables horas en Wendover.

Miró el reloj y se puso nervioso. Había terminado de recoger su equipo hacía horas, pero la cercanía de su viaje le angustiaba. Las dos veces que había estado en el Pacífico habían resultado estremecedoras. Sabía que este tercer viaje podía ser el definitivo. La misión estaba a punto de ponerse en marcha. Los ensayos y los simulacros iban a dejar paso a la cruda realidad, el uso del arma, como les gustaba llamarla a todos.

John estaba seguro que en la base muy pocos conocían las características del arma. Él tampoco sabía demasiado. Si hubiera preguntado a su amigo Stephen Gordon en qué consistía la bomba, estaba seguro de que se lo habría contado, pero por el momento prefería no saber más. Aunque no se le escapaba que la debían lanzar sobre alguna de las ciudades que él había propuesto y que se trataba de un arma altamente destructiva.

Saboreó el áspero licor y notó como rodaba por su garganta quemando todo a su paso. No había tenido muchas noticias de Ana y su hijo, pero sabía que estaban bien, a salvo. Su padre continuaba negando la realidad de la guerra y ocultándose en su mundo académico ideal, donde podía decidir qué era bueno y qué era malo sin temor a equivocarse.

John había meditado durante todos aquellos días las palabras pronunciadas por el general LeMay la noche del vuelo incendiario sobre Tokio. No podía cambiar las cosas, la cruel realidad convertía a los hombres en bestias feroces, indiferentemente de qué uniforme usaran o cómo fueran los rasgos de su cara, pero al menos tenía en su mano el acortar una guerra terrible.

Un ruido en la entrada distrajo su atención por unos momentos. El coronel Tibbets lanzó una mirada a la sala y, tras reconocer a John, se dirigió hacia su mesa.

—Hola John, ¿impaciente como un escolar ante su primer día de colegio? –bromeó el coronel.

—Algo parecido, señor.

Tibbets se dio la vuelta, dirigiéndose al camarero y pidió

otro whisky.

—Por fin nos movemos. Estaba empezando a tener la sensación de que nunca nos iríamos de Wendover. Si todo sale bien, antes del otoño estaremos todos en casa y toda esta maldita guerra habrá terminado.

—¿Usted cree, señor? –preguntó incrédulo John.

—Claro que sí, John. Lo que vamos a hacer terminará con la guerra. Estamos metidos en el proyecto más importante de la historia, desde aquel asunto del Arca de Noé.

—¿Sí?

—Vamos a salvar al mundo. Al principio le dolerá un poco, pero las enfermedades sólo se curan con dolor.

John intentó evadir el tema. No compartía el optimismo del coronel. Para él la guerra podía durar indefinidamente. No creía que por un arma secreta, por muy mortífera que ésta fuera, los japoneses fueran a abandonar sus sueños imperiales. Tibbets no conocía a los japoneses, pero él sí. ¿Acaso no era él mismo un maldito japo?

—Bueno, muchacho. Tengo mucho trabajo que hacer. En unos días os meteré a todos los miembros del 393 en un avión e iremos a una base secreta en el Pacífico. Cuando les cuentes todo esto a tus hijos, te verán como a un jodido héroe.

El coronel apuró la copa, pagó la de John y se marchó. El joven cerró los ojos por unos momentos y se imaginó arriba, en la torre de la Universidad de Berkeley. Por encima de los problemas, más allá de las circunstancias comunes de la gente corriente. Mentalmente recreó la Bahía de San Francisco, el sonido del océano al golpear la Península de California, como un escultor enfadado, que debe desbaratar su obra para volver a crearla de nuevo. ¿Era la guerra algo parecido? El paso previo para que todo volviera a recrearse de la nada. No, se dijo a sí mismo. La guerra no era bella, era un monstruo que se alimentaba de sangre y carne. Una bestia capaz de destruirlo todo, para sustituirlo después por una nada infinita.

14

BERLÍN CIERRA EL TELÓN

«Hitler has only one left ball.
Göring has two but they are small.
Himmler was somewhat similar
and poor old Goebbels has no balls at all».
Canción de los soldados aliados.

BERLÍN,
16 DE ABRIL DE 1945

Las calles de Berlín parecían una escombrera y, por lo que tenía entendido, el resto de Alemania no se encontraba en mejor estado. El otrora orgulloso pueblo alemán ahora corría de un lado para otro vestido de harapos, intentando esquivar las bombas, los derrumbamientos repentinos y los escuadrones de jóvenes de las Juventudes Hitlerianas, que disfrutaban colgando a supuestos desertores, espías y derrotistas.

En medio de la multitud desesperada y hambrienta, un coche oficial, uno de los pocos que había podido conseguir la codiciada gasolina, intentaba avanzar entre trompicones por las fantasmales calles de la ciudad. Hacía semanas que no se despejaban los caminos; la excusa era entorpecer la movilidad de los tanques rusos, la realidad en cambio era más sencilla. Ya nadie se preocupaba por Alemania y todo el mundo corría a salvar su vida.

Las madres abandonaban a sus hijos en su intento de sobrevivir. Los huérfanos recorrían la calles suplicando ayuda, robando todo lo que podían o prostituyéndose por unos céntimos en la esquinas de las grandes avenidas del Reich.

En uno de los laterales del brillante Mercedes negro, la bandera del Japón hondeaba tímidamente, como si presagiara su propia derrota. En su interior, Yoshio Fujimura observaba horrorizado el futuro de su propio país. Llevaba semanas encerrado en el refugio de la embajada japonesa en Berlín. Los bombardeos habían sido tan violentos y persistentes, que los miembros de la embajada habían decidido permanecer encerrados hasta que la tormenta amainase. Al final, cuando comprendieron que las bombas no iban a dejar de caer sobre la ciudad, cada uno escapó como pudo.

Fujimura era el agregado naval de Japón en Alemania. Cuando llegó al país, apenas empezada la guerra, el poder del Tercer Reich le abrumó. Los alemanes consiguieron en pocas semanas poner de rodillas a media Europa. Apenas cuatro años después, era Alemania la que yacía postrada frente a las botas rusas.

El coche logró atravesar las ruinas de la ciudad y tomar la autopista hacia Suiza. En los laterales de la carretera, decenas de miles de personas huían hacia el frente sur. Los alemanes preferían caer en manos de los norteamericanos o los ingleses. Todo el mundo hablaba de las atrocidades que cometían los rusos en su imparable avance hacia la capital. Así era la guerra, pensó Fujimura. Él mismo había servido como teniente en la ofensiva contra China y sabía lo que era sentirse embriagado por la victoria. La entrada de las tropas japonesas en la ciudad de Nanjing había sido una orgía de sangre y dolor. Fujimura recordaba perfectamente el infierno en el que se convirtió la ciudad. Él mismo había ordenado a sus hombres que violaran y exterminaran a los malditos chinos. Sus soldados se entregaron al pillaje, la destrucción y la violencia. Aquellos disciplinados y civilizados soldados violaron a niñas de corta edad, para luego degollarlas. Cortaron narices y orejas como recuerdo; cuando veían una mujer embarazada, la rajaban de arriba a abajo y le extraían el feto para jugar con él a la pelota. Fujimura no se sentía arrepentido por todo aquello. En el mundo imperaba la ley del más fuerte y los chinos habrían hecho lo mismo con ellos de haber tenido oportunidad.

Ahora le tocaba a Alemania sufrir las crueles consecuencias de la guerra. Todas las ciudades por donde pasaban se encontraban en el mismo estado: ruinas, desolación y caos. Algunos miembros de la Cruz Roja repartían comida a la entrada de algunas ciudades y, todo se compraba y se vendía en aquellos días turbulentos, alimentado a los estraperlistas del mercado negro. De repente, el valor de las cosas y de las personas era relativo, sólo importaba sobrevivir.

Fujimura también estaba escapando. Tal vez lo hiciera en coche oficial, rodeado de comodidades, pero era un refugiado más que huía para salvar su pellejo. Los japoneses no estaban en guerra con la Unión Soviética, pero al agregado naval no se le escapaba la posibilidad de que los soviéticos lo entregaran a sus amigos norteamericanos. Al fin y al cabo, su trabajo en Berlín había terminado.

Unas semanas antes, cuando las comunicaciones todavía no estaban cortadas, había hablado con sus superiores en Tokio y con su amigo Hack, en Berna. Un mensajero había llevado su carta para el Ministerio de Marina de Tokio. La carta iba dirigida al comandante general Seizo Arisue.

Arisue no era un jodido loco, como el resto del Alto Mando japonés, así que si alguien podía parar aquello y hablar con el Emperador era él. La carta había causado su efecto entre los militares. Todos sabían que el material escaseaba y que en unos meses dejaría de renovarse. Todavía quedaban millones de vidas que sacrificar, pero ¿con qué se enfrentarían a los norteamericanos?

El general Arisue había respondido por su cuenta a Fujimura, ordenándole que se reuniera de inmediato con Hack en Berna, para que los dos intentaran contactar con Jacobsson, un banquero que les servía de enlace en Suiza con los servicios secretos norteamericanos.

Poco a poco, el paisaje boscoso fue transformándose en inmensas praderas. Allí la guerra parecía irreal, un juego entre los hombres que la diosa naturaleza ignoraba por completo. Los pueblos cercanos a la frontera con Suiza estaban intactos. Todavía podían verse a las matronas alemanas de grandes pechos vestidas a la forma tradicional, cargadas con cestas de mimbre o esparto, repletas de comida. A pesar de que hasta allí habían llegado algunos refugiados que intentaban pasar a Suiza en su intento desesperado por escapar de su propia conciencia, la situación no parecía tan desesperada como en Berlín.

Fujimura recordó en ese momento, justo cuando su coche atravesaba la frontera, situándose a salvo de sus enemigos, como él unos años antes había salvado también el pellejo de su amigo Hack.

Hack era un tipo extraordinario. Había sido uno de los primeros alemanes en convertirse al nacionalsocialismo. Por sus conocimientos de Oriente y, sobre todo, de la cultura nipona, fue mediador entre Hitler y Japón, para estrechar sus lazos políticos y comerciales. Después de dos años de la llegada de los nazis al poder, Hack dejó el partido horrorizado. Le decepcionaba la actitud aburguesada de Hitler, la limitación de la revolución nacionalsocialista y la extrema corrupción del sistema. En 1938, Hack escribió varias cartas denunciando la situación, hasta que los jerarcas nazis se cansaron de sus quejas y le encerraron en un campo de concentración a las afueras de Dachau. Los amigos japoneses de Hack le salvaron la vida. Intercedieron ante Hitler y le reclamaron como asesor financiero. Los nazis accedieron y Hack fue nombrado por el Ejército japonés agente europeo de compra en Berna, capital de Suiza.

Fujimura levantó la vista y contempló la paz que reinaba al otro lado de la frontera. Unos simples listones de madera separaban al paraíso del infierno, y ahora él se encontraba en el paraíso.

BERNA, SUIZA,
26 DE ABRIL DE 1945

Las calles de la ciudad parecían animadas tras la llegada de la primavera. Aquel invierno había sido especialmente duro, como si la guerra en Europa quisiera despedirse a lo grande, con una orgía de muerte y destrucción sin límites. Friedrich Hack se encontraba sentado en una terraza leyendo el periódico al sol. Pero el perfecto día soleado no podía sosegarle. Hack se sentía más inquieto a cada página que leía. Se movía incómodo en la silla. Aunque él no había abandonado voluntariamente Alemania hacia varios años, se veía como un desertor.

Llevaba viviendo en Suiza más de siete años. El cambio había sido radical. Alemania siempre le había parecido una casa de locos, donde todo el mundo intentaba convencer a los demás a gritos o a tiros. Era cierto que la Alemania que Hitler había creado, había terminado con todo aquello, pero a base de convertir el país en un gran cementerio. Después de cinco años de guerra, el embaucador nazi había exportado su horror al resto de Europa, arrasando todo a su paso.

Hack miró su reloj suizo y pensó que todavía era pronto para que llegara su amigo Fujimura.

Berna se desperezaba del frío, la nieve sólo permanecía en las cumbres más altas, un recordatorio de que, unos meses después, volvería a cubrirlo todo con su manto blanco y gélido.

En las últimas semanas los esfuerzos del alemán por ponerse en contacto con los norteamericanos habían sido infructuoso. Jacobsson, su enlace con los norteamericanos, había postergado todo por causa de la muerte del presidente Roosevelt. A Hack le costaba imaginar que todo un país cambiara de manos cada cuatro años sin caer en el caos más absoluto, pero al parecer así funcionaban las democracias. A Estados Unidos no se puede decir que le fuera mal, aunque todo aquel derroche de entusiasmo a él le pareciese agotador.

El Alto Mando japonés temía que la llegada al poder de Truman endureciera aún más la guerra en el Pacífico. Alemania, como pez fuera del agua, daba sus últimas bocanadas, desesperada antes de morir de asfixia en el cubo de Stalin. Sus amigos temían que todas la tropas destinadas en Europa se enviaran ahora a Asia y que los rusos rompieran su tratado de paz con Japón para atacarles por el norte.

Hack, tras mucho insistir, había conseguido la reunión con los americanos, pero desconocía la capacidad de aquellos hombres para negociar. Él y Fujimura tampoco gozaban de demasiada autonomía. De hecho, tan sólo el comandante general Arisue y algunos miembros del ministerio conocían la existencia de las negociaciones.

Fujimura apareció por la calle con un descuidado traje de estameña de color oscuro que le quedaba visiblemente grande. Hack no lo había visto en aquellos diez días. Había viajado a Zúrich para negociar el envío secreto de material a Japón desde Argentina, aunque el cerco norteamericano hacía muy difícil la llegada de armas y material al archipiélago.

—Amigo –dijo Hack levantándose de la silla.

Fujimura se inclinó levemente saludando al alemán y éste le devolvió el saludo. Después se abrazaron, rompiendo el rígido protocolo japonés.

El aspecto de Hack era envidiable, pensó Fujimura. El alemán vestía una americana de paño y un sombrero de fieltro, su piel estaba bronceada y parecía más joven que la última vez que le había visto.

—Viejo amigo, me alegro de que no tuvieras problemas en la frontera. Ya sabes que aquí en Suiza todo tiene un precio. Mantener a salvo este paraíso es muy costoso. Te sorprendería los millones de francos que Suiza ha regalado a Hitler para que les dejara en paz, aunque ahora va a sudar para recuperar el dinero –bromeó Hack.

—Bueno, tiene el dinero de los judíos que Hitler ha eliminado. No creo que los muertos vengan a declarar sus depósitos –dijo Fujimura animado.

—Un judío es capaz de eso y de más –dijo Hack, que todavía recordaba muchos chistes de judíos de antes de la guerra. Aunque los descubrimientos, por llamarlos de alguna manera, de los campos de concentración le habían horrorizado. No se chupaba el dedo y sabía de lo que era capaz Hitler, incluso él mismo había pasado una corta temporada con todos los gastos pagados en Dachau, pero todo aquel horror le superaba.

—¿Dónde hemos quedado con los americanos? –dijo Fujimura

en su correcto alemán.

—Aquí mismo, en un pequeño restaurante al lado del Jungfrau.

—Pues se nos hace tarde –dijo el japonés sonriendo.

Los dos hombres hacían una extraña pareja por las calles de Berna. Un alemán y un japonés, los dos enemigos de medio mundo, paseaban por las calles pacíficas de Suiza, como si la guerra fuera un rumor lejano. Cuando llegaron al restaurante, tan sólo una de las mesas estaba ocupada por un judío ortodoxo. Se sentaron en una de las mesas del porche para disfrutar del sol y esperaron a los agentes americanos.

Poco después de la una, dos hombres corpulentos, vestidos con trajes baratos, se acercaron a la mesa y se presentaron con los nombres clave de Blum y White.

—Encantado, señores –dijo Hack estrechándoles la mano. Fujimura hizo un gesto cortés, pero no se movió de la silla.

—Hemos elegido una bonita mañana –dijo Blum mirando el cielo azul.

—La verdad es que hace un tiempo excelente; el invierno en Suiza ha sido especialmente crudo, pero la primavera es espectacular –añadió Hack.

—Bueno, el tiempo anda revuelto en todo el mundo –apuntó White.

—Tal vez esté en nuestra mano traer un poco de calma –dijo Hack.

—¿Por qué no comemos? –preguntó Fujimura más relajado.

Todos asintieron con la cabeza y entraron en el salón del restaurante. Se sentaron en una mesa apartada, vestida con un mantel a cuadros rojos y un farolillo de hierro negro en el centro. Vino a servirles un hombre bigotudo, de piel rojiza y ojos muy azules.

—La especialidad de la casa es la *fondue* –dijo Hack. Los demás comenzaron a leer la carta en silencio.

El dueño tomó nota de las bebidas y se dirigió a la barra. Unos minutos después una guapísima camarera vestida con corpiño se acercó hasta la mesa.

—¿Se han decidido ya los señores?

—Queremos una *fondue* –dijo Hack.

—Lo lamento, señor –contestó la camarera–, pero se nos ha terminado el queso. Les recomiendo las chuletas de ternera.

Todos afirmaron con la cabeza. Se produjo un silencio largo y espeso. Hack, el más animado del grupo, no sabía cómo entrar en materia y plantear todo el asunto a los americanos.

El alemán no quería sonar desesperado, pero tampoco arrogante. Sabía perfectamente quién iba a ganar la guerra. Cada día menos países querían vender material a Japón, aunque éste lo pagase a precio de oro. A nadie le gusta apostar por el caballo perdedor cuando la carrera está a punto de concluir.

Fujimura se sentía examinado por aquellos rubicundos agentes. No dejaban de observarle, parecía como si no hubieran visto un japonés en su vida.

Al final, Hack optó por no hablar del tema y esperar que los agentes americanos tomaran la iniciativa. La comida fue transcurriendo sin sobresaltos. Charlaron sobre las ciudades en las que habían estado, elogiaron la comida francesa y poco más.

Una vez terminada la comida, los dos agentes, Blum y White, se levantaron de la mesa, se despidieron de ellos y sin mencionar la posibilidad de una próxima reunión, se marcharon.

Fujimura y Hack se quedaron mudos en la mesa. No se miraban, dejaron que el café se les enfriase y sin hablar abandonaron el local.

Los dos hombres caminaron en silencio por las vacías calles de Berna. Tan sólo se escuchaba el ruido de los cubiertos a través de las ventanas de la ciudad. Hack intentó ser optimista. Esperaba más de aquel primer encuentro, pero el simple hecho de que los norteamericanos quisieran escuchar lo que ellos estaban dispuestos a decirles le pareció suficiente, por lo menos por ahora. Fujimura estaba más nervioso. En ese momento pensó en su familia en Japón; en las últimas semanas los bombardeos eran constantes. No sabía cómo sería Japón cuando el volviera, pero las imágenes de la destrucción que había visto en Berlín le horrorizaban. Deseaba con todo el alma que la paz llegara al fin.

Muy cerca de ellos, un hombre con aspecto oriental, el teniente general Seigo Okamoto, les vigilaba. Había sido testigo de la reunión y, antes de que terminase el día, tenía que enviar un informe a Tokio. Por ahora los enemigos de la paz eran más numerosos que sus amigos.

15

VICTORIA

«Es mejor y más segura una paz indudable que una victoria esperada».
Tito Livio

LA CASA BLANCA, WASHINGTON D. C.,
8 DE MAYO DE 1945

Los cables estaban por todas partes, como una alfombra de serpientes de diferentes colores. Las emisoras de todo el país transmitirían el mensaje del Presidente en directo. Truman esperaba en la habitación de al lado. No había dormido mucho en toda la noche. El discurso más importante de su vida le pillaba algo constipado, con un ligero dolor de cabeza y la garganta seca.

En las últimas semanas la situación de Berlín había sido desesperada. Los alemanes habían defendido la ciudad calle a calle y plaza a plaza. Hitler estaba cumpliendo su deseo de aniquilar su país antes de que éste se entregara a los Aliados. Himmler, uno de los hombres más importantes del Tercer Reich y el jefe de las SS, había intentado acordar con ellos una paz negociada a través de Suecia, pero Alemania ya no tenía nada que ofrecer y, aunque a él no le gustara, Rusia era su aliada. El día 2 de mayo los alemanes se habían rendido en Berlín, pero el caos todavía era estrepitoso. El gran almirante Karl Dönitz era el sucesor nombrado por Hitler, pero el almirante gobernaba sobre un país inexistente. El almirante alemán mandó el día 3 a una comisión para reunirse con el mariscal Bernard Montgomery; lo único que consiguieron fue que los británicos permitieran a los ejércitos derrotados entrar en la zona de influencia anglosajona para escapar del rodillo ruso. El 4 de mayo los alemanes capitulaban en el frente occidental. El 5 de mayo comenzaba el alto el fuego efectivo en varias de las zonas ocupadas por tropas alemanas, pero el 6 de mayo el general Eisenhower pidió a los alemanes la capitulación total. El 7 de mayo el mariscal Dönitz firmaba la capitulación total y sin condiciones de Alemania. La guerra había terminado en Europa.

Truman se ajustó la corbata y entró en el Despacho Oval. Decenas de destellos de flashes le cegaron momentáneamente. El Presidente sonrió y se sentó en la silla del escritorio. No podía evitar sentirse como un usurpador: aquella guerra era la guerra de Roosevelt. El antiguo presidente había desgastado su salud física y su prestigio político en la guerra. No había sido fácil convencer a Estados Unidos para que se involucrara en el conflicto y sólo el infame ataque a Pearl Harbor, cuatro años antes, había inclinado la balanza hacia los partidarios de intervenir en la guerra.

El Presidente miró el reloj, eran casi las 9.00. A esa misma hora, el primer ministro británico Churchill desde Londres y Stalin en Moscú, anunciarían el mismo mensaje al unísono: Alemania se ha rendido, la guerra en Europa ha terminado. Pero aquel mensaje unánime no escondía las visibles grietas que cada día se agrandaban más entre los Aliados. Los problemas venían de atrás y, con toda probabilidad, eran irresolubles. Dos maneras opuestas de entender el mundo y la civilización no podían trabajar unidas en la reconstrucción de Europa.

Cuando la luz roja se encendió, Truman carraspeó ligeramente y comenzó su discurso.

—Los ejércitos Aliados, mediante el sacrificio y la devoción, y contando con la ayuda de Dios…

Millones de personas pegadas a sus receptores escuchaban la noticia más esperada de los últimos años: Alemania se había rendido.

La euforia se extendió por la calles del mundo entero. La gente gritaba, cantaba, bailaba de alegría. Los desconocidos se abrazaban como hermanos mientras el discurso del Presidente corría como la pólvora.

Por unos instantes todos se olvidaron de su otro enemigo, Japón. Truman, en cambio, no dejaba de darle vueltas a la idea de derrotar rápidamente al gigante asiático. Aquella victoria sí sería realmente suya y de nadie más. Había meditado sobre ello y había llegado a la conclusión de que la rendición del Japón, como la de Alemania, debía ser incondicional. Miles de soldados habían muerto por un mundo libre; él no podía conformarse con una paz negociada que dejara a los criminales japoneses tranquilamente en sus casas, sin que todo el peso de la ley cayera sobre ellos. Pero algunos funcionarios de la Secretaría de Estado no compartían esa postura tan estricta. Muchos pensaban que era mejor llegar a una paz pactada que permitir que los rusos entraran en la guerra con Japón y que su influencia se extendiera por toda Asia.

El discurso del primer ministro japonés Suzuki no había ayudado mucho al grupo de funcionarios pragmáticos que deseaban una paz negociada. Unos días antes, Suzuki había dirigido un discurso al pueblo japonés en el que animaba a sus compatriotas a sacrificarse hasta el último hombre, mujer y niño en defensa del Emperador.

El semblante de Truman fue decayendo a medida que pronunciaba su alocución. Era un día alegre para el mundo, pero no para él. Los periodistas percibieron el pesimismo del Presidente y su mirada triste. Truman no era un gran orador, pero además aquella mañana parecía apagado y sin fuerzas.

—El pueblo japonés ha sentido el peso de nuestro ataque por tierra, mar y aire. Mientras sus líderes y las Fuerzas Armadas continúen en la guerra, la intensidad y fuerza de nuestros ataques aumentará constantemente y provocará, sin la menor duda, la ruina total de la producción bélica de Japón, su navegación y todo cuanto apoye sus actividades militares.

»¿Qué significa la rendición incondicional de las Fuerzas Armadas japonesas para el pueblo nipón? Significa el final de la guerra. Significa el final de la influencia de los líderes militares que han llevado al Japón al frente del presente desastre. Significa también la seguridad del regreso a sus familias, a sus granjas y a sus empleos de todos los soldados y marineros. Significa, asimismo, la supresión de la actual agonía y sufrimientos de los japoneses en vana espera de la victoria. La rendición incondicional no significa la exterminación o la esclavitud del pueblo japonés.

El gobierno japonés denunciaría horas después las palabras de Truman como pura propaganda. Muchos japoneses querían la paz, pero su voz seguía acallada detrás del todo poderoso ejército nipón y el silencio enigmático del Emperador.

16

JUEGO DE ESPÍAS

«Un héroe acaba por convertirse en un ser molesto».

Emerson

BERNA, SUIZA,
27 DE MAYO DE 1945

Hack ya no esperaba noticias, pero el mundo siempre es más complicado de lo que se cree. Los estadounidenses por fin se habían puesto en contacto con él para hablar. No era mucho, pero después de un mes en dique seco, a nadie le haría mal una charla amigable.

El alemán tomó su coche y cruzó la ciudad con el corazón en un puño. A veces pensaba qué hacía él, un ex nazi, intentando salvar a Japón del desastre, pero siempre había preguntas que no tenían respuesta.

No era la primera vez que Hack se dirigía a aquella dirección. A principios de mayo había sido invitado a visitar la sede secreta de la Oficina de Servicios Estratégicos Estadounidenses. Aquella vez llevaba un mensaje de Fujimura para el señor Blum. La escueta carta tan sólo decía: «¿Cuál sería la posición de Estados Unidos ante una negociación directa con Japón?».

Blum le había dicho a Hack aquel día que la negociación era posible, pero que debería estar avalada por las instituciones japonesas.

El alemán sabía que Fujimura había actuado hasta ese momento por su cuenta, que ni siquiera había coordinado sus esfuerzos con su superior inmediato en el Ministerio de Marina. Para enredar aún más la cosa, Fujimura había telegrafiado al jefe del Estado Mayor tirándose un farol. Le había dicho que las negociaciones habían empezado a petición de la Oficina del Servicio Estratégico de Tokio. El jefe del Estado Mayor, Toyoda, sólo tenía que levantar el teléfono y contrastar la información para saber que Fujimura mentía, pero afortunadamente todavía no lo había hecho.

Toyoda había contestado que entendía la aproximación a Estados Unidos, pero había pedido a Fujimura que actuara con sumo cuidado. De esta manera indirecta el Alto Mando le daba luz verde para la negociación.

Fujimura y Hack temían que los agentes norteamericanos hubieran descifrado el mensaje de Toyoda y conocieran su escaso margen de maniobra, pero no era así. Los americanos creían que ellos eran un canal fiable.

Los dos hombres se sentían confusos. ¿Cómo debían actuar? Fujimura pensaba que lo mejor era que él viajara a Japón e intentara convencer al Estado Mayor para que negociara la paz. Hack no creía que fuera buena idea si hasta ese momento habían jugado con fuego; debían continuar haciéndolo. Informarían a los norteamericanos que las comunicaciones con Tokio no durarían mucho y que convenía acelerar el proceso.

Ahora Hack tenía que volver a jugar fuerte, aunque aquello supusiera arriesgarlo todo.

Bajó del coche deprisa. La lluvia caía con fuerza y en el corto trayecto hasta el edificio su gabardina se empapó. Le dejaron entrar de inmediato y le llevaron a una sala de estar oscura, con unos viejos sofás ajados y unas lámparas mortecinas cuya luz apenas arañaba la oscuridad.

El agente Blum llegó poco después. Su aspecto era relajado. El final de la guerra en Europa suponía su regreso a Estados Unidos y a casa.

—Señor Hack, me alegro de tener noticias suyas, empezábamos a creer que se le había tragado la tierra.

—Hemos estado recogiendo los avales que nos pedían -se disculpó el alemán-. Y esperando que ustedes se pusieran en contacto con nosotros.

El agente se sentó en una silla y cruzó las piernas.

—El jefe del Estado Mayor piensa que estas negociaciones son tan sólo una trampa -dijo Hack.

—¿Una trampa? Por Dios, fueron ustedes los que se pusieron en contacto con nosotros -dijo el agente.

—Es cierto, pero no hemos visto que su gobierno coopere mucho para acercar posturas.

—Todavía no nos han propuesto nada -dijo Blum.

—Hay cosas innegociables, me imagino que lo entenderá

-contestó Hack intentando medir las reacciones del agente.

—Ya ha oído la postura de nuestro Presidente. Rendición sin condiciones.

—Lo escuché en la radio. Pero una cosa es lo que la opinión pública tenga que saber y otra lo que su gobierno decida.

—Seré franco con usted. No nos hace gracia que la Unión Soviética entre en guerra con el Japón. Me imagino que a sus amigos tampoco les gustará mucho la idea.

—Imagina usted bien -dijo Hack.

—Lo que queremos es muy sencillo. Ríndanse y les garantizamos un trato justo. Únicamente serán condenados por crímenes de guerra los mandos directos. Ayudaremos a levantar Japón, pero crearemos un país diferente, con una nueva constitución, un ejército defensivo y una actitud de amistad hacia los Estados Unidos.

—Creo que todo eso lo aceptaría el Estado Mayor, pero, ¿qué sucederá con el Emperador?

—En ese asunto no podemos prometerle nada definitivo -dijo Blum.

—Veo que juegan fuerte -dijo Hack mirando directamente a los ojos del agente.

—El gobierno está enterado de la situación de Tokio. La única manera de que las negociaciones continúen y lleguen a buen puerto, es que el gobierno de Japón mande a un representante importante, ya sea un estadista de categoría, un general o un almirante. Estoy autorizado para garantizar su seguridad hasta su llegada a Suiza.

Se hizo un silencio largo y confuso. Blum esperaba que el alemán aceptara sin pensárselo dos veces, pero Hack parecía preocupado.

—Haremos lo que podamos -dijo por fin el alemán.

Hack esperó a estar fuera de la delegación norteamericana para expresar su alegría. Las negociaciones comenzaban en serio. Caminó bajo la lluvia sin prisa, dejando que las gotas de lluvia inundaran su rostro. Imaginó la cara de Fujimura cuando le comunicara la noticia.

Cuando llegó al apartamento de Fujimura, éste le miró inquieto.

—Lo hemos conseguido, los norteamericanos quieren negociar.

El japonés se levantó de un salto y abrazó a Hack. Por unos instantes la sombra de la destrucción de Berlín en llamas le enturbió la mirada. ¿Podrían salvar ellos a Japón?

Los dos hombres mandaron un telegrama a Tokio aquella misma tarde.

El texto era contundente:

> *Los norteamericanos piden un negociador de alto nivel. Desean llegar a un acuerdo antes de agosto. Considerando el apuro en el que nos encontramos, ¿puede el Ministro de Marina contemplar otro camino a seguir que no sea negociar la paz con Estados Unidos?*

Habían conseguido lo impensable, abrir un canal de comunicación con el enemigo y establecer las bases de un acuerdo.

Los dos hombres se quedaron pegados al aparato. No sabían cuánto tiempo tendrían que esperar la respuesta, pero merecía la pena la espera.

—¿Qué piensas que contestarán? –preguntó Hack. Fujimura meditó la contestación. Lo cierto era que cualquier reacción era posible. Desde una negativa en redondo hasta una respuesta afirmativa inmediata. Llevaba demasiado tiempo fuera de Japón para estar al tanto de cómo marchaban las cosas por allí.

—No lo sé, Hack. Espero que el Emperador se entere y apoye una negociación. Hay hombres que nacen para matar, ellos lo llaman honor, pero es un simple instinto animal.

—Entiendo perfectamente lo que dices. Yo he matado a hombres cegado por el ansia de matar y el fanatismo.

—Espero que el mundo haya aprendido la lección –dijo Fujimura mientras observaba el telégrafo.

WASHINGTON D. C.,
1 DE JUNIO DE 1945

Los deseos del presidente Truman no tardaron mucho en ponerse en marcha. La capital federal se encontraba en aquellos días repleta de científicos y militares para la reunión de la Comisión Provisional que tenía que decidir si los Estados Unidos utilizaba o no la bomba atómica.

El secretario de Guerra Stimson se había encargado de elegir a los científicos y militares más afines a la utilización de la bomba contra Japón. Después de cuatro sesiones, la Comisión tenía que comenzar a tomar decisiones. Por la parte científica se encontraban Robert Oppenheimer, padre de la bomba y partidario de su utilización; Enrico Fermi, otro importante colaborador de Oppenheimer; Ernest O. Lawrence y Arthur Compton, todos ellos miembros del Proyecto Manhattan. Astutamente Stimson había excluido de la Comisión a elementos molestos como Leo Szilard, que había sido el primero en recomendar la investigación atómica, pero que ahora veía inmoral lanzarla contra un país que no tenía tecnología para hacer una bomba propia y al que se le podía vencer en una guerra convencional. Tampoco se había incluido a Niels Bohr, otro de los científicos en desacuerdo.

Oppenheimer había explicado en las reuniones anteriores en qué consistía la bomba. Groves, por su parte, había señalado los objetivos prefijados desde hacía meses y en las últimas horas la discusión se centraba no tanto en si lanzar o no la bomba, como en la manera de hacerlo.

—Pero, profesor Oppenheimer, ¿contra quién lanzaríamos la bomba? -preguntó uno de los miembros de la Comisión.

—Creamos que debe hacerse contra una concentración de tropas o factorías de guerra -dijo a sabiendas que los militares pensaban más bien arrojar la bomba sobre una ciudad habitada.

—¿Sobre tropas? -preguntó extrañado Lawrence.

—Siempre que se pueda -apuntó el general Marshall.

—Caballeros, si les parece bien, almorzaremos y después continuaremos con la discusión -propuso Groves.

—Me parece una buena idea -señaló Stimson, el presidente de la Comisión.

El grupo se dirigió al comedor cercano. Había varías mesas preparadas y los científicos y militares se mezclaron en ellas. Compton se sentó junto al Secretario de Guerra. Stimson sabía que Compton era uno de los miembros de la Comisión que más dudaba sobre la utilización directa de la bomba y proponía un lanzamiento de advertencia en una zona deshabitada.

—Señor Compton, la energía nuclear no es tan mala como alguno de sus colegas nos quiere hacer creer. Estamos en guerra y, por desgracia, su utilización es en parte destructiva, pero no olvidemos que la energía nuclear es la fuente de energía del futuro. Esto abre una era trascendental de nuevas relaciones entre el hombre y el universo.

—Tiene razón, señor Secretario. Sus utilidades son muy variadas. Pero lo que me preocupa es que el lanzamiento de la bomba no sea entendido por el mundo civilizado. ¿Es posible arrojarla en un lugar desierto o sobre el mar? De esta manera el ejército japonés verá su fuerza y se rendirá con casi total seguridad.

—Pero, ¿usted cree qué una demostración de ese tipo podría servir a nuestros propósitos? –preguntó Stimson.

—Creo que sí.

—Imagine –dijo Stimson cogiendo su plato–, que hacemos una demostración, invitamos a militares y científicos japoneses, pero la bomba no explota.

—Eso es improbable –afirmó Compton.

—Improbable pero posible. ¿Cuál cree que sería la reacción del Japón? Yo creo que Japón se cerraría aun más en banda, negándose a rendirse y eso alargaría más la guerra y el sufrimiento. Si lanzamos la bomba, morirá gente inocente, pero salvaremos a muchos más.

Byrnes, uno de los representantes enviados por el propio Truman preguntó a Lawrence:

—Y, ¿qué opina usted, señor Lawrence?

—No creo que una prueba atómica funcione. Se gastaría plutonio, lo que nos impediría construir otra bomba y no sé hasta qué punto los japoneses entenderían la trascendencia de la bomba.

Oppenheimer asintió con la cabeza. Se sentía molesto por el tono de la discusión, en las últimas semanas varios científicos de Los Álamos habían mantenido aquel mismo debate y el «padre de la bomba» estaba comenzando a ponerse nervioso.

—Imagínense que los japoneses llevan a los prisioneros estadounidenses a la zona de la prueba en venganza –señaló Byrnes–. Esos diablos amarillos son capaces de cualquier cosa.

El almuerzo concluyó y el grupo caminó hasta la sala de reuniones. La última posibilidad de lanzar la bomba en un lugar deshabitado había sido desechada de nuevo.

Stimson sabía que le tocaría a él informar al Presidente. La pantomima de las reuniones ya había terminado. Los generales y los altos cargos de la Secretaría de Guerra estaban decididos a lanzar la bomba y disipar, de la manera que fuera, todas las dudas del Presidente.

El argumento era muy simple. La bomba evitaría una invasión sangrienta del Japón, lo que salvaría miles de vidas norteamericanas y japonesas. Stimson sabía que era un poco cínico por su parte hablar de salvar de vidas japonesas, pero su postura parecería más razonable si mencionaba también a los japoneses.

BERNA, SUIZA,
15 DE JUNIO DE 1945

Después de varios días sin respuesta, Fujimura y su amigo Hack estaban desesperados. No entendían porqué el Ministerio podía tardar tanto en dar una respuesta tan urgente.

Los dos hombres se dirigieron como cada mañana a la oficina de telégrafos con pocas esperanzas de tener noticias de Tokio, pero aquel soleado día de junio, el Ministro de Marina se había decidido a contestar.

—Por favor, lee eso rápido -dijo Hack tirando del brazo de Fujimura.

—Espera Hack, prefiero que lo examinemos fuera.

Los dos hombres salieron y cruzaron la calle hasta una pequeña plaza y se sentaron allí. Hack miraba por encima del hombro pero no entendía nada. El lenguaje retórico japonés se escapaba a sus conocimientos prácticos.

—El Ministro dice que el representante del Japón en las negociaciones debe ser el embajador en Suiza.

—¿El embajador en Suiza? Los americanos nos pidieron un representante de primer nivel. No lo aceptarán.

—El Ministro se está lavando las manos. Está lanzando la responsabilidad sobre el Ministerio de Asuntos Exteriores -dijo Fujimura agachando la cabeza.

—Pero, ¿por qué? No lo entiendo.

El japonés meditó un momento. Levantó la vista y contempló a los grupos de turistas que por primera vez en años volvían a recorrer las calles de Berna.

—Hay problemas. El grupo proclive a la guerra no quiere negociar y el Ministro no desea enfrentarse a ellos.

—¡Maldita sea! -dijo Hack poniéndose en pie.

—Buscaremos otra manera -anunció Fujimura.

Una bandada de palomas levantó el vuelo y los dos hombres las observaron. Imaginaron cuántos mensajes tendrían que lanzar antes de llegar a dar con el hombre en el gobierno de Japón capaz de arriesgarse por la paz. Después comenzaron a caminar entre la multitud.

LA CASA BLANCA, WASHINGTON D. C.,
18 DE JUNIO DE 1945

Aquella mañana Truman se sentía especialmente optimista. Los trabajos de la Comisión habían terminado y era hora de tomar la iniciativa. Su carácter pragmático era especialmente sensible a la inactividad. Prefería hacer algo, lo que fuese, antes de permanecer paralizado. Se había levantado muy temprano, había dado su paseo matutino antes de tomar su copioso desayuno de Missouri. A las 8.30 de la mañana se encontraba sentado frente a su escritorio preparando la reunión que dentro de unas horas tendría con la Junta de Jefes de Estado Mayor. Era la primera vez que se reunía con los generales y conocía su fama de halcones. Pero él no se dejaría cazar fácilmente, pensó mientras devoraba en silencio informe tras informe.

El secretario de Guerra Stimson había dado por finalizados los debates de la Comisión y las cosas parecían correr a toda velocidad.

Delante tenía uno de los informes en el que se hablaba de la invasión del Japón. Había dos planes previstos, uno de ellos se llamaba Olímpico y el otro Corona.

El primero, Olímpico, consistía en un ataque por el sur a Kyushe el 1 de noviembre de aquel mismo año, con un ejército de 815.548 soldados. El segundo plan, Corona, era un plan alternativo, para abrir un segundo frente en Honshu, cerca de Tokio. En él estarían implicados 1.171.646 soldados.

Unas horas más tarde, el grupo de generales llegó casi a la vez. Los dos únicos civiles del grupo, además de Truman, eran el secretario de Guerra Stimson y su ayudante John J. McCloy.

El general Marshall abrió fuego explicando al Presidente los planes de la invasión.

—Entonces, si he entendido bien, el plan de invasión puede estar preparado para el otoño. Pero ¿cree qué Japón está suficientemente debilitado? -preguntó el Presidente.

—Su ejército está reducido a la nada. Tiene varios millones de hombres aislados en diferentes sitios: desde China, hasta Indonesia o Manchuria, pero no tiene manera de transportar a esos hombres al Japón ni reforzar sus defensas. Hemos destruido las infraestructuras entre islas, por lo que le será difícil trasladar hombres o material de una a otra. Su poder aéreo tampoco es significativo, somos los dueños de su cielo desde hace meses -dijo el general Marshall.

—Entonces, eso significa que la invasión es factible -argumentó el Presidente.

El secretario Stimpson entró abruptamente en el diálogo.

—No podemos estar seguros de la capacidad de movilidad de las tropas japonesas. Una operación de desembarco sería -dijo con una sonrisa, comenzando a sosegarse-, por nuestra parte, una lucha larga, costosa y dura.

Todos los generales le miraron satisfechos. Stimson era un mago de las palabras, podía convencer a un muerto de que se hiciera un seguro de vida. Truman levantó la mirada y la clavó en el rostro del anciano. Aquel hombre era un superviviente, pensó mientras le dejaba hablar.

—Por no hablar de lo complicado del terreno. Son islas, decenas de islas. Yo conozco la zona por experiencia. Como sabe,

Presidente, fui gobernador de Filipinas durante muchos años, he visitado Japón en diferentes ocasiones y puedo asegurarle que es bastante susceptible a una defensa encarnizada -dijo Stimson, satisfecho del tono grave de su voz.

—Y, ¿qué dicen los expertos? -contestó Truman desairadamente.

El general Marshall volvió a tomar la palabra:

—Lo que dice el Secretario se ajusta a la verdad. La invasión de la isla será muy costosa en vidas y material.

—Todavía podemos llegar a una paz negociada -dijo el ayudante de Stimson, el señor McCloy. Si les advertimos a los japoneses sobre las consecuencias de su empeño en continuar la guerra, estoy seguro de que capitularán.

—¿Capitular? -preguntó Stimson, sorprendido del comentario de su subordinado.

—No todos los japoneses están de acuerdo con la guerra. Tenemos informes de Suiza...

—Señor McCloy, no está autorizado a revelar esa información hasta que esté debidamente contrastada -dijo Stimson interrumpiendo a su subordinado.

—Pero, señor...

—Esta reunión no es para abrir vías diplomáticas de negociación, si no para buscar la derrota total del Japón. Llevo más de veinte años advirtiendo del peligro que suponía un Japón fuerte en Asia. Ningún Presidente me hizo caso hasta que fue demasiado tarde - pontificó Stimson.

—Secretario, el señor McCloy sólo está transmitiéndonos sus opiniones. Para eso están todos ustedes aquí -dijo Truman irritado del comportamiento del Secretario.

—Nuestra secretaría no trabaja sobre intenciones, señor Presidente, trabajamos sobre hechos. La información de la que habla el señor McCloy no está contrastada -dijo Stimson agitando el bastón con la mano.

Se produjo un molesto silencio en la sala. Muy pocas personas se atrevían a hablar así al Presidente de los Estados Unidos. Truman hincó la mirada en el Secretario de Guerra, se incorporó un poco en la silla y le dijo:

—Secretario, todos estamos un poco nerviosos. Será mejor que continuemos con la reunión, ¿no le parece?

—Sí, señor Presidente. Disculpe mi vehemencia, pero amo profundamente a mí país y haría cualquier cosa por evitarle más sufrimientos.

—Todos pensamos igual en este despacho. ¿No es cierto, caballeros?

El resto de reunidos asintió.

—La advertencia no es una mala idea –dijo Stimson cambiando la estrategia–, pero debe ser una advertencia indirecta. Una amenaza que no ponga al descubierto nuestros planes.

—Eso me parece razonable –dijo Truman.

—No avisaríamos del lanzamiento de la bomba, pero sí advertiríamos a los japoneses de una destrucción inminente y total.

—¿Están de acuerdo, caballeros? –preguntó el Presidente. Todos los reunidos afirmaron con la cabeza.

—Bueno, tengo una pregunta que me quita el sueño.

¿Cuántas bajas militares supondría la invasión de Japón? –preguntó el Presidente.

—No es fácil de determinar, señor Presidente –dijo el general Marshall–. Nuestros cálculos son aproximados y se basan en las batallas del Pacífico llevadas a cabo hasta ahora.

El general hizo una pausa y comenzó a leer las cifras.

—Veamos –dijo el general mostrando una tabla, cuyos datos fue enumerando:

»Leyte 17.000 muertos y 78.000 heridos.

»Luzón 31.000 muertos y 156.000 heridos.

»Iwo Jima 20.000 muertos y 25.000 heridos.

»Okinawa 34.000 muertos y 81.000 heridos.

—Entonces… -dijo el Presidente.

—Me falta otro dato: Normandía 42.000 muertos en los primeros 30 días. En un informe del general MacArthur fechado el 1 de marzo del 1944 al 1 de mayo de 1945, la media de muertos por batalla es de 13.742 muertos estadounidenses frente a 310.165 soldados japoneses muertos. Esto nos pone a un coeficiente de 22 a uno a nuestro favor.

—No está mal la ratio, general -dijo el Presidente.

—El general MacArthur ha calculado que las bajas en la eventual invasión del Japón serán parecidas a las de la invasión de la isla de Luzón. Un total de 31.000 hombres en los primeros 30 días. El ataque conjunto con Rusia sobre el Japón puede rebajar el número de victimas.

—El general MacArthur es demasiado optimista -dijo Stimson.

El general Marshall le miró de reojo. No le hacía mucha gracia que los civiles se metieran en asuntos militares.

—Tengo un telegrama del general MacArthur que me gustaría leerles.

—Adelante, general Marshall -indicó el Presidente.

—El telegrama del general MacArthur dice:

> *Creo que la presente operación no causará bajas más altas que el resto de operaciones de la zona. Observo la operación con la mayor cautela, para el ahorro de vidas y medios militares. El peligro al aumento de víctimas desciende notablemente si cumplimos las fechas de la operación Olímpica. Sé que los generales Eaker y Eisenhower difieren de mi postura y creen que la orografía del Japón alargará la resistencia, manteniendo bolsas de soldados agazapados en zonas de difícil acceso.*

—¿Y cuál es su opinión, general Leahy? -preguntó el Presidente.

— Creo que las cifras que se ha ido barajando son muy optimistas. Yo calculo que el número se incrementará. En Okinawa el número de bajas fue de un 35%, incluyendo muertos y heridos. Ése es el porcentaje de bajas que debería darse en Kyushu –dijo el general Leahy.

—No estoy de acuerdo con esa estimación. Las playas de Kyushu no tienen nada que ver con la de Okinawa. En Okinawa había una sola playa y no cabía más posibilidad que un ataque frontal directo contra unas posiciones muy fortificadas. En cambio, en Kyushu nuestro ataque será en tres frentes simultáneamente, con un mayor espacio para maniobrar. Decir que es lo mismo, es exagerar extraordinariamente las cifras –dijo el general Marshall.

—¿Qué resistencia pueden presentar los japoneses? –preguntó el Presidente.

—No más de 350.000 hombres. Nuestras fuerzas sobrepasarán los 766.000 –dijo el general Marshall.

—¿Pueden obtener refuerzos? –preguntó de nuevo Truman.

—Los japoneses están formando nuevas unidades con gran esfuerzo, pero les será muy difícil transportarles hasta aquella área.

—¿Y desde otras islas próximas?

—Toda comunicación o intento de transporte de fuerzas será destruido –dijo el general Marshall.

—Y la operación en Honshu, ¿qué coste puede tener? –preguntó el Presidente.

—La operación en Honshu sólo es factible si tenemos una base estable en Kyushu, señor. Deberíamos destruir las fuerzas de Honshu con un mínimo de 40 grupos de bombardeos.

—¿Cuál es su opinión, señor Secretario? –dijo el Presidente dirigiéndose a Stimson.

El Secretario de Guerra se tomó su tiempo. Sabía que de su respuesta podía depender la invasión del Japón o el ataque con la bomba atómica.

—Yo no soy un militar, señor Presidente –contestó humildemente el Secretario–. Estamos hablando de fuerzas convencionales. Pero creo que nuestro peor enemigo es el ejército invisible de millones de japoneses que están dispuestos a morir antes de permitir que invadamos su país.

—Entonces, ¿piensa que la invasión terminará con las disensiones internas del país? ¿Que todos los japoneses se unirán como un solo hombre?

—Señor Presidente, los japoneses no son como nosotros. Allí no existe el individuo. El Emperador y el Estado lo son todo. Será como atacar un hormiguero. Cada uno de ellos se pondrá en marcha para salvar a la hormiga reina. En Japón hay una especie de mente colectiva. Pero tenemos otra manera de vencerles –dijo el Secretario.

—¿Qué opina usted, señor Forestal? –dijo Truman interrumpiendo al Secretario.

—Señor Presidente, estoy de acuerdo con el desembarco, pero debemos valorar las consecuencias y la posible resistencia de los japoneses civiles.

—¿McCloy? –dijo el Presidente invitando al hombre a dar su opinión.

—Hay que tener en cuenta la actitud de la población. No podemos luchar contra todo un país en armas, estoy de acuerdo con la postura del señor Stimson.

—Saben que en un mes me reuniré con nuestros aliados rusos e ingleses. El punto principal de la reunión es conseguir el mayor apoyo posible para obtener la derrota total del Japón –dijo Truman.

El almirante Leahy intervino de nuevo.

—Señor Presidente, la rendición de Japón ha de ser sin condiciones y total. No podemos permitir que dentro de unos años se atreva de nuevo a desafiarnos.

Un rumor recorrió la sala. Los generales comenzaron a murmurar entre ellos. Truman levantó las manos e hizo un gesto para que se calmasen.

—No se preocupen caballeros, les aseguro que mi gobierno será implacable. Actuaremos en conciencia y nunca más permitiremos que una nueva amenaza como la japonesa asole Asia. No me temblará la mano para tomar las decisiones que terminen con esta guerra, aunque esto suponga algún perjuicio para mi presidencia.

Stimson comenzó a aplaudir al Presidente. El grupo de hombres se puso en pie y continuó aplaudiendo hasta que el Presidente les hizo un gesto con la mano y dio por terminada la reunión.

17

EL MARTILLO ANGLOSAJÓN

«No hay sol como el de Hiroshima».
Anónimo

EL PENTÁGONO, ARLINGTON, VIRGINIA,
23 DE JUNIO DE 1945

La sala estaba a oscuras a excepción de una gran isla de luz en la que cuatro hombres miraban fijamente un mapa. El coronel Tibbets estaba en el centro, a su derecha se encontraba el general LeMay que había dejado Guam para reunirse con el grupo, y a su izquierda, el teniente John Smith. Al lado de LeMay se encontraba el general Groves y Henry Arnold, de inteligencia militar.

—Observen el objetivo. Miren la forma de la ciudad, los ríos que la atraviesan, el castillo, los campos de alrededor. Es un objetivo claro e inconfundible. Las defensas de tierra no están muy bien organizadas. Como verán, son una irregular línea de emplazamientos artilleros que se extiende desde el puerto, en el sur, hasta la montaña Futaba en el norte –dijo el coronel Tibbets.

—¿Usted recomienda como objetivo número uno Hiroshima? –preguntó el general Groves.

—Los ríos proporcionan una especie de tablero perfecto para realizar el bombardeo; Hiroshima es un gran tablero de ajedrez, únicamente debemos elegir en qué casilla lanzar nuestra ficha –dijo Tibbets seguro de sí mismo.

—Me gusta el objetivo –añadió LeMay–. Además, la ciudad está intacta, prácticamente no la hemos tocado en ataques anteriores.

—Las vías de agua de Hiroshima la hacen única, sería prácticamente imposible que nos equivocáramos de objetivo. Se puede acceder a la ciudad desde los cuatro puntos cardinales, lo que facilita la vía de acceso y de escape.

Tibbets comenzó a pasar fotos de la ciudad a los asistentes.

—Casi toda es de madera –señaló el general LeMay–. El fuego se extenderá hasta quemar todo el perímetro.

El coronel Tibbets había ido a Guam veinte días antes para informar del proyecto al general LeMay. El coronel había consultado con él la altura óptima para arrojar la bomba. El general le había aconsejado, según la potencia de destrucción que se calculaba, que la altitud no debía ser inferior a siete mil seiscientos metros.

Cuando llegó LeMay a Washington, Groves le comunicó que a partir de ese momento era él el que tenía el control de la operación, aunque Groves ya se había encargado de encorsetar el trabajo de LeMay bajo sus instrucciones directas. LeMay le había puesto varias condiciones: la operación la realizaría un solo avión, en esto coincidía plenamente con las ideas de Tibbets, sin ninguna clase de protección o escolta. Pensaba que los japoneses no se percatarían de un avión solitario y, si lo hacían, no podrían enviar cazas para abatirlo a semejante altura. Groves aprobó sus condiciones. Pero el general pidió algo más, algo que Groves no podía concederle: que sus hombres fueran los que llevaran a cabo la misión.

Tibbets pasó a los jefes las fotos de los otros dos objetivos: Niigata y Kokura.

—¿No hay fotos de Kioto? –señaló Groves.

—No las hay, general.

—¿Por qué? –refunfuñó Groves, que desde el principio había pensado que la antigua capital del Japón era el objetivo perfecto.

—La culpa la tiene este hombre, señor -dijo cogiendo por los hombros a John, que había permanecido durante toda la reunión en silencio.

A John no le gustó la mirada incisiva de Groves. El joven no pudo sostenerle la mirada y agachó la cabeza.

—Fue John quién me convenció que Hiroshima era la mejor elección. Observe, señor... -dijo Tibbets, señalando de nuevo el mapa-: Entraremos en la ciudad por el este, nos aproximaremos en un ángulo de noventa grados, con los ríos que la dividen. Justo aquí, en el castillo, donde el río Ota se divide en varias ramas, podría estar el punto de lanzamiento.

—Veo que ha pensado en todo, pero todavía no entiendo en qué le ha ayudado John.

—Desde el mes de abril, John y todo un equipo de meteorólogos están preparando gráficos de las condiciones atmosféricas que se pueden esperar en Japón durante el verano. Los datos provienen en su mayoría de la Oficina de Meteorología de los Estados Unidos y de antiguos mapas del Observatorio de la Marina de Kobe. Los datos reunidos comprenden casi diez años. John lleva semanas calculando y buscando el mejor objetivo. Al principio el pronóstico era malo para todo el Japón, durante casi todo el verano. Se espera un verano lluvioso y, sobre todo, nuboso. De junio a septiembre, según los cálculos de John, tan sólo habrá seis días al mes en el que la nubosidad alcanzará un 3/10 o menos -dijo Tibbets.

—Eso significa que el tiempo no acompañará. ¿Se puede lanzar la bomba por radar? -preguntó el general Arnold.

—Según nuestro especialista en radar, no -contestó Tibbets.

—¿Entonces? -dijo Groves.

—John ha determinado que entre agosto y Navidad es el mejor momento para lanzar la bomba. Pero será mejor que lo expliques tú mismo, John.

John miró tímidamente a los generales y se acercó al mapa. Se inclinó hacia delante y dijo:

—La primera quincena del mes de agosto es el momento más adecuado para arrojar la bomba. El bombardeo puede realizarse precedido por un avión meteorológico, que radiaría informes sobre el tiempo, una vez que el bombardero se encuentre en el aire. Entonces el avión puede poner rumbo al objetivo con el tiempo asegurado -dijo John.

—La previsión del tiempo al minuto. Muy interesante, John. Pero, ¿por qué escoger Hiroshima? -dijo impaciente Groves.

—Hiroshima se encuentra en la latitud 34-24N y longitud 132-28E. Situada a una altitud de 53 metros sobre el nivel del mar. Su baja altitud hace que la temperatura tarde más en subir en el verano. Justo en la primera quincena de agosto, Hiroshima es de las pocas ciudades del Japón con cielos despejados, sin viento ni nubosidad.

—Y, ¿qué pasa con Kioto? -preguntó Groves.

—En Kioto las probabilidades de nubosidad y lluvia se disparan -dijo John comenzando a sudar.

—Está bien, comunicaremos al secretario de Guerra Stimson el objetivo definitivo. Usted ha puesto el cascabel al gato, John. Cuando la nación agradecida rinda homenaje a los héroes, su nombre será recordado.

John se quedó mudo. Su cabeza seguía pensando sin parar, pero los labios no le respondían. La bomba ya tenía un objetivo definitivo. Kioto se había salvado, su madre también, aunque de eso nunca podría estar seguro.

3ª PARTE

LA HORA DE LOS HALCONES

18

MARES DE CORAL

«Balboa mandó entonces hacer alto. Y luego, ante la expectación ansiosa de sus hombres, continuó solo hacia la cumbre señalada. De improviso lo vieron clavar la vista en el espacio, quitarse el sombrero empenachado y caer de rodillas, en uncioso recogimiento. Así, desde lejos, mientras el viento azotaba la cabellera rubia y el sol quebraba sus rayos como lampos de oro en las placas de la armadura, los españoles vieron a Vasco Núñez como un dios en el momento de la creación suprema. Cuando éste les hizo señas de que se acercaran, estaban ya seguros de que había descubierto, de que había creado con su sueño un océano. Aquí estaba, en efecto, el mar inmenso como una llanura de plata, confundido en la lejanía con el claro cristal del cielo. Las montañas descendían en escalas desnudas para ir a bañarse en sus playas o se hacían bosques de verduras para cubrir los brazos de sus esteros».

Octavio Mendez Pereira

TINIAN, ISLAS MARIANAS
28 DE JUNIO DE 1945

Desde el Monte Lasso, Tinian era una perla en un mar de turquesas. Un pedazo de tierra firme de apenas veinte kilómetros de norte a sur y una anchura de ocho kilómetros. Su leve ondulación la convertía en casi plana menos en su parte norte, donde una gran roca denominada Monte Lasso creaba una pequeña elevación. Tinian se encontraba al sur de las Islas Marianas, al norte la isla de Saipan, a seis kilómetros de distancia, y era el caladero habitual de los buques del ejército. La única población importante de Tinian la constituía un pequeño pueblo de casas de madera que los japoneses primero y los norteamericanos después habían convertido en un concurrido puerto militar. La jungla había sido prácticamente desbrozada para construir una gigantesca base aérea que sirviera como centro estratégico para los ataques sobre Japón. Una carretera comunicaba las pistas con los talleres, los almacenes y los depósitos de explosivos. Los norteamericanos habían construido varios hospitales en previsión de las bajas que una eventual invasión de Japón pudiera producir. Dentro de la base, un nuevo complejo rodeado de una alambrada estaba casi terminado. Tenía el aspecto de un rectángulo, com una amplitud de cuatrocientos por ochocientos metros. Dentro del complejo, una zona rodeada de alambradas de espinos y otra alambrada alta. Una doble guardia protegía la entrada principal y la zona restringida.

Un hombre delgado, no muy alto, caminaba junto a otro oficial. El primero daba órdenes y el segundo apuntaba todo en una pequeña libreta. Al final, el primero se detuvo frente a uno de los barracones.

—Esto es una pocilga, Kirkpatrick. Mis hombres no se alojarán en un sitio así -dijo Tibbets, dirigiéndose al coronel Kirkpatrick, el representante del general Groves en la isla.

—Tibbets, como podrás ver, esto es todo lo que hay. No tenemos tiempo para hacer más, por Dios, que estamos a finales de junio. ¿Qué queda, un mes o dos?

—Me da exactamente igual lo que quede. Mis hombres necesitan estar cómodos y relajados. Llevan meses sufriendo una presión tremenda. Desconocen el objetivo de su misión, no ven a sus familias desde el verano pasado…

—Todo eso lo sé, pero no hay más que esto.

—Mis hombres han estado en tres alojamientos más. Este debe ser el definitivo, lo entiendes.

—Hemos desalojado al cuerpo de ingenieros para meteros a vosotros aquí. Esta mañana casi me linchan.

—Que les den por saco a los ingenieros. Mis hombres van a jugarse el tipo para ganar esta maldita guerra– dijo Tibbets colocándose en jarras.

Tibbets estaba muy enfadado. Desde su llegada a la isla todo habían sido impedimentos. Los mandos de la base le hacían una oposición callada, no se quejaban, nunca decían que no, pero demoraban las órdenes para que todo fuera más lento. Por lo menos LeMay parecía mostrarse más colaborador.

Un día antes, en la isla de Guam, LeMay y Tibbets se habían visto para contrastar opiniones. Tibbets tenía esperanzas en que la bomba lograra desanimar a Japón. LeMay facilitó un objetivo de ensayo perfecto para el 509. Una pequeña isla llamada Rota, apenas a unos ochenta kilómetros de Tinian, donde una pequeña guarnición japonesa seguía resistiendo.

El momento más tenso de la reunión fue cuando el general LeMay le comunicó que ni sus hombres ni él volarían sobre Japón para realizar la misión. El coronel se quedó mudo al principio. Después de casi un año de preparativos, de tensión, aquel comentario le dejó sin palabras.

LeMay chupó su puro y añadió varias excusas. El general le dijo que no querían arriesgarse a perderle, porqué él conocía demasiado a fondo el proyecto de la bomba como para arriesgarse a prescindir de él. El coronel entendía las razones de LeMay. Si los japoneses le capturaban y le hacían hablar, más tarde o más temprano hablaría y todo el proyecto se pondría en peligro. Tibbets prefirió no contradecir al general. Al fin y al cabo, LeMay era ahora su superior directo, discutir con él le hubiera salido muy caro. Ya tendría tiempo de hablar con Groves para encauzar de nuevo las cosas.

Tibbets tenía claro que nada le iba a detener. Volaría a Japón y lanzaría la bomba aunque fuera lo último que hiciera en su vida. Lo que el coronel no sabía era que las verdaderas razones de LeMay no tenían nada que ver con su seguridad. El general estaba empeñado en que fueran sus hombres los que realizaran la misión.

El coronel continuó con la inspección de cocinas, comedores y la zona técnica. Intentó apartar de su mente la conversación con el general y seguir adelante con su trabajo como si nada. Los pabellones donde se iban a colocar los talleres estaban a medio construir. Tibbets tenía apenas veinticuatro horas para poner todo en marcha y alojar a sus hombres. No le quedaba tiempo; tenía que regresar a toda prisa a Estados Unidos para observar la primera prueba de la bomba en Nuevo México.

* * *

Durante todo el día John Smith recorrió las instalaciones de un lado para el otro con sus pertrechos. Aquél parecía ser el último traslado. En unas semanas todo habría terminado y él podría regresar a casa. Ahora se sentía tranquilo. Durante la última reunión en el Pentágono, el general Groves había decido por fin elegir Hiroshima como el destino definitivo para realizar el ataque. El secretario Stimson tenía que dar el visto bueno, pero posiblemente lo haría sin problemas. Su madre estaría a salvo o, por lo menos, era eso lo que él creía.

Lanzó su saco sobre un camastro y se sentó en el borde. Después se acercó a los baños e intentó darse una ducha. Tinian tenía un clima muy húmedo y la ropa sudada se pegaba a la piel. Dejó su ropa sobre una silla y se introdujo bajo el agua fría.

Dos hombres entraron en los baños. Al principio John no reconoció sus voces pero, a medida que seguían hablando, identificó el acento del coronel Tibbets.

—Dentro de veinticuatro horas tengo que partir para Nuevo México, la prueba de la bomba atómica ya está preparada.

—Eso quiere decir que la misión está muy cerca.

—Sí, en cuanto se pruebe la bomba y el Presidente dé el visto bueno, iremos a Hiroshima y la lanzaremos.

—Llevo tantos meses sin dormir bien, que cuando lancemos la maldita bomba recuperaré de nuevo el sueño.

—¿Crees qué será tan potente como dicen?

—Bueno, de eso no están seguro ni los científicos. Nunca se ha creado algo así.

—Pero, según los informes, una sola bomba puede destruir una ciudad entera.

—Teóricamente sí. Se ha calculado que las víctimas pueden ascender de cuarenta a ochenta mil.

—Eso es una locura, ¿no crees?

—Pero si eso hace que la guerra termine antes, el general Groves dice que las vidas que se ahorrarán serán muchas más.

—Tibbets, eso significa que miles de inocentes morirán.

—Esto es una guerra. En las guerras muere gente inocente. Según los informes de inteligencia, vencer a los japoneses y recuperar isla a isla costará decenas de miles de vidas Aliadas. Iwo Jima y Okinawa, dos islas menores, han supuesto decenas de miles de muertos y heridos. Los japoneses venderán caras las islas más grandes. Esos jodidos amarillos están locos. No tienen cerebro, su única cabeza es el Emperador.

—Aún así, ¿no tienes dudas? Nadie ha hecho lo que vamos a hacer.

—Claro que no, nadie ha ganado una guerra con una sola bomba -contestó Tibbets molesto.

—No me refiero a eso, y lo sabes. Nadie ha lanzado una bomba a sabiendas que exterminará a todos los habitantes de una ciudad.

—La bomba se lanzará en la base del puerto, sobre el mar. Los bombardeos incendiarios de LeMay han causado más víctimas de las que causará la bomba. ¿Qué más da que mueran quemados por napalm o por radiación?

—No estoy seguro, pero pienso que no es lo mismo.

John golpeó la banqueta de la ducha. Las dos voces se callaron de repente. El sonido del agua y de la respiración entrecortada del joven ocuparon el silencio. Después de unos segundos, John terminó de ducharse y salió al barracón con una toalla rodeándole la cintura. Comenzó a sacar su ropa arrugada del saco y a vestirse.

El joven sintió que alguien le observaba y cuando se giró, contempló el rostro del coronel.

—Hola John –dijo Tibbets con su media sonrisa.

John le miró cabizbajo. No sabía cómo iba a reaccionar el coronel. Seguramente se había dado cuenta de que él había escuchado toda la conversación en los baños.

—Creo que estabas escuchándonos en el baño. El joven afirmó con la cabeza.

—No me importa que tú sepas lo de la bomba. El resto de mis hombres son tipos sencillos con estudios básicos. No saben de sutilezas, son del tipo de gente que cumple su deber sin hacer muchas preguntas. Sé que tú eres diferente, estás aquí por qué crees en lo que haces. Quieres ser uno de nosotros, pero hay algo en ti que no encaja con todo esto, ¿verdad?

John le miró a los ojos y se sintió desnudo. El coronel parecía un hombre rudo y salvaje, aunque John sabía cuantas veces había puesto su cargo en peligro por acercar a uno de sus hombres hasta casa para que conociera a su hijo recién nacido o viera a su padre a punto de morir. Tibbets podía ser muchas cosas, pero no era un asesino ni un sádico.

—Coronel, no puedo evitar que me asalten muchas dudas.

—Y a quién no, hijo. ¿Tú crees qué el general Groves o LeMay quieren lanzar esa bomba?

—No lo sé, señor.

—Pues yo creo que no. Ellos quieren lo mismo que nosotros. Terminar el trabajo y volver a casa.

—Pero la bomba es terrible.

—Eso es la guerra, John. Hacer cosas terribles para volver a la paz. Japón ha hecho cosas terribles, ha causado un tremendo daño a la humanidad. Ahora tiene que sufrir un poco de su propia medicina.

—Los niños y mujeres no han causado daño a nadie.

—Ante el altar del dios de la guerra hay que poner a veces sacrificios inocentes. Pero, ¿imaginas los millones que morirán de hambre y por el fuego cruzado si invadimos Japón?

—Pero al menos podrán defenderse.

—Mira John, los japoneses ya no pueden defenderse, pero se aferrarán hasta el último hombre en una defensa suicida de su país. ¿No has oído hablar de los kamikazes?

—Todos hemos oído hablar de ellos.

—Pues Japón prepara a miles para lanzarse contra nuestras tropas en cuanto pisen suelo japonés. ¿Esa es una manera honorable de luchar?

—Imagino que ellos sí la consideran honorable, señor.

—Lanzar una sola bomba y sacrificar a unos miles, también es honorable.

John se quedó pensativo. Nunca lo había visto desde ese punto de vista. Un gran sufrimiento podía sustituir a una larga agonía en la que al final millones de personas se verían involucradas. ¿Qué pasaría en Japón cuando el invierno llegara y se agotaran las últimas reservas de comida? ¿Cuántos morirían por el hambre o por el frío?

—Quiero que me acompañes, John. El general Groves me ha pedido que vengas conmigo. Tu misión no ha terminado todavía.

—¿Acompañarle? ¿A dónde tengo que acompañarle?

—Primero a Estados Unidos, después se te informará.

—Pero, ¿por qué?

—Oppenheimer ha pedido que seas tú el que analice los valores de temperatura y los cambios que se produzcan en la zona de prueba cuando se explote la bomba.

—¿Por qué yo? -preguntó John, confuso.

—Tú has elegido el objetivo, tú nos has dado la información meteorológica y has determinado la fecha mejor para arrojar la bomba. Es normal, que ahora seas tú el que realice esas mediciones.

John meditó por unos momentos.

—Creo que me va a estallar la cabeza, señor -dijo John frotándose los ojos.

—Entiendo perfectamente cómo te sientes.

—Iré donde me ordene, señor.

—Prepárate para salir mañana a primera hora.

El coronel colocó su mano sobre el hombro de John y le lanzó una mirada angustiada. El joven no supo cómo interpretar el mensaje de los ojos de Tibbets: agotamiento, preocupación, culpa. La guerra no era fácil para nadie. Algunos parecían disfrutar haciendo su trabajo, pero en el fondo, cada acción permanecía indeleble en el corazón de todos ellos. Sabían que tendrían que vivir el resto de su existencia con todo aquello, pero ninguno dudaba de que tuvieran que llegar hasta el final.

* * *

El comandante Ham se dirigió con dos de sus hombres a uno de los barracones. Si había cosas en su trabajo que le desagradaban, aquella era una de ellas. Había recibido órdenes de arrestar a uno de los jóvenes científicos que acompañaban a la 509, un tal Stephen Gordon.

Los tres hombres entraron en el barracón. Estaba solitario, el laboratorio se encontraba a medio montar y las cajas se acumulaban por todas partes. El silencio era total. A esa hora del mediodía los hombres solían estar comiendo o descansando en sus barracones. El comandante Ham observó el alargado habitáculo hasta que divisó a lo lejos al joven. Se encontraba inclinado hacia delante montando uno de los aparatos de medición.

—¿Señor Stephen Gordon? -preguntó el comandante.

—Sí, soy yo, ¿qué desean? -contestó el joven extrañado del uniforme de los tres hombres.

—Me temo que tendrá que acompañarnos -dijo el comandante. Los otros dos hombres rodearon al joven y le cogieron de los brazos.

—¿Adónde me llevan? ¿Qué pasa? -preguntó inquieto.

—Por favor, será mejor que nos acompañe por las buenas. Ya será informado a su debido tiempo.

—¿Estoy arrestado? Yo no pertenezco al ejército.

El comandante sonrió con una temible mueca. Hizo otro gesto y los fornidos hombres comenzaron a arrastrar al joven. Al principio se resistió un poco pero al final pensó que era mejor colaborar.

—No importa que no sea militar, señor. En tiempos de guerra todos pertenecemos al ejército y usted ha puesto en peligro la seguridad nacional -contestó secamente el comandante.

—¿La seguridad nacional? -preguntó Gordon con los ojos muy abiertos.

No se encontraron con nadie durante todo el camino. El comandante lo prefería así, sin dar explicaciones y sin testigos molestos. Los cuatro hombres entraron en un vehículo cerrado y se alejaron de los barracones del 509. Colocaron un capuchón negro sobre la cabeza del joven y este comenzó a temblar. Después de atravesar sin problema cuatro controles pararon el coche frente a un edificio de ladrillos. Le sacaron del vehículo y lo condujeron hasta una sala húmeda y fría. Lo dejaron allí y se marcharon.

El joven intentó afinar el oído para escuchar algo, pero tan sólo se oía el goteo de un grifo. Después de una hora alguien entró en la sala y sin quitarle la capucha se dirigió hacia él, con un marcado acento texano.

—Señor Gordon, cuando usted fue alistado prometió servir y defender a nuestro país. ¿No es cierto?

—Le pido que me quite la capucha, por favor.

—No puede ser, pero no se preocupe. Si usted responde a todas mis preguntas le liberaremos inmediatamente. Como comprenderá no podrá regresar a Estados Unidos hasta que termine la guerra, pero pasará una temporada en Alaska.

—¿De qué me acusan? Yo no he hecho nada.

—Usted y yo sabemos que eso no es cierto, ¿verdad, señor Gordon?

—Tengo derecho a un abogado -dijo el joven con voz tímida.

El hombre se inclinó hacia él y le propinó un puñetazo en pleno estómago. Gordon resopló y se inclinó hacia delante.

—Ya le he dicho que no tengo mucho tiempo. Esto no es una jodida comisaría. Aquí yo soy el juez, el fiscal y, si quiere, su abogado. Y como su abogado le aconsejo que responda a todas las preguntas.

El joven comenzó a temblar. Comenzó a suplicar y lloriquear, pero el hombre no le hizo el menor caso y le golpeó en la cabeza.

—No llore como una mujer -dijo con desprecio el desconocido.

—Por favor, no sé de qué me habla.

—Se ha ido de la lengua con varios soldados. Les ha hablado del proyecto de la bomba y ha intentado sabotear esta misión. Eso se considera alta traición y la traición en tiempos de guerra se paga con la muerte.

Gordon comenzó a moverse inquieto. Aquel tipo iba en serio, ¿qué podía hacer para convencerle de que no sabía nada?

—Señor, no sé de qué me habla.

Antes de que pudiera continuar hablando, el joven recibió una fuerte patada en la cabeza que casi le derrumbó de la silla. Aturdido, se enderezó de nuevo.

—El juego ha terminado. Aquí, a mi lado, aunque no lo puedes ver, tengo unas herramientas que me serán muy útiles para sacarte la verdad. Si no lo logro, por lo menos podré arrancarte los ojos -amenazó el hombre.

Gordon escuchó un sonido metálico. Después, unos pasos que se aproximaban y el murmullo de una respiración próxima.

—¿A quién has informado de nuestras actividades?

El joven se echó instintivamente hacia atrás, pero el hombre le cogió una de las manos. Unos segundos más tarde, un terrible dolor en el dedo gordo le hizo dar un grito. Aquel animal le estaba arrancando las uñas, logró razonar.

—No continúe, por el amor de Dios –dijo el joven entre sollozos.

—Depende de ti, no de mí.

—Pertenezco al Partido Comunista de Estados Unidos –dijo por fin el joven.

—Y, ¿qué más tienes que contarme?

—Mando información sobre el proyecto con los informes oficiales.

—¿Cuál es tu enlace?

—No lo sé –dijo el joven cubierto en sudor y con el corazón cada vez más acelerado.

—Dime su nombre –dijo el hombre a medida que arrancaba con unas tenazas la segunda uña.

El joven se revolvió de dolor, pero sus brazos estaban fuertemente atados a los apoyabrazos de la silla.

—No sé su nombre. Es el joven que se encarga de repartir el correo en la zona oeste del Pentágono. Él pasa la información del edificio y no sé qué hace después con ella.

—¡Yo te diré que hace, maldito cabrón! –gritó el hombre–. Se la da a tus amigos rusos.

El hombre partió uno de los dedos del joven y éste volvió a gritar.

—¿Quién más te ayuda? ¿Has contactado con alguien?

—No.

—No me obligues a hacerte daño. Disfruto demasiado haciendo esto a un apestoso comunista.

—La información no va a Rusia. No somos espías. La información se distribuye entre los hombres que componen el Comité antibomba. Científicos que estamos en desacuerdo con que se arroje la bomba. Cuando el informe esté completo, lo presentaremos al Presidente.

El desconocido le arrancó la capucha y Gordon notó como las

cuerdas que la sujetaban le arañaban todo el cuello. Cuando se miró la mano derecha, se sintió mareado. Dos de los dedos no tenían uña y la sangre manaba de ellos hasta escurrirse por el reposabrazos.

—¡Ah, cielo santo! -blabuceó el joven al contemplar la mano.

—Te he dejado la derecha bien para que apuntes los nombres en esta lista. ¿Me has entendido?

El hombre le pasó un papel y un bolígrafo y Gordon garabateó una docena de nombres. El hombre le arrancó la lista de la mano y se la guardó en el bolsillo.

—Eres un traidor -dijo el hombre y le escupió en la cara. El joven apartó el rostro y agachó la cabeza. Escuchó el chasquido del seguro de una pistola y cuando levantó la vista, tan sólo pudo contemplar un resplandor. Después se hizo la oscuridad.

19

LA PRUEBA

«Un error es tanto más peligroso cuanto mayor sea la cantidad de verdad que contenga».

Amiel

WASHINGTON D. C.,
6 DE JULIO DE 1945

El calor comenzaba a ser sofocante. Las últimas noches, la temperatura no había bajado apenas y el presidente Truman llevaba varios días sin dormir bien. Por la tarde, el concierto organizado en los jardines de la Casa Blanca le estaba sirviendo como tiempo de reflexión y descanso. La decisión final de lanzar o no lanzar la bomba sobre Japón, le inquietaba. Bess, su esposa, no dejaba de escrutar su mirada perdida. Si había alguien en el mundo que le conociera de verdad, era ella. Podía distinguir su preocupación por mucho que él intentara disimularla.

El gobierno en pleno, junto a algunos diplomáticos, escuchaba en silencio los acordes de la banda de las Fuerzas Aéreas. Estaban sentados junto al Presidente; aquellos eran los hombres que él había escogido para que le ayudaran en la difícil tarea de dirigir el país y terminar la guerra. Muchos habían sido hombres de Roosevelt. La situación mundial se encontraba demasiado convulsionada como para realizar cambios profundos en el ejecutivo, pero una vez terminada la guerra Truman introduciría nuevas personas en el gobierno y, sobre todo, una nueva forma de hacer política.

Truman consideraba que en los últimos años el anterior presidente había bajado la guardia en algunos temas. La política exterior se había centrado en América del Sur y Centroamérica. Se había descuidado Asia y sobre todo, no se había tomado en cuenta el papel de Rusia en el mundo. Todo eso iba a acabar. El mundo debía saber que Estados Unidos no estaba dispuesto a ceder su liderazgo a otras naciones. ¿No estaban realizando duros sacrificios para garantizar la democracia? Pues debían recibir alguna compensación en consecuencia.

Todas esas cosas rondaban la cabeza del Presidente, pero la decisión con respecto a la bomba era la que le quitaba el sueño. No le había contado nada a Bess sobre la bomba. Pensaba que ella no estaba preparada para entender un arma así. Era mejor que ella no supiera nada, al menos por ahora.

El Presidente tenía hecha la maleta para su viaje a Potsdam. En unas horas estaría en el tren y después en el barco que le llevaría hasta la conferencia.

Cuando el concierto concluyó y la gente abandonó la casa, Truman se despidió de su mujer y su hija, y tomó el coche oficial. Sus hombres del Servicio Secreto le llevaron hasta el tren privado del Presidente. En el tren se reunió con el resto de su pequeña corte de cincuenta y tres ayudantes, especialistas y miembros del Servicio Secreto que le acompañarían a Potsdam.

Truman se acomodó en el asiento y cerró por unos momentos los ojos con la cabeza apoyada sobre el respaldo. Oró brevemente en su mente y comenzó a notarse más relajado. Sus dos contendientes, Stalin y Churchill, eran dos viejos zorros que habían sobrevivido a miles de obstáculos a través de sus dilatadas carreras políticas. Los dos habían luchado en la guerra desde el principio, los dos se creían con más peso moral para dirigir la contienda y, sobre todo, la paz. Pero era él, Truman el pueblerino de Missouri, el que tenía la responsabilidad de velar por el mundo y finalizar la guerra.

Después de siete horas de tren, el séquito presidencial llegó al puerto de Newsport News en Virginia. Allí, Truman tomó el crucero Augusta y comenzó una larga travesía por el Océano Atlántico. No le gustaban demasiado los barcos, pero le gustaban aún menos los aviones. Al Estado Mayor le preocupaba que algún submarino japonés intentara atacarlo en una acción desesperada, pero era el único medio para llevar todo el material y todo el personal hasta la reunión en Alemania.

Las relaciones con la Unión Soviética seguían siendo cordiales, pero tensas. El general Eisenhower había visitado hacía tan sólo unas semanas el Kremlin, recibiendo un trato cordial y amistoso, pero Truman creía que la cosas iban a cambiar muy pronto. Él no estaba dispuesto a ceder más. Alemania había caído tras una larga y costosa guerra. En las anteriores reuniones de Teherán y Yalta, el objetivo principal era vencer a los nazis, pero ahora las reuniones se centraban en el reparto de Europa como un gran y apetecible pastel y no tardarían en ver los dientes al oso ruso.

Después de acomodarse en el barco, bajó a su camarote, abrió los ojos, se estiró ligeramente en la silla y tomó de una mesa el informe sobre Stalin. Llevaba semanas leyendo sobre los dos grandes líderes políticos, pero el que realmente le preocupaba era el dictador ruso. Truman se había quejado al Secretario de Estado de la escasez de información recopilada acerca de Stalin. El informe prácticamente no añadía mucho más de lo que la opinión pública ya conocía. Los diplomáticos que conocían al ruso, tan sólo le habían dicho que era un hueso duro de roer.

Dejó, frustrado, el fino dossier de Stalin y recogió la gruesa carpeta sobre Churchill, el Primer ministro británico. Truman consideraba al Reino Unido como un aliado, pero no quería conceder demasiados poderes a los ingleses; al fin y al cabo, si no hubiera sido por ellos, los ingleses nunca habrían ganado la guerra en Europa. En el informe se le advertía sobre la capacidad de manipulación del premier británico. Churchill tendía a barrer siempre para casa.

La estrategia que había diseñado Truman para la trascendental reunión era sencilla pero eficaz. Trataría a los dos hombres de la misma manera. Escucharía sus argumentos, les lanzaría preguntas de cada tema importante y después tomaría decisiones. Pretendía hablar muy poco y mostrarse firme, pero inescrutable. No se dejaría influir por ninguno de los dos y les manifestaría sus decisiones. Ése siempre había sido su estilo. Mantener a los demás fuera de su mente todo el tiempo posible, sorprenderles y no dejarles mucho margen para reaccionar. Aquella estrategia le había funcionado durante su larga vida política y esperaba que ahora siguiera funcionando.

Truman tomó la carta del secretario de Guerra Stimson y volvió a echarle un vistazo. En ella, el Secretario le hablaba de la prueba que se iba a realizar con una bomba en Alamogordo; si esta tenía éxito, el Presidente tendría que tomar una decisión al respecto.

Llevaba semanas dando vueltas al asunto de lanzar la bomba sobre Japón. Cada vez estaba más convencido de la necesidad de advertir a los japoneses del dolor y sufrimiento al que tendrían que enfrentarse en el caso de que se empeñaran en continuar con la guerra. El Secretario le había incluido la fórmula de las condiciones de paz que podía doblegar la voluntad de los japoneses. La frase acordada decía: «nosotros no excluimos una monarquía constitucional bajo la actual dinastía». La frase dejaba claro el respeto de los Aliados por el Emperador, pero lo que Truman temía era que el ciudadano de a pie no entendiese porqué se dejaba en libertad al Emperador, uno de los instigadores e impulsores de aquella guerra.

Truman releyó la propuesta. Tenía que enseñársela a Churchill y Stalin, pero ni él mismo estaba convencido de que fuera la más apropiada.

El Presidente cerró de nuevo los ojos y se tocó la nuca. La tensión se acumulaba en su cuello y hombros. Todo el mundo pensaba que el líder de una gran nación tenía un poder ilimitado, pero no era así; más bien se sentía como un malabarista intentando mantener el mayor número de objetos en el aire, sabiendo que al más leve descuido todo terminaría rodando por el suelo.

Truman cada vez tenía más claro que si los japoneses no se rendían tras su advertencia, lanzaría la bomba sobre algún punto estratégico del país.

Por último tomó otro de los informes. En él, el general MacArthur expresaba sus miedos a que el desembarco en Japón y su posterior invasión se vieran frenados por la resistencia civil. El general pensaba que la total pacificación del país podía costar un alto número de vidas y más de diez años. Si aquella previsión era cierta, al Presidente no le quedaba más remedio que lanzar la bomba para salvar al mundo de la guerra. Pero no había que adelantar acontecimientos, se dijo. Si la prueba era un fracaso, no tendría bomba que lanzar y la guerra debería seguir su curso.

WASHINGTON D. C.,
13 DE JULIO DE 1945

Groves golpeó con su puño la mesa y maldijo a la corte de opositores a la bomba que estaban saliendo por todas partes. Muchos pedían su cabeza en una bandeja de plata. Otros atacaban directamente el Proyecto Manhattan. Gracias a Dios, Stimson había convencido al Presidente para crear la Comisión Provisional, que tenía que tomar las decisiones más importantes. Sus miembros no habían sido elegidos al azar. Stimson se había asegurado de que todos fueran proclives a la utilización de la bomba.

Lo que más preocupaba al general era que muchos de los disidentes se encontraban trabajando dentro del propio proyecto. No había sección que no tuviera algún alborotador desanimando al resto de científicos y alentándoles a que dejaran su trabajo e impidieran la utilización de la bomba. Pero, ¿qué se creía esa gente? Estaban en guerra y en guerra las órdenes no se discutían. Gracias a Dios, Oppenheimer tenía todo bajo control en Los Álamos y los revoltosos no habían logrado retrasar el trabajo.

Los malditos comunistas estaban infiltrándose entre los científicos para alborotarlos. Leo Szilard era el cabecilla del movimiento. Un judío pacifista al que Groves conocía bien. Al principio, Leo Szilard había sido el mayor defensor de la creación de la bomba, Groves se había reunido con él antes de comenzar el proyecto y éste le había asesorado sobre la línea a investigar, pero ahora que Alemania estaba derrotada y también el enemigo de los judíos, para ellos la guerra ya había terminado.

Leo Szilard y otros dos «comunistas» habían viajado hasta Spartanburg, en Carolina del Sur, para entrevistarse con James Byrnes, el Secretario de Estado. El Secretario los había recibido y escuchado. Al principio le habían pedido que advirtiera sobre las consecuencias de no rendirse. Byrnes había estado de acuerdo con ellos y les había informado que el Presidente también era partidario de advertir a los japoneses, pero cuando los tres hombres habían exigido que la advertencia consistiera en una demostración pública en la que participaran científicos y militares japoneses, el Secretario de Estado se había opuesto enérgicamente.

Los rebeldes no se habían conformado con la negativa del Secretario de Estado. El 12 de junio, seis científicos de Chicago habían enviado al Secretario de Guerra una carta, acompañada del Informe Franck, en el que se reiteraba la petición de una demostración en presencia de observadores internacionales, en una zona habitada. El informe fue entregado al ayudante de Stimson, George Harrison, que lo envió al grupo científico de la Comisión Provisional. El último intento desesperado había sido el 26 de junio, cuando un grupo de científicos se reunió para hablar con Oppenheimer.

Afortunadamente, pensó el general Groves mientras leía toda la serie de patochadas que los científicos habían escrito, Oppenheimer estaba a favor de lanzar la bomba contra los japoneses. La Comisión Provisional dictaminó que lamentaba no poder ofrecer otra alternativa, pero que el lanzamiento de la bomba en un objetivo japonés era imprescindible para convencer a Japón de la rendición sin condiciones. En menos de cuatro días la Comisión Provisional había examinado el Informe Franck y lo había desechado por completo.

Las pesadillas de Groves durante el mes de junio no habían terminado ahí. Cuando parecía que todo el asunto iba encauzarse, uno de los miembros de la Comisión Provisional comenzó a oponerse al lanzamiento de la bomba. En este caso, lo que más le sorprendió a Groves fue que el opositor no era un científico, sino el subsecretario de Marina James Bard, que había escrito una carta a Harrison en la que recomendaba el aviso previo a las autoridades japonesas del lanzamiento de la bomba, disintiendo de las conclusiones de la Comisión Provisional. Naturalmente el Secretario de Guerra y él habían evitado molestar con estos asuntos al Presidente, que bastante tenía ya con ponerse al día en su despacho y preparar la reunión en Potsdam.

La última información que acababa de llegar al despacho de Groves seguía siendo inquietante. Los informadores del ejército en el laboratorio de la Universidad de Chicago habían informado de una reunión el día anterior en la que los científicos querían votar varias propuestas, desde la negativa total al lanzamiento de la bomba, hasta un lanzamiento de demostración.

El general se levantó de su silla y caminó con varios informes bajo el brazo. Le esperaba un coche para llevarle hasta la estación de trenes. Se dirigía a Nuevo México, donde iba a realizarse la primera prueba atómica al cabo de tres días. En Alamogordo comenzaría la era atómica. No importaban las triquiñuelas que comunistas, científicos o cobardes intentaran: aquel proyecto era imparable. A veces pensaba que ni el mismo presidente Truman podía ya dar marcha atrás.

ALAMOGORDO, NUEVO MÉXICO,
16 DE JULIO DE 1945

El viaje había sido largo. La noche anterior Tibbets y él habían dormido en un cochambroso motel cerca de Santa Fe. John apenas había descansado. Los gritos y gemidos de las habitaciones cercanas le habían desvelado por completo. Estuvo toda la noche mirando al desconchado techo y pensando en su mujer, Ana, en el hijo que todavía no conocía y en cómo sería su vida después de la guerra. Imaginó una bonita casa cerca de la universidad, un puesto de profesor titular y un futuro tranquilo y asegurado. Le gustaría visitar Japón después de la guerra. Buscar a su madre e intentar reconciliarse con ella. ¿Estaría viva? Eso esperaba. Sólo tenía a sus padres y a Ana. Su padre era hijo único y la familia de su madre la había repudiado al casarse con un occidental.

Intentó mirar el reloj con el reflejo que entraba por la ventana.

Eran las tres de la mañana y el coronel roncaba a su lado. De repente una idea cruzó por su cabeza. ¿Y si desertara? Podría huir a México. La frontera no estaba muy lejos, después se pondría en contacto con Ana, y ella y el niño se reunirían con él en cuestión de horas. California estaba muy cerca de México.

John intentó apartar los malos pensamientos de su cabeza. Su amigo Gordon le había contado sobre los efectos que podría tener una bomba atómica. Después de intentar evadir el tema varias veces, al final le había hablado de la bomba. Gordon le había contado que hasta el momento sólo se trabajaba con hipótesis. Nunca había realizado una explosión nuclear a gran escala, por lo que las consecuencias de una explosión nuclear eran, hasta cierto punto, imprevisibles. Su amigo le contó que las explosiones nucleares producen diversos tipos de efectos, todos ellos tremendamente destructivos. Al parecer los efectos secundarios podían ser peores que los primarios.

Según Gordon, el efecto inmediato era el producido por la onda expansiva. Esta onda expansiva afectaba primero a la temperatura, la radiación ionizante y el pulso electromagnético. La temperatura subía notablemente. Un efecto secundario no previsto podía ser una alteración sobre el clima, el medio ambiente en general o sobre infraestructuras básicas para la subsistencia del ser humano.

Los científicos esperaban que la explosión de la bomba fuera espectacular pero, según creían, el verdadero efecto destructor venía después. Además, los daños secundarios y primarios se complementaban en cierta manera. Por ejemplo, según algunos estudios realizados sobre personas que habían sufrido una fuerte exposición a la radiación, ésta disminuía las defensas del organismo y, a su vez, agudizaba la posibilidad de infección de las heridas causadas por una explosión como la de una bomba nuclear.

Los científicos pensaban que la emisión inicial de energía se iba a producir por lo menos en un ochenta por ciento en forma de rayos gamma, pero éstos son rápidamente absorbidos y dispersados en su mayoría por el aire en poco más de un microsegundo. Dichos rayos se convertirían rápidamente en radiación gamma, en radiación térmica y energía cinética. El efecto sobre la gente, según le explicó Gordon, sería el mismo que el que sufrirían si les echaran dentro de una gran estufa calentada a miles de grados. El resto de la energía se liberaría en forma de radiación retardada. Al parecer, los especialistas de Los Álamos habían propuesto que la explosión se hiciera a gran altitud, para permitir así un mayor flujo de radiación extrema debido a la menor densidad del aire que propiciaría una mayor onda expansiva.

Gordon le explicó que algunos científicos temían que la ignición de la atmósfera terrestre generase una reacción en cadena global, en la que los átomos de nitrógeno se unieran para formar carbono y oxígeno, lo que provocaría que la atmósfera quedara totalmente destruida.

Aunque nunca se había arrojado una bomba tan potente, los científicos calculaban que se podía producir un cráter de unos 100 metros de profundidad y 390 metros de ancho con un total de 12 millones de toneladas de tierra desplazadas. Eso era debido a que en un artefacto nuclear, todas las reacciones de fisión nuclear y fusión nuclear se completan estando la bomba aún intacta. Otro de los factores a tener en cuenta en una explosión nuclear era el calor. La bomba alcanzaría una temperatura en su interior de unos 300 millones de grados centígrados. Por lo que decía Gordon, en el centro del sol tan sólo se alcanzan los 20 millones de grados. La temperatura a la que se llegaría en cuestión de nanosegundos sería altísima, pero ni siquiera esto representaba la mayor parte de energía liberada. La mayor parte de esta energía se liberaría en forma de radiación.

John no entendía mucho de física, pero lo que Gordon le contaba era increíble: una bomba capaz de arrasar una ciudad entera.

Pasaron horas charlando. Cada cosa que le explicaba Gordon le horrorizaba y fascinaba al mismo tiempo. ¿Cómo era el hombre capaz de crear algo tan increíble? Y, lo que era más inquietante, ¿cómo podía llegar a utilizarlo contra sus semejantes?

Él no era quien iba a arrojar la bomba, se disculpaba una y otra vez. Tan sólo tenía que señalar un objetivo y hacer un pronóstico meteorológico para el bombardeo.

Intentó explicarle a Gordon que aquello no le interesaba. Que prefería no saber más, pero su amigo continuó con su explicación. Todavía recordaba lo que le había contestado su amigo.

—Todos nosotros somos cómplices, ¿no lo entiendes?

¿Quién es el asesino? ¿El que aprieta el gatillo? ¿El que indica a quién matar? ¿El que pudiendo hacer algo no lo evita?

—El asesino es el que mata. Tú sólo estas ayudando a calibrar el momento de lanzamiento de la bomba, para que caiga en el objetivo. Mi trabajo es pronosticar el tiempo.

—¿Te parece poco? Nuestra colaboración hace posible el lanzamiento de la bomba. Tal vez no seamos asesinos, pero somos cómplices.

—Tan sólo cumplimos órdenes, nosotros no tenemos que tomar la decisión de lanzar la bomba. Además, lo hacemos por una buena causa.

—Pero no se puede usar el mal para combatir el mal. ¿Qué hay de los cientos de miles de inocentes que morirán?

—No serán los primeros, Gordon. Los japoneses empezaron esto, ¿recuerdas? Cada año que pasamos en guerra, más norteamericanos y japoneses morirán.

—No sabes lo que dices. Mira esto –Gordon cogió un palo y lo balanceó en el aire–: Ésta es la zona situada en la vertical de donde se produce la explosión y sus cercanías. Aquí la mortalidad alcanza el cien por cien y todos los efectos se reciben simultáneamente sin desfase alguno. El cien por cien de las personas que estén en esa zona morirán.

—En todas las reuniones en las que he estado se ha hablado de lanzar la bomba en algún objetivo militar. Puede que haya una ciudad cerca, pero no es el objetivo principal –le dijo John desesperado.

—¿Estás seguro de eso?

—Sí, el objetivo número uno es Hiroshima. El general Groves está empeñado en lanzar la bomba en Kioto, pero el Secretario de Guerra no se lo permitirá.

—Pero Hiroshima es una ciudad.

—Según tengo entendido, la bomba se arrojará sobre la base que está a dos o tres kilómetros de la ciudad.

—Es demasiado cerca. El efecto conjunto de la bomba se calcula tan brutal, que no puede quedar nada en pie. Se la conoce también como área de devastación o aniquilación total. De hecho, lo único que puede quedar tras la explosión en ese lugar es un enorme cráter. La zona cero sólo está presente para explosiones a muy baja altitud o a ras de suelo.

—No creo que la bomba que han construido sea tan potente -le dijo incrédulo John.

—Los efectos secundarios pueden llegar todavía más lejos. Aproximadamente el ochenta por ciento de la energía generada por las reacciones nucleares se emite en forma de radiaciones penetrantes de alta frecuencia. Estas radiaciones son extremas y peligrosas para el cuerpo, impacten donde impacten. Pueden distinguirse la radiación corpuscular y la radiación electromagnética. Las radiaciones electromagnéticas son las realmente peligrosas debido a su gran alcance y poder de penetración. En el laboratorio se ha calculado que su velocidad es la de la luz por lo que sus efectos se producen en el mismo instante que el flash luminoso. A pesar de eso, su alcance no es demasiado alto debido a la fuerte interacción de dicha radiación con la materia, lo que hace que pierda intensidad rápidamente con la distancia. Una bomba como la que se quiere lanzar la radiación mataría a todo ser vivo situado en cinco kilómetros a la redonda. Esto es debido a que su rango de efecto es menor que el del choque termocinético, lo que vulgarmente se conoce como la bola de fuego de la explosión.

—Entonces, ¿la mayoría de la gente no morirá justo en el momento? - preguntó John horrorizado.

—No. Sufrirán las consecuencias de la bomba. Los primeros síntomas son sed intensa, náuseas, fiebre y manchas en la piel producidas por hemorragias subcutáneas. Según algunos casos estudiados, estos síntomas parecen remitir pocas horas después. El paciente entra en un periodo de latencia durante el cual las defensas y la capacidad regeneradora del individuo menguan considerablemente dejándolo más expuesto a enfermedades e infecciones. Una o dos semanas más tarde, es cuando se entra en la fase más aguda y el cuadro se complica considerablemente: diarreas, pérdida de cabello y hemorragias intestinales. Durante estas semanas la víctima puede morir o recuperarse. Depende de su propia capacidad de regeneración.

—Es terrible. Pero puede que los cálculos no sean correctos, que la bomba no cause esos efectos.

—Me temo que sí, John. Los experimentos se realizaron a trabajadores que fueron afectados con radiaciones de plutonio y uranio más bajas que las que afectarán a las víctimas de la bomba.

—Pero la ciudad está alejada. La población estará a salvo.

—Hay otro efecto más que causa la bomba, el llamado pulso electromagnético, que no afecta directamente a los seres vivos pero sí se sabe que produce importantes daños en todas aquellas infraestructuras, vehículos y aparatos, que hagan uso de sistemas y equipos electrónicos. Todo se parará. No podrán hacerse operaciones, no habrá luz eléctrica ni llegará el agua potable.

John se movió inquieto en la cama y procuró olvidar la conversación de unas semanas antes con Gordon. Abrió los ojos y percibió la luz que comenzaba a colarse por la ventana. Ya estaba amaneciendo. En unas horas sabría si todo lo que le había contado su amigo era cierto.

* * *

Tibbets condujo el coche hasta la zona de detonación de la bomba. No hablaron mucho por el camino. John estaba cansado por la noche en vela y la angustia de ver cumplidas sus expectativas, Tibbets tenía ganas de que la fase científica terminara y comenzara la acción de verdad. Aunque lo que le preocupaba más en ese momento, era la amenaza del general LeMay de que ni él ni su grupo lanzarían la bomba sobre Japón. El general Groves debía saber lo que planeaba LeMay; el ejército no les había preparado durante casi un año para que ahora fueran otros los que lanzaran la bomba.

Pasaron varios controles antes de llegar a una gran explanada semidesértica. Hacía mucho frío. Se abotonaron la chaqueta y caminaron hasta el grupo de hombres.

John se había imaginado algo más íntimo, pero allí había más de cuatrocientas veinticinco personas.

El general Groves estaba cerca de Oppenheimer. Llevaba, como todos, unas gruesas gafas colgadas al cuello. Cuando llegaron hasta él se estaba embadurnando el rostro y las manos con una crema blanca muy espesa.

—Creí que no llegaban, coronel.

—Llegamos muy tarde anoche, general -contestó Tibbets después de saludar al general.

—Bueno, esto es el final de un largo proceso. Creí que nunca llegaría a ver este día, sobre todo después del mes que llevamos, con medio mundo científico intentando sabotear la bomba.

—Tan sólo expresan su opinión, general -dijo Oppenheimer chupando la pipa.

—¿Su opinión? ¡Son unos saboteadores! Después de dedicar años a crear este arma... Ahora que tenemos la llave para detener la guerra y terminar esta masacre, a todo el mundo le surgen remordimientos de conciencia.

—General, todo el mundo no tiene su sangre fría -dijo Oppenheimer molesto.

—Yo no tengo sangre fría. Lo que ocurre es que cumplo con mi deber y dejo a un lado mis sentimientos -dijo Groves comenzando a impacientarse.

—¿Dónde está la bomba? -preguntó Tibbets. Allí sólo había varios vehículos, una especie de muralla de sacos de tierra y un gran vacío.

—La bomba está allí -dijo el general señalando el vacío desierto. Después le alargó los prismáticos.

Oppenheimer saludó a John con un leve movimiento de cabeza y le pasó otros prismáticos.

—Estamos a treinta y dos kilómetros de distancia de la fuente de energía. Pensamos que será una distancia suficiente, aunque nunca se sabe –bromeó Oppenheimer.

—Y, ¿qué pasará si no estamos lo suficientemente retirados? –preguntó inquieto John.

—Si el destello es más potente de lo que hemos calculado, podríamos sufrir quemaduras similares a la de los rayos solares. Por eso es mejor que se unten esto en cara y manos –dijo Oppenheimer acercándoles un tarro de crema.

Tibbets y John comenzaron a untarse la pegajosa loción mientras el científico continuaba con sus explicaciones.

—Aunque lo peor no es ponerse un poco moreno. Como sabrán, la radioactividad puede matarnos al instante. Si nos alcanza, no habrá crema o loción que nos salve –dijo de broma Oppenheimer, mientras miraba de reojo al general Groves.

—Si lo dice por mí, no se preocupe. Ya he hecho testamento. No me importaría morir como una salchicha asada; no, si es para salvar a mi país.

—Es que usted nunca se toma nada a broma –dijo el científico.

—No cuando estoy trabajando –dijo secamente Groves–. En eso nos diferenciamos los militares de los civiles.

El resto del grupo observó el gesto altivo del general y que Oppenheimer intentó no hacerle caso y continuar con sus explicaciones.

—No sabemos hasta dónde puede llegar la reacción en cadena. A la primera zona de seguridad, la zona semidesértica que nos rodea, la hemos denominado Lugar S, aunque los indios lo llaman Jornada del Muerto.

—Bonito nombre –señaló Tibbets.

—Lo que nos preocupa ahora es el tiempo. ¿Qué nos dice usted, John? ¿Cree que lloverá?

John miró al cielo. Las nubes comenzaban a encapotar el cielo azul y un fuerte viento del norte creaba sensación de frío.

—No sé cual es el pronóstico, señor. Tampoco tengo mis aparatos.

—Pero dígame lo que ven sus ojos.

—Creo que hay muchas probabilidades de que llueva. Groves enfurecido se volvió hacia el científico.

—¿Le parece divertido? No podemos retrasar más la prueba. El Presidente está camino de Potsdam y necesita esa maldita bomba para acojonar a Stalin. Pretende introducir en la declaración final una amenaza indirecta a Japón, pero si no hay prueba no podrá hacer nada. ¿Sabe a quién destituirá de su cargo?

—Lo imagino, general. Pero «no mandé la Invencible a luchar contra los elementos» -dijo Oppenheimer burlonamente-. Estoy tan ansioso como usted; no olvide que yo he creado, junto a mis colaboradores, ese engendro. Pero la lluvia puede alterar todos nuestros cálculos.

—No me explique sus problemas, yo ya tengo los míos.

¿Sabe alguien qué pasa con el maldito B-29? ¿Por qué no está

ya en su puesto? - preguntó Groves a uno de sus subordinados.

—El piloto dice que no es recomendable volar con este tiempo - contestó nervioso el oficial.

—¿Nos hemos vuelto todos locos? ¡Diga al piloto que vuele inmediatamente!

—Sí, señor.

Un hombre llegó con un informe en la mano. El cielo estaba tan oscuro, que el grupo se refugió en una de las improvisadas tiendas de campaña.

—¡Maldita sea! Lloverá todo el maldito día. Puede que mañana el tiempo se despeje en parte. Pueden descansar, pero en cuanto esté todo preparado espero que vengan inmediatamente.

El general salió de la tienda con Tibbets y otros oficiales. John se quedó al lado de Oppenheimer. Por unos momentos, John pudo observar la tensión en el rostro del científico. Debajo de su aparente seguridad, de sus bromas, se ocultaba un océano de miedos y dudas.

—¿Está bien, señor? -preguntó John.

—Sí, todo lo bien que se puede estar aguantando presiones de todos lados. Hay amigos que me han retirado el saludo y la palabra, en unos meses me habré convertido en un paria para el mundo científico, pero aparte de eso me encuentro perfectamente.

—¿Por qué sigue con todo esto?

—Si te digo la verdad, no lo sé. Curiosidad, vanidad, miedo a que otros encuentren esta tecnología antes que nosotros. No creo que nuestro gobierno sea puro y casto, pero es el mejor gobierno del mundo para poseer una bomba de este tipo, ¿no crees? -preguntó Oppenheimer.

La cara del científico estaba muy pálida, como si durante meses apenas hubiera visto la luz del sol.

—Puede que tenga razón, señor.

—¿Qué diría tu padre si nos viera aquí, diseñando una bomba mortífera?

—Me imagino que nos estrangularía, eso sí, muy pacíficamente - bromeó John.

—Y puede que hiciera un bien a la humanidad. Oppenheimer se llevó las manos a la cabeza y comenzó a frotarse el cabello. Después se acercó a un gran arcón y sacó una botella de whisky.

—¿Una copa? -dijo el científico levantando la botella.

- No, gracias.

—¿Crees en la predestinación? -preguntó Oppenheimer después de beber el whisky de un solo trago.

—No, señor. Creo en la libertad de elección.

—¿Y nunca tienes la sensación de que alguien dirige todo desde allí arriba? No digo Dios, sino una fuerza.

—Es posible. Mi padre, como sabe, es muy religioso, pero yo me parezco a mi madre. Dicen que ser sintoísta es lo mismo que no creer en nada.

—Puede que tu padre sea el único cuerdo de todos nosotros.

John le acercó una silla a Oppenheimer y se sentaron. Tenía tantas dudas sobre el efecto de la bomba que se decidió a preguntarle.

—¿Sabe lo que va a pasar ahí fuera cuando explote la bomba?

—No estoy muy seguro, John. Una cosa es la teoría y otra la práctica. Hasta que Trinity[8] no explote, no estaré seguro a ciencia cierta.

—Pero lo sabrán aproximadamente, ¿no?

—Claro, llevamos meses haciendo cálculos y provocando pequeñas explosiones en el laboratorio. Lo que esperamos ver en unas horas es una gran explosión. Lo primero que se hará presente a simple vista será un potente destello de luz. Esa luz está producida por los fotones emitidos. La mayoría de ellos poseen longitudes de onda mucho más cortas que van desde los rayos X al rayo gamma extremo. Como habrás estudiado, el destello se propaga a velocidad «c» y cegará temporalmente a toda persona que se encuentre mirando en la dirección de la explosión en un radio de quinientos kilómetros.

—¿Quinientos kilómetros? –preguntó sorprendido John.

—Sí, pero para los que se encuentren a corta distancia, las lesiones oculares pueden llegar a ser permanentes. Por eso tenemos que utilizar estas gafas. En una bomba de 20 Mt, la que vamos a usar es muy inferior, no te preocupes, la emisión de luz intensa duraría en torno a 20 segundos. El flash lumínico se produce por los mismos mecanismos de absorción y reemisión por los que se produce el pulso térmico.

—¿Eso lanzará mucho calor?

—Muchísimo, como nunca se ha conseguido antes. Se puede decir que con la explosión aparecerá de repente un segundo sol mucho más luminoso que el que hoy se niega a salir. Este sol no sólo lucirá con mucha más intensidad durante unos milisegundos sino

---

8. Nombre con el que se conoce a la primera bomba atómica detonada.

que también quemará con más fuerza. Si al final realizamos la detonación en plena noche, como está previsto, entre unos diez y veinte segundos la zona afectada estará más iluminada que a plena luz del día.

La voz de Oppenheimer comenzó a recuperar fuerza. Se notaba que su trabajo le apasionaba y consumía al mismo tiempo. Sus gestos se hicieron más expresivos y la sombra que proyectaba la lámpara de gas de la tienda se movía sin cesar.

—Creo que voy a volverme loco. Espero que el tiempo mejore y lancemos esa bomba de una maldita vez –dijo el científico frotándose la cara con las manos.

Los dos hombres se callaron y permanecieron inmóviles y en silencio durante un par de horas. Sus cabezas no dejaban de dar vueltas. Esperaban inquietos el desenlace final de aquella larga y angustiosa investigación.

En general Groves entró en la tienda sonriente. Su buen humor sólo podía significar una cosa, el tiempo había mejorado. John llevaba más de media hora sin escuchar el fuerte viento ni la lluvia, la tormenta se había alejado.

—Señores, creo que una dama nos espera y unos caballeros no hacen esperar a una dama, ¿verdad?

—¿Qué hora es, general? –preguntó nervioso Oppenheimer.

—Las cinco treinta de la madrugada. En breve saldrá el sol.

—Hoy habrá dos soles en la Tierra –dijo Oppenheimer con la mirada perdida.

—Eso espero –contestó el general.

Los tres hombres salieron de la tienda y se dirigieron al lugar de observación. Allí había ya medio centenar de personas tumbadas boca a bajo en el suelo, con los pies hacia la bomba.

—¿Vamos a estar de espaldas? –preguntó John.

—Sí, John. No podemos mirar directamente. Pero no te preocupes. Los efectos se dejarán notar.

John volvió a embadurnarse, se ajustó las gafas y se tumbó junto a Oppenheimer en el frío y húmedo suelo. Una sensación húmeda comenzó a subirle por los huesos, mientras que las manos, en cambio, le sudaban por los nervios. Miró a un lado y al otro. Algunos de los hombres tumbados rezaban en voz baja, otros se entretenían jugando con algún hierbajo o descansaban con la cabeza apoyada en el suelo.

—Preparados, señores -dijo una voz-. Son las 5:29. Quedan cuarenta y cinco segundos.

El bunker de cemento a sus espaldas paraba el viento, pero John estaba completamente congelado. Groves estaba a unos metros, en una trinchera de sacos de tierra, junto a otros oficiales.

A las 5:29.35 horas, desde un refugio alejado se dio la orden por un micrófono conectado con los cuatro puestos de observación que rodeaban el Campo Base.

—Diez segundos -dijo de nuevo la voz.

El corazón de John estaba desbocado. Ya no sentía ni frío ni calor, nada tenía importancia, lo único que deseaba era que la bomba estallara y poder contarlo. Empezó a respirar deprisa, agitadamente.

—Cero.

Una llamarada de color verde explotó en un fogonazo lumínico en el que unos segundos más tarde se pudo distinguir una gigantesca bola de fuego, que se formaba casi al instante. A partir de ese momento, la bola de fuego esférica se expandió lentamente hasta estabilizarse y más tarde comenzó a disgregarse. Los rayos gamma y el resto de radiación directa emitida por las reacciones nucleares ya estaban lejos del epicentro. John sólo veía una gran luminosidad en medio de la noche de Nuevo México. Recordó el texto bíblico que había aprendido en la iglesia presbiteriana a la que asistían sus padres, donde se hablaba de cómo Dios detuvo el sol para que Josué ganara una batalla. Ahora el hombre intentaba hacer algo parecido para detener una guerra. Mientras John pensaba en todo eso, las moléculas de aire se habían disociado por completo, los átomos libres resultantes se habían ionizado y sus orbitales más interiores se hallan sobreexcitados, lo que producía que una enorme energía contenida en los átomos estuviera a punto de liberarse en cuestión de microsegundos. Buena parte de la energía en forma de radiación ionizante se había transformado mediante ese proceso en radiación térmica. De repente, el frío desapareció y sintió un aire caliente que desde sus piernas atravesaba todo su cuerpo y calentaba el frío suelo del desierto. La radiación térmica se expandía en forma de onda de calor que abrasaba todo lo que encontraba a su paso, provocando en las regiones más próximas a la zona cero la combustión de todo lo inflamable, personas incluidas. Los metales se fundían en las zonas próximas y las rocas se evaporaban. En la zona cero todo se volatilizaba, a unos kilómetros del epicentro las cosas se seguían quemando y se originaban incendios que podían desembocar en una violenta tormenta ígnea.

John notó un fuerte viento. Una especie de tempestad atómica. El aire, en condiciones normales, era muy mal transmisor del calor, pero en esa situación extrema, como la que generaba la bomba, se alcanzaron temperaturas de decenas o hasta centenares de miles de grados en cosa de pocos metros.

La bola de fuego producida por la incandescencia y combustión del aire, comenzó a acercarse peligrosamente. Y todo esto ocurrió instantes antes de que llegara la brutal onda de choque. El aire circundante ya había incrementado su temperatura hasta alcanzar miles de grados debido a la radiación térmica, pero aún existía un volumen de aire calentándose hasta unos cien millones de grados centígrados. Ese aire sólo podía hacer una cosa y esa cosa era expandirse. El aire sobrecalentado en las cercanías de la zona de la explosión era impulsado hacia la periferia reforzando el efecto abrasador de la bola de fuego.

A cierta distancia de la zona en la que la temperatura era tan alta que todo se volatilizaba, los edificios, coches, plantas y cualquier cosa que pudiese encontrarse, todos los objetos, fueron triturados y sus restos arrojados a velocidades supersónicas formándose así un enorme cráter. El viento nuclear arrastró todo lo que encontró a su paso, debido a la intensidad del viento, podían ser empujados a varios metros de distancia. Una tormenta de escoria arrojada por la bomba actuó a modo de proyectiles afilados. Este bombardeo de todo tipo de objetos impactó en todas partes, hiriendo o mutilando, con un poder tan destructivo que podía derribar edificios enteros.

John respiró fatigosamente. Miró a los hombres que tenía alrededor: muchos de ellos tenían la cara hincada en tierra y las manos sobre la cabeza. Entonces, cuando creían que todo había terminado, llegó el reflujo. El aire frío cayó sobre el vacío dejado por una corriente ascendente a gran velocidad que se llevaba cenizas, escorias y polvo de la explosión. Un viento huracanado sacudió todo de repente, llevándose las tiendas, volcando varios vehículos y semienterrando a los observadores en polvo y ceniza. Entonces vieron el hongo. Una corriente convergente sobre el punto cero terminó ascendiendo verticalmente. La ceniza y el polvo en ascenso oscurecieron la zona próxima a la explosión quedando iluminada sólo por los incendios.

Algunos hombres comenzaron a levantarse para observar directamente el hongo. Oppenheimer se limpió el polvo de las gafas y miró atónito el colosal monstruo que había creado. Ni en sus más terribles pesadillas había imaginado el poder de la bomba.

Comenzó a llover.

Gran parte de las cenizas y polvo en ascensión procedentes de la explosión comenzaron a caer mezclado con agua, formando una espesa y sucia lluvia negra. La lluvia radiactiva comenzó a teñir de negro el suelo de la zona de explosión. Algunos corrieron a por mascarillas, muchos de los científicos temían que la radiación pudiera llegar en forma de lluvia hasta ellos. Las partículas del aire podían ser respiradas. Su acumulación en la piel ya era de por sí nociva y no hacía falta imaginar los daños que conllevaba respirar dicho polvo.

Esta lluvia de partículas no llegó hasta ellos. La zona donde se extendió la lluvia sería considerada muy contaminante.

Oppenheimer se quitó las gafas y recitó un texto del *Bhagavad Gita*, el texto sagrado de los hindúes.

—«Me he convertido en la muerte, la destructora de mundos».

Entonces un nuevo y fuerte viento azotó el campamento. Tuvieron que hacer un esfuerzo por mantenerse en pie. Segundos más tarde, un terrible estruendo sacudió sus cabezas. Todos se taparon los oídos, pero el ruido les rompía los tímpanos. En unos segundos todo había pasado.

—¡El sol es un trozo de hielo comparado con esto! –dijo uno de los científicos, que comenzó a bailar eufórico.

Varios científicos comenzaron a bailar unos con otros, parecían borrachos de emoción y espanto.

Groves dejó que los hombres expresaran sus emociones contenidas, aunque él se mantuvo sereno e impasible.

Después dijo a su ayudante:

—La guerra ha terminado. Una o dos de estas cosas y Japón estará acabado.

John permanecía en silencio junto a Oppenheimer. Por fin había comprendido que aquella bomba terminaba con el mundo tal y como él lo había conocido hasta ahora. Si aquello era arrojado sobre una ciudad, ya no habría perdón para el hombre. La raza humana se habría perdido para siempre.

20

EL VIAJE A EUROPA

«Jamás viene la fortuna a manos llenas, ni concede una gracia que haga expiar con un revés».

William Shakespeare

BERKELEY,
17 DE JULIO DE 1945

—Tienes que ir a verles, John –dijo el coronel Tibbets.

—Pero señor, ¿hoy mismo tengo que partir para Europa?

—Todo puede esperar unas horas, créeme –dijo Tibbets mientras ponía en marcha los últimos mandos del B-29.

John miró el cielo despejado de la mañana. Por un lado deseaba ir a ver a Ana y a su hijo Paul, pero por otro quería llegar a Potsdam, hacer su trabajo y que todo terminase de una vez. No quería regresar a casa por unas horas para luego tener que volver a la cárcel en la que se había convertido el ejército.

Y, ¿si le sucedía algo? Podía morir en el viaje, tener un accidente, pensó mientras que le hacía una seña a Tibbets para que despegase.

—Está bien, señor. Espero que por esto no me hagan un consejo de guerra –bromeó John.

—Bueno, si te lo hacen a ti, también me lo harán a mí -dijo Tibbets sonriendo.

El avión aceleró motores y comenzó a rodar por la pista. John estaba sentado junto a Tibbets contraviniendo las normas. Pero las normas no eran algo que le preocupara mucho al coronel. En unos minutos sobrevolaron el cielo encapotado de Nuevo México rumbo a California.

A la llegada a San Francisco, Tibbets le prometió a John que cinco horas más tarde le llevaría a Carolina del Sur, para justo alcanzar a tiempo su avión a Potsdam. El vuelo a Alemania que hacía escala en Londres tenía una duración aproximada de dieciséis horas.

John caminó algo mareado por las calles de San Francisco y al final cogió un tranvía para Berkeley. Ana había retomado sus estudios tras tener al niño, su madre se había ofrecido a cuidarlo con la esperanza de que ella terminara el doctorado.

A aquellas horas de la mañana, Ana sólo podía encontrarse en un sitio, en casa. Se apeó del tranvía y caminó el largo trecho que le llevaba al otro lado del campus. Se acercó al jardín de la vieja casa que tenían alquilada y entró. Algunos escalones del porche estaban rotos. Subió sin hacer mucho ruido y llamó a la puerta. Pasó algo más de un minuto hasta que escuchó pasos y una voz desde el otro lado.

—¿Quién es?

—Soy yo, Ana. Soy John.

John escuchó como su mujer abría la puerta apresuradamente. Por unos segundos se miraron a través de la mosquitera, como si necesitaran esos instantes para reconocerse. John abrió la mosquitera y Ana se lanzó a sus brazos. Su mujer quedó colgada de su cuello mientras se besaban. No hubo preguntas. Ana le arrastró hasta el salón y sin dejar de besarle, le hizo el amor allí mismo, en el suelo.

Cuando los dos se sosegaron, John sacó un cigarrillo y tumbado todavía en el suelo, desnudo junto al cuerpo templado de su mujer, lo encendió.

—Menuda sorpresa, John… No esperaba verte antes de Navidades. En tus cartas me advertías que la misión estaba a punto de concluir y que en cuanto terminara la guerra pedirías que te licenciasen.

—Esto es un regalo del coronel Tibbets –dijo John lanzando una bocanada de humo al techo.

—¿Tu superior? –preguntó Ana quitándole el cigarro a John y dándole una calada.

—Sí, es el jefe de la misión. Es rudo, exigente y muy mal hablado, pero es un gran tipo. De lo mejor que he conocido en el ejército.

—¿Cuándo tienes que irte? –preguntó Ana devolviéndole el cigarro y aferrándose a su brazo.

—Me temo que sólo nos quedan tres horas. No es mucho, pero tengo que volar a Carolina del Sur hoy mismo y después a Europa.

—¿A Europa? Creía que la guerra había terminado allí.

—Sí, pero tengo que cumplir una misión. No me informaron hasta ayer mismo, después de una prueba.

Ana apoyó la cabeza en el hombro y comenzó a notar un nudo en la garganta.

—¿Cuándo terminará todo esto, John?

—No lo sé, Ana. Pero creo que pronto. Los alemanes están vencidos y a los japoneses no les queda mucho tiempo. Tal vez, en dos o tres meses todo esto haya terminado.

—¿Tienes un puesto peligroso? –preguntó Ana a punto de llorar.

—No, mi trabajo consiste en hacer previsiones meteorológicas. Mi viaje a Potsdam es técnico. Todo el mundo quiere asegurarse de que se puede realizar la misión en una fecha determinada.

—¿No me engañas?

—No, Ana. En todo este tiempo no he cogido un fusil.

—La guerra es peligrosa, John. Quiero que vuelvas, me oyes. Quiero que conozcas a tu hijo y que le veas crecer. ¿Me lo prometes, John?

—Te lo prometo, Ana.

No le gustaba aquel juego infantil de promesas, pero entendía el miedo de Ana. Le hubiera gustado estar convencido de que volvería, más tarde o más temprano, pero de una pieza y con ganas de comenzar una nueva vida. Pero en la cabeza le seguía rondando lo que había visto en Alamogordo. Aquel terrible monstruo que su país había formado en su vientre.

—¿Quieres ver a tu hijo? -preguntó Ana incorporándose.

—Pero estará durmiendo…

—Que más da. Un hijo tiene que conocer a su padre.

Ana se puso la ropa rápidamente y cogió a John de la mano. Subieron al segundo piso deprisa, como si el niño fuera a escaparse corriendo. Ana abrió una de las puertas y en la semioscuridad, John percibió una cuna.

—Acércate -dijo Ana mientras corría una persiana.

John entró en el cuarto y se acercó a la cuna. Un niño rubio y regordete descansaba sobre unas sábanas muy blancas.

«Dios mío, gracias», pensó al ver sus rasgos puros y su aspecto occidental. No quería que su hijo pasara por lo que él había pasado toda su vida. El niño no tenía ningún rasgo japonés.

—¿A que es una preciosidad? ¿Quieres cogerlo? -preguntó Ana acercándose a la cuna, pero antes que él pudiera contestar, ya lo tenía entre sus brazos.

Lo acunó en el regazo. Parecía muy ligero y blando. Observó

la paz que transmitían sus ojos cerrados y sintió ganas de llorar.

—Te queda bien, John. Serás un buen padre.

John trago saliva y dejó al niño en brazos de Ana.

—Ana, es precioso. El niño más guapo que he visto nunca -dijo John con los ojos brillantes.

—Y es nuestro, John.

John ahogó las lágrimas e intentó cambiar de conversación.

—Salgamos. Tenemos mucho de que hablar y el tiempo corre.

Dejaron el cuarto en silencio y bajaron las escaleras abrazados. Se dirigieron a la cocina y Ana comenzó a preparar el desayuno.

—¿Sabes algo de mi padre? –preguntó John mientras ella calentaba algo de beicon.

—Viene cada dos o tres días a vernos. Bueno, sobre todo a ver al niño. Sube hasta la habitación y lo contempla un buen rato desde la puerta. Siempre le digo que lo coja, pero me contesta que prefiere verlo dormido.

—Me alegra que venga a veros.

—Creo que te echa de menos, John.

—¿Por qué lo dices? –preguntó el joven mientras mordisqueaba una rebanada de pan tostado.

— Ya no es lo que era. Siempre está cabizbajo y apenas habla. Me pregunta por ti cada día. ¿Por qué no le escribes?

—Es mejor así. Mi padre y yo sólo nos llevamos bien cuando no hablamos mucho.

—¿Vas a ir a verle? –preguntó Ana mientras vaciaba la sartén en un plato.

—No puedo –dijo mirando el reloj.

—Está mayor y parece enfermo. Puede que algún día te arrepientas de no haberle visto.

John frunció el ceño y evitó decir nada. Se sentó frente a la mesa y los dos comenzaron a comer en silencio. Después de unos minutos, John le preguntó por sus padres.

—Están muy bien. Les veo a diario. La mayoría de los días, cuando tengo que ir a la biblioteca o a clase, les dejo el niño. Nunca imaginé que fueran unos abuelos tan abnegados –dijo Ana recuperando la sonrisa.

—Creo que nuestro hijo es capaz de conquistar a cualquiera –bromeó John.

Ana miró con una sonrisa a su marido. Aquella inesperada sorpresa había llegado en el mejor momento. Comenzaba a tener dudas sobre su proyecto vital. Se encontraba agotada. Además de cuidar sola a un bebe, tenía que arreglar la casa y estudiar el doctorado. En casa de sus padres el servicio se encargaba de todo. Por lo menos no tenía problemas económicos. La paga de John llegaba puntualmente todos los meses, un sueldo muy alto para un soldado, aunque ella imaginaba que al tratarse de un oficial que trabajaba en una misión especial, cobraría más que un soldado raso.

Las últimas semanas habían sido especialmente duras. Su director de tesis puso plazo a la entrega del trabajo y llevaba varias noches sin dormir. John caía como agua del cielo. Su visita le daría la energía necesaria para seguir adelante con todo hasta que él regresara de la guerra.

—No puedes imaginar la falta que me hacías. Gracias por haber venido a casa, aunque sólo fuera por unas horas.

John besó la frente de Ana y se levantó de la mesa. Tenía que marcharse si quería llegar a la cita con el coronel Tibbets en la base.

—¿Ya te tienes que ir? –preguntó angustiada Ana.

—Sí, es la hora –dijo John acercándola y apretándola entres sus brazos.

—Ten cuidado con esas chicas europeas. Seguro que nunca han visto a un soldado tan guapo como tú.

El joven sonrió y volvió a besar a su mujer. Los dos caminaron de la mano hasta la entrada.

—¿Cuándo volverás?

—Pronto –mintió John–. En cuanto esto acabe.

—¿Cuándo acabe la guerra?

—Sí, espero que antes de que termine el año.

—Eso es mucho tiempo, John –se quejó Ana.

—Ya lo sé.

John le dio un último abrazo y comenzó a descender por las escaleras del porche. Ana no le soltó la mano hasta que él pisó las losas que formaban el sendero del jardín. Él se giró cuando atravesaba la cerca desportillada y desconchada. La puerta se rompió y quedó sujeta por una de las dos bisagras.

—Creo que tendré mucho trabajo cuando regrese –bromeó John.

La sonrisa del hombre desapareció uno segundos después. Caminó lento por la calle hasta que perdió de vista la casa. No marchaba deprisa. La angustia le atenazaba y, aunque se repetía que las cosas iban a salir bien y que antes de lo que pensaba estaría de vuelta, algo dentro le decía todo lo contrario.

Cuando llegó a la base, Tibbets ya estaba en el avión. John se acercó al flamante B-29. El sonido de sus motores parecía el rugido de mil leones hambrientos. Caminó hasta la cabina y vio la cara del coronel. Estaba fumando y el avión estaba lleno de humo.

—Por Dios, John. ¿Se puede saber dónde te habías metido? Cinco minutos más y me hubiera marchado solo. Tienes que llegar a Carolina del Sur en cinco horas. Allí no te van a esperar.

John se sentó en el asiento del avión del copiloto y Tibbets comenzó a mover el aparato. El despegue fue muy suave, a los pocos minutos volaban sobre la pista destino a la costa Este.

—¿Qué tal la familia? ¿Has podido ver a tu hijo? –preguntó Tibbets sonriente.

—Sí, señor. Gracias por traerme hasta casa. Nunca podré

pagárselo. La familia está bien.

—Venga, John, no he atravesado medio país para que no me cuentes más cosas.

—No hay mucho que contar –dijo John ruborizándose.

—Eso significa que tu mujer te ha hecho muchos arrumacos. Demasiado tiempo fuera de casa.

John le retiró la mirada y agachó la cabeza.

—No te preocupes, es normal, nos pasa a todos. Muchos meses fuera de casa y una mujer bella esperando.

—Sí, señor.

—Sabes, John, eres un hombre afortunado. Cuando termine esta guerra te licenciarás y volverás a casa. Continuarás con tu vida y esto será sólo una anécdota que contar a los nietos, pero yo formo parte del ejército. Es toda mi vida, no sé hacer otra cosa –dijo Tibbets suspirando.

—Podría hacerse piloto civil después de la guerra.

—Lo he pensado, pero yo no sirvo para llevar gente de un lado a otro. Necesito la emoción de la guerra, el compañerismo de los hombres, el peligro –dijo Tibbets inclinado el timón.

—Entiendo.

—No sé si lo entiendes de verdad. Esto es una vocación, una forma de vida. Mi mujer está harta del ejército. Cambiar de casa y de estado cada dos o tres años no es fácil. No saber si tu hombre está vivo o muerto, pasar meses sola cuidando de los niños, no es sencillo.

John miró a Tibbets. Su cara parecía angustiada, como la de alguien que acababa de acordarse de un recado urgente del que se había olvidado.

—Pero la bomba hará que la guerra termine y estaré un tiempo con la familia, por lo menos hasta la próxima guerra.

—Pero, ¿cree que después de lo sucedido en el mundo, alguien tendrá ganas de comenzar otra guerra? –preguntó John.

—Te puedo asegurar que sí. Esto es un trabajo, vivimos de la guerra. Cuando terminemos con los japoneses, los chinos o los soviéticos serán un problema y habrá que ponerlos en su sitio.

—Pero si son nuestros aliados.

—Un amigo se vuelve enemigo más rápidamente de lo que crees - dijo Tibbets echando algo de ceniza en el suelo.

—Entonces, ¿de qué sirve arrojar la bomba?

—La bomba es un arma. Un arma que nos ayudará a ganar la guerra sin más sacrificios inútiles.

—¿Y la gente que vive allí?

—Mala suerte, John, mala suerte.

—¿La bomba se lanzará en medio de Hiroshima? –preguntó John mientras jugaba nerviosamente con el apoyabrazos.

—Todavía no tengo órdenes concretas, pero si las tuviera no podría desvelarlas. De todas formas, todo depende de lo que pase en Potsdam. El Presidente pretende advertir a los japoneses en la declaración que lancen el día que termine la cumbre. El Presidente ya sabe que el ensayo ha sido un éxito. No creo que a estas alturas dude en arrojar la bomba.

John miró por la ventanilla. De vez en cuando, las llanuras se convertían en bosques y montañas. Las ciudades salpicaban el horizonte como pequeñas piedras en la arena.

—¿Puedes ver las ciudades? –preguntó Tibbets.

—Sí.

—Luchamos para que esa gente duerma tranquila en sus hogares, para que mañana cuando salgan de casa y vayan a sus trabajos, lo hagan sin temor, para que el estilo de vida americano continúe. Tú que eres un universitario debes entenderlo mejor que nadie. La fuerza de Roma no estaba en sus edificios suntuosos, en sus ceremonias, en sus leyes, su fuerza estaba en la punta de lanza de sus legiones. Así se construyen los imperios. Esta es mi lanza –dijo Tibbets golpeando el timón del aparato.

—Pero los imperios también caen –dijo John volviendo a mirar a Tibbets.

—Es cierto. Los imperios terminan por derrumbarse algún día, pero nosotros ya no estaremos vivos para ver cómo se derrumba el nuestro.

—¿Por qué me manda a Alemania, Tibbets? –preguntó John con la mirada fija en el coronel.

—Yo no te envío a Alemania.

—No me tome el pelo –dijo John frunciendo el ceño. Tibbets giró la cabeza. Ya estaban volando sobre las nubes y un colchón blanco les rodeaba por completo.

—Lo hago por qué creo que es mejor que estés lejos de Tinian cuando todo suceda. Entiendo tus dudas John, pero en el ejército sobran las dudas. Hay que cumplir las órdenes. El Presidente es nuestro comandante en jefe, si él quiere lanzar la bomba se hará.

—¿Tiene temor que les traicione? Al fin y al cabo, soy un maldito amarillo –dijo John enfadado.

—Por fuera puedes parecer un maldito amarillo, pero por dentro eres más estadounidense que yo. Lo que pasa es que le das demasiadas vueltas a las cosas. Los generales LeMay y Groves te han recomendado para un ascenso a comandante. Sabes que eso no es usual para un teniente –dijo Tibbets volviéndose hacia John–. Chico, mira a otro lado si no te gusta lo que ves. La guerra terminará pronto, podrás licenciarte y te quedará una bonita pensión para comenzar una nueva vida con tu mujer y tu hijo. No conoces a todos esos malditos japoneses y además, la mayoría te sacarían los ojos si cayeras en sus manos.

—Entiendo lo que dice, señor –dijo John agachando la mirada.

—Pero esa no es la única razón por la que te mando a Potsdam. El Presidente quiere estar seguro de que hemos elegido la ciudad adecuada y que el tiempo nos acompañará. Tu misión es convencerle.

—¿Convencerle yo? Pero, si ni yo mismo lo estoy…

—Por eso, John. Truman no es tonto. Duda de todo el mundo, no dudará de un escéptico. Además son órdenes del coronel Gilman.

—¿El coronel Gilman? ¿El hombre que me reclutó?

—Sí, muchacho. El hombre que te reclutó.

—¿Usted lo sabía desde el principio? –preguntó John extrañado.

—Nadie me envía un hombre si no sé de quién se trata –contestó Tibbets con una sonrisa.

—¿Usted es un Tigre Volador?

—Basta de preguntas, John.

—¿Es uno de ellos? –insistió John.

—Eso es indiferente. Yo sirvo a mi país y a mi presidente. Tibbets miró por la ventanilla. El Océano Atlántico apareció en el horizonte como un gran mantel azul.

—En media hora estaremos en tierra. Hay un vuelo de enlace que te llevará a Londres. Desde allí saldrás en un avión inglés que transporta al candidato a primer ministro británico, Clement Attlee. Ya ves que te he conseguido un billete de primera clase.

John intentó sonreír, pero llevaba meses sin pensar en los Tigres Voladores y en el coronel Gilman. No sabía qué diferencia había entre trabajar para aquel grupo y para el ejército de los Estados Unidos, pero temía que el coronel Gilman quisiera cobrarse todo lo que había hecho por él.

—Chico, te has puesto pálido. ¿Acaso has visto al demonio? El joven miró el rostro de Tibbets y vio algo extraño en su expresión. De repente tuvo la sensación de que no le conocía de verdad, de que todo lo que había vivido hasta ese momento era una gran mentira. ¿Le habrían estado observando? ¿Quienes de los que le rodeaban eran Tigres Voladores?

El avión aterrizó en la base marítima de Carolina del Sur y los dos tripulantes descendieron rápidamente del aparato. Caminaron por la pista hasta un avión grande de pasajeros.

—En este aparato estarás más cómodo –dijo Tibbets al pararse frente a la escalerilla.

—Gracias por todo, señor –dijo John saludando al coronel. Tibbets le dio la mano y le atrajo rodeándole en un abrazo.

Cuando estaban abrazados le dijo al oído:

—No arriesgues tu futuro y tu familia por esto, John.

—Lo intentaré, señor.

—Ellos son más poderosos de lo que imaginas. Quieren que se lance la bomba y nada podrá impedirlo.

Tibbets se apartó del joven y le saludó militarmente. John subió por la escalerilla y entró en el avión. Una vez dentro buscó un sitio solitario donde descansar. Notaba que la cabeza le daba vueltas y parecía a punto de estallarle. Miró por la ventanilla y observó al coronel Tibbets. «Es un buen tipo», pensó de nuevo. Aquel hombre era capaz de desconcertarle. El coronel le sonrió y le hizo un gesto con la mano. El avión comenzó a moverse, John se apoyó en el respaldo y cerró los ojos. Le esperaba un viaje largo. En veinticuatro horas estaría en Potsdam, julio se acababa y agosto traería sus calores bochornosos. Deseó por un momento que siempre fuera julio, pero sabía que sus oraciones no serían escuchadas.

21

EL PRIMER MINISTRO

«No dejéis el pasado como pasado, porque pondréis en riesgo vuestro futuro».

Winston Churchill

LONDRES,
19 DE JULIO DE 1914

Las luces de la ciudad estaban apagadas. Ya no había bombardeos sobre Londres, pero la mayor parte del alumbrado público estaba deshecho por los años de guerra. En muchas casas llevaban meses sin suministro. Era la primera vez que John Smith viajaba a Europa, aunque temía que lo que iba a ver no se parecía en nada a la antigua capital del Imperio Británico.

No había hablado con nadie en todo el viaje. Salieron de noche de Carolina del Sur pero llegaron de día, a media tarde. Tibbets le había dicho que un enlace norteamericano le sacaría de ese avión y le llevaría al avión del candidato a primer ministro. Viajar con un futuro primer ministro le ponía un poco nervioso, aunque con casi toda certeza el futuro mandatario tendría algo mejor que hacer que hablar con un teniente del ejército de los Estados Unidos.

El avión aterrizó con cierta brusquedad sobre la agujereada pista del aeropuerto. Entraba en territorio de guerra, los alemanes habían machacado durante años al Reino Unido y sólo la intervención de los Estados Unidos le había librado de una ocupación casi segura.

John bajó del avión con su gran macuto a la espalda y la gorra ladeada. Un capitán de las fuerzas aéreas pulcramente vestido le esperaba al pie de la escalerilla.

—¿El teniente John Smith? -preguntó el hombre muy serio.

—Sí -dijo John cuando pisó tierra.

—El capitán Lev Grossmam. Soy su enlace. Llega con algo de adelanto. Debe tener hambre, ¿ha tomado algo en el avión?

—No, las azafatas no eran muy agradables -bromeó John señalando a los dos bigotudos pilotos de las Fuerzas Aéreas que descendían del aparato.

—Entiendo. Es algo tarde y la gente ya ha cenado, pero podrá conseguir un café y algún dulce en la cantina. Sígame.

El capitán comenzó a caminar a paso marcial y John le siguió a trompicones con el pesado saco al hombro.

—¿Ha estado alguna vez en Europa, teniente Smith? -preguntó el capitán varios pasos por delante de él.

—No, señor. Es mi primera vez.

—Yo llevo dos años aquí, en Inglaterra. Me hubiera gustado desembarcar en Normandía, pero desde que llegué trabajo en inteligencia militar.

—Alguien tiene que hacerlo.

El estirado oficial le miró de reojo y continuó su discurso. Su tono había tomado el atildado acento británico.

—Usted ha llegado con tantas recomendaciones, que me imagino que debe trabajar para inteligencia militar.

—Algo parecido, pero no me está permitido desvelar mi misión, capitán.

—Comprendo. Alto secreto -dijo el capitán silbando las palabras.

Los dos hombres entraron en una especie de pub inglés del ejército. Un grupo de soldados escoceses se encontraba justo delante de la puerta. Los dos estadounidenses tuvieron que abrirse paso.

—Mirar, un japo. ¿Qué hace aquí un japo? ¿Es que esos malditos amarillos se han rendido como los alemanes y no nos hemos enterado? –dijo un enorme escocés barbudo.

El grupo de soldados comenzó a reír a carcajadas.

—No le haga caso, teniente –dijo el capitán.

—En Birmania estos hijos de puta nos trituraron hasta lanzarnos hasta la India. Japo de mierda, no te quiero aquí. ¿Me has oído?

John se hizo el sordo y caminó hasta el otro lado de la barra. Pidió un café y un dulce. El capitán, de espaldas a los escoceses, comenzó a hablarle del candidato a primer ministro Clement Attlee.

—No hables con el señor Attlee. La política británica es más compleja que la nuestra. Un norteamericano nunca termina de entenderla por completo.

—No se preocupe, no tenía intención de charlar con el futuro Primer ministro. Pero tenía entendido que los resultados no se harán públicos hasta el 26 de julio.

—El nuevo Primer ministro quiere dejar un poco de gloria a Churchill antes de que se retire. Si se dirige a usted, y seguro que lo hará, le saluda cortésmente y ya está.

—Capitán, ¿me va a dar unas clases de protocolo?

—Como te he dicho antes, llevo dos años aquí. Conozco cómo funciona esta gente. Orgullosos, altivos e insultantemente cordiales.

—Son todo fachada –dijo John.

—Tú lo has dicho. El Primer ministro es un laborista, así denominan aquí a los comunistas. Churchill les ha salvado la vida y ahora que ha terminado la guerra le han dado una patada en el trasero –refunfuñó el capitán.

—Nuestro antiguo presidente Roosevelt estuvo a punto de perder las elecciones hace unos meses – apuntó John.

—Pero no las perdió. Hay comunistas por todas partes, por eso la segunda recomendación es que no hables con ningún soldado o diplomático británico o francés. El ejército británico está plagado de comunistas -dijo el capitán bajando la voz.

—Creía que eran nuestros aliados -dijo John después de dar un sorbo al café.

—Por ahora, teniente. Pero puede que nuestra alianza muera cuando termine la guerra.

—Espero que no empecemos otra guerra tan pronto.

—Nunca se sabe. Termine el café que su avión va a salir en cualquier momento.

John apuró el café y con un regusto dulce en la boca caminó apresurado detrás del capitán. Justo al pasar junto al escocés, éste le empujó y John rodó por el suelo. Todos los soldados rieron a carcajadas. John se levantó apresuradamente y sin mediar palabra se lanzó hacia el escocés, que sorprendido rodó por el suelo junto al joven.

—¡Maldita sea! -dijo el capitán intentando separarles.

John dio un cabezazo al gigantón y le partió la nariz, que comenzó a sangrarle copiosamente.

—¡Japo cabrón! -dijo el escocés tocándose la cara.

El joven aprovechó la desventaja del hombre para darle una fortísima patada en la entrepierna. El escocés se dobló de dolor.

—¡Pare ya! -gritó el capitán-. No importa las recomendaciones que traiga. Si no para, yo mismo le llevaré al calabozo, teniente.

El resto de escoceses se dirigió hacia John, pero el capitán les amenazó con el puño.

—Maldita basura, ¿pretenden volver a Birmania para terminar la guerra en la jungla? No quiero más jaleo, este hombre va a volar con el Primer ministro.

Los hombres se detuvieron en seco al escuchar aquellas palabras. Dos de ellos se dirigieron a su amigo herido y le levantaron del suelo.

Los dos oficiales salieron de la cantina y caminaron deprisa hasta la pista. El capitán caminaba rápidamente, con los puños cerrados y sin mediar palabra con el teniente, hasta que malhumorado le dijo:

—Bonita forma de entrar en Europa.

—Él empezó, señor –se justificó John.

—No se puede caer en las provocaciones. Madure, teniente.

—Lo lamento –se disculpó John.

—Está bien, de todas formas fue un buen golpe –dijo el capitán medio sonriendo–. Pero no le hable a nadie de este incidente.

Un gran avión plateado esperaba en la pista con los motores encendidos. Había anochecido por fin y la famosa niebla británica comenzaba a reptar por el suelo.

—Tienen que volar antes que la niebla se espese –señaló el capitán.

En la base de la escalerilla había dos soldados británicos. El capitán mostró un salvoconducto y los dos soldados se pusieron en posición de firme.

—¿El señor Attlee ha embarcado en el avión? –preguntó el capitán.

—Sí, señor. Está todo preparado.

El oficial se volvió a John mientras se sujetaba la gorra y le hizo un gesto para que subiera.

—¡John! –gritó el capitán para hacerse oír–. ¡Un último consejo!

El teniente se giró para escuchar mejor las palabras del capitán.

—Veo que tiene agallas, sólo espero que su lengua sea más cauta que sus puños –le amenazó el capitán.

John hizo un gesto con la cabeza y entró en el aparato.

El avión no se parecía en nada a todo lo que había visto hasta entonces. El suelo y las paredes estaban enmoquetados de color azul y burdeos. Los sillones eran muy amplios y cómodos, como pequeños sofás y las mesas no eran de metal, eran de madera pero clavadas en el suelo.

Dos hombres del Servicio Secreto le cachearon y registraron su petate. Después le indicaron dónde podía sentarse. Allí no había nadie más, pero el avión estaba dividido por una espesa cortina de terciopelo rojo. John se sentó. Una melodía comenzó a sonar por el interfono y una amable azafata le ofreció algo para beber.

John se recostó en el asiento. Aquel iba a ser un cómodo y placentero viaje, pensó mientras se quedaba dormido.

Un ruido le despertó de repente. No había tardado nada en dormirse. Llevaba más de un día volando desde la otra punta del mundo. Aquel increíble sofá no tenía nada que envidiar a una cama. Enfrente vio a un hombre de unos sesenta años, de cara pálida, con un pequeño bigote negro que intentaba dar algo de color a su gran calva. Vestía un traje azulado, pulcramente planchado, chaleco y camisa de cuello duro. Llevaba la corbata muy ajustada, como si fuera del tipo de hombres que nunca se toma un respiro.

—Disculpe que le haya despertado, teniente. Cuando entró en el avión, yo estaba atendiendo un despacho urgente y no pude saludarle. Disculpe que me presente yo mismo, soy Clement Attlee.

John se puso de pie de un salto y saludó al Primer ministro.

—Discúlpeme usted, Primer ministro. Vengo como invitado en su avión y me duermo.

El futuro Primer ministro le sonrió achinando los ojos. A pesar de su apariencia estirada y sus modales británicos, a John le parecía un buen tipo.

—Todavía no soy oficialmente el primer ministro –explicó el caballero–. Sé que ha hecho un largo viaje desde Estados Unidos. El secretario de Guerra Stimson me pidió que le llevara en mi transporte. Me contó que era un asesor del presidente Truman.

—Sí, señor.

—¿Me puedo sentar aquí? –dijo el futuro Primer ministro señalando un sillón.

—Es su avión, señor –dijo John permaneciendo en pie. Clement

Attlee miró con una sonrisa al oficial y después, dando unas palmaditas sobre el sofá, le invitó a que se sentase.

—Siéntese, el vuelo dura casi dos horas. ¿No pensará estar todo el tiempo de pie, verdad?

John tomó asiento. Aunque el hombre era muy agradable, se dijo que era mejor que le hablara lo menos posible. Ya se lo había advertido el capitán de enlace.

—El secretario Stimson me contó que usted es uno de los pocos hombres en el mundo que ha visto una explosión nuclear.

El joven oficial no sabía qué responder; no deseaba desairar al Primer ministro, pero no sabía hasta qué punto podía hablar con él de secretos militares.

—No se extrañe joven. Nosotros hemos estado al tanto del invento desde el principio. Antes de ser candidato a primer ministro, fui el ayudante directo de sir Winston Churchill.

—Perdone, señor.

—La seguridad es la seguridad –dijo el nuevo Primer ministro. Después extrajo de uno de los bolsillos de la chaqueta un telegrama firmado por el Secretario de Guerra de los Estados Unidos y se lo pasó al joven–. ¿Es suficiente la autorización para que hable conmigo del Secretario de Guerra de su país?

John enrojeció y musito un leve sí. Después se incorporó un poco en el sofá.

—Es difícil explicar una explosión como esa, señor. No soy un científico, pero le puedo asegurar que una sola bomba puede arrasar de cinco a diez kilómetros a la redonda.

—Es increíble.

—Me imagino que el presidente Truman le dará más detalles técnicos cuando llegue.

—Sí, los dos somos novatos en este terreno. El zorro de Stalin tiene ventaja, aunque esperemos que por poco tiempo –dijo el futuro Primer ministro.

Se hizo un silencio incómodo que duró un par de minutos, hasta que el Primer ministro comenzó a hablar de nuevo.

—Ya están preparados los dos prototipos, ¿cómo los llaman?

—Lo desconozco, señor.

—Ah, sí. A uno le llaman *Little Boy* y al otro *Fat Man*. Parecería divertido si no se tratara de bombas tan mortíferas. Tengo entendido que una es de uranio y la otra de plutonio.

—No tengo esa información, señor.

—¿La bomba está prevista ser arrojada en agosto?

—No sé si su lanzamiento está autorizado por el Presidente.

—Me refiero, en el caso de autorizarse.

—La fecha elegida no es segura. Depende de la climatología y de la decisión final del Presidente -dijo John con la espalda rígida.

—¿Cuándo terminará esta maldita guerra?

Los dos notaron como el avión viró bruscamente.

—Estamos llegando, el avión se está colocando para aterrizar. No volvía a Alemania desde la Gran Guerra. En aquel entonces creí que los alemanes habían aprendido la lección, pero es evidente que no lo habían hecho.

John se quedó mudo. Se encogió de hombros y deseó llegar cuanto antes a tierra.

—Aquella guerra fue terrible. Imaginamos que nunca veríamos una guerra más monstruosa, pero nosotros también estábamos equivocados. Contemplamos cómo caía Italia bajo el fascismo y no le dimos importancia. Después fue la República de España, tampoco les ayudamos; como en un castillo de naipes siguieron cayendo: los sudetes de Checoslovaquia y Austria. Tan sólo cuando las zarpas nazis se aposentaron en Polonia reaccionamos, pero ya era demasiado tarde. El monstruo había crecido y estaba a punto de devorarnos. Espero que nosotros no nos convirtamos en otro monstruo -dijo el futuro Primer ministro mirando por la ventanilla.

El avión aterrizó con suavidad sobre la pista. Después de unos minutos rodando, se detuvo y el Primer ministro se puso en pie con mucha agilidad.

—Teniente Smith, encantado de haberle conocido. Informaré a sus superiores de su comportamiento intachable.

—Gracias, Primer ministro.

Dos hombres del Servicio Secreto se acercaron al candidato. Los tres salieron del avión a la vez. John esperó un minuto para seguirles. Cuando bajó la escalerilla, contempló las ruinas que constituían el antiguo aeropuerto de Berlín. El mundo está en ruinas, pensó mientras pisaba tierra. Un sargento de las Fuerzas Aéreas se acercó a él.

—¿Teniente Smith? –preguntó el sargento. Su pelo negro, la baja estatura y los rasgos toscos, le hacían parecer un hombre duro.

—Sí, soy yo.

—Se presenta el sargento Walter Wolf.

—Encantado –dijo John saludando.

—Seré su asistente mientras esté en Alemania.

—¿Qué día es, Walter?

—Es 19 de julio –dijo el hombre con una sonrisa.

—¿Hoy es 19 de julio? ¿Es que este maldito día no va a terminar nunca? –bromeó John mientras los dos hombres caminaban por la pista.

—Estará cansado.

—Muy cansado. ¿Dónde me alojaré? –preguntó John con el petate al hombro.

—Le han dejado una habitación preparada en Babelsberg –dijo el sargento.

—¿Eso es una base militar?

—No, señor. Es la zona residencial donde ha sido alojado el Presidente.

—¿Por fin voy a dormir en una cama decente? –dijo John con los ojos inflamados por el sueño.

La conferencia había empezado oficialmente el día 17 de julio, aunque la demora en la llegada de Stalin había atrasado las rondas de reuniones. John no sabía cuándo se entrevistaría con el Presidente, pero la sola idea de hablar con él le ponía muy nervioso. Respiró hondo y caminó junto al sargento Wolf, e intentó concentrarse en dormir un poco. El viaje le había dejado agotado.

22

EL REPARTO DEL MUNDO

«Todo hombre es mentiroso».

Salmo 116

POTSDAM,
19 DE JULIO DE 1945

Intentó dormir un poco más. Era muy temprano y los dos últimos días habían sido agotadores. Se sentía satisfecho. Después de tantas dudas y nervios, las reuniones estaban siendo bastante distendidas y amistosas. Cambió de postura en la cama y observó el otro lado vacío. Echaba de menos a Bess. Durante su largo matrimonio, se habían separado muy pocas veces. Ella siempre estaba dispuesta a hacer las maletas y acompañarle a todos sitios, pero su trabajo como primera dama se lo impedía.

La suite del número 2 de Kaiserstrasse en Babelsnerg no estaba mal. A un tiro de piedra de la residencia del Primer ministro británico y a unos dos kilómetros de la residencia de Stalin. Algunos de sus colaboradores ya habían bautizado a la residencia «La Pequeña Casa Blanca». Él había notado enseguida que su alojamiento era inferior al de Churchill y Stalin, como si fuera un crío pagando una novatada, pero sus gustos eran sencillos y no le molestaba, aunque supusiera una ofensa para su cargo.

Su primera reunión con Churchill, el día 16 de julio, había sido todo un éxito. El Primer ministro se había mostrado extremadamente amistoso. Churchill parecía relajado, como alguien que está a punto de abandonar la fiesta y se permite ciertas libertades antes de marcharse. Su tema principal fue Stalin y su desmedida ambición por Europa del Este. Aquel día no había podido conocer al mandatario ruso por encontrarse éste indispuesto.

Truman aprovechó la tarde para visitar Berlín. Primero viajó en coche con un nutrido grupo de escoltas del Servicio Secreto y el Ejército. Pasó con el vehículo por alguna de las avenidas principales. Apenas quedaban edificios en pie. Los escombros de las casas ocupaban la calle, excepto el pequeño pasillo por donde transitaban los peatones, carros tirados por caballos y algún que otro transporte militar. Se veía a mucha gente por la calle. Sobre todo mujeres y ancianos. La mayoría vestía ropa sucia y vieja. La gente caminaba cabizbaja y cargando todo tipo de objetos. Apenas prestaban atención a la comitiva, como si estuvieran cansados de los interminables desfiles que habían visto en los últimos diez años.

El Presidente pidió al chofer que parara y se apeó del coche. Dos agentes se pusieron a cada lado y los soldados se desplegaron por la zona. No estaba previsto que caminara, pero aquella mañana no había podido hacer su caminata matutina y era una manera excelente de estirar las piernas y ver la situación sobre el terreno.

Algunos niños transitaban solos y descalzos entre las ruinas. Llevaban ya algunos meses de paz, pero la situación de la población era desesperada. Los generales le habían dicho que no daban abasto para atender a toda la población. El ejército había conseguido una victoria pírrica, pero mantener la paz era otra cosa.

Truman se preocupó, el invierno llegaría en cinco meses y con él, el frío y el hambre que, si no se atajaba antes, diezmarían a la población. Se dirigió a uno de los secretarios que le seguían a todas partes y le indicó que apuntara la orden de envío urgente de ropa y calzado a Berlín.

Apenas había vehículos a motor, si se exceptuaban los camiones del ejército: la ciudad parecía haber vuelto a la Edad Media. Truman decidió dar por concluida la visita y mientras regresaba a la comodidad y seguridad del coche, pensó en las consecuencias del endiosamiento de un hombre como Hitler.

Cuando el Presidente llegó a su habitación notó que la tensión de los últimos días se le venía encima. Se quitó los zapatos y caminó en calcetines por el suelo enmoquetado. En una bandeja de plata había un telegrama. Le echó un vistazo y reconoció el nombre del Secretario de Guerra, que acababa de llegar a Potsdam aquel mismo día. Se desató la corbata con el telegrama en la mano y se sentó en un cómodo sofá, para poder leerlo.

ALTO SECRETO DEPARTAMENTO DE GUERRA CENTRO DE MENSAJES CLASIFICADOS MENSAJE DE SALIDA

SECRETARÍA, ESTADO MAYOR

CORONEL PASCO 3542

16 DE JULIO DE 1945

TERMINAL NÚMERO WAR 32887

A Humelsine para coronel Kyle EXCLUSIVAMENTE

de Harrison para Stimson.

OPERADO ESTA MAÑANA, DIAGNÓSTICO TODAVÍA NO COMPLETO, PERO LOS RESULTADOS PARECEN SATISFACTORIOS Y YA SUPERIORES A TODA ANTERIOR ESPERANZA. NECESARIO COMUNICADO DE PRENSA LOCAL, YA QUE EL INTERÉS ABARCA GRAN DISTANCIA. DR. GROVES SATISFECHO. REGRESA MAÑANA.

LE MANTENDRE INFORMADO.

ORIGEN. SECRETARIA, ESTADO MAYOR CM-SALIDA-32887 (Julio 45) DTG 161524Z hjm FIN DE MENSAJE

En la confusa terminología militar todo se decía en clave y con eufemismos. Era algo a lo que Truman no estaba acostumbrado, pero que en los últimos meses había tenido que aprender deprisa. Aun así el Presidente había entendido lo principal. El ayudante de Stimson, Harrison, le informaba de que la prueba en Alamogordo había sido un éxito. Harrison había enviado una noticia a la prensa avisando del hecho. La explosión había sido tan poderosa que imaginaban que mucha gente podía haberla visto; por eso habían despachado la falsa noticia de la explosión de un depósito de municiones del ejército.

Truman hizo un gesto con la mano y envío una respuesta cifrada en la que felicitaba «al doctor» y a su «asesor».

Aquella pequeña victoria constituía el principio del fin de la guerra. Además le proporcionaba un as debajo de la manga para negociar con el zorro de Stalin. Ya se habían encontrado un par de días antes, cuando Stalin sin previo aviso apareció por su residencia. El ruso se presentó muy cordialmente, estaba en zona de influencia soviética y se quería mostrar como un buen anfitrión, pero la realidad era muy distinta. Las tensiones en los últimos meses no habían hecho sino crecer. La negativa de Stalin a respetar los acuerdos de Yalta y el reparto de algunas zonas de Europa, sobre todo el enfrentamiento por el control de Polonia, habían llevado a las dos potencias a una tensión máxima. Truman había ordenado el regreso de las ayudas prometidas a Stalin y éste había reaccionado de formar airada ante Harry Hopkins, el representante del gobierno norteamericano en Moscú.

El presidente Truman también se había mostrado muy cordial. Solía conectar muy bien con la gente por su carácter campechano y su sentido del humor.

Stalin le había caído bien, pensó mientras se daba la vuelta de nuevo en la cama. Tal vez se imaginaba a un monstruo y un genocida, pero Stalin parecía más un abuelo severo que un dictador. Su pequeña estatura y su sonrisa perruna no le daban un aspecto muy temible. También le gustó de Stalin su franqueza y que le mirara siempre directamente a los ojos.

Churchill le había advertido que había que renegociar todos los acuerdos de reparto de influencia en Europa. El Ejército Rojo había ocupado mucho de los países afectados y ahora se negaba a soltarlos.

Truman miró el reloj de la mesilla y suspiró. Los problemas surgían por todas partes. Primero el malentendido con Churchill antes de la llegada a Potsdam, cuando Truman propuso una entrevista en solitario con Stalin y el Primer ministro británico se sintió desplazado por el nuevo presidente. Truman tuvo que retirar la propuesta. Luego estaba el problema con De Gaulle, el líder francés, al que le habían negado la asistencia a la conferencia a petición de Stalin, pero también por sus continuos desaires a británicos y norteamericanos. La situación en el resto de Europa no era mucho mejor. El continente parecía una casa revuelta justo después de un robo. Tito avanzaba con sus tropas comunistas en Yugoslavia, Grecia estaba al borde de la guerra civil y la mayoría de los países liberados se estaban acercando peligrosamente a la órbita soviética.

El Presidente se incorporó en la cama y tomó un vaso de agua de la mesilla. Tenía la boca seca, aquella noche el calor era insoportable, se dirigió hasta la ventana y la abrió de par en par. La noche alemana comenzaba a declinar y los primeros rayos de sol apuntaban un nuevo día de trabajo y tensión, pero también de logros y de retos.

ISLA DE GUAM,
19 DE JULIO DE 1945

El amanecer no traía buenos presagios. Tibbets estaba dispuesto a enfrentarse a quién hiciese falta para llevar a término su misión. Después de meses de entrenamiento, no iba a quedarse de brazos cruzados y que otros se llevaran el mérito.

El coronel llamó a la puerta de LeMay pero la abrió sin esperar contestación. El general ya debía saber a qué venía. Llevaban días discutiendo sobre el mismo tema.

—General, ¿se puede? –preguntó Tibbets con la puerta entreabierta.

—Pase, Tibbets –contestó el general.

—Vengo para zanjar el asunto del 509. Con los debidos respetos señor, tengo la intención de que mi grupo y yo lancemos la bomba cuando lo ordene el Presidente.

—Comprendo –dijo el general mientras ojeaba unos papeles. Groves le había llamado muy enfurecido días atrás. El general Groves le dejó claro que si ponía obstáculos a la consecución de la misión tal y como había sido planificada, no le quedaría más remedio que pedir su renuncia al secretario de Guerra Stimson. LeMay se había justificado diciendo que el 509 no tenía experiencia de bombardeos sobre Japón, a lo que Groves había respondido enigmático que algunos miembros del 509 eran antiguos voluntarios de la Guerra Chino-japonesa y sí habían volado sobre Japón. Aquello le había sorprendido al general LeMay; creía que el antiguo grupo de voluntarios había sido disuelto después de comenzar la guerra y que, divididos en diferentes unidades, seguían actuando en la zona de Birmania.

—Coronel Tibbets, estoy dispuesto a ceder a sus demandas, pero con una condición.

—Usted dirá, señor –contestó intrigado el coronel.

—Quiero que lleve a uno de mis hombres con usted, al coronel William Blanchard –dijo LeMay mientras observaba la reacción de Tibbets, como si intentara leer sus pensamientos.

—¿Por qué debemos llevar a Butch? –preguntó Tibbets frunciendo el ceño.

—Él conoce bien los cielos del Japón, seguro que le será de gran utilidad –mintió LeMay, que lo único que quería era tener a alguien de confianza que le informase puntualmente de todo lo que pasaba en vuelo.

—Si eso le parece necesario… –contestó Tibbets.

—Las bombas vienen de camino. Nos ha llegado un telegrama informándonos que el Indianápolis ha atracado sin problemas en Pearl Harbor.

—Espero que no haya problemas en la entrega –dijo Tibbets, que veía que el reloj imparable comenzaba su cuenta atrás.

POTSDAM,
20 DE JULIO DE 1945

La mañana bochornosa no invitaba a caminar, pero John logró convencer al sargento Wolf para que dieran un paseo por los alrededores de Potsdam. No es que tuviera deseos de hacer algo de turismo por la vieja Europa, ahora más vieja y arruinada que nunca, pero quería despejar la mente antes de acercarse a la sede de la conferencia.

El sargento Wolf le había entregado un pase de nivel 1, lo que le permitía acceder a todas partes, incluida las reuniones públicas de los líderes políticos. Al parecer, el Presidente quería tenerle cerca por si le surgía alguna duda.

Era temprano, John no había logrado descansar nada, había estado toda la noche intentando liberarse del calor y el cansancio del largo viaje, pero no había conseguido vencer ni a lo uno ni a lo otro.

Potsdam era una ciudad muy agradable. Los emperadores prusianos habían embellecido la ciudad durante siglos para convertirla en su residencia veraniega, construyendo todo tipo de jardines y palacios, que junto a sus lagos y ríos, proporcionaban a la ciudad un aspecto rural sofisticado. Algunos de sus edificios habían sido destruidos por las bombas, pero sus casi 100.000 habitantes habían escapado de los rigores de sus conciudadanos de Berlín. Los soviéticos habían tomado la ciudad y no se podía caminar más de cien pasos sin encontrar un control o a un grupo de soldados rusos vigilando la zona. John y el sargento Wolf dejaron la avenida principal y se aproximaron al río.

—¿Qué tal es el Presidente? –preguntó John al sargento.

—Me temo que sólo le he visto de lejos, pero siempre está sonriente y de buen humor. Un amigo me ha contado que se pasa las veladas tocando el piano para Churchill y Stalin.

—Dicen que la música amansa a las fieras –bromeó John.

—No estoy seguro de que en este caso funcione con Stalin.

—¿Cuándo empezaron las reuniones?

—Oficialmente el 17 de julio, pero Truman y Churchill llegaron el 15.

—Ya es la hora –dijo John mirando el reloj–, será mejor que vayamos al edificio de la conferencia.

Los dos hombres ascendieron hasta el camino y marcharon con paso rápido hasta el palacio Cecilienhof. Aquel no era el edificio más imponente de la ciudad, pero sin duda era el más acogedor. Su casi vertical tejado recordaba a una gigantesca cabaña de madera. La combinación de piedra y madera parecía invitar al observador a que se sintiese como en casa. Ana hubiera precisado que en una casa de cuento de hadas, pensó John al contemplar el edificio.

En el amplio jardín de la entrada había algunos vehículos militares, casi medio centenar de soldados rusos y un buen número de oficiales de diferentes ejércitos, que caminaban de un lado para otro con su maletín en la mano. Los periodistas estaban excluidos de Potsdam, tan sólo podían acudir al palacio de congresos cuando los rusos les daban permiso. Únicamente se les permitía hacer unas fotos de los mandatarios y tenían que marcharse a Berlín antes de que oscureciera.

John se ajustó la corbata antes de cruzar las arcadas de la entrada principal. Unos antipáticos soldados soviéticos les pidieron las identificaciones y entraron en el edificio.

El palacio estaba ocupado por decenas de funcionarios militares. Toda la burocracia militar de las tres grandes potencias se movía con una actividad frenética.

—Primero debemos ver al secretario de Guerra Stimson –señaló el sargento Wolf después de mirar su carpeta–. Nos espera a las 8:30 horas en su despacho de la segunda planta. Por aquí, señor.

John aferró con fuerza el maletín para rebajar algo de tensión y siguió al sargento por la escalinata. Subieron unos cincuenta escalones y caminaron por la despejada segunda planta. En los pasillos enmoquetados apenas se veía a algunos oficiales que entraban y salían de las puertas a ambos costados. Al fondo del pasillo se abría una gran sala que daba a otra serie de puertas. El sargento se dirigió a la que estaba justo en el centro. Llamó y esperó. Unos segundos más tarde, un capitán abrió la puerta. Los dos hombres se pusieron firmes.

—Traigo al teniente Smith, señor –dijo el sargento.

—Que pase el teniente, usted espérele ahí –dijo indicando unos asientos.

John respiró hondo y cruzó el umbral. En el inmenso despacho había tres personas más. Un hombre casi anciano vestido con un sobrio traje negro y dos generales a los que John no conocía.

—Adelante, teniente –dijo el hombre mayor. John cruzó la sala y saludó a los tres hombres.

—Me ahorraré las presentaciones. El Presidente me espera abajo en cinco minutos. Tan sólo quería verle para indicarle un par de cosas – dijo el hombre tomando unos papeles de la mesa principal.

El joven teniente notó cómo le comenzaban a sudar las manos y las frotó contra el pantalón.

—¿Qué tal el viaje? El nuevo Primer ministro es un tipo curioso. Como yo digo, rojo por fuera, azul por dentro –dijo el Secretario. Los dos generales se rieron de la broma. El sucesor de Churchill era un líder laborista, pero pertenecía a una de las familias más ricas del Reino Unido.

John no sabía qué hacer, pero se limitó a mirar al Secretario con gesto serio.

—Al grano –dijo el Secretario–. En primer lugar, quería felicitarle por su ascenso a coronel. Sabe que este procedimiento es inusual, pero debido a su servicio al gobierno de los Estados Unidos y al ejército, se convierte usted en el coronel más joven de las fuerzas armadas –el Secretario hizo un gesto y uno de los generales sacó los galones de coronel de una pequeña bolsa de terciopelo azul.

El Secretario extendió la mano y recogió los galones. Después se los entregó al joven y le estrechó la mano con fuerza.

—Felicidades, coronel Smith –dijo sonriendo Stimson. John tomó los galones y se puso firme. El Secretario le miró detenidamente. Aquel hombre rezumaba seguridad en sí mismo. La clase de personas a las que es peligroso oponerse.

—La segunda cosa que quería mencionarle –comentó pasando el brazo por su hombro y alejándole del resto del grupo–, está relacionada con su asesoramiento. El Presidente es un hombre sencillo, no le gustan los tecnicismos ni la ambigüedad. Sea preciso en sus respuestas y guarde sus dudas o comentarios para usted mismo. Ya me entiende. Está haciendo un gran servicio a su país. En este año ha demostrado su audacia y determinación, pero en el ejército no hay lugar para las preguntas inoportunas.

—Entiendo, señor Secretario.

—Usted bajará conmigo a la sala de conferencias. No tengo que advertirle que todo lo que se diga allí es información confidencial. En Potsdam hay más espías por kilómetro cuadrado que en todo el globo terráqueo –dijo Stimson mirando de reojo a John.

Sin quitarle la mano del hombro, John y el secretario Stimson bajaron por una escalera que llevaba directo a la sala de conferencias. Parecían un padre y un hijo que no se habían visto en mucho tiempo y quisieran recuperar el tiempo perdido.

La sala era amplia, forrada hasta media pared por una madera oscura, que empezaba a mostrar señales de desgaste. En muchos lugares, el barniz se había perdido por completo. En el centro de la sala había una enorme mesa redonda. En ella estaban sentados los tres mandatarios, Churchill, Truman y Stalin, con once de sus colaboradores más directos, pero en segunda fila había más secretarios y asesores. Una de las sillas estaba vacía. En la gran mesa redonda había tres banderitas en el centro, la británica, la soviética y la estadounidense.

Stimson hizo un gesto a John para que se sentara justo detrás del presidente Truman y él ocupó la silla vacía de la mesa.

—Señores, quiero felicitarles, ya hemos avanzado en algunos asuntos muy importantes, pero todavía quedan muchas cuestiones por tratar. Por ejemplo, hemos decidido las fechas para la próxima reunión de ministros de Asuntos Exteriores, pero no hemos determinado el lugar; tampoco hemos avanzado mucho en el punto relativo a los principios que deberían regir en la nueva administración alemana –dijo Truman como presidente de la mesa.

Las charlas con los rusos eran tremendamente agotadoras, se aferraban a cada punto hasta sacar la posición más ventajosa.

El rostro de Stalin sonrió y dijo en ruso:

—Por lo menos, estamos tratando los puntos que usted ha propuesto, pero los que hemos propuesto nosotros ni se han mencionado.

La intérprete tradujo las palabras del dictador ruso y Truman le miró directamente.

—Decidimos este orden en la primera reunión, ¿recuerda?

—Sí, pero, ¿cuándo hablaremos de las indemnizaciones, el reparto de la flota alemana o las fronteras de Polonia? A mí me importa muy poco si Italia entra o no el la ONU o cómo va a funcionar el gobierno en Alemania.

—Hay que ordenar la casa antes de sentarse a la mesa. El invierno se acerca y los alemanes no tendrán qué comer en unos meses.

—Bueno, los alemanes no se preocuparon mucho por mi pueblo en el invierno del 42 –dijo Stalin lanzando humo de su cigarrillo.

—Estábamos en guerra, pero ahora es el momento de construir la paz – dijo Truman.

—Pues que compren el trigo que les falta, Alemania siempre ha importado el trigo desde el exterior.

—Y, ¿cómo lo pagarán? –preguntó Churchill arqueando una ceja–. No creo que tengan mucho líquido en caja.

—Alemania produce carbón, que lo vendan por trigo –dijo Stalin.

—Bueno señores, no podemos entrar en detalles. Lo importante es que se cree una administración sólida. ¿Les parece que una Comisión de Control supervise las diferentes zonas desmilitarizadas y que los alemanes conserven al menos el poder local? –dijo Truman para poder avanzar.

Churchill y Stalin hicieron un gesto de aprobación. Los miembros de la reunión miraron impacientes el reloj, hacía media hora que tenían que haber parado para comer.

—Creo que será mejor que cerremos la sesión hasta la tarde –dijo Truman.

Se escuchó un murmullo cerrado de aprobación y la gente comenzó a ponerse en pie. Las voces comenzaron a ascender de volumen y los grupos se dividieron rápidamente en dos, por una lado los soviéticos y por el otro lado los norteamericanos y los británicos.

El Secretario de Guerra llamó a John con un gesto y el joven se acercó tímidamente. En el círculo se encontraban Churchill, Attlee, el secretario de Estado Byrnes y el propio Truman.

—Permítanme que les presente al coronel Smith –dijo el Secretario cogiéndole por el brazo.

Todos los miembros del grupo le saludaron.

—Les propongo que después del almuerzo nos reunamos en la sala de la planta superior. Este joven, si me permite que le llame joven, es el único testigo que hay en Europa de una explosión... –titubeó el secretario Stimson antes de seguir–... de una gran explosión. Presidente, ¿quería más detalles sobre la misión? Éste es su hombre.

El grupo aprobó la reunión de la tarde y se disolvió para comenzar a pasar al comedor. John lo siguió, pero el Secretario le detuvo.

—No querido, el comedor de oficiales está en la otra ala. El sargento Wolf le indicará el camino. Nos vemos dentro de dos horas arriba – dijo señalando con el dedo al techo.

—Señor, yo no soy especialista en física.

—No queremos un experto esta tarde, queremos escuchar a un testigo. Usted estuvo allí, ¿verdad?

—Sí, señor Secretario.

—Pues sea puntual. Buenas tardes -dijo el Secretario mientras se alejaba.

John buscó a su asistente y juntos se dirigieron al comedor. Estaba hambriento, los nervios le mantenían famélico y sólo la comida le relajaba un poco.

—¿Qué tal ha ido la reunión? -le preguntó el sargento mientras hacían una fila para servirse la comida.

—Imagino que bien -John sacó sus nuevos galones del bolsillo y se los pasó al sargento-. Por favor, haga que me coloquen los galones en toda mi ropa.

—¿Coronel? Dejé hace dos horas a un teniente en esa puerta y ahora viene todo un coronel.

—Bueno, los galones no son algo que me importe demasiado, pero creo que el Secretario se enfadaría si no me los viese puestos.

Los dos hombres se sirvieron el rancho y se sentaron a una de la mesas. John comenzó a comer deprisa. Esperaba tener un poco de tiempo para prepararse lo que iba a decir a tan ilustre oratorio. No era fácil expresar lo que se sentía al ver y experimentar una explosión nuclear, pero pondría todo su empeño en explicarse.

23

GUÁRDEME EL SECRETO

«Guárdate bien de decir todo lo que sabes».

Solón

POTSDAM,
20 DE JUNIO DE 1945

Después de la animada comida, el secretario de Guerra Stimson se disculpó y subió a su despacho para dar una cabezadita. A su edad era casi un milagro que tuviera la vitalidad y lucidez de un hombre de cuarenta años. Ascendió la escalera con pasos rápidos y precisos, entró en el despacho y se sentó en uno de los sofás. Quince o veinte minutos eran más que suficientes para que recuperara toda su forma.

Apenas acababa de tumbarse cuando alguien llamó insistentemente a la puerta. Se levantó refunfuñando, había dado aviso de que no se le molestara en media hora pero, en aquella caótica conferencia, cada cual hacía lo que le venía en gana. Antes de abrir la puerta preguntó quién era.

—Señor, es muy urgente, le está esperando el señor Allen Welsh Dulles.

—¿Quién? -preguntó el Secretario sorprendido.

—El señor Dulles -confirmó la voz desde el otro lado de la puerta.

Stimson se ajustó el traje y abrió el pestillo. En el umbral apareció un hombre de pelo gris y frente despejada, llevaba unas gafas de montura ligera y un bigote corto canoso. Su famosa pajarita brillaba sobre su cuello y una larga pipa colgaba de sus labios. Su aspecto parecía británico y tenía cierto aire de obispo anglicano.

—Señor Dulles, no esperaba verle por aquí. Le hacía en Suiza.

—Ya sabe, señor Stimson, que me gusta estar donde hay espías, defecto profesional -dijo Dulles entrando en el despacho y escudriñando cada rincón con su mirada.

—Pues ha encontrado el coto de caza perfecto -bromeó Stimson al invitar a Dulles a que se sentara.

—¿Qué estaba haciendo? Si no es indiscreción...

—Uno a cierta edad sólo puede hacer una cosa después de una opípara comida: dormir una reconfortante siesta. Ya ve, podría haberle mentido y haber dicho que leía informes, pero no le puedo ocultar nada a un sabueso como usted -dijo Stimson.

La verdad es que en los pocos minutos que había estado tumbado no había dejado de dar vueltas a cuál era la mejor forma de informar a Stalin de la existencia de la bomba atómica. Por el momento, Truman se había negado a hablar del tema hasta que tuviera más información y encontrara la ocasión más propicia, a pesar de que Churchill estaba impaciente por que lo hiciera.

—Me temo que usted es lo suficientemente listo como para que no le pillen. ¿Cuántos años lleva en la política? ¿Cuarenta?

—Aproximadamente llevo cincuenta años. Aunque eso también puede significar que siempre sigo la normas.

—Nadie que siga las normas está tanto tiempo como invitado especial de la Casa Blanca -señaló Dulles.

El director de la OSS era puro hielo, pero estaba deseoso de entrar en el tema que realmente le interesaba, aunque sabía que Stimson le gustaban más los juegos de sutilezas que enfrentar directamente las cuestiones.

Dulles llevaba cinco días de vértigo. Cinco días atrás se había reunido con el banquero Per Jacobsson para examinar la información facilitada por sus hombres de Berna sobre los negociadores Hack y Fujimura. Dulles le había dicho a Jacobsson que los Estados Unidos dejarían en paz a Hiro-Hito si se comprometía públicamente a colaborar con el fin de la guerra.

Jacobsson preguntó si eso significaba que el Emperador tendría libertad de acción o sería un preso en su palacio. Dulles la había contestado que hasta el momento era lo único que podía prometerle.

Stimson intentó leer los pensamientos de Dulles, pero aquel hombre era todo un enigma. Dulles pertenecía a una familia de diplomáticos y servidores del Estado. Había recibido una educación exquisita y había sido entrenado por el MI6 británico para formar un grupo parecido en Estados Unidos; tras el comienzo de la guerra, Dulles había extendido su red de espías del OSS por toda Europa.

—Tenemos a dos negociadores, señor Secretario –dijo Dulles esperando la reacción del Secretario.

—¿A dos negociadores? –preguntó Stimson apretando el mentón.

—Tras la caída de Berlín, dos hombres, un japonés y un alemán, se pusieron en contacto con nosotros para llegar a un acuerdo para la rendición del Japón.

—Interesante –dijo Stimson sin mucho apasionamiento.

—Naturalmente hemos comprobado los contactos y sus identidades. Son correctas, mantienen informado al Ministerio de Marina japonés y tienen acceso indirecto al emperador Hiro-Hito –explicó Dulles como una ametralladora. Después comenzó a hablar más despacio–: Eso supondría el final de la guerra.

—Seamos cautos, Dulles. Ya sabe lo que sucedió con la Operación Crossword de hace cinco meses.

Dulles recordaba perfectamente el incidente. Había conseguido entrar en negociaciones secretas en marzo de 1945 con varios jerarcas nazis. Un grupo de alemanes y norteamericanos se había reunido en Suiza para negociar la entrega de las fuerzas alemanas en Italia. El encuentro era de altísimo nivel: altos mandos de las Waffen-SS y el general Karl Wolff, por parte alemana, y por parte norteamericana, Dulles. El 8 de marzo de 1945, comenzaron las negociaciones secretas en Luzern. Wolff proponía que el Grupo C del Ejército norteamericano entrara en Alemania, mientras el comandante de las fuerzas Aliadas, Harold Alexander, avanzaba en dirección meridional. Posteriormente, el 15 de marzo y el 19 de marzo, Wolff condujo otras negociaciones secretas en la entrega de Lyman, en las que participaban el general americano Lemnitzer y el británico Terence Airey. El plan consistía en favorecer el avance norteamericano y retrasar lo más posible el ruso.

La Unión Soviética no fue informada de las negociaciones, pero varios espías rusos lo descubrieron y acusaron a los norteamericanos de intentar alcanzar una paz separada con Alemania. Entre los oficiales soviéticos de la inteligencia que destaparon la operación estaba Kim Philby, uno de los mayores enemigos de Dulles.

El 12 de marzo el embajador de Estados Unidos en la Unión Soviética, W. Averell Harriman, comunicó a Vyacheslav Molotov la posibilidad de negociar con Wolff en Lugano la entrega de las fuerzas alemanas en Italia. Molotov contestó aquel mismo día que el gobierno soviético no se opondría a las negociaciones entre los oficiales americanos y británicos con el general Wolff, con la condición de que los representantes del mando militar soviético pudieran también participar en ellas. Sin embargo, el 16 de marzo, los soviéticos cambiaron de opinión: no se permitiría a sus representantes participar en negociaciones con el general Wolff.

El 22 de marzo, Molotov, en su carta al embajador americano, escribió: «Durante dos semanas, en Berna, de espaldas a la Unión Soviética, se han llevado negociaciones entre los representantes del mando militar alemán por un lado y los representantes del mando americano y británico por el otro lado. El gobierno soviético considera esto absolutamente inadmisible».

La carta provocó una respuesta directa de Roosevelt a Stalin el 25 de marzo y la contestación de Stalin el 29 de marzo. Al final, la entrega real en Italia ocurrió el 29 de abril de 1945.

—No tenemos que repetir los errores de la Operación Crossword, señor Secretario, pero tampoco podemos quedarnos con los brazos cruzados. Los japoneses quieren rendirse –dijo Dulles. Después, encendió su pipa.

—Pero, ¿quién quiere rendirse? Hay varias facciones dentro del gobierno japonés y, según nuestros informadores, algunos proponen la guerra total –dijo Stimson mirando directamente a los ojos de Dulles.

—El Ministro de Asuntos Exteriores, Shigenori Togo, está buscando canales para una paz negociada –se quejó Dulles.

—¿Una paz negociada? El Presidente ha dicho que la rendición del Japón ha de ser total y sin condiciones –contestó molesto Stimson.

—Cuando digo negociada, me refiero a eso, negociada, pero no significa que en la negociación haya que hacer concesiones. De todas formas, ¿qué perdemos por hablar con ellos, señor Secretario?

—Perdemos tiempo y fuerzas. No quiero dar falsas esperanzas de paz al Presidente, demasiado tiene con lidiar con Stalin y planificar el futuro de Europa. Sabe que confío en usted, Dulles, pero no veo que esos negociadores en Suiza puedan representar o incluso influir en las decisiones de su gobierno –dijo Stimson zanjando el tema.

El director del OSS sabía que había sido derrotado. El Secretario de Estado era el único hombre que podía informar de algo así al Presidente. Si Stimson no quería negociar no habría negociación.

—Amigo Dulles, quiero agradecerle su trabajo y animarle a que siga adelante. A veces hay que perder para ganar –dijo el Secretario levantándose del sofá.

Dulles se puso en pie e intentó lanzar su último torpedo antes de dejar al Secretario.

—Hasta ahora, lo único que nos han pedido es que se respete la figura del Emperador. Si les dijéramos algo a ese respecto…

El Secretario frunció el ceño. No le gustaba que intentaran presionarle. Al final, volvió a relajar los músculos de la cara y puso sus manos sobre el hombro del director del OSS.

—Entiendo su postura, pero nosotros tenemos que lidiar con la opinión pública. El que el Emperador siguiera en su puesto después de las atrocidades que ha permitido o ha ordenado, no tendría buena prensa en Estados Unidos. No podemos condenar a los nazis y absolver a los japoneses. Y esta no es mi postura: el secretario de Estado Byrnes y la mayor parte del gabinete, incluido el Presidente, se oponen a la continuidad de Hiro-Hito.

Los dos hombres se dirigieron a la puerta. Dulles se giró antes de salir.

—Sabe perfectamente que usted puede influir en la decisión del Presidente; en cambio, el Secretario de Estado no goza de mucho crédito en la Casa Blanca.

El señor Dulles había colmado la paciencia del Secretario de Guerra. Cuestionar sus intenciones y acusarle abiertamente de impedir una negociación era más de lo que estaba dispuesto a soportar.

—Querido Dulles –dijo el Secretario mordiéndose la lengua–, la Comisión de Información Mixta ha presentado un informe a mi secretaría, en el que afirma que Japón usará todo tipo de artimañas para impedir la rendición incondicional, entre ellas dividir a los Aliados para que terminen por aceptar sus condiciones. El gobierno de Estados Unidos no cede a ese tipo de chantajes. Queremos la paz, pero no a cualquier precio. Esa es nuestra postura, tráigame la cabeza de Hiro-Hito en una bandeja de plata y volveremos a hablar del tema.

Dulles salió bufando de la sala. Caminaba deprisa como si quisiera alejarse lo antes posible de ese maldito burócrata, que sólo pensaba en su reputación política y en mantener sus esferas de influencia. Pensó que lo mejor era regresar a Wiesbaden y dejar que las cosas siguieran como estaban, pero su mente no le dejaba en paz. Su sentido de la justicia y del bien le decían que debía intentarlo de nuevo. Algunos decían que era demasiado ético para ser espía, pero Dulles, criado en una familia piadosa de presbiterianos y habiendo sido él mismo reverendo auxiliar, pensaba que Dios y el servicio secreto no eran incompatibles. Él podía poner fin a aquella guerra. Lo intentaría con el Secretario de Estado y si éste no le hacía caso, buscaría la forma de llegar hasta el Presidente. Sabía que en Berna, el embajador japonés Seigo Okamoto estaba lanzando una oleada de telegramas al Ministerio de Asuntos Exteriores para que el gobierno de Tokio entrara en razón. Si Dulles aparecía con una carta firmada por un alto cargo del gobierno o por el mismo Emperador, Stimson no podría continuar con la guerra.

MOSCÚ,
20 DE JULIO DE 1945

A muchos kilómetros de allí, otro hombre estaba intentando llegar a comunicarse con el gobierno norteamericano: Naotaki Sato, el embajador japonés en Rusia.

Sato había recibido un decepcionante telegrama de Togo, el Ministro de Asuntos Exteriores, en el que le informaba de que gran parte del gobierno japonés seguía aferrándose a la posibilidad de una victoria milagrosa. Sato, preocupado, volvió a tomar el telegrama de encima de la mesa y lo releyó por cuarta vez:

> *Usted es sumamente hábil en temas como éste, y no necesito advertírselo, per, en sus reuniones con los soviéticos sobre este asunto procure no darles la impresión de que deseamos la intervención de la Unión Soviética para terminar la guerra.*
>
> *Consideramos el mantenimiento de la paz en Asia como uno de los aspectos para mantener la paz en todo el mundo. No tenemos intención de anexionar ni tomar posesión de las zonas que hemos ocupado como resultado de la guerra; esperamos terminar la guerra con vistas a establecer y mantener una duradera paz mundial.*

Sato pensaba que el ministro Togo no era consciente de que el tiempo de los remilgos había terminado. Si querían que Stalin dijera algo a Truman en su reunión de Potsdam, el mensaje debía ser claro e inequívoco: la rendición de todos los ejércitos y, como única condición, el respeto a la figura del Emperador.

Los intentos del embajador no habían dado resultado y aquel mismo día había recibido un mensaje más esperanzador. Sato dejó el telegrama y tomó el cable que acababan de descifrar sus hombres.

> *No sólo nuestro Alto Mando, sino también nuestro Gobierno, creen firmemente que, incluso ahora, nuestro potencial bélico todavía es suficiente para aplicar al enemigo un golpe mortal… si el enemigo insiste hasta el fin en una rendición incondicional, entonces nuestro país y Su Majestad unánimemente se decidirán a librar una guerra de resistencia hasta el fin. Por tanto, el hecho de invitar a la Unión Soviética como mediador noble y justo no implica que aceptemos la rendición incondicional; por favor, haga que entiendan sobre todo esto último.*

El embajador Sato se encontraba en una situación desesperada. Los rusos comenzaban a impacientarse; Stalin no tenía mucho interés en una paz negociada, sabía que la guerra contra Japón podía darle réditos más provechosos.

Sato tomó uno de los papeles de su escritorio y redactó un duro telegrama al ministro Togo.

> *Japón no debe y no puede poner condiciones para rendirse. Las únicas condiciones aceptables son el respeto a la figura del Emperador y a la soberanía de Japón. Me doy cuenta de que es un gran crimen atreverse a hacer tales declaraciones, sabiendo que son absolutamente contrarias a la opinión del gobierno. Sin embargo, la razón de hacerlo así es porque creo que la única política para la salvación nacional debe coincidir con estas ideas.*

Aquel mensaje era claro y directo, el tiempo de los discursos patrióticos había terminado. Sato sabía que con aquella carta ponía en juego su carrera y hasta su cuello, pero prefería morir por negociar la salvación de su país, que vivir con la vergüenza de no haberlo intentado.

POTSDAM,
20 DE JULIO DE 1945

El grupo de hombres le miraba con curiosidad e ironía. Que la persona encargada de describirles una explosión nuclear fuera un medio japonés mestizo, parecía un sarcasmo de la historia.

¿Pero acaso no había sido siempre de esa manera? ¿Quienes habían apoyado al Imperio Español para colonizar casi todo un continente no habían sido los propios indígenas americanos? Lo mismo se podía decir de la colonización de África o del uso de hombres negros para cazar a esclavos negros para su explotación en América.

John narró brevemente las sensaciones que le había producido la bomba. El gran resplandor, el viento caliente, el terrible estruendo y, sobre todo, el gigantesco hongo de cenizas y fuego. Todos escucharon fascinados la narración. Un Secretario tomaba nota de vez en cuando y el resto le observaba sin perder detalle.

—Entonces, todos los científicos comenzaron a bailar de alegría. El trabajo de años había llegado a su fin. La bomba ya era una realidad – terminó John.

El Presidente le miró a los ojos, se puso en pie y le colocó el brazo sobre el hombro.

—¿No es fantástico, señores? La posesión de esa bomba nos dará una superioridad militar sin discusiones. Los soviéticos tendrán un motivo más para pensárselo antes de instigar al mundo libre.

Los demás asintieron, después rompieron el silencio y comenzaron a charlar entre sí.

—Coronel Smith, ha realizado un excelente trabajo. Tiene un gran futuro en el ejército, pero si prefiere la vida civil, podría ofrecerle un interesante puesto de consejero en mi gobierno.

John no supo que responder, eso era mucho más de lo que esperaba y de lo que nunca había soñado. Churchill se acercó a ellos y les dijo:

—Señor Presidente, coronel, ese arma es fantástica, ya no necesitamos a los soviéticos para vencer a Japón. Con una simple amenaza, Japón terminará por arrojar la toalla –dijo Churchill exultante.

—Querido amigo, una advertencia clara y directa a los japoneses podría ser contraproducente. La prueba ha sido un éxito, pero imagine que si algo sale mal y la bomba no estalla, los japoneses se crecerían.

El secretario de Guerra Stimson, que hasta ese momento había estado rodeando el grupo pero sin llegar a entrar en él, se aproximó al primer ministro Churchill y comentó.

—Nuestros enemigos tienen que saber sólo lo justo.

—Señor Secretario, me temo que lo «justo» para usted no es nada. La información sobre la bomba ha llegado tan a cuentagotas a mi gobierno, que hoy he aprendido más con lo que nos ha narrado el coronel, que en todos sus memorandos.

—Los británicos siempre tan exigentes –bromeó Stimson. John se disculpó y se alejó sigilosamente del grupo. No podía soportar tanta presión. Nadie le creería cuando les contara sus conversaciones con el presidente Truman o con el primer ministro Churchill.

El sargento Wolf esperaba aburrido en la entrada del despacho. John le miró y con un gesto el hombre se incorporó. Los nuevos galones de coronel lucían en la chaqueta del oficial.

—¿Nos vamos, señor? –preguntó el sargento.

—Sí, necesito dar un paseo. Creo que me va a estallar la cabeza.

—No me extraña, señor. Está usted siempre con los gerifaltes.

—No seas chusco, Wolf.

Los dos hombres salieron del edificio y caminaron por el jardín hasta el sendero. El cielo se encapotó de repente y unas negras nubes en el horizonte prometían acabar con el bochorno de los últimos días. Los dos soldados aceleraron el paso y se adentraron en la ciudad. La noche se había anticipado aquella tarde. John necesitaba oxígeno. No sabía por cuanto tiempo más podría aguantar tanta presión.

24

SIN DESCANSO

«Si no tenemos paz dentro de nosotros, de nada sirve buscarla fuera».
François de la Rochefoucauld

POTSDAM
22 DE JULIO DE 1945

Las campanas repicaron en la ciudad y John decidió acercase a la iglesia semiderruida que estaba junto a su residencia. El sargento Wolf, que no se había separado de él ni un instante desde su llegada a Potsdam, había desaparecido. Aquello no le preocupaba mucho; después de varios días en la conferencia, comenzaba a moverse como pez en el agua.

La capilla estaba casi desierta. El agua que había caído en los últimos días había penetrado por el tejado agujereado y había grandes charcos en el suelo de piedra. John se acercó a un banco y se sentó. El altar estaba desnudo. Los rusos debían haberse quedado con todo lo de valor que había en la iglesia y aquel edificio, desierto y sin ornamentos, reflejaba, en cierto sentido, el estado del corazón de Europa. El tiempo de los despilfarros, los desfiles y la parafernalia nazi había terminado. Ahora todo parecía vacío y hueco.

John se sentía exactamente así, vacío y hueco. En la guerrera llevaba sus nuevos galones, dentro de su torturada cabeza lucía el reconocimiento de sus superiores y su meteórico ascenso. En medio de toda aquella espuma, de aquella fiesta de vencedores, él se sentía tan perdedor como siempre.

Intentó rezar, pero sus labios y su mente permanecían cerrados a cal y canto. Se levantó despacio, decepcionado por no sentir nada y por no querer sentir nada.

Cuando salió del edificio, el sol comenzaba a aparecer por el horizonte. Era un leve murmullo de vida en medio de la desolación que le rodeaba. En cuanto entró en el jardín del palacio, su soledad se vio rodeada por decenas de tipos como él, que corrían de un lado para el otro con la esperanza de medrar un poco y comer del mismo plato que los vencedores.

El Presidente quería que asistiera a la reunión de aquella mañana.

Cuando John entró en la sala de conferencias, Churchill y Stalin conversaban por medio de un intérprete en uno de los rincones. El Presidente se encontraba solo, sentado en la mesa leyendo unos informes. Era la primera vez que le veía sin un montón de moscones a su alrededor; el Presidente parecía serio y su cara reflejaba el cansancio de los últimos días.

Lo que John desconocía era que el Presidente estaba leyendo el informe que le había llegado el día anterior sobre la prueba en Alamogordo. En el informe, el general Groves le explicaba los detalles de la prueba. Groves le decía que la energía liberada por la bomba era la misma que la de 20.000 toneladas de dinamita. Aquello era un verdadero monstruo, pensó el Presidente, que cada vez tenía más dudas. Sus generales le animaban a que usara la bomba, la Comisión Provisional también, su aliado, Churchill, estaba encantado de lanzarla lo antes posible, pero la decisión era suya y eso no le dejaba descansar.

El Presidente miró la figura de Stalin al otro lado de la sala. No había que ser adivino para reconocer que el ruso era un hombre sin corazón, pero tenía agallas. En cambio a él, a veces le sobraba corazón y le faltaban agallas. Era consciente de que todo el mundo pensaba que era un mal sustituto del otro gran presidente, un parche en la rueda política. Necesitaba afianzar su liderazgo y oponer una fuerza lo suficientemente poderosa, para detener las ambiciones rusas. En los últimos días, había podido comprobar por sí mismo la insaciable ambición de poder de Stalin. La mancha del comunismo se extendía por Europa y únicamente él podía hacer algo para detenerla.

John se aproximó al Presidente y se sentó justo detrás. Intentó no pensar en la larga jornada que acababa de comenzar. Las conferencias eran interminables, cada ponente podía estar una hora u hora y media hablando sin parar. Aquel día, el tema principal era Japón y el Presidente le había dicho que era posible que necesitara su ayuda.

El Presidente se quitó las gafas y se frotó los ojos. El informe de Groves parecía más un relato detallado del experimento, que un informe oficial repleto de datos y números. El secretario de Guerra Stimson se lo había leído en alto la noche anterior y ahora, en su relectura, tuvo la misma sensación: el general estaba deseando ver cómo se arrojaba la bomba sobre Japón.

Las palabras del informe de Groves eran abrumadoras y apremiantes. Según él, la bomba debía usarse de inmediato, era muy complicado guardar un artefacto tan peligroso durante más tiempo. El general parecía tan convencido, que el Presidente, dejando a un lado sus dudas, comenzaba a ver como algo inevitable el uso de la bomba.

Aquella misma mañana, a primera hora, Stimson había llegado con nuevas noticias. Harrison había escrito desde Washington informando de que la bomba de uranio ya estaba terminada y que recomendaba su empleo en la primera oportunidad que tuvieran en agosto. Además, comentaba que si la bomba iba a lanzarse en agosto, las órdenes pertinentes para que la compleja maquinaria militar se iniciase no debían mandarse más tarde del 25 de julio.

El margen de maniobra era muy corto. En tres días el plazo habría expirado y, según los informes de su meteorólogo, el coronel John Smith, la primera quincena de agosto era el mejor momento para lanzar la bomba, justo antes de que los monzones empezaran a azotar las costas de Japón.

* * *

El secretario Stimson había estado muy activo aquella mañana. Después de dejar al Presidente, se había reunido con el primer ministro Churchill. Le leyó el mismo informe que a Truman. El entusiasmo del Primer ministro contrastaba con las dudas del Presidente.

—Stimson, ¿qué era la pólvora? Cosa trivial. ¿Qué era la electricidad? Cosa sin sentido alguno. La bomba atómica es el segundo advenimiento de Cristo con su cólera –dijo Churchill exultante.

A Stimson no le gustaban las blasfemias, pero por unos instantes el Secretario envidió a Gran Bretaña por tener a su frente a un hombre tan implacable y gallardo.

Después Stimson informó a Churchill de que el Presidente quería hablar de la bomba con Stalin lo antes posible, aunque lo haría sin entrar en detalles. Churchill argumentó que el arma podía ser un excelente aval para suavizar las peticiones soviéticas. Hacía tiempo que el Primer ministro veía la bomba más como un arma diplomática contra Rusia, que como el medio para terminar la guerra con los japoneses.

La última reunión que el Secretario había tenido aquella mañana había sido con el general Arnold, el jefe de las Fuerzas Aéreas. El Secretario le había preguntado cuánto tiempo era necesario para poner en marcha la operación; el general le había respondido que al menos una semana. Cuando el secretario Stimson le pidió que eligiera entre las ciudades que estaban seleccionadas como objetivo, el general le sugirió que suprimiera a Kioto de la lista e incluyera a Nagasaki. De todas formas, le comentó que el general Spaatz, que se había hecho cargo de las Fuerza Aérea Estratégica, podía efectuar la elección definitiva junto al general LeMay, pero el Secretario no aceptó la última sugerencia. Sería él y sólo él, el que decidiera el objetivo final.

* * *

Churchill dejó de hablar con Stalin y se dirigió hasta el presidente Truman. Se le notaba feliz y de muy buen humor. La noticia de la bomba le había revitalizado.

—Señor Presidente, le veo algo abatido esta mañana –dijo el Primer ministro.

A Truman le preocupó que se exteriorizaran tanto sus pensamientos, por lo que procuró sonreír y cambiar de actitud.

—No, la verdad es que estoy contento. ¿Ya le ha informado Stimson de la prueba de la bomba?

—Esta misma mañana –dijo Churchill recostándose sobre la mesa.

—Espero que todo el esfuerzo y el dinero empleado no haya sido inútil –dijo el Presidente escéptico.

—¿Inútil? Ahora tenemos la llave para mandar al infierno a ese maldito cerdo –dijo en voz baja Churchill, mientras saludaba a Stalin que les miraba a lo lejos sonriente.

—Tenga cuidado con lo que dice –dijo Truman, asustado.

—No se preocupe, el maldito curita comunista no entiende ni una palabra de inglés.

—Pero está rodeado de intérpretes.

Churchill acercó su cara a la del Presidente y casi en un susurro le dijo:

—Ya no hace falta que Rusia entre en la guerra contra Japón. Con los problemas de Asia resueltos, podemos centrarnos en parar los pies a esos bolcheviques; si les dejamos, terminarán por someter a toda Europa bajo el comunismo.

—Será mejor que comencemos la reunión –concluyó Truman.

El grupo de congresistas fue ocupando sus sillas y Truman dio por iniciada la sesión. Su plan era seguir hablando de la guerra con Japón como si el arma no existiera.

—Hoy es un día de vital importancia. Debemos redactar y enviar un comunicado a Japón en el que le instemos a la rendición total. Aunque el envío se hará el 26 de julio, debemos ponernos de acuerdo con respecto a su contenido. Como sabrán, nuestro amigo y aliado, el primer ministro Winston Churchill, partirá en un par de días para el Reino Unido para el recuento de votos de las últimas elecciones. Te echaremos de menos, Winston –dijo Truman dirigiéndose a Churchill.

El Primer ministro sonrió y apretando el puro entre sus dientes hizo una ligera inclinación.

—Me gustaría que también dejáramos otro asunto claro antes de que yo me marche. Disculpe la intromisión –dijo Churchill dirigiéndose a Truman.

—Usted dirá, estimado amigo –contestó el Presidente.

—No quiero dejar esta mesa sin llevar a la Reina una respuesta clara sobre Polonia. El pueblo británico ama y respeta a nuestros hermanos polacos. Lo demostramos al enfrentarnos contra el monstruo fascista, en las horas bajas, cuando Varsovia era atacada por todos sus enemigos –dijo Churchill en una clara alusión a rusos y alemanes que se habían repartido el país en un acuerdo secreto.

El intérprete de Stalin se puso rojo, no sabía como traducir las palabras del Primer ministro británico sin que su jefe estallara en cólera.

—En Yalta, nuestro amigo Stalin había aceptado unas fronteras definitivas para Polonia. Los soviéticos han aprobado la Línea Curzon, aunque con algunas modificaciones, pero lo que realmente tengo mucho interés en resolver es el futuro del pueblo polaco.

Un gran silencio se hizo en la sala. El ambiente parecía cortarse con un cuchillo. Entonces Stalin se movió ligeramente en su silla y comenzó a hablar con los ojos cerrados.

—El pueblo polaco ha sido liberado de la opresión nazi por el Ejército Rojo, es un pueblo hermano del ruso y será Rusia quien le ayude a caminar por el sendero de la paz.

Churchill puso una media sonrisa y mirando a los ojos a Stalin le dijo:

—El pueblo polaco ya sabe cuál es el tierno abrazo de su pueblo hermano, la cuestión es si los polacos prefieren vivir sin tantos arrumacos.

Algunos de los miembros de la mesa sonrieron, pero el gesto serio de Stalin terminó por enfriar el ambiente. Entonces, de repente, Stalin comenzó a reír a carcajadas.

—Es gracioso eso del abrazo ruso, lo emplearemos para ganarnos la confianza de nuestros amigos polacos.

La discusión continuó durante más de una hora, para la desesperación de todos. Al final, Rusia no se comprometió a nada y Churchill terminó tirando la toalla.

—Me gustaría que ahora entráramos en la declaración que queremos lanzar a Japón –insistió de nuevo el Presidente norteamericano Truman presentó un documento elaborado en parte por algunos de sus generales, sobre todo por el general MacArthur. En la declaración la ambigüedad era casi total. A pesar de que algunos miembros de la Comisión Provisional habían recomendado que, por lo menos en parte, se señalara el peligro que corría Japón en caso de negarse a rendirse, el borrador de los generales era muy ambiguo. Además, después de una breve discusión, se había rechazado la posibilidad de quitar la palabra rendición «incondicional» y sustituirla por total o inminente, pero los generales pensaban que el texto no debía dejar lugar a dudas con respecto a lo incondicional de la rendición. El último punto conflictivo había sido mencionar o no mencionar la inviolabilidad de la figura del Emperador. En esto tampoco habían cedido los generales; según la mayoría de ellos, era mejor llegar a un acuerdo a ese respecto tras la rendición de Japón.

Uno de los secretarios leyó los trece puntos de la declaración tal y como había sido redactada por los norteamericanos. Churchill y su grupo ya habían leído el texto y estaban de acuerdo en todo, excepto en un par de detalles sin importancia que ya habían sido corregidos. Truman temía la reacción de los soviéticos.

En el primer punto había una alusión a los firmantes y su deseo de terminar con la guerra. En los puntos 2 y 3 se hablaba de la superioridad Aliada y del trágico final de la Alemania nazi por su negativa a llegar en un acuerdo. El punto 4 era en el primero en el que se hacía mención directa a las condiciones de la paz.

El Secretario comenzó a leer el punto cuatro.

—Cuatro. Para Japón ha llegado el momento de decidir si continuará siendo dominada por obstinados consejeros militares, cuyos cálculos tan poco inteligentes han llevado al Imperio japonés hasta el umbral de la aniquilación, o si seguirá el sendero de la razón.

Todos los miembros apoyaron el punto cuatro levantando la mano y el Secretario leyó el siguiente:

—Seis. Debe eliminarse para siempre la autoridad e influencia de aquellos que han engañado y desorientado al pueblo de Japón alegando la conquista del mundo...

Uno de los miembros de la delegación británica levantó la mano y lanzó una pregunta.

—¿Esto incluye a la figura del Emperador?

Truman no supo qué responder y miró para detrás, para que uno de sus asesores respondiera. Al final, el secretario de Guerra Stimson se levantó y dijo:

—Todo depende de la respuesta del gobierno japonés. En principio no pensamos que sea una buena idea terminar con la monarquía, aunque se podría estudiar la posibilidad de la sustitución del Emperador por otro miembro de la familia real.

El Secretario siguió con la declaración y leyó los puntos 6 al 9, después continuó con el 10:

—Diez. No intentamos que los japoneses queden esclavizados como raza o destruidos como nación, pero se juzgará severamente a todos los criminales de guerra... El Gobierno japonés eliminará todo obstáculo para que entre su pueblo renazca y se refuercen las tendencias democráticas...

Uno de los miembros de la delegación rusa preguntó:

—¿No se considera al emperador Hiro-Hito, jefe del Estado, como inductor de los crímenes de guerra cometidos por Japón? ¿Será juzgado por ellos?

Stimson se levantó rápidamente esta vez y pronunció un rápido y conciso «No».

El Secretario leyó el punto 11 sobre condiciones económicas. Después comenzó con el 12, sobre la devolución de la soberanía al Japón tras su vuelta a la democracia y llegó al escabroso punto 13.

—Trece. Emplazamos al gobierno de Japón para que proclame ahora la rendición incondicional de todas las Fuerzas Armadas y proporcione absoluta seguridad de su buena fe en tal acción. La alternativa para Japón es una destrucción rápida y total.

Un murmullo recorrió la sala. Stalin comenzó a hablar y el murmullo cesó de repente.

—Estoy de acuerdo con la declaración, es justa y sincera. Los soviéticos queremos continuar la lucha junto a nuestros hermanos norteamericanos y británicos. Japón sucumbirá a nuestra fuerza, ya sea antes o después.

Aquel compromiso público dejo boquiabierto a Truman. Llevaba días intentando que Stalin se comprometiera a atacar a Japón. Con dos frentes abiertos, los japoneses no podrían resistir mucho. Ahora, de repente, Stalin se había comprometido a hacerlo.

La discusión duró todavía una hora más, pero antes de que terminara, las tres potencias habían aprobado el borrador. El día 26, la declaración sería difundida a todo el mundo y esperarían la reacción de Japón.

John observó cómo todos los conferenciantes se levantaban, pero él se quedó sentado unos momentos meditando las palabras de la declaración. Él conocía los rígidos valores y principios por los que se regían los japoneses; nunca aceptarían una declaración pública y amenazante que pusiera en cuestión su honor. Tampoco admitirían ambigüedades con respecto a la figura del Emperador. Aquella declaración le olía muy mal. Estaba claro que su intención era que

Japón no se rindiera, por lo menos que no lo hiciera todavía.

Uno de los signos de que la declaración era una mera excusa para continuar la guerra, había sido la aceptación, casi sin comentarios, de la delegación rusa. John sabía lo que eso significaba: aquella mañana se había puesto la primera piedra para lanzar la bomba, ya tan sólo era cuestión de esperar el momento.

25

TRAS LA PISTA DEL DRAGÓN

«Aquel que más posee, más miedo tiene de perderlo».

Leonardo Da Vinci

POTSDAM,
25 DE JULIO DE 1945

Todavía era muy temprano cuando la alargada sombra de un hombre se acercó a la puerta de la residencia del primer ministro Winston Churchill. Los guardas de la entrada blandieron sus fusiles y apuntaron al desconocido. La figura se acercó a la luz y levantó las manos.

—Señores, les aseguro que vengo en son de paz –dijo el hombre burlonamente–. ¿Pueden entregar mi tarjeta al Primer ministro? Sé que está despierto y no dudo que me recibirá en cuanto sepa que estoy aquí.

Los dos hombres se miraron dubitativos, pero al final el sargento entró en el edificio y regresó unos minutos más tarde.

—Pase –dijo secamente.

El hombre fue directamente a la segunda planta, a las habitaciones privadas de Churchill y entró sin llamar.

—Estimado amigo, veo que tenemos el mismo problema de insomnio. Aunque espero que no sea por el mismo motivo. Las cenas de Estado me están matando y la acidez no me deja descansar. Mi médico ya se ha cansado de recomendarme que vigile mi peso, pero, ¿qué le queda a un hombre de cierta edad, además del placer de la comida?

—¿Tal vez la música, el arte, la contemplación de la naturaleza, Dios, la amistad, los logros conseguidos? -enumeró el hombre.

—Querido Dulles, es usted incorregible. Siempre tan optimista y positivo, sería capaz de encontrar la aguja en el maldito granero.

—En eso consiste mi oficio, Primer ministro. Lo lamentable es que alguien arroje la aguja de nuevo al granero, después de que otro se la entregue.

—En la vida unos encuentran y otros pierden. Si no hubiera pérdida, no habría búsqueda.

—Necesito su ayuda -dijo Dulles intentando entrar en materia.

—Me temo, querido amigo, que se encuentra usted ante un cadáver político. Muchos creyeron que moriría mucho antes, pero ahora, en mi vejez, he de sufrir la humillación de la derrota -dijo Churchill entre suspiros.

—Sus derrotas las tiene tan calculadas como sus victorias. Sé que no puso mucho empeño en ganar estas elecciones -dijo Dulles jugando con sus gafas.

—Había olvidado que los hombres del Servicio Secreto lo saben todo. ¿Por qué no toma asiento? ¿Desea que le pida un té?

—No, gracias, a esta hora no puedo tomar nada.

—Pues usted dirá, querido amigo -dijo Churchill volviendo a acomodarse en el sofá.

—Mis hombres llevan meses negociando con dos contactos en Suiza para llegar a un acuerdo pacífico con los japoneses. Hemos confirmado sus credenciales y creemos que están en condiciones de influir en el gobierno japonés.

—Intuyo que la noche le ha confundido. Yo no soy el presidente Truman ni el secretario Stimson -bromeó Churchill.

—Digamos que la Secretaría de Guerra de mi país no es muy proclive a llegar a un acuerdo negociado –insinuó Dulles.

—No puedo creerlo. ¿Quién no podría desear la paz? ¿Está usted seguro? –dijo Churchill con su media sonrisa.

—A los hechos me remito. He tenido que acudir a usted para que interceda –contestó Dulles, frunciendo el ceño.

—No entiendo nada. ¿Por qué no va a ver a su Presidente?

—Oficialmente el secretario de Guerra Stimson me ha ordenado que deje el asunto, pero me preguntaba si usted, de una manera extraoficial, podría entregar este informe al Presidente –dijo Dulles sacando de su gabardina un sobre cerrado.

Churchill no hizo ningún intento por coger el sobre. Miró de arriba abajo al agente y le dijo:

—Amigo, me temo que no puedo serle de mucha ayuda. Dentro de unas horas parto para Londres.

—Pero, ¿se despedirá del presidente Truman antes de emprender el viaje? –preguntó inquieto Dulles.

—¿Acaso duda de mis buenos modales? Pero esos buenos modales me impiden inmiscuirme en los asuntos internos de una nación amiga. Acuda al Secretario de Estado, al Senado, pero no a un pobre viejo a punto de recibir su golpe mortal –dijo solemnemente Churchill.

Dulles miró decepcionado al Primer ministro, a aquel gigante que se desmoronaba antes sus ojos. Después de medio siglo al frente del gobierno, el viejo y cansado Churchill se había resignado, como el resto del Imperio británico, a ser un mero observador de la marcha del mundo.

—¿Por qué no deja el asunto? Usted ha cumplido con su deber, sus superiores son los que tienen que tomar las decisiones –le aconsejó Churchill en un tono cordial.

El jefe del OSS pensó en replicarle, pero prefirió cerrar la boca y llamar a otras puertas antes de dar el tema por zanjado. El Secretario de Estado le había dicho lo mismo que el señor Stimson, sus peticiones de reunirse con el Presidente habían sido denegadas, pero él era un hombre de recursos.

—No se preocupe por mi discreción, yo soy un hombre celoso de mis amigos. No les diré nada a sus superiores. Su celo es admirable, Dulles, pero a veces hay que saber mirar para otro lado. La supervivencia consiste en eso, en saber mirar para otro lado.

—Gracias por su tiempo, Primer ministro. Espero que su descanso sea prolongado.

—No será muy largo, estoy cansado, pero no creo que renuncie a un escaño en la Cámara de los Lores. Soy incapaz de encerrarme en una casa esperando la muerte.

Dulles dejó la habitación y salió del edificio. Instintivamente levantó la vista y contempló la ventana iluminada. El rostro del Primer ministro apareció desfigurado por las sombras del cristal. Sabía que Churchill hablaría de su visita con Stimson. El inglés odiaba la indisciplina, aunque ésta estuviera motivada por una buena causa. No tenía mucho tiempo, había que encontrar cuanto antes el medio de llegar hasta el Presidente.

26

ULTIMÁTUM

«Ningún hombre es tan tonto como para desear la guerra y no la paz; pues en la paz los hijos llevan a sus padres a la tumba, en la guerra son los padres quienes llevan a los hijos a la tumba».

Herodoto

POTSDAM
26 DE JULIO DE 1945

Aún quedaban unas horas para que los Aliados lanzaran su ultimátum al gobierno japonés, cuando Truman convocó a su grupo de consejeros a una última reunión antes de tomar su decisión definitiva sobre el lanzamiento de la bomba atómica. John se dirigió muy temprano hasta «la pequeña Casa Blanca». Desconocía por completo el objetivo de la reunión y qué se esperaba exactamente de él, pero sabía que el Presidente le requería para algo muy importante.

Cuando llegó al edificio comprobó que ya había varios coches oficiales aparcados en uno de los lados del palacio, junto a un edificio en ruinas. Presentó sus credenciales a los soldados de la entrada y un hombre vestido de civil le llevó hasta una sala amplia en la planta inferior. La sala era una antigua biblioteca repleta de libros. Algunos de los volúmenes tenían más de cien años. Saludó a los asistentes, otras cuatro personas, y se sentó en una de las butacas.

John era el hombre más joven de la sala. El secretario de Guerra Stimson, con diferencia, era el más anciano. Entre sus dos edades estaba el secretario de Estado Byrnes y los otros dos asesores militares.

El Presidente entró en la sala con paso rápido y tras saludar brevemente a todos los asistentes se sentó. Todos permanecieron en silencio, hasta que Truman comenzó a hablar:

—Señores, quiero agradecerles su asistencia a esta reunión. Están al corriente de que en una hora enviaremos el ultimátum a Japón. Sabe Dios que mi deseo es terminar la guerra de una forma pacífica, pero no podemos aceptar una paz a cualquier precio. Si conociera una reacción positiva a nuestra propuesta de rendición, aunque fuera débil, pospondría el plan de lanzamiento de la bomba -la voz del Presidente sonó firme y sincera.

El resto del grupo se agitó inquieto en sus sillas.

—El día 21 llegó aquí un informe detallado sobre la bomba y la prueba en Alamogordo. Tenemos la bomba adecuada y capacidad para utilizarla en menos de una semana. El general LeMay me ha informado que en la primera semana de agosto estará todo preparado.

—Es una muy buena noticia -comentó el secretario Stimson.

—Sí, lo es. El gobierno de Estados Unidos lleva años trabajando en el proyecto armamentístico más importante de la historia del hombre. Ahora tenemos la llave para terminar con esta guerra. La cuestión es: ¿debemos lanzar la bomba?

—Señor, el lanzamiento de la bomba es una decisión que le compete a usted, pero por los informes enviados por el Comité Combinado de Inteligencia no dejan lugar a dudas -dijo el secretario de Estado Byrnes.

—¿El informe del Comité Combinado? -preguntó Truman dirigiendo una mirada a Stimson.

—Ese informe llegó aquí el 20 de julio, se lo dejé sobre su mesa el día 21, pero la verdad es que el trabajo de la conferencia no nos ha dado ni un respiro para que le echáramos un vistazo.

—¿Puede leerlo ahora, señor Stimson? –dijo el Presidente recostándose en el respaldo y cerrando levemente los ojos.

El secretario Stimson buscó entre los papeles de su maletín. Después de un rato encontró el informe, se colocó sus lentes y comenzó a leer.

El Comité Combinado de Inteligencia. Estudio sobre la situación actual de Japón:

Japón vive en la actualidad una grave crisis institucional y política. El Comité, gracias a los servicios secretos que operan en territorio japonés y a los mensajes descifrados entre el embajador Sato de Moscú y el Ministro de Asuntos Exteriores, Togo, puede afirmar, que Japón hará uso de todos los medios a su alcance para esquivar la derrota total o la rendición incondicional.

a) Continuará y hasta incrementará sus intentos de asegurar la unidad política completa dentro del Imperio.

b) Intentará fomentar la creencia entre los enemigos de Japón de que la guerra será costosa y larga.

c) Hace esfuerzos desesperados por persuadir a la U. R. S. S. de que continúe en su neutralidad…mientras al mismo tiempo realiza todos los esfuerzos posibles para sembrar la discordia entre americanos y británicos, por un lado, y los rusos por el otro. Cuando la situación empeore aún más, Japón puede llegar hasta hacer un intento serio de utilizar a la U. R. S. S. como mediadora para terminar la guerra.

d) Hará tentativas periódicas por la paz en un esfuerzo por llevar la guerra a un final aceptable, por debilitar la determinación de los Aliados de luchar hasta un final amargo, o crear una disensión interaliada.

Los líderes japoneses están jugando ahora con el factor tiempo, en la esperanza de que el cansancio de la guerra por parte de los Aliados, la desunión entre ellos, o algún «milagro», presente la oportunidad de llegar a una paz de compromiso. Los japo-

neses creen que una rendición incondicional será equivalente a extinción nacional. Todavía no hay ninguna señal de que los japoneses estén preparados para aceptar tales términos.

El Presidente miró al resto de los hombres y esperó a que hicieran algún comentario. Después de unos segundos, fue Stimson el que habló de nuevo:

—El informe es claro y tajante, nuestro grupo de inteligencia no cree que los japoneses estén dispuestos a rendirse. No aceptarán el acuerdo en los términos que lo vamos a lanzar.

—Entonces, ¿deberíamos cambiarlo? –preguntó el Presidente.

—Con el debido respeto, señor Presidente –dijo uno de los generales–. Hemos consensuado el ultimátum con rusos e ingleses, no podemos rebajar su tono o conceder prerrogativas sin parecer débiles.

El secretario de Estado Byrnes afirmó con la cabeza.

—Sin duda, como dice ese informe, los japoneses intentarán jugar con nosotros para prolongar su agonía y conseguir algún tipo de concesiones.

—Estarán informados de que el día 24 me reuní con el primer ministro Churchill y con Stalin, con la intención de hablarles de la bomba atómica. No entré en detalles, pero informé a Stalin de que poseíamos un arma muy potente y destructiva. Apenas reaccionó, simplemente me felicitó y cambió de tema –dijo el Presidente.

—Stalin sabe que no le conviene ponerse a malas con nosotros –dijo uno de los generales.

—Pero también me dijo algo extraño. Algo que menciona ese informe que han leído, pero de lo que nadie me había hablado hasta ahora –dijo el Presidente.

—¿De qué se trata, señor Presidente? –preguntó el secretario Stimson.

—Stalin me comunicó que hace casi un mes el embajador del Japón en Moscú, en nombre del gobierno japonés, está pidiendo a los rusos que intercedan para llegar a una paz negociada.

—Mentiras, señor. Ya ha leído el informe del que habla, los japoneses pretenden ganar tiempo. No quieren que los rusos entren en guerra contra ellos. Incluso hemos interceptado informes que hablan de una alianza ruso-japonesa para atacarnos a nosotros –dijo Byrnes.

—¿Una alianza ruso-japonesa? –preguntó el Presidente–. Eso es disparatado. Stalin hará todo lo posible por extender su influencia por Asia, pero sabe mejor que nosotros que Japón está hundido.

—Sí, señor. Pero la pretensión japonesa es dividir fuerzas y retrasar lo inevitable. Los japoneses no quieren una paz negociada, por lo menos una paz en la que tengan que rendirse sin condiciones –dijo Stimson.

—Entonces, ¿el ultimátum será inútil? –preguntó el Presidente.

Nadie supo qué contestar. La reacción de Japón era imprevisible. Aunque en el fondo ninguno de los presentes tenía mucha esperanza en un final negociado de la guerra.

—Señor Presidente, el ultimátum puede reforzar a los partidarios de la paz que aún quedan dentro del Japón, pero sobre todo nos dará una justificación ante la historia. Todo el mundo sabrá que nuestras intenciones eran buenas y que deseábamos la paz.

John, que hasta ese momento había guardado silencio, levantó la cara y con la voz temblorosa dijo:

—Señor Presidente, Japón nunca se rendirá ni aceptará las condiciones de paz tal y como están redactadas en el ultimátum. Para los japoneses las palabras son muy importantes. El idioma japonés es muy preciso y huye de las ambigüedades. Por otro lado, el honor japonés no puede admitir la rendición incondicional, para ellos es como arrancarles la misma alma.

Un japonés prefiere morir a perder su honor. Además, el texto no garantiza la pervivencia de la figura del Emperador. Sin una modificación de esos dos puntos, Japón no aceptará el ultimátum.

Todos miraron a John. Él se sintió atravesado por los ojos del grupo de asesores y agachó la cabeza.

—Usted es de origen japonés, ¿no es cierto? -le preguntó el Presidente.

—Sí, señor. Mi madre es japonesa -contestó John avergonzado.

—Entonces conocerá bien la mentalidad japonesa.

—En parte, señor Presidente.

—Y dice que este ultimátum es inaceptable, pero cree que los japoneses aceptarían otro más suavizado.

—Si le soy sincero, lo desconozco por completo. No sé cómo piensan los líderes del Japón. Me he criado y he nacido en Estados Unidos.

—Entiendo. Los japoneses son un pueblo orgulloso, comprendo ese tipo de orgullo porque nosotros también somos un pueblo orgulloso, pero no podemos ceder y parecer débiles.

¿Hasta qué fecha podemos retrasar el lanzamiento de la bomba sin correr el peligro de que empeore el tiempo? -preguntó el Presidente a John.

El joven coronel meditó la respuesta antes de lanzar una fecha.

—Sin duda, como ya señalé en mi informe, el mejor momento para lanzar una bomba sobre Japón es durante las dos primeras semanas de agosto. Después, el tiempo empeorará notablemente y será muy difícil encontrar un día con cielos despejados.

—Pues no se hable más, los chicos de la prensa nos esperan. Lanzaremos nuestro mensaje al mundo y que Dios nos ayude -dijo el Presidente levantándose con agilidad.

Los seis hombres salieron del edificio y se dirigieron al palacio Cecilienhof. Allí, casi un centenar de periodistas, oficiales del Estado Mayor y algunos observadores, esperaban impacientes el mensaje del presidente Truman.

El Presidente entró en la sala donde se había preparado la rueda de prensa y se sentó en la mesa. Después, uno de sus asistentes le pasó el ultimátum. Truman carraspeó antes de ponerse a leer. Sabía que en unos minutos los oídos del mundo estarían atentos a sus palabras.

—Señores, el Presidente de Estados Unidos de América, el honorable Harry Truman –dijo el Secretario de Estado en tono rimbombante.

El Presidente se ajustó las gafas y leyó el ultimátum. Los norteamericanos estaban arrojado el último salvavidas a Japón, aun a sabiendas que no lo iba a coger.

TOKIO,
27 DE JULIO DE 1945

Aquella mañana las cosas parecían ir demasiado deprisa. El comandante general Arisue había salido corriendo de casa, con el estómago vacío y la cabeza dando vueltas al mismo asunto, la maldita Declaración de Potsdam. El Alto Mando esperaba algún tipo de comunicado de aquel tipo, los norteamericanos siempre se preocupaban de caer bien al mundo. Podían ser realmente duros o despiadados, pero se negaban a parecerlo. En la prensa del día el comunicado había sido tan recortado y censurado, que el texto original parecía un simple insulto al pueblo japonés. En Japón los periodistas eran patriotas que contribuían a la victoria, la verdad no era algo importante.

Arisue llegó a su despacho y se acomodó en su sillón preferido. En unos minutos, el teniente coronel Oya le presentaría el plan para resistir el previsible desembarco aliado en Kyushu. Hacía semanas que sospechaban que los norteamericanos iban a utilizar esa vía para comenzar la invasión de Japón y el ejército estaba preparando las defensas para resistir el ataque. Ellos no se dejarían engañar como los alemanes, no menospreciaban la fuerza de su enemigo, aunque Arisue y todo el Estado Mayor estaban seguros de que era posible retrasar el final de la guerra y conseguir una vez más quedar en tablas, como había pasado años antes en la guerra con China o con Rusia.

El teniente coronel Oya se presentó puntual y llamó a la puerta. El teniente coronel había hecho un largo viaje para estar a primera hora en el despacho de Arisue. En su cartera de cuero llevaba los planes del mariscal de campo Hata para resistir la invasión del Japón.

El teniente coronel comenzó a describir las inmejorables fortificaciones de Kyushu y el general Arisue pudo relajarse y empezar a ver el día con más optimismo. Las defensas de Tokio eran mucho más precarias. En los últimos meses, los bombardeos americanos se habían cebado con la capital, apenas quedaban edificios en pie y la mayor parte de la industria armamentística estaba arrasada. Podían resistir algunos meses frente a los norteamericanos, pero después no habría manera de reemplazar el material destruido o agotado.

—Señor, no importa que no tengamos balas, los japoneses tenemos coraje –dijo Oya ante las incómodas preguntas del general.

—No dudo del coraje de nuestro ejército y de nuestro pueblo, pero los americanos tienen muchas armas y aviones.

—El ejército luchará hasta el final por su Majestad el Emperador.

—¿Ve esto? –contestó Arisue–. Es el ultimátum de los norteamericanos. Hay algo que no entiendo en él: tal y como se esperaba es amenazante, pero además habla de destrucción total y rápida.

—¿Qué es lo que le extraña? –preguntó inquieto Oya.

—Entiendo que los norteamericanos nos amenacen con la destrucción total, pero lo que no comprendo es que digan que será rápida.

—Una fanfarronada norteamericana, se creen un cowboy matando indios.

—Además no dicen nada del Emperador, ni siquiera aseguran su inmunidad personal.

—Ya le dije, que los norteamericanos sólo nos están provocando –comentó Oya.

—Japón no puede subsistir sin Emperador, el *mikado*[9] es imprescindible –dijo Arisue.

---

9. Régimen político basado en la supremacía del Emperador, que terminó con el régimen feudal del Japón.

—Además amenazan con perseguir los crímenes de guerra, quieren tratarnos como criminales y no como soldados. Ellos bombardean nuestras ciudades de día y de noche, matando a cientos de miles de mujeres, ancianos y niños, pero nosotros somos los criminales -dijo indignado Oya.

Arisue se puso en pie y apoyó los brazos sobre la mesa.

—Nos amenazan con la aniquilación, pero si aceptamos estas condiciones, tendríamos que abandonar todo lo que consideramos sagrado, lo que produciría la verdadera aniquilación de nuestro pueblo.

* * *

El Ministro de Asuntos Exteriores, Togo, caminaba de un lado al otro de su despacho sin parar. ¿Cómo era posible que los norteamericanos no hicieran ni una sola mención al Emperador? ¿Qué se suponía que debían hacer ellos ahora? ¿Capitular sin más? Las condiciones eran inadmisibles. En los pequeños acercamientos que habían realizado desde Moscú y Suiza, los norteamericanos se habían mostrado más comprensivos, pero ahora qué debía creer, ¿lo que decía el comunicado o lo que decían sus hombres en el extranjero?

Lo único que se le ocurría a Togo es que los norteamericanos quisieran mostrarse duros e inflexibles frente a su opinión pública, pero que en privado estuvieran dispuestos a hacer más concesiones, pero, ¿cómo podía estar seguro?

Al final, Togo recogió la declaración y pidió una audiencia con el Emperador. Después de una hora fue recibido en el despacho del palacio y esperó impaciente a que el Emperador leyera el documento con su habitual tranquilidad. Togo miró el gran salón de la Gobunko, donde se encontraba la biblioteca imperial, uno de los pocos edificios que se había salvado de los bombardeos incendiarios norteamericanos. La noche anterior, las bombas habían vuelto a caer sobre la capital y habían arrasado otros dos distritos más. Pero, por primera vez, las bombas habían dado al palacio imperial de lleno, devorando con sus llamas el antiguo palacio de madera que había construido el abuelo del Emperador.

Hiro-Hito no parecía muy afectado por la pérdida de uno de los símbolos de Japón. Aquella mañana, tras salir de su refugio y evaluar los daños, se había contentado con sufrir los mismos avatares que su pueblo. Ahora estaba leyendo su propia declaración de muerte, el ultimátum norteamericano no lo mencionaba y eso sólo podía significar una cosa: los estadounidenses querían su cabeza.

Togo miró el rostro pálido del Emperador y sintió que se le hacía un nudo en la garganta. Los americanos habían lanzado su mensaje al mundo sin intentar hablar primero con ellos, saltándose todas las leyes de la diplomacia y el protocolo. Esa obsesión de los norteamericanos por la transparencia obstaculizaba cualquier tipo de acuerdo.

—¿Qué piensa de esto, ministro Togo? –preguntó el Emperador sin más ceremonia.

Togo estaba acostumbrado a ver al Emperador casi todos los días, conocía su forma de actuar y casi podía prever sus reacciones, pero se quedó sorprendido ante la pregunta directa que acababa de recibir.

—Majestad imperial, el comunicado se ha hecho fuera de forma y usando un medio inadecuado…

—No me diga lo que ya sé, Togo. Quiero una respuesta franca, directa y rápida. No necesito que me adorne la realidad. ¿Ve eso? –preguntó el Emperador señalando el palacio humeante–. Eso es la realidad.

—Lo sé, Majestad –dijo Togo con la cabeza inclinada.

—¿Cree qué estos son los términos más razonables para una paz negociada, dada las circunstancias? –preguntó HiroHito impaciente.

—Yo creo que son aceptables dadas las actuales circunstancias, Majestad.

Togo se levantó y saludó al Emperador. Ya no había nada más

que decir. El Emperador se levantó y se retiró de la sala sin mediar palabra. El Ministro no se había atrevido a comunicar al Emperador la oposición radical del Alto Mando a la Declaración de Potsdam. El gobierno también se oponía a la declaración. Alegaba que al no haber recibido la proposición directamente, no podían considerar el documento como una propuesta real de paz.

* * *

Unas horas después, una parte considerable del gobierno japonés rodeaba al primer ministro Suzuki en una improvisada rueda de prensa. El Primer ministro levantó la mano para que los periodistas tomaran asiento y guardaran silencio. El anciano Suzuki tomó su discurso con manos temblorosas y dijo:

—Consideramos la Declaración de Potsdam como una nueva maniobra del gobierno norteamericano y sus aliados para confundir a la opinión pública y al pueblo de Japón. La declaración no aporta nada nuevo, repite el mismo mensaje amenazante que la Declaración del Cairo, alejando, más que acercando, las posibilidades de una paz negociada. El gobierno de Japón ha decidido «no hacer caso[10] a la Declaración de Potsdam».

Los periodistas tomaron nota de las palabras del Primer ministro y la interpretaron literalmente como un desprecio a la propuesta de paz aliada.

—Seguiremos adelante, decididamente, hasta lograr el éxito en la guerra.

El Primer ministro se levantó y abandonó la sala rápidamente, sin aceptar más preguntas. Unos minutos más tarde, la declaración de Suzuki fue radiada por la agencia nacional de noticias japonesas. Truman ya tenía su respuesta.

---

10. La palabra utilizada por el primer ministro Suzuki fue la palabra japonesa mokusatsu, que traducida literalmente significa, tratar con despreciativo silencio, ignorar o matar con silencio.

27

NI UNA PALABRA MÁS

«Una gran parte de los males que atormentan al mundo derivan de las palabras».

Burke

POTSDAM,
28 DE JULIO DE 1945

El regreso de Churchill a Londres le hacía sentirse más inseguro. De alguna manera, Churchill había sido su mentor en la conferencia, pero ahora el aristócrata inglés estaba lejos y el nuevo Primer ministro británico no le inspiraba mucha confianza. Truman dejó los informes de inteligencia sobre la mesa e intentó concentrarse. Estaba a punto de tomar una decisión trascendental: como comandante en jefe del ejército de Estados Unidos le correspondía a él dar luz verde al lanzamiento de la bomba.

El secretario Stimson entró en ese momento en el despacho y observó al meditabundo Presidente. Parecía abrumado por la decisión que iba tomar, pero el Secretario de Guerra sabía que terminaría por hacerlo. Con respecto a la decisión que habría tomado el presidente Roosevelt en el momento clave tenía sus dudas, pero el carácter de Truman era muy diferente. Truman siempre quería complacer, tenía una necesidad infantil de ser aceptado y admitido por los demás.

—Stimson –saludó Truman al percatarse de que el Secretario había entrado en el despacho.

—¿Tiene ganas de volver a casa, Presidente? –preguntó Stimson para distraer la torturada mente de Truman.

—Lo cierto es que sí. Cada día que pasa, siento que es absurdo permanecer aquí por más tiempo. Es como esas comisiones mixtas que se han creado para la invasión de Japón, son sólo una pantomima, ya no necesitamos a los rusos para ganar esta guerra –dijo el Presidente, con tono asqueado.

—Pero el proceso debe seguir su curso. En mi reunión con Stalin de ayer las cosas no fueron mucho mejor, continuó pidiendo concesiones. Un día de estos exigirá que le entreguemos la propia Casa Blanca. Cuando lancemos la bomba, los rusos se lo pensarán dos veces antes de cuestionar nuestro liderazgo mundial.

—¿Ha leído la respuesta del gobierno japonés?

—Es justo la respuesta que esperábamos, señor Presidente –contestó aséptico Stimson.

—Pues si le digo la verdad, yo aún albergaba alguna esperanza. Tal vez nos equivocamos al no incluir algún tipo de cláusula en la que se garantizara la inviolabilidad del Emperador.

—Señor Presidente, ya sabe que casi todo su gabinete es contrario a que se mantenga a Hiro-Hito en el poder. Su consejero, el señor Harry Hopkins, el secretario Dean Acheson o el propio Secretario de Estado, Byrnes, no ven con buenos ojos que el Emperador no pague por sus crímenes de guerra.

—Pero el Emperador es el símbolo del Japón y, además, no estamos seguros de papel que ha desempeñado en la guerra. Puede que tan sólo haya sido una marioneta en las manos del ejército.

—Para la opinión pública americana el Emperador es un asesino. Si le absolvemos antes de condenarle, nadie creerá que hemos hecho esta guerra para defender la paz y la justicia.

—Bonitas palabras, pero me preocupa si el mundo entenderá nuestra decisión –dijo Truman apesadumbrado.

Stimson comenzó a preocuparse. Se acercó al Presidente y le dijo:

—El primer ministro japonés Suzuki ha despreciado una propuesta de paz justa y equilibrada. Ya le he comentado que la traducción literal de *mokusatsu* es «no hacer caso» o «tratar con silencio despectivo algo».

—¿Están seguros de la traducción? ¿Por qué no consultan al coronel Smith? Él conoce el japonés, ¿verdad?

—No creo que un simple mestizo pueda entender el significado de una palabra tan compleja. La respuesta de Suzuki ha sido examinada por varios especialistas y todos han coincidido en que el significado es despreciativo.

Truman intentó animarse y cogió una de las botellas del mueble bar. Un bourbon podía levantarle el ánimo y despejar todas sus dudas.

—¿Quiere una copa, Secretario? –preguntó el Presidente sirviéndose un whisky doble.

—No, gracias.

Truman se sentó en el sillón y cruzó las piernas.

—A nosotros sólo nos queda demostrar que el ultimátum significa exactamente lo que dice al pie de la letra. La bomba atómica es un arma eminentemente apropiada para terminar con la guerra –dijo Stimson intentando disimular su preocupación y queriendo transmitir seguridad.

—Creo que es lo mejor. Redacte usted mismo la carta y envíela al general LeMay. Mi deseo es que tiren la bomba sobre el objetivo primero, en cuanto sea técnicamente posible –zanjó el Presidente y, tras dar la orden, notó como la tensión de los últimos días se disipaba.

El mundo podía ser mejor si los norteamericanos extendían la libertad y la democracia, se dijo. Tal vez algunos mueran para conseguirla, pero muchos otros se salvarán.

* * *

El comedor estaba repleto y el sargento Wolf tuvo que buscar un sitio para los dos durante un buen rato. El sargento había aparecido tal y como se había esfumado, de repente y sin avisar. La única excusa que había dado era que, siguiendo órdenes, había llevado a un general al otro lado de Alemania, a la zona bajo protección inglesa.

John no le hizo muchas preguntas. Él ya se movía con total libertad por Potsdam y en los últimos días había conocido a casi todos los altos cargos de la comisión norteamericana.

—Parece que esto está llegando a su fin. Gran parte de la delegación británica se fue con Churchill, los rusos están desapareciendo a cuentagotas y nosotros también nos iremos pronto –dijo el sargento mientras engullía un inmenso muslo de pavo.

—Espero que sea cierto; con esa forma de comer que tienes, dejarás morir de hambre a dos o tres alemanes por lo menos.

—¿Qué piensa hacer cuando vuelva a casa? –preguntó el sargento.

—Terminar mi tesis e intentar conseguir una plaza como profesor auxiliar –dijo John después de beber algo de Coca Cola.

—Pues yo regresaré a mi pueblo en Kansas y me imagino que algún día me ocuparé de la granja de mi viejo. No suena muy divertido, ¿verdad?

—No sé, nunca he vivido en una granja.

—Aunque, si uno es un poco listo y se queda uno o dos años aquí, puede hacer mucho dinero. ¿Quiere saber a qué se dedicaba el general al que llevé a la otra zona? –preguntó el sargento Wolf bajando el tono de voz.

—No, ya tengo suficiente con mis problemas –dijo John.

—Un hombre con sus contactos podría hacer mucho dinero. Hay gente que está vendiendo parte de la comida de los soldados en el mercado negro. Esa pobre gente tiene derecho a comer. ¿No le parece?

—No sea cínico, sargento. Ya le he dicho que no me interesa –dijo John frunciendo el ceño.

* * *

El sargento continuó la comida en silencio. Ahora que había descubierto el coronel Smith a qué se dedicaba cuando no estaba con él, podía denunciarle y eso le haría pasar un montón de tiempo en un calabozo.

—Usted no dirá nada de lo que hemos hablado… -dijo Wolf preocupado.

—Debería hacerlo, pero en dos o tres días regreso a casa. No quiero meterme en más líos.

—Seguro que termina en Washington como asesor del presidente. Si yo tuviera su suerte no me dedicaría a dar tantas vueltas a las cosas.

Alguien observaba a los dos hombres desde el otro extremo del comedor. Un hombre de mediana edad, delgado, con gafas y vestido con un uniforme raído del Ejército. John pensó al principio que le conocía de algo, pero no sabía dónde le había visto.

Después de la comida, el sargento Wolf y John se dirigieron a la parte más animada de la ciudad. La conferencia estaba casi terminada y el ritmo frenético de los primeros días había dado paso a sesiones matutinas cortas y tardes largas en las que no había nada que hacer. El sargento había insistido al coronel para que fueran a ver un cabaret. A John no le seducía la idea, pero estar encerrado en su habitación los próximos dos o tres días no le hacía mucha gracia, por lo que decidió acompañar a Wolf aquella tarde, beber un poco y dejar que los días pasaran lo más rápido posible.

Cuando entraron en el oscuro local, John pensó que había sido una mala idea. No quería hacer el tipo de cosas que había visto en los hombres del 393. Vivir una vida dentro del ejército y otra fuera. No quería engañar a Ana, ni tener que volver con la cabeza gacha y arrepentido por haber atravesado el límite de lo aceptable.

Comenzó la música y los focos de colores inundaron el escenario. Las bailarinas, vestidas con ropa interior, se contorsionaban al son de la música. El sargento Wolf estaba extasiado, con los ojos fijos en las chicas de largas piernas. John comenzaba a sentirse mareado en aquel ambiente cargado de humo y música.

—¿Qué rayos echan a esto? –preguntó John mirando el vaso de whisky.

Su compañero estaba tan absorto en el espectáculo que ni se molestó en contestarle.

—Voy a ir al baño –gritó John al oído del sargento; éste le contestó con un gesto.

El coronel salió con dificultad del salón a oscuras, apenas iluminado por velas rojas en las mesas y los chispazos de color de los focos. Cuando logró llegar al vestíbulo y encontrar los baños, notó que su borrachera comenzaba a ser alarmante. Entró en el baño y se acercó a uno de los urinarios. El mugriento servicio estaba completamente solitario y semioscuro. Un fuerte olor a orines le inundó la nariz. Se bajó la cremallera y comenzó a evacuar.

—¿Coronel Smith?

Escuchó desde uno de los ángulos oscuros del baño. La voz parecía serena, con un ligero acento británico.

John miró hacia la oscuridad, pero no vio nada excepto sombras. Escuchó unos pasos, hasta que advirtió al hombre delgado que había descubierto vigilándole en el comedor de oficiales.

—Disculpe que me ponga en contacto con usted en un sitio como éste, pero prefiero que no nos vean juntos.

John se subió la cremallera y se dirigió al lavabo sin hacer caso a aquel tipo.

—Déjeme que me presente: mi nombre es Dulles, director del OSS –dijo el hombre aproximándose aun más a John.

—No le conozco de nada y no me interesa lo que tenga que contarme.

—Es lógico que no me crea. Normalmente no me presento en lugares como éste –dijo el hombre levantando los brazos–. Pero a veces hay que hacer la guerra en terrenos insospechados.

—Ni que lo diga, señor…

—Dulles.

—Señor Dulles, soy coronel de las Fuerzas Aéreas de Estados Unidos…

—Y un mercenario contratado por los Tigres Voladores –dijo Dulles.

John se quedó sin habla. Hacía tanto tiempo que nadie mencionaba a los Tigres.

—No se preocupe, coronel Smith, no es ningún delito ser un mercenario. Nuestro gobierno hace mucho tiempo que contrata a cierto tipo de hombres para misiones especiales. El presidente Roosevelt creó su grupo para combatir a los japoneses en la guerra entre Japón y China. Usted también trabaja en lo mismo, luchar contra Japón hasta que se rinda.

El joven coronel abrió la boca para decir algo, pero al final optó por permanecer callado.

—No me he acercado a usted porque trabaje con los Tigres Voladores. Tampoco porque sea medio japonés; me he acercado a usted porque puede acercarse al Presidente y hablar con él. Por lo que tengo entendido, sus últimos servicios han impresionado a Truman.

John se encogió de hombros y esperó a que el hombre le contara por fin que quería de él.

—También sé que usted es un hombre razonable. Su padre es un reconocido pacifista.

—¿Dónde quiere llegar, señor Dulles? –preguntó John con el corazón acelerado.

—Me gusta la gente directa. Hace unos días me reuní con el Secretario de Estado y con el Secretario de Guerra; tenía que informarles de unas negociaciones que hemos realizado con los japoneses vía Berna, en Suiza.

—¿Y?

—Bueno, después de comprobar la fiabilidad de nuestros negociadores japoneses y sondear sus peticiones, nos pusimos en contacto, como ya le he dicho, con los secretarios de Estado y Guerra. Para mi sorpresa, los dos me dijeron lo mismo: que cesara en las negociaciones. No creían que los negociadores fueran válidos –comentó Dulles casi sin respirar.

—No entiendo por qué me cuenta todo esto. Yo sólo soy un meteorólogo –se excusó John.

—No, usted es ahora mismo el meteorólogo del Presidente y tiene acceso directo a él. Dentro de unos días el gobierno lanzará la bomba sobre Japón y Truman le necesita para que le asesore.

—Cualquiera podría hacerlo por mí.

—Usted puede impedir que se lance la bomba –dijo Dulles con tono angustiado.

—¿Qué dice? Usted es un traidor. ¿Quiere que pare la misión que conseguirá terminar con la guerra y ahorrará miles de vidas? –dijo John apretando los puños.

—¿Traidor? ¿Me llama traidor? Sólo pretendo que entregue este informe al Presidente y puede leerlo usted mismo. Tengo razones para sospechar que los altos mando del ejército y algunos miembros del gobierno están ocultando información vital –lanzó Dulles.

—¿Cómo? No le creo. ¿Por qué iban a hacer algo así? –preguntó John.

—En ese informe demuestro que el ejército ha exagerado las cifras de muertos y heridos en el caso de realizar un desembarco en Japón.

—Eso es un asunto muy relativo. Ni los propios expertos se ponen de acuerdo –dijo John.

—No, en este caso las diferencias son abrumadoras.

—Si usted lo dice –contestó molesto John.

—Además, también se ha ocultado al Presidente que la bomba fue creada para lanzarse sobre Alemania en el caso de que ésta llegara a estar cerca de la construcción de su propia bomba atómica. Nunca se pensó en Japón como un objetivo –dijo Dulles comenzando a desesperarse.

—Las circunstancias han cambiado, ahora nuestro enemigo es Japón. Es normal que se emplee contra ellos.

—Pero eso no es todo, los «Halcones» del Alto Mando quieren ocultar al Presidente la posibilidad de llegar a una paz negociada. Japón está dispuesta a rendirse sin condiciones, si se garantiza la continuación de la casa imperial.

—De verdad, admiro su tesón, pero no puedo ayudarle. Si me disculpa... -dijo John apartando al hombre.

—¿Tan poco le importa que se lance la bomba en la ciudad que usted ha elegido?

John se paró en seco. ¿Qué decía aquel hombre? Al final se había desestimado el usar objetivos civiles, la bomba se iba a lanzar sólo sobre sitios estratégicos.

—Está mintiendo -dijo John desafiante.

—¿Usted cree? Hiroshima no es un objetivo militar. Es una ciudad repleta de gente inocente. Además, su sacrificio será inútil, porque los japoneses se quieren rendir. Por el amor de Dios... -dijo Dulles cogiendo a John por el brazo.

—Pues que se rindan. Sólo tienen que enviar un telegrama y decírselo al Presidente.

—Entonces, ¿va a permitir que muera toda esa gente? -preguntó Dulles utilizando su último cartucho.

—¿Qué puedo hacer yo para impedirlo? Cumplo órdenes; seguramente habrá civiles que mueran por la honda expansiva o por la radiación, pero no será una ciudad entera. La bomba se lanzará sobre el mar, frente a Hiroshima, para destruir una importante base de submarinos y buques de guerra. Allí se encuentra uno de los grupos de refuerzo que actuarán en el caso de que se invada la isla.

—¿Eso es lo que le han dicho? ¿Qué es una misión puramente militar?

—Estaba presente cuando los asesores de Truman le dijeron que el objetivo era la base de Hiroshima.

—Pues otra de sus mentiras. En este informe hay un detallado análisis acerca de dónde esta previsto lanzar la bomba y los efectos que producirá.

John comenzó a sentirse más angustiado. ¿Qué sucedería si aquel hombre tenía razón? ¿Era posible qué algunos generales estuvieran intentando manipular al Presidente?

—Sin esa información, el Presidente no puede tomar una decisión ecuánime. Después, cuando tenga todo esto sobre la mesa, que decida, pero no antes.

La puerta del baño se abrió de improviso y los dos hombres se sobresaltaron. Un soldado les miró arqueando una ceja y se dirigió a una de las cabinas. Los dos hombres dejaron el baño y continuaron la conversación en el pasillo.

—¿Y tan sólo hay que pasarle la información? -preguntó John con el ceño fruncido.

—Es lo único que le pido. Si el Presidente continúa con su idea de arrojar la bomba después de leer esto, no interferiré de ninguna manera.

—Pero, ¿qué sucederá sin nos descubren? -preguntó John con un nudo en la garganta.

—No lo sé. Yo intentaré protegerle de todas las maneras.

El sonido de la música atravesaba las puertas y llegaba hasta ellos. Pero John tenía el corazón tan acelerado, que apenas escuchaba la música. Dulles le pasó un sobre grande.

—Únicamente entréguele esto. Si le descubren, diga que fue un encargo mío, que usted no tenía nada que ver.

John recogió el paquete y lo ocultó debajo de su uniforme. Notó el tacto áspero del sobre y el calor que empezaba a formar una pequeña mancha de sudor.

—Tiene tres días para entregarle el sobre, después será demasiado tarde. Si necesita localizarme estoy en esta dirección en Suiza. Aunque le cueste creerlo, está usted sirviendo a su país.

Dulles se dio media vuelta, pero antes de dar dos pasos se giró y le advirtió.

—Tenga cuidado, John. Le tienen vigilado. Si quiere llegar al Presidente tendrá que saltar muchos obstáculos. El sargento que le acompaña, Wolf, es un mercenario como usted.

—¿El sargento Wolf es un mercenario? –dijo boquiabierto John.

—Sí, dele esquinazo. Los partidarios de que la bomba se tire le siguen los pasos. No se fían de usted.

—Gracias.

—Si tiene un problema acuda a nosotros. Haremos lo que podamos por usted.

La gente comenzó a salir de la sala y el pasillo se inundó de uniformes de varios ejércitos y países. Dulles desapareció entre la multitud, justo antes de que el sargento Wolf llegara hasta él.

—¿Dónde se ha metido, coronel? –preguntó Wolf algo achispado por la bebida.

—Creo que me sentó mal el whisky. Llevo una hora en el baño.

El sargento comenzó a reírse a carcajadas. Después los dos hombres se dirigieron a sus alojamientos. Cuando John se tumbó en la cama, notó como el sobre pegado a su cuerpo se le hincaba en la espalda. Pensó en ir a ver a Stimson y entregárselo, pero no pudo. Durante semanas había deseado tener la oportunidad de poder hacer algo para evitar lanzar la bomba sobre Japón, ahora la tenía, pero dudaba de sus agallas para llegar hasta el final.

28

SUIZA

«La mejor forma de destruir a su enemigo es convertirle en su amigo».
Abraham Lincoln

BERNA, SUIZA,
29 DE JULIO DE 1945

Las luces de la ciudad acababan de encenderse y Hack caminaba con las manos en los bolsillos, fumando uno de sus cigarrillos americanos y comenzando a añorar el otoño. En verano, algunos días podían ser muy calurosos, sobre todo para gente como él acostumbrada al frío durante toda su vida. Contempló el reloj de la plaza, dio una fuerte calada al pitillo y retomó su camino. El hombre de la chaqueta gris le seguía. Ahora estaba completamente seguro. Intentó disimular y no aceleró el paso. ¿Quién podía ser? Uno de los hombres del OSS. Tal vez los americanos se estaban comenzando a poner nerviosos. En aquellos últimos días, varias semanas de negociación se habían echado a perder. La maldita Declaración de Potsdam y la estúpida respuesta de Suzuki estaban abocando al mundo a una guerra de destrucción total. Fujimura le había hablado de la ruina de Alemania. Dos terceras partes de lo que en otro tiempo fuera su hogar, ya no era más que un montón de ruinas y cenizas. Millones de personas sin hogar, cientos de miles sin zapatos, ropa o alimentos básicos. El invierno se acercaba lentamente. El frío y las enfermedades podían diezmar aun más una población famélica y malnutrida.

Hack miró a un lado y a otro antes de cruzar la calle y después decidió dar un rodeo antes de ir a ver a su contacto. No quería llevar al hombre que le seguía hasta él. Al final se decidió a entrar en un gran almacén; a aquella hora cientos de turistas y suizos se aglomeraban allí para celebrar la fiesta de la abundancia, mientras que casi toda Europa se moría de hambre.

Cuando Hack miró para detrás pudo ver el rostro del hombre que le buscaba por todos lados. Subió dos plantas más y salió por la otra calle. Salió corriendo calle arriba. Después de diez minutos, notó el corazón a punto de estallar. Definitivamente, había perdido su anterior agilidad y buena forma. Miró un par de veces para comprobar que nadie le seguía y se introdujo en un humilde portal de la zona sur de la ciudad.

La escalera oscura olía a humedad. Ascendió las cuatro plantas y, una vez frente a la puerta, descansó unos segundos para tomar aire. Estaba empapado en sudor. El esfuerzo de sus pulmones le había levantado un fuerte dolor en la sien. Ahora que comenzaba a recuperar el aliento, escuchó a través de la delgada puerta unas voces. Llamó con los nudillos y esperó impaciente a que le abriesen.

Un tipo alto y delgado, de aspecto cadavérico, entornó la puerta y le miró con sus saltones ojos azules.

—Sé que vengo un poco tarde, pero alguien me seguía.

El hombre no le respondió. Simplemente le abrió la puerta y Hack entró rápidamente. Los dos caminaron por el piso. En claro contraste con su aspecto exterior, el interior del edificio era agradable y las habitaciones estaban amuebladas con gusto.

—Bueno, no tengo mucho tiempo –dijo Hack sin aceptar la invitación a que se sentara.

—Como quiera. Lo único que puedo decirle es que los norteamericanos preparan algo gordo –dijo el hombre con un cargado acento ruso.

—Pero, ¿qué es lo que traman? –preguntó Hack impaciente.

—Sólo sabemos que es un arma secreta y que van a emplearla en breve contra Japón -dijo el ruso.

—¡Maldita sea! ¿No puede darme más detalles?

El hombre se encogió de hombros. Hack sacó de uno de sus bolsillos interiores un fajo de billetes y los puso sobre la mesa.

—Son dólares, como me pidió.

—Está bien -dijo el ruso después de manosear los billetes. El ruso se puso en pie y le acompañó hasta la entrada.

Justo cuando el alemán cruzó el umbral le dijo.

—A propósito, sabemos que su «amigo americano» ha estado en Potsdam.

—¿Quién? -preguntó Hack.

—Dulles, el jefe del OSS.

Hack se dio media vuelta y sin despedirse, descendió las escaleras meditabundo. Un arma secreta contra el Japón. ¿De qué podía tratarse? Fuera lo que fuera, suponía un nuevo obstáculo para alcanzar la paz. Al menos Dulles había estado en Potsdam y sólo una cosa podía llevarle allí: hablar con el Presidente sobre su oferta de negociación. Hack sabía que el tiempo se acababa. Como un reloj suizo con la maquinaria afinada, nada podría detener el desastre a no ser que se dieran prisa. Pero, ¿qué más podía hacer él?

29

LA ÚLTIMA ORDEN

«El buen pastor esquila las ovejas pero no las devora».

Esquilo

ISLA DE GUAM,
30 DE JULIO DE 1945

La isla bullía de agitación y actividad. En las últimas semanas decenas de miles de soldados habían sido trasladados de Europa para participar en la inminente invasión de Japón. En el despacho del general LeMay el trabajo se había multiplicado. La sala de reuniones estaba repleta de oficiales reunidos para escuchar al general Carl Spaatz, comandante general de las Fuerzas Aéreas Estratégicas, que traía órdenes desde Washington.

—Caballeros, permítanme que abra el sobre delante suyo –dijo el general Spaatz tomando el abrecartas y rajando el lacrado rojo.

El resto de oficiales le miraba con expectación contenida. Algunos llevaban meses esperando la invasión de Japón. Estaban cansados de la guerra y la inactividad era el peor antídoto contra el desánimo.

Spaatz había recibido instrucciones del general Groves sobre la bomba atómica. No estaba de acuerdo con su uso, opinión que compartía con el general Eisenhower.

El general Spaatz había pedido a Groves que le diera las órdenes por escrito. No quería transmitir una orden como aquélla de forma verbal. Groves al principio se había opuesto, pero al final había mandado un borrador a Potsdam y se lo habían devuelto unos días después, aprobado por el Presidente.

Todos le miraban ansiosos. El general LeMay tenía miedo de que el documento le desplazara del mando de la misión a favor del general Spaatz, Tibbets creía que el documento contenía las últimas órdenes e incluía una fecha de ejecución de la misión; junto a ellos dos novatos en el proyecto, Parsons y Blanchard, miraban impacientes el papel que sujetaba el general.

Entonces la voz ronca del general Spaatz comenzó a leer el informe y el resto contuvo la respiración:

Al general Carl Spaatz, comandante en jefe de las Fuerzas Aéreas Estratégicas de Estados Unidos:

1. El Grupo Mixto 509, de la 20.ª Fuerza Aérea, lanzará su primer bomba especial tan pronto como el tiempo permita el bombardeo visual a partir del 3 de agosto de 1945 y sobre uno de los siguientes objetivos: Hiroshima, Kokura, Niigata y Nagasaki. Un avión adicional acompañará al aparato encargado de la misión con el objetivo de transportar al personal científico y militar del Departamento de Guerra que ha de observar y registrar los efectos de la explosión de la bomba. Los aviones de observación permanecerán a varios kilómetros de distancia del lugar del impacto de la bomba.

2. Se lanzarán bombas adicionales sobre los objetivos anteriormente mencionados tan pronto como lo disponga el personal del proyecto. Se ampliarán las instrucciones concernientes a los objetivos diferentes a los anteriormente mencionados.

3. La difusión de parte o de toda información relacionada con el empleo de la bomba contra Japón queda reservada al Secretario de Guerra y al Presidente de Estados Unidos. Los comandantes sobre el terreno no emitirán comunicados de nin-

guna clase sobre el tema sin contar con la autorización de sus superiores. Toda noticia que pudiera surgir sobre el tema, se enviará al Departamento de Guerra para obtener una autorización particular.

4. Todas las normas mencionadas aquí se han redactado con la aprobación del Secretario de Guerra y del Jefe de Estado Mayor de Estados Unidos. Es conveniente que envíe usted una copia de estas normas al general MacArthur y otra al almirante Nimitz, para su información.

Firmado: THOS. T. HANDY General Jefe de Estado Mayor Jefe interino de Estado Mayor

Después de la lectura se produjo un silencio. El general Spaatz guardó la carta y comenzó a hablar:

—Caballeros, ¿cómo van sus preparativos? Ya han visto que la carta nos emplaza a lanzar la bomba después del día 3 de agosto. Eso nos deja un margen de cuatro días.

—Si me lo permiten, les leeré yo ahora el informe del señor Oppenheimer –dijo Parsons.

Parsons leyó una escueta carta donde el científico les informaba de algunas de las características de la bomba que tenían que arrojar sobre Japón. La bomba estaría entre las once mil y las dieciocho mil toneladas y su explosión equivaldría a la de trece mil toneladas de TNT. Tibbets calculó en su cabeza las bombas convencionales que se necesitarían para causar el mismo efecto. Se necesitarían dos mil B-29 cargados hasta los topes de bombas de alta potencia, para igualar los efectos de una sola bomba atómica.

… No se espera que la contaminación radiactiva alcance la tierra. La bola de fuego debe poseer un brillo que persistirá más tiempo que en Trinity, ya que ninguna clase de polvo interferirá en la proyección. En general, la luz visible emitida por la unidad debe de ser aún más espectacular. La radiación letal, por supuesto, llegará a tierra desde la misma bomba… Buena suerte.

La potencia de la bomba que estaban a punto de lanzar era tan descomunal, que les costaba pensar en su verdadero poder de destrucción.

Después de la reunión, Tibbets regresó con Parsons a Tinian para ultimar los preparativos para el lanzamiento de la bomba.

* * *

El día anterior, los miembros del 393 habían realizado sus últimos vuelos de prueba sobre objetivos reales en Japón. Todos los aviones habían regresado intactos a la base.

Tibbets todavía no había decidido cuál sería la tripulación definitiva que llevaría a cabo la misión. Lewis había cambiado tanto de actitud en las últimas semanas, que casi estaba convencido que Tibbets le elegiría a él para que comandara la misión, pero el coronel ya había decidido que él mismos pilotaría el avión.

Los hombres del 509 presentían que se acercaba el fin de la misión. La actividad en las últimas semanas había sido frenética. La bomba se encontraba desde hacía unos días en una zona de máxima seguridad.

En la base reinaba una mezcla de euforia y nerviosismo contenido. El hecho de desconocer el objetivo final de la misión, pero ser conscientes de la importancia estratégica de ésta y la posibilidad de que la guerra terminara tras realizar el bombardeo, despertaba esperanzas que eran muy difíciles de controlar.

WASHINGTON,
31 DE JULIO DE 1945

Ahora que quedaban tan pocos días para que llegara el momento clave ddel lanzamiento, las cosas no hacían sino complicarse, pensó Groves al leer la carta. El general Spaatz le había mandado un informe en el que le hablaba de los prisioneros americanos en los objetivos propuestos, especialmente en Hiroshima y Nagasaki.

El general Groves ya sabía de la existencia de prisioneros americanos en algunos de los objetivos. En el caso de Hiroshima los prisioneros de guerra ascendían a veintitrés, pero en el caso de Nagasaki el número era mayor.

Los servicios secretos habían situado el campamento de prisioneros de Nagasaki a un kilómetro y medio del centro de la ciudad. El general Spaatz estaba preocupado por la suerte de estos hombres, ya que fuera el que fuera el punto central de lanzamiento, la bomba los barrería de todas maneras.

El general Groves sabía los efectos de la bomba atómica y las esperanzas de aquellos hombres no eran buenas. Lo mínimo que podía pasarles era que se quedaran ciegos, aunque lo más probable es que murieran en la explosión. ¿Debían cambiar los objetivos donde supieran a ciencia cierta que había prisioneros de guerra?

Lo más razonable, pensó el general Groves, era que la decisión última la tomara el Secretario de Guerra, aunque el general dudaba que, apenas a tres días del final del plazo, Stimson cambiara los objetivos que había costado meses estudiar y elegir.

El Secretario de Guerra acababa de regresar de Potsdam. El Presidente todavía estaba en Alemania y el Secretario quería preparar su regreso. Después de casi quince días fuera de los Estados Unidos, el trabajo se había acumulado notablemente.

Antes de visitar a Stimson, Groves preparó una nueva orden para el general Spaatz; en ella se pedía que los puntos finales de lanzamiento estuvieran lo más alejados posibles de los campamentos de prisioneros. Groves sabía que eso era una acción inútil, ya que la onda expansiva y la radiación afectarían con casi total seguridad a los prisioneros.

Cuando Groves llegó al despacho del Secretario de Guerra traía una vieja propuesta bajo el brazo que pensaba que Stimson podía reconsiderar de nuevo.

—General Groves, me alegra verle. Quería felicitarle personalmente. Cuando su información llegó a Alemania, insufló en todos nosotros esperanzas renovadas, además de darnos ventaja sobre los rusos -dijo Stimson levantándose y dando la mano al general.

—Muchas gracias, señor Secretario -contestó Groves entusiasmado con el optimismo de Stimson.

—Sé que le preocupan los prisioneros de guerra. He leído la petición del general Spaatz. Que difícil es tomar algunas decisiones, ¿no es cierto? -dijo Stimson, apesadumbrado de repente.

Era la primera vez que el Secretario se mostraba vulnerable, ya no era corriente que expresara ningún sentimiento en público.

—He pensado que podríamos cambiar de objetivos, señor -dijo Groves.

—Yo también lo he pensado, pero las órdenes ya están dadas, y el Presidente aprobó la lista de los seleccionados. Una nueva elección de objetivos podría retrasar la misión, la guerra se prolongaría y las bajas aumentarían. Por querer salvar a un puñado de soldados, podemos perder mil o dos mil diarios en los próximos meses -dijo en tono grave el Secretario.

—Lo sé, señor, pero no quiero proponer nuevos objetivos, simplemente podríamos utilizar uno de los anteriormente rechazados. El objetivo que tengo en mente es Kioto, allí no hay prisioneros de guerra norteamericanos -dijo Groves.

—Kioto fue descartado hace meses por razones que usted conoce perfectamente, pero además, el coronel Smith, el meteorólogo del 393, descartó un objetivo tan al norte -dijo Stimson molesto por la insistencia de Groves sobre Kioto.

—Kioto no está tan al norte, señor.

—Gracias, general, por enseñarme la orden que va a enviar al general Spaatz, me parece correcta su respuesta -dijo Stimson poniéndose en pie y caminando hasta la puerta-. Perdóneme, pero tengo mucho trabajo acumulado y en unos días el Presidente estará de vuelta.

Groves se dirigió a la puerta echando chispas. La arrogancia del

Secretario no tenía límites. Aquella maldita operación era militar y los militares deberían ser los que tuvieran la última palabra, pero las decisiones políticas se mezclaban con las estratégicas.

—A propósito, general Groves, Hiroshima es la ciudad con menos prisioneros de guerra, no se puede hablar ni de un campamento. Quiero que sea el objetivo primario.

—Como usted diga, señor Secretario -dijo Groves después de saludar.

—De nuevo, gracias y felicidades -dijo el Secretario esbozando una sonrisa.

El general caminó por el pasillo hasta salir a la calurosa mañana de Washington. Llevaba tres años sin descansar un solo día, ya fuera domingo, fiesta o vacaciones. Debido a la tensión que debía soportar tenía sus nervios destrozados, pero ya veía que el final se acercaba. Sus sentimientos eran contradictorios. Alegría por el cercano desenlace, angustia por los resultados y pena por el final de una de las mejores etapas de su vida. El Proyecto Manhattan se había convertido en el eje central de su existencia, cuando la bomba cayera dentro de unos días, todo habría terminado y no sabía si estaba preparado para eso.

POTSDAM,
30 DE JULIO DE 1945

En los dos últimos días las animadas calles de la ciudad habían vuelto a su tranquilidad habitual. Las delegaciones se reducían día tras día, sobre todo la británica y la rusa, que comenzaba a ser puramente testimonial en la mayoría de los departamentos. Los rusos habían salido fortalecidos en Europa, no habían cedido en ninguna de sus reivindicaciones y, por si esto fuera poco, habían conseguido el aval para entrar en la guerra contra Japón, para repartir con Estados Unidos y el Reino Unido los despojos de su imperio.

Los ciudadanos de Potsdam sabían que cuando los miembros de la conferencia se marcharan, sus privilegios se terminarían de repente. Los rusos habían querido hacer de la ciudad un escaparate de cómo iba a ser su política en los territorios ocupados, pero la verdad era que no les importaba mucho la situación de la población civil y cuáles serían sus condiciones de vida cuando llegara el invierno. El falso escenario de la conferencia comenzaba a caerse a pedazos.

El joven coronel John Smith tenía otras razones para sentirse angustiado aquellos últimos días en Potsdam. En contra de lo que pensaba, el Presidente había restringido sus presentaciones públicas hasta el mínimo y no había un segundo en el que no estuviera rodeado de consejeros o generales del ejército.

El sargento Wolf continuaba siendo su sombra. Apenas podía hacer nada sin que el sargento le siguiera a todas partes. Su misión prácticamente había acabado, sólo tenía que tomar un avión que le llevara en unos días a Estados Unidos y esperar allí nuevas órdenes.

Su estado de ansiedad crecía de día en día, por la cabeza le rondaba todo el rato la idea de descubrir a sus superiores los planes de Dulles. Pero las palabras del director del OSS no dejaban de darle vueltas, el objetivo primario de la bomba era Hiroshima, pero no su puerto y base militar, tal y como creía el Presidente, el objetivo era toda la ciudad. Él había escogido Hiroshima para su destrucción, lo mínimo que podía hacer era intentar salvarla.

El joven coronel recorrió los pasillos del palacio y se decidió a pedir una nueva entrevista con el Presidente. En la puerta del despacho del Presidente había varios militares y civiles. Una secretaria algo rechoncha atendía el teléfono y recibía a las visitas. En la puerta principal que daba a la sala de espera dos soldados hacían guardia.

Cuando la mujer vio llegar a John, agachó la cabeza e intentó ignorarle. El joven se dirigió directamente hasta la mesa de la secretaria.

—Buenos días, señora Perry.

—Buenos días, coronel Smith. ¿De nuevo por aquí?

—Sí, señora Perry. Llevo días intentando entrevistarme con el Presidente, pero es del todo imposible –dijo John con tono angustiado.

—El Presidente está muy ocupado; el día 2 regresa para Washington, mañana es la última reunión con los jefes de Estado y después quiere leer un alegato final.

—Entiendo que esté muy ocupado, pero tengo que transmitirle un mensaje urgente –le apremió John.

—Ya le he dicho que le escriba una nota, o me deje lo que quiera que el Presidente lea. Yo se lo haré llegar sin falta –dijo la secretaria con cara de pocos amigos.

John respiró hondo antes de contestar. Notaba cómo su ira crecía por momentos. Después intentó sonreír a la mujer.

—Es algo altamente confidencial que tengo que dar en persona al Presidente.

—Pues me temo que tendrá que esperar a que regrese a Washington –dijo la secretaria con una sonrisa forzada.

—No puedo esperar tanto tiempo –dijo John comenzando a enfurecerse.

—Inténtelo con el Secretario de Estado.

—No, tiene que ser el Presidente.

La secretaria hizo un gesto con las manos y John le lanzó una mirada furiosa. Se dio media vuelta y se dirigió a la salida. Estaba claro que tendría que usar otra estrategia para hablar con el Presidente. El tiempo se acababa. Dentro de cuarenta y ocho horas, no podría hacer nada por evitar el lanzamiento de la bomba.

30

LA OSCURIDAD

«El hombre honesto no teme a la luz ni a la oscuridad».

Thomas Fuller

POTSDAM,
31 DE JULIO DE 1945

La cena había sido un desastre. Stalin no había disimulado su ansiedad por abandonar el salón y, haciendo gala de sus rudos modales, se había levantado dejando a todo el mundo boquiabierto. Truman apretó los dientes e intentó llamar la atención de los comensales, para que el desplante no fuera tan evidente. En los últimos días las cosas habían empeorado. Los rusos se quejaban de que las comisiones encargadas de coordinar el ataque conjunto con Japón no avanzaban. Los norteamericanos no estaban dispuestos a facilitar detalles estratégicos de la zona, a sabiendas de que en una semana la guerra podía estar terminada.

Los invitados comenzaron a charlar amigablemente y, media hora más tarde, el Presidente se retiró a su habitación para descansar. Ese mismo día había recibido un despacho del general LeMay en el que se le informaba que los trámites se habían acelerado y al día siguiente, el 1 de agosto, la bomba estaría dispuesta para ser lanzada.

Truman había esperado inútilmente una respuesta japonesa. Sus servicios secretos no le habían informado de ningún intento de acercamiento nipón, ya fuera oficial o extraoficialmente.

El Presidente se puso el pijama y rezó antes de meterse en la cama. Echaba de menos a su mujer y a su hija; no veía el momento de regresar a casa, disfrutar de algún día de descanso y salir a cazar. Por lo menos había superado la prueba de la conferencia con éxito. Churchill había desaparecido de la escena en la política internacional, ahora él era el líder indiscutible del mundo libre. También había puesto a Stalin en su sitio, las ayudas económicas a Rusia estarían condicionadas por los avances que se consiguieran a nivel político. La prueba de la bomba había sido un éxito y con ella podría controlar las ambiciones de la Unión Soviética.

En la mesilla descansaba su infusión, el ambiente era algo más fresco que en los últimos días y sintió un ligero escalofrío al meterse en la cama.

El mensaje de LeMay le ponía contra las cuerdas, la bomba ya no podía esperar más, Japón tenía que saber de qué eran capaces los norteamericanos. Si querían una guerra total, la tendrían.

BERNA, SUIZA,
31 DE JULIO DE 1945

Aquella noche no durmieron ninguno de los dos. Hack caminaba de un lado para el otro, no podía disimular su angustia. Aquello se había convertido en un juego muy peligroso. Fujimura, sentado, no paraba de darle vueltas a la cabeza. Se habían salvado de milagro de un accidente mortal. Después de reunirse con su contacto del OSS en un pueblo en las montañas a unos treinta kilómetros de Berna, cuando regresaban a casa empezaron a fallar los frenos de su vehículo. La pendiente era tan empinada, que Hack no lograba aminorar la marcha, y después de cada curva, el coche cogía más fuerza. Cuando Hack vio un granero en uno de los lados del camino, enfocó el coche hacia él y se estrelló en mitad de un gran montón de paja. Afortunadamente no les había sucedido nada, pero cuando revisaron el coche, comprobaron que alguien había cortado los cables de los frenos.

La reunión con el miembro del OSS había sido un desastre. El agente les había informado que el gobierno estadounidense sólo aceptaría una rendición incondicional, sin garantías para el Emperador y con pruebas de que ésta estaba apoyada al más alto nivel, en menos de cuarenta y ocho horas; después, no habría tiempo para negociar.

Fujimura y él se quejaron por el plazo tan corto y el nulo margen de negociación. En Japón seguían intentando la vía soviética y, en su mentalidad obtusa, los jefes militares y el gobierno creían que todavía estaban en posición de exigir algunas condiciones mínimas.

Después de llegar a Berna, se pasaron el resto de la tarde telegrafiando a Japón, pero todavía no habían respondido ni positiva ni negativamente a sus peticiones.

Tras regresar al apartamento de Fujimura –Hack creía que el suyo estaba siendo vigilado– comenzaron a preocuparse por los hombres que habían intentado matarles.

—No lo comprendo. Por más que le doy vueltas, no sé quién puede desear nuestra muerte –dijo Fujimura desde el sillón.

Hack seguía caminando de un lado a otro, como un león encerrado en su jaula.

—Pues hay mucha gente que puede estar interesada en matarnos o impedir un final de la guerra negociada –dijo Hack parando un momento.

—¿Quién? Los norteamericanos supuestamente quieren negociar –dijo Fujimura.

—No estoy tan seguro de eso. Mandamos una oferta de negociación al OSS, nos contestan positivamente, después un confidente nos informa que el director del OSS, Dulles, viaja a Potsdam y, ¿qué sucede a su regreso?

Fujimura se encogió de hombros. Le dolía la cabeza y cada vez se sentía más angustiado. Si la guerra iba a continuar quería estar cerca de su familia, padeciendo sus mismas necesidades.

—No sé, Hack. Estoy confuso.

—Pues que se endurecen los puntos de la negociación y, misteriosamente, nos comienzan a seguir, hasta que hoy alguien ha intentado asesinarnos –dijo el alemán moviendo las manos con nerviosismo.

—Entonces crees que son los norteamericanos –concluyó Fujimura.

—También hay algunos militares japonese a los que les gustaría vernos muertos. Unos amigos me han hablado de un japonés que estuvo preguntando por nosotros en varios cafés y hoteles.

—¿Un japonés? ¿Cómo no se nos ha informado? –preguntó

extrañado Fujimura.

—Tal vez alguien le ha enviado para que se deshaga de nosotros o por lo menos nos asuste –concluyó Hack.

Los dos hombres guardaron silencio. Cada uno meditando las posibilidades por separado.

—Pero si son los americanos, ¿por qué no matarnos directamente? El agente que vimos hoy podía habernos matado o secuestrado sin problemas –dijo Fujimura.

—Puede que dentro de los norteamericanos también haya fisuras, que algunos quieran firmar la paz y otros no.

—Todo esto es especular. Lo único que sabemos es que en cuarenta y ocho horas hay que dar una respuesta definitiva –dijo Fujimura.

—Tienes razón, centrémonos en eso y permanezcamos vigilantes –dijo Hack sentándose en la silla–. ¿El ministerio de Asuntos Exteriores no te ha dicho nada sobre la información que te pasé?

—El ministro Togo me ha contestado que ellos desconocen si los norteamericanos han inventado una nueva arma. Sus agentes no saben nada de este tema.

—Tal vez, sólo fue una información errónea o un intento de desinformación de los servicios secretos norteamericanos o rusos.

Aunque mi fuente era fiable, un alto cargo del gobierno ruso.

—Ahora lo importante es conseguir ese compromiso de rendición formal antes de que expire el plazo –dijo Fujimura.

—Esperemos que los que quieren nuestra cabeza nos dejen ese tiempo –bromeó Hack

La noche era fresca. En cuanto comenzara agosto, las tormentas de la tarde refrescarían el ambiente. Hack salió al balcón y respiró hondo el aire puro de Suiza. Alguien les observaba desde las sombras de los árboles de la plaza. El alemán miró al cielo estrellado y se preguntó qué estaría haciendo Dios. Decididamente llevaba más de cinco años de vacaciones. Deseó que se incorporara de nuevo a su puesto y terminara con esa maldita guerra lo antes posible.

31

SI DIOS QUIERE

«Es necesario bendecir a Dios, tanto por el mal como por el bien».

Talmud[11]

POTSDAM,
1 DE AGOSTO DE 1945

La última reunión no fue muy larga. Todos estaban ansiosos por dejar Potsdam y continuar con su vida, como si las últimas semanas hubieran sido poco más que un cuento de hadas sin final feliz. Los rusos volvían a casa con un gran número de países a los que someter y el respaldo para entrar en la guerra contra Japón, pero las ayudas técnicas y económicas norteamericanas ahora les llegaban con cuentagotas. Los británicos confirmaban su segundo puesto de influencia en el ámbito occidental. Con Francia humillada y desprestigiada por su colaboracionismo con los nazis y el resto de Europa destrozada, Gran Bretaña se convertía en el gendarme de los países liberados por los occidentales en Europa. Estados Unidos ganaba influencia y peso en el mundo, su Presidente salía fortalecido y la posesión de su arma secreta les garantizaba el liderazgo mundial en los próximos años, pero al final había sacrificado Polonia, Grecia peligraba y el comunismo se extendía por todos los Balcanes. Por si

---

11. El Talmud es el libro judío de dichos y enseñanzas.

esto fuera poco, la tensión con la Unión Soviética se acrecentaba y la brecha que separaba a ambas potencias se abría mucho más.

Pero aquella mañana era un día de celebraciones. Truman se puso su mejor traje, caminó su trayecto matutino y se presentó en el palacio. Cuando llegó a la sala de reuniones, el primer ministro británico Clement Attlee y Stalin ya estaban conversando en una amigable charla.

—Caballeros –dijo Truman exultante–, espero que este día pase a la historia.

Stalin hizo una media sonrisa y Attlee le miró inmóvil.

—El mundo espera nuestras palabras –dijo el presidente norteamericano dirigiéndose a la mesa.

Los periodistas se apelotonaban en la entrada. Había cientos de corresponsales de la mayoría de países del mundo. Todos querían contar aquel momento histórico. John subió a la segunda planta y con su pase entró en el antiguo despacho de Stimson para desde allí bajar a la sala de conferencias. En la mano llevaba el informe que quería entregar al Presidente. Notó como el uniforme se pegaba al cuerpo y las manos sudorosas. Afortunadamente, había dado esquinazo aquella mañana al sargento Wolf. Tan sólo tenía que acercarse al Presidente, entregarle el informe y volver a casa.

Cuando estaba a punto de descender por la escalinata escuchó una voz a su espalda.

—Coronel, ¿a dónde va? –preguntó con su acento pueblerino el sargento Wolf.

John meditó unos segundos su situación, podía correr escaleras abajo y meterse en el salón de conferencias. Allí nadie intentaría detenerle, por lo menos hasta que la sala se vaciara de periodistas. La otra opción era intentar engañar al sargento. John no creía que supiera mucho del asunto que se traía entre manos.

—Sargento Wolf, llevo buscándole toda la mañana, pero no le he encontrado por ningún lado. Mañana salgo en avión para Estados Unidos y me quería despedir de usted –dijo John intentando disimular su nerviosismo.

El sargento se acercó despacio, le miró con el ceño fruncido y le dijo:

—Tiene usted una extraña manera de buscarme, señor. Los guardias de su alojamiento me dijeron que había salido temprano, que llevaba su equipaje y que les dijo que ya no volvería a la residencia.

—Es cierto. El avión sale de madrugada y es absurdo regresar a la habitación -dijo John, tratando de parecer convincente.

El sargento dio unos pasos más y se colocó a un escaso metro y medio del coronel.

—No siga jugando, coronel. Sé lo que trama. Aquel día, me levanté después que usted y escuché la conversación que mantuvo en el baño. Di su descripción pero nadie sabe de quién se trata, aunque está claro que era un espía y que usted se ha vendido al enemigo.

—¿A qué enemigo? ¿Se ha vuelto loco? -dijo airado John.

—Le he estado vigilando. Desde el principio supe que no era de fiar, por Dios, si usted es medio japonés. Es uno de ellos.

—Creo que está desvariando sargento -dijo John retrocediendo unos pasos. Wolf le había arrinconado en la escalera y ahora aquella era la única salida que le quedaba.

El murmullo del comienzo de la conferencia de clausura comenzó a ascender por la escalera. John tenía que tomar una decisión. Retrocedió otro paso y posó el pie en el primer escalón. Wolf se aproximó y sacó una pistola.

—No avance más. Quiero que me pase los documentos.

John miró su mano con los documentos y después la pistola de Wolf. Le acercó el sobre y justo cuando Wolf estaba a punto de cogerlo, golpeó con el sobre la pistola. Sonó un disparo, y John se lanzó sobre Wolf. Forcejearon. John le agarraba fuertemente la mano a Wolf para que soltara la pistola, pero al final los dos perdieron el equilibrio y comenzaron a rodar por las escaleras. Wolf perdió el arma y John la cogió al vuelo. Aprovechó la confusión para ascender de nuevo: tenía que recuperar el sobre y acercarse al Presidente. Con un par de zancadas llegó arriba y cogió el sobre. Cuando miró a las escaleras, Wolf seguía tumbado en el suelo, detrás de él, y dos soldados subían a toda velocidad las escaleras. Al verle la pistola le ordenaron que tirara el arma,pero John, dubitativo, les miró sin saber que hacer. Entonces ellos comenzaron a dispararle.

El joven coronel corrió en dirección contraria y salió al pasillo. Allí, otros dos soldados caminaban hacia él. La única alternativa era un corredor lateral que recorría los jardines del palacio.

John corrió con el corazón acelerado por el pasillo y miró a través de la pared acristalada. Debía haber unos cinco metros de altura, pero abajo una mullida alfombra de césped podía amortiguar la caída. Se decidió y de una zancada se lanzó por una de las ventanas mientras escuchaba el silbido de varias balas a su espalda. Afortunadamente, la vegetación amortiguó el golpe, así que corrió hacia el río y se metió en el agua en una vieja barca que había en un embarcadero. Remó con todas sus fuerzas hasta la otra orilla y se ocultó entre unos cáñamos. Después se arregló el uniforme e intentó confundirse con la gente que caminaba por las calles. Había perdido la gorra y su traje estaba algo embarrado, pero afortunadamente había escondido su petate en la estación de trenes. Se dirigió hasta allí antes de que acordonaran la zona. Necesitaba escapar de la zona rusa con su pase especial antes de que le identificaran y comenzaran su búsqueda.

¿Qué podía hacer? Entregarse no le garantizaba nada. Le tratarían como espía y terminaría ahorcado, todavía estaban en guerra y le esperaba una condena por alta traición. Dulles le ayudaría, pero podía no querer verse involucrado y negar que le hubiera dado el informe. Al fin y al cabo, el sargento Wolf no le había reconocido en el cabaret.

Decidió subir en el próximo tren para Berlín. Cuando lograra serenarse podría pensar con más claridad.

* * *

En la sala de conferencias sólo unos pocos percibieron el sonido del disparo. El murmullo de la prensa y el sonido de los flashes habían amortiguado el ruido de las voces y las carreras.

El presidente Truman estaba a punto de terminar su discurso, los periodistas no dejaban de escribir en sus libretas y, desde el otro lado, Stalin miraba indiferente al norteamericano.

—En los años venideros, la colaboración internacional ayudará al mundo a vivir en paz, alejando los fantasmas de la guerra. Desde aquí emplazamos a nuestros aliados a una próxima reunión en Nueva York, dentro de un año –dijo sonriente Truman.

Stalin miró de reojo al Presidente, cinco sillas a su derecha, y exclamó:

—Si Dios lo quiere.

32

HUIDA

«Ni en la guerra resulta glorioso ese tipo de engaño que lleva a romper la fe dada y los pactos suscritos».

Maquiavelo

BERLÍN,
2 DE AGOSTO DE 1945

Al final John entró en la tienda y se compró un traje gris. Era de segunda mano, todo era de segunda mano aquellos días en Berlín, pero no le sentaba del todo mal y, sobre todo, le hacía pasar desapercibido de la marea de soldados americanos de Berlín oeste. No tenía papeles, pero el caos reinaba en la mayoría de zonas de control. Alquiló una habitación en un edificio medio en ruinas y se puso a rebuscar entre sus pertenencias. Dulles le había dado una dirección en Suiza, pero ¿cómo podía llegar hasta allí? Los trenes y transportes públicos estaban vigilados, la gasolina racionada y la mayoría de los vehículos requisados.

Tumbado sobre la cama, con el informe desparramado, John comió algo de pan con mantequilla. No había podido conseguir mucho más. Llevaba veinte horas huyendo, pero hasta que no encontró un lugar donde esconderse no había notado el hambre que tenía.

Ahora era un traidor, un posible espía y, tras quitarse el uniforme y esconderse del ejército, un desertor. Las cosas no podían ir peor.

Había fracasado en su intento de hablar con el presidente Truman y su única esperanza era contactar con Dulles para que al menos le facilitara las cosas. No es que tuviera mucha fe en que lo hiciera, pero esperaba que por lo menos le diera un salvoconducto para huir a Sudamérica. Una vez allí, ya se las apañaría para llevar a Ana y el niño. Si no se metía con el ejército, éste se cansaría de buscarle y podría vivir tranquilo. No era la vida que había planeado, pero por lo menos dormiría con la conciencia tranquila. Había hecho todo lo posible para impedir el lanzamiento de la bomba.

Durmió un par de horas y cuando se despertó, no recordaba dónde se encontraba ni qué hora era. Tenía que salir para Suiza lo antes posible. Se arriesgaría a coger algún tren nocturno. Los soldados americanos tenían controles en las estaciones, pero esperaba que por la noche fueran más fáciles de sortear.

En cuanto oscureció, recogió sus cosas, pagó la habitación y se dirigió a la estación. Allí preguntó a varias personas, pero nadie entendía inglés, hasta que una chica muy joven le dijo en un correcto inglés que en dos horas salía un tren para Zúrich, y desde allí tendría que viajar a Berna.

Afortunadamente la estación en ruinas estaba repleta de gente y por la noche sus rasgos asiáticos no eran tan evidentes. A la entrada del andén, dos soldados aburridos pedían la documentación a todos los viajeros. Los Aliados buscaban por todas partes nazis fugitivos y, en secreto, científicos que les ayudaran en sus planes armamentísticos.

John pensó que al presentarse como un empresario norteamericano que había perdido el pasaporte y se dirigía a la zona norteamericana, concretamente a Nuremberg, los soldados le dejarían pasar.

—¿Adónde se dirige?

—A Nuremberg, ayer estuve de juerga con una prostituta de Berlín y me robó el dinero y el pasaporte –dijo John.

—¿No sería mejor que fuera a la embajada? Los rusos le van a poner muchas trabas si intenta atravesar su zona sin documentación –dijo uno de los soldados.

—Tiene usted razón, pero si pierdo el tren no llegaré a la reunión de negocios y mis jefes me pondrán de patitas en la calle. Prefiero tener que enfrentarme a los rusos antes que a mi mujer, como vuelva a casa sin blanca y con un despido en la mano.

Los dos jóvenes soldados se rieron, no hicieron más preguntas y le desearon suerte. Tenía que atravesar casi de norte a sur la zona rusa y después la americana. Pero por lo menos, ya había logrado sortear el primer obstáculo.

John se acomodó en un asiento. Afortunadamente, había podido comprar uno de primera clase. En el resto del tren la gente se hacinaba de cualquier manera, compartiendo olor y calor corporal. A los veinte minutos, el tren se detuvo, pero los rusos dejaron pasar el convoy sin revisarlo. Por lo menos podría descansar algo hasta el próximo control. A su lado, una mujer alemana rica jugueteaba con un pequeño pequinés. John intentó recostarse hacia el otro lado y dormir un poco. Dos horas después, el tren se detuvo en la zona americana. Los soldados pasaron de largo por primera clase para no molestar a los viajeros. John miró de reojo a los soldados y aguantó el aliento hasta que salieron del vagón.

Cuando el sol comenzó a surgir por el horizonte, el tren entraba en Suiza. La prueba más dura estaba aún por salvar, ¿cómo podría pasar la frontera suiza sin papeles? El tren paró junto a la frontera y varios agentes de aduanas empezaron a recorrer los vagones. John se levantó del asiento y fue a su encuentro antes de que los aduaneros llegaran hasta él.

—Señores –dijo John en inglés–: agente del OSS.

Los dos hombres le miraron extrañados. John les enseñó el pasaporte americano y los dos hombres sonrieron.

—Americano –dijeron en un mal inglés.

—Sí –dijo él sonriendo–. Viaje de negocios.

Los dos hombres le devolvieron el pasaporte y le saludaron antes de continuar por el pasillo. John resopló y temblando volvió a su puesto. La anciana le miró de reojo y le dijo en un atropellado inglés.

—Joven, ¿se encuentra bien?

John hizo un gesto afirmativo. Tenía la boca seca y el corazón acelerado, pero ya se encontraba a salvo en Suiza.

El tren se detuvo en Zurich y John compró un nuevo billete para Berna. En apenas dos horas habría alcanzado su objetivo. Eran las doce del mediodía del 3 de agosto de 1945.

BASE DE TINIAN,
1 DE AGOSTO DE 1945

Tibbets se levantó temprano esa mañana, tenía un trabajo importante que hacer. Después de casi un año de ensayos, redactó la orden secreta del primer ataque atómico de la historia. Guardó la orden en un sobre y se la envió a su superior inmediato, el general LeMay.

En la orden, Tibbets explicaba algunos detalles técnicos de la misión, como que emplearían siete B-29 o las mejores horas para el despegue. Tres volarían a distancia del aparato que llevaba la bomba, para averiguar in situ el tiempo de los tres objetivos principales, el otro estaría de reserva en Iwo Jima, y por último, estaba el avión principal cargado con la bomba, acompañado de dos aviones exploradores.

Ahora Tibbets se veía en la tarea de escoger a sus hombres para las distintas misiones. Sabía que eso podía levantar ampollas, pero tenía claro que el avión principal estaría comandado por él mismo.

El coronel Tibbets pasó el resto del día dando instrucciones a sus hombres; la mayoría de ellos seguían desconociendo el objetivo de la misión.

WASHINGTON D. C.,
1 DE AGOSTO DE 1945

El general Groves decidió dar un paseo aquella tarde. Llevaba días sin salir del despacho y necesitaba tomar algo de aire fresco y ver las cosas con algo de perspectiva. Aquel mismo día le había llegado un cable informándole que la bomba estaría preparada para el día siguiente. En cualquier momento podría haber una llamada y un B-29 surcaría el cielo azul del Pacífico y lanzaría la última bomba de la guerra. Su misión habría acabado, después de cuatro años, y los soldados podrían volver a casa.

Contempló el monumento a Lincoln desde lejos y después se acercó hasta la colosal estatua sentada. Apenas había turistas aquel día en la capital; el calor era infernal y la mayoría de la gente prefería pasar esos días junto al mar o en el campo. Una vez en la base del monumento, el general Groves miró la cara cansada del Lincoln.

—Ahora entiendo por lo que tuviste que pasar al sacrificar todo en pro de un ideal. Dentro de unos días, la mitad de la humanidad me considerará un monstruo y la otra mitad un héroe. En el fondo no deseo ser ninguna de las dos cosas. Teníamos que hacer un trabajo y lo hemos hecho. Eso es todo.

El general caminó despacio por la inmensa avenida. La ciudad parecía adormecida por el calor. Se quitó la gorra y pasó un pañuelo por su frente sudorosa. Hombres como él habían construido aquel país, pensó mientras regresaba a su despacho por la larga avenida rodeada de árboles.

33

LA DECISIÓN

«Largo y arduo es el camino que conduce del infierno a la luz».

Milton

BERNA, SUIZA
2 DE AGOSTO DE 1945

Aquel viaje sólo había tenido un propósito, salvar el pellejo. Si se hubiera quedado en Potsdam habría sufrido un consejo de guerra por traidor y, unas semanas más tarde, como mucho unos meses, habría sido ahorcado. Tenía miedo a morir. De adolescente había coqueteado con la extraña belleza y fascinación que tiene la muerte sobre las almas jóvenes, pero ahora quería vivir con todas sus fuerzas. Vivir para seguir sintiendo, aunque fuera sobrellevando el rencor por su padre ausente e inalcanzable, la angustia por su madre, egoísta y distante, sobre todo porque quería pasar los años junto a Ana y su hijo. Le quedaban tantas cosas por hacer, tantos sueños por conseguir, que se conformaba con empezar en cualquier sitio y de cualquier manera. Eso es lo que le había ido a pedir a Dulles. Una segunda oportunidad para vivir.

John miró la tarjeta, medio sucia, que le había dado Dulles una semana antes. El nombre que aparecía no era el suyo, era un nombre falso, y la dirección de las oficinas de una falsa empresa importadora-exportadora de productos alimenticios, en especial chocolate.

El joven no sabía por dónde comenzar. Tenía miedo de que alguien le hubiera seguido hasta allí y sólo esperara que se pusiera en comunicación con su contacto para apresarle o matarle. Eso también se le había pasado por la cabeza. Había accedido a información al más alto nivel y estaba al tanto de la misión más importante de la guerra. Se había convertido en alguien terriblemente molesto, que sabía demasiado.

Intentó apartar esa idea de la cabeza y caminar más deprisa. Necesitaba a toda costa encontrar la oficina antes de que fuera más tarde. Sin duda, localizarían su pista y le atraparían, no había tiempo que perder.

John evitaba encontrarse con los policías. Caminó desorientado por las calles y preguntó a un par de transeúntes por la dirección, pero nadie parecía conocerla. Cansado se sentó en uno de los bancos de una plaza. Llevaba sin comer desde la noche anterior, apenas había dormido y la angustia le reconcomía por dentro.

Un anciano se sentó a su lado y comenzó a dar de comer a las palomas. Después miró a John y le dijo:

—¿De dónde es?

El joven le observó más detenidamente. Su aspecto era el de un vagabundo. Una barba larga gris y enredada, la piel muy arrugada y oscurecida por el sol, su traje elegante pero algo raído. Pero aquel tipo hablaba un inglés correcto.

—¿Cómo dice? –preguntó John extrañado.

—Le preguntaba qué de dónde es. Los suizos son en gran parte de aquí y de todas partes, pero sus ojos no son muy comunes en estos lares. ¿Es chino, japonés...?

—No, soy norteamericano.

—Los norteamericanos no tenemos rasgos raciales definidos, somos un pueblo sin raza, eso es lo que nos salva, ¿no cree? –dijo el viejo sonriendo con sus dientes amarillentos.

—Puede que sí –dijo John sin mucha gana de seguir la charla.

—Llevo veinte años aquí, pero me siguen considerando extranjero. Los suizos son muy racistas, ¿lo sabía?

—Es la primera vez que visito Suiza –contestó John.

—Se enorgullecen de ser neutrales, de haber fundado la Cruz Roja, de vivir sin ejército, pero en el fondo, la hermosa fachada que ve oculta una terrible realidad –dijo el anciano mientras señalaba con las manos las suntuosas casas de la plaza.

John apenas seguía la conversación, continuaba preocupado con sus cosas. La noche no tardaría en llegar y desconocía dónde estaba Dulles.

—Todos esos bancos encierran los robos y expolios de decenas de países. Los suizos no son racistas con sus clientes, guardan tan celosamente el dinero a nazis como a judíos.

—Lo lamento, pero tengo que marcharme –se disculpó John.

—¿Adónde se dirige?

John le enseñó la tarjeta y el hombre le sonrió.

—Está muy cerca de aquí, si lo desea puedo acompañarle dando un paseo.

—¿Sería tan amable? –dijo John prestando atención por primera vez al viejo.

Los dos caminaron unos diez minutos hasta que se pararon enfrente de un edificio con el cartel de la empresa que buscaba. El anciano se detuvo y le señaló con el bastón. John le dio la mano y le volvió a agradecer su ayuda. Pensó en entrar sin más, pero luego se dio cuenta que era mejor llamar a Dulles, quedar con él en un lugar próximo, para no comprometerle más.

En una pequeña plaza próxima John encontró un teléfono público, marcó el teléfono de la tarjeta y esperó. A los tres toques, cuando John comenzaba a ponerse nervioso, una voz masculina habló en inglés.

—Blyton, exportaciones e importaciones, dígame.

—Necesito hablar con Stephen Greene.

—¿De parte de quién? –preguntó la voz anodina.

El joven dudó unos momentos. Si daba su verdadero nombre

podía poner a aquel hombre tras su pista. A esa hora, los servicios secretos de medio mundo debían estar buscándole.

—Mi nombres es John Silver Plate –dijo sin pararse a pensar mucho. Aquella era la clave de la operación en la que él había participado. Creyó que de esta manera Dulles le identificaría de inmediato.

—Un momento, no se retire, señor Plate.

Un pequeño zumbido llegó hasta sus oídos; sin duda alguien estaba gravando la conversación. Pensó en colgar e intentar escapar por su cuenta, pero ¿cómo hacerlo? Media Europa estaba ocupada por los norteamericanos y la otra por los rusos. Podía llegar a España después de atravesar toda Francia, pero su buena suerte podía terminar y ser detenido en algún control.

—Señor Plate –contestó una voz que le sonaba familiar. John estuvo a punto de llorar como un niño. El hombre al otro lado del teléfono era Dulles, no cabía la menor duda.

ISLA DE GUAM,
2 DE AGOSTO DE 1945

El viaje a Guam se había convertido en casi un ritual semanal. Tibbets prefería ver a LeMay cara a cara, ante el temor de que los cables pudieran ser interceptados por los japoneses y descifrados. Aquella vez también iba acompañado, en este caso por el capitán Ferebee. Necesitaban ultimar más detalles, por si la orden del lanzamiento llegaba desde Washington.

—Caballeros, ¡qué placer volver a verles! –dijo un exultante LeMay. Acababan de ascenderle hacía unas horas a jefe del Estado Mayor de las Fuerzas Aéreas Estratégicas.

—Felicidades por su ascenso, señor –contestó Tibbets.

—Gracias.

Los dos hombres se acomodaron en las sillas y comenzó la reunión.

—General, ¿cuál es el objetivo de preferencia? –peguntó Tibbets.

—Hasta ayer mismo estuve hablando de este tema con el general Groves. No sé si conocen que hay varios prisioneros americanos en Hiroshima y un campamento de prisioneros en Nagasaki. La segunda ciudad no nos preocupa, ya que se trata de un objetivo de tercer orden, pero Hiroshima es nuestro objetivo preferencial –dijo LeMay.

—Entonces, seño... –dijo Tibbets inquieto. No le gustaba lanzar su bomba sobre inocentes soldados norteamericanos.

—Groves insistió con la idea de que se bombardease Kioto, pero sale de nuestro campo de acción. Los aviones no pueden arriesgarse tanto. Además Kioto es una ciudad llena de altares y templos, no hay ningún objetivo militar reseñable. Yo creo que Hiroshima es la mejor opción. Tibbets, la primicia la tiene Hiroshima.

—Siempre pensé en esa ciudad como objetivo –contestó Tibbets sin pestañear. A él le daba igual una ciudad u otra, todas estaban llenas de japos enemigos, que venderían a su propia madre por salvar a ese Emperador de pacotilla. Si alguien tenía que morir, prefería que fueran ellos y no más soldados norteamericanos.

—Miren este mapa –dijo LeMay dejando las sillas y dirigiéndose a un enorme mapa. El mural aparecía en parte cubierto por varias imágenes recientes de Hiroshima–. El objetivo es perfecto, pero debo advertirles de algo.

LeMay fue hasta su escritorio y pidió a su secretario que dejara pasar al oficial de Operaciones, Blanchard. El oficial entró en la sala y se acercó al grupo.

—Si se bombardea a la altura propuesta, los aviones pueden sufrir un intenso viento de costado –dijo Blanchard.

—No hay problemas con vientos de veinticinco o treinta grados –dijo el capitán Ferebee.

—Pero, en esta zona –señaló Blanchard–, los vientos pueden alcanzar hasta los cuarenta y cinco nudos.

—Y, ¿cuál es la solución? –preguntó Ferebee encogiéndose de brazos.

—La solución es que vuelen con viento de cola. Eso les ayudará a aumentar la velocidad, lo que les hará menos vulnerables y eliminará el asunto de los vientos de costado.

—Estoy en desacuerdo, es mejor introducirse directamente en el viento, eso elimina los efectos de corriente de través y nos permitirá bombardear con seguridad –dijo Tibbets.

—Pero eso reducirá la velocidad y aumentará las posibilidades de que el avión sea derribado –dijo LeMay.

—Discúlpeme, señor, pero nuestra misión es dar en el blanco, no buscamos nuestra seguridad –dijo Ferebee, y después miró a Tibbets para buscar su apoyo.

—Si es lo que desean, la navegación será contra el viento, pero tengan cuidado. Si se les acaba el combustible al regreso, caerán en el océano –dijo LeMay.

—El otro asunto, señor. Es sobre el Punto de Bombardeo –dijo Tibbets.

—Estamos abiertos a sus sugerencias –indicó LeMay.

—¿Importa que la bomba caiga en la ciudad o el objetivo es el puerto? –preguntó Ferebee.

—El objetivo es causar el mayor daño posible para provocar la rendición del Japón. Nosotros asumimos las consecuencias, capitán –dijo el general LeMay.

Ferebee observó el plano de la ciudad y señaló un punto con el dedo.

—Aquí señor, sobre el puente Aioi –dijo por fin.

El puente formaba una especie de T justo en el corazón de Hiroshima.

—Un buen Punto de Bombardeo –señaló LeMay. El resto del grupo asintió con la cabeza.

—Es el mejor blanco que he visto durante toda esta guerra –dijo Tibbets sonriendo.

HIROSHIMA
2 DE AGOSTO DE 1945

El puente Aioi estaba muy animado a esa hora de la tarde. La ciudad llevaba varios meses sin recibir la visita de los B-29 americanos y la gente prefería olvidarse de las medidas de seguridad y caminar al raso en mitad del día, disfrutando de los brillantes atardeceres desde el puente. Un grupo de escolares con sus uniformes cruzó el puente en formación entonando canciones infantiles. Algunos carros tirados con alimentos atravesaban el puente de hierro a toda velocidad. El combustible era tan escaso, que el mundo había vuelto de repente al siglo anterior con sus carencias lentas y armoniosas.

Un par de ancianos cuidaban de sus cañas de pescar, mientras una ligera brisa movía los árboles de un parque cercano.

Un joven llamado Oshima Nagisa se detuvo en medio del puente y miró hacia el cielo. El sol rojo caía sobre Hiroshima bañando con los últimos rayos las cristalinas aguas del río. El joven contempló cómo el sol se ocultaba tras las montañas. Al día siguiente debía presentarse en la oficina de reclutamiento. Le aterraba la idea de morir. Allí, en medio de aquella inmensa paz se sentía seguro, pero en un par de días partiría para un campo de entrenamiento y desde allí, dos semanas más tarde, directamente al frente. Ninguno de sus amigos había regresado y la gente murmuraba que los soldados morían por millares. Él tampoco regresaría, pero al menos podría guardar en su memoria el recuerdo de su ciudad y la hermosura de sus calles. Casi nadie deseaba ya la guerra, pero los temerosos japoneses no se atrevían a decirlo en alto. Nagisa se puso las manos detrás de la cabeza y notó la humedad que ascendía desde el río. Después se giró, la ciudad se movía despacio, como un oso panda adormecido. Hiroshima era su ciudad, el lugar más bello del mundo. Allí seguiría cuando él hubiera muerto.

34

UNA NUEVA VIDA

«Los que viven verdaderamente son los que luchan».

Victor Hugo

BASE DE TINIAN,
3 DE AGOSTO DE 1945

El trabajo no hacía sino aumentar a medida que los días pasaban. Tibbets pensó en su madre. Le hubiera gustado que le viera allí sentado, con su uniforme de coronel y a punto de realizar una de las misiones militares más importantes de la historia.

Tibbets se ponía más histérico a medida que pasaban las horas, tenía en la cabeza la idea de que algo podía salir mal, que alguien intentara hacer un sabotaje o un ataque suicida. Había reforzado la seguridad en todo el perímetro, en especial en la zanja vallada del Campo Norte.

El general LeMay llegó aquel día con la orden destinada a la Misión de Bombardeo Especial número 13. Prácticamente el mismo documento que Tibbets había redactado el 1 de agosto, pero con algunos detalles añadidos. La orden ya tenía fecha oficial de ataque: el 6 de agosto de 1945.

Aquella mañana la conversación había sido breve. El coronel había sido el primero en hablar.

—¿Quiere beber algo? –preguntó Tibbets al general.

—No, gracias. Tengo el estómago cerrado últimamente. Me imagino que es la tensión de la misión.

—Yo, en cambio, no paro de comer –bromeó Tibbets.

—¿Le parece bien la fecha elegida? –preguntó el general.

—Sí, nos deja tiempo de sobra para ultimar los detalles. Todavía quedan más de cuarenta y ocho horas –dijo Tibbets sentándose con un café en la mano.

—¿Ya ha seleccionado a todos sus hombres?

—Sí, general. No ha sido fácil, todos ellos son muy buenos.

—Ya conoce que Hiroshima es el objetivo primario, pero en la orden he incluido otros dos objetivos, por si surgieran problemas.

—¿Cuáles son? –preguntó Tibbets después de saborear la taza humeante.

—El segundo es el arsenal de Kokura y la ciudad. El tercero es la ciudad de Nagasaki –dijo LeMay de memoria.

—Estupendo.

—Ese día despejaremos la zona en un área de ochenta kilómetros, durante las cuatro horas previas al ataque y las seis horas posteriores –dijo el general.

—¿Quiere que vayamos a verla, señor?

El general asintió con la cabeza y los dos hombres marcharon al silo donde estaba la bomba. Aquel gran artefacto, como una especie de ballena de hierro, tenía un aspecto impresionante e inquietante. Tibbets, que había sido testigo de la explosión, aún tenía sus dudas con respecto a la bomba. Temía que en el último momento fallase y no terminara la guerra.

—Es hermosa a su manera –dijo el general LeMay.

—¿Usted cree que es hermosa la muerte? –preguntó Tibbets.

—No sé, no pienso mucho en ella.

—Pues éste es el ángel exterminador, como el que mató a los primogénitos de Egipto -dijo Tibbets, recordando la liberación del Pueblo de Israel de Egipto.

—No leo mucho la Biblia -dijo LeMay.

—Aquella noche murieron inocentes por culpa de faraón, dentro de unos días morirán inocentes por culpa del Emperador del Japón.

BERNA, SUIZA,
3 DE AGOSTO DE 1945

La noche llegó muy rápido, como si quisiera avisar a John de los peligros que corría. Después de hablar con Dulles y de que éste le recomendara descansar en una pensión cercana, a John comenzaron a surgirle dudas. El director del OSS le había prometido que se verían muy temprano al día siguiente. Al principio, John se enfadó. No había recorrido media Europa para quedarse sentado esperando; aquel hombre le había metido en aquel embrollo, lo menos que podía hacer por él era atenderle y ayudarle. Pero al final, el cansancio y el hambre le hicieron recapacitar. Unas horas, más o menos, no cambiarían mucho su situación.

Despertó con un ligero dolor de cabeza pero plenamente restablecido. Tenía la sensación de no haber dormido durante días. Aquel sueño le reconfortó y le ayudó a pensar con claridad. Si Dulles no le ofrecía una salida razonable, pasaría a Francia y desde allí, intentaría llegar a España y buscar un barco que le llevase a México o Costa Rica. Una vez a salvo, intentaría ponerse en contacto con Ana.

Aquella mañana se sentía más optimista y decidido. En el peor de los casos, podía amenazar a Dulles. Todavía tenía en su poder el informe que le había dado, en el que se revelaban importantes detalles de la misión y, lo que era más importante, la información que se había ocultado al Presidente para que no interfiriera en su decisión de arrojar la bomba sobre Japón.

John se miró frente al espejo roto de la habitación. Su cara estaba pálida, tenía la barba sin afeitar y los ojos enrojecidos.

Se lavó la cara con agua fría y su contacto le revitalizó. El olor del jabón y su frescor le hizo sentirse más relajado. Los pequeños abrazos de la cotidianidad muchas veces eran el secreto para una vida larga y feliz, pensó mientras cogía la ropa.

Se vistió con el único traje que tenía, pero procuró mejorar el nudo de la corbata y en la calle, compró un sombrero de fieltro, fresco y elegante. Después caminó hasta el café donde había quedado con Dulles. El pequeño establecimiento estaba casi vacío tan temprano. Por la calle, tan sólo se veía algún pequeño camión repartiendo comida por los restaurantes, o panaderos, con sus bicicletas, que llevaban el pan del día por las casas.

John se sentó en la terraza. A esa hora, el frescor de la noche anterior seguía prevaleciendo frente al sol ligero de la mañana. John pidió un café muy cargado y disfrutó de esas primeras horas de tranquilidad. Por unos momentos se olvidó de que era un fugitivo, un espía y un desertor, se sentía como un simple turista, que disfrutaba de un alto en el camino antes de continuar su viaje. Entonces vio acercarse la inconfundible figura de Dulles. Ya no vestía el uniforme raído con el que le había visto la primera vez. Su traje de corte inglés, con raya diplomática y cruzado a un lado, le daba un porte distinguido y aristocrático. Llevaba un sombrero oscuro y la piel brillante de su rostro parecía recién afeitada.

El joven hizo amago de levantarse, pero Dulles le hizo un gesto con la mano. Después miró dentro del local y pidió otro café. Se acercó a la mesa y se sentó sin saludarle.

—Veo que las cosas no han salido como las teníamos previstas -dijo Dulles sin molestarse en preguntarle cómo se encontraba.

—No, todo ha salido al revés.

—Ya me enteré de su escena en plena conferencia. ¿Por qué se puso a pegar tiros a unos metros del Presidente? -le recriminó Dulles.

—Yo no empecé a pegar tiros, los guardias dispararon y tuve que salir corriendo para salvar la vida.

El camarero trajo el café y lo dejó sobre la mesa de mármol.

—Si no hubiera huido todo habría sido más fácil. Yo hubiera conseguido con facilidad que el Secretario de Guerra le concediera un indulto y que regresara a casa, pero ahora las cosas se han complicado de verdad.

—¿Por qué? –preguntó John con un nudo en la garganta.

—El sargento Wolf ha muerto –dijo Dulles con total indiferencia.

—¿Qué? ¿No creerá que yo le he matado? –dijo John nervioso.

—No importa lo que yo crea, pero hay una orden de búsqueda y captura contra usted. Se le acusa de asesinato, deserción, espionaje e intento de magnicidio.

—Pero eso es ridículo, yo no quería matar al Presidente –dijo John asustado.

—Eso lo sabemos usted y yo, pero lo que saben los militares es que usted estuvo a cinco o seis metros del Presidente con una pistola en la mano y pegando tiros –señaló Dulles.

John respiró hondo e intentó calmarse un poco. El corazón le latía a toda máquina. Las cosas estaban peor de lo que él había imaginado y Dulles no se mostraba muy dispuesto a ayudarle.

—¿Qué puedo hacer ahora? Usted me metió en este embrollo –dijo John señalando a Dulles con el dedo.

El hombre frunció el ceño, se inclinó hacia delante y en tono bajo le dijo:

—Disculpe señor Smith, pero yo no le obligué. Usted decidió prestar este servicio de forma voluntaria.

John intentó recuperar el sosiego. Poner a Dulles en su contra era un lujo que no se podía permitir.

—Disculpe señor, pero tengo a medio ejército pisándome los talones, no puedo volver a casa y no sé dónde ir –se lamentó John.

Por primera vez Dulles mostró pena por él joven. Le sonrió ligeramente e intentó serenarle.

—No se preocupe, encontraré una solución, pero tiene que tener paciencia.

—¿Paciencia? No sé si me persiguen, no tengo dinero ni papeles -dijo John perdiendo los nervios.

Dulles le cogió de la mano y le dijo:

—Te entiendo hijo, pero tengo que hacer tu salida extraoficialmente, sin usar los canales del OSS. Hay gente en la agencia que informa de mis movimientos al Ministro de Guerra y a la inteligencia militar. Si descubren que te ayudo se lanzarán sobre mí y entonces sí que no podré ayudarte.

John intentó tragar saliva, aquello le dejaba en una posición muy delicada. ¿No le quedaba más remedio que esperar y confiar en la palabra de Dulles?, se preguntó.

—Esperaré -dijo con la voz entrecortada.

—Bueno, hijo. Entonces dame los papeles que te entregué, será mejor que los destruyamos -dijo Dulles.

—No puedo hacer eso, señor. No le devolveré los papeles hasta que esté en algún lugar seguro, con una nueva identidad -contestó John con el ceño fruncido.

El rostro de Dulles se endureció de repente, su rostro paternal se transformó en una mueca de disgusto. El joven le miró temeroso. Por primera vez, era consciente del juego en el que se había metido. Las medias verdades y las medias mentiras del mundo de los espías, donde nadie confía en nadie y todos tienen trapos sucios que esconder. Por fin había visto la situación con nitidez: aquellos papeles eran lo único que impedía que Dulles se deshiciera de él.

—Esos papeles, en malas manos, pueden ser peligrosos -dijo Dulles.

—Los guardaré a buen recaudo. ¿Ya no le importa que lancen la bomba? Únicamente era una cuestión de orgullo, quería terminar usted solito la guerra. Señor Dulles, si no quiere salvar mi pellejo por haber sido el que me ha metido en todo este lío, por lo menos, sálveme para salvarse usted mismo -dijo John, recuperando la compostura. Ya no tenía nada que perder y tenía el valor de los sentenciados a muerte.

—Hijo, está jugando con fuego. Será mejor que me entregue esos documentos en cuanto le dé su nueva identidad. Si no, puede que no llegue a ver a su mujer y su hijo nunca más –dijo Dulles con la mirada encendida.

John se puso en pie. Estaba muy enfadado. Dejó unas monedas en la mesa y se dispuso a marcharse.

—¡John Smith, espero que sepa lo que está haciendo! –dijo Dulles poniéndose en pie.

—Mi nombre completo, señor Dulles, es John Smith Okada.

Un escalofrío recorrió la espalda del director del OSS, al pensar que podía entregar esa información a los japoneses.

—¡Le espero aquí mañana por la mañana! Traiga los documentos y yo le daré sus papeles y dinero –dijo Dulles amenazante.

John siguió caminando, como si ignorara las palabras de Dulles. Acababa de tomar la decisión más importante de su vida.

35

TRAICIÓN

«La traición la emplean únicamente todos aquellos que no han llegado a comprender el gran tesoro que se posee siendo dueño de una conciencia honrada y pura».

Espinel

TINIAN,
4 DE AGOSTO DE 1945

Aquella noche el coronel Tibbets había tenido una pesadilla. Una serpiente se enroscaba en su brazo cuando intentaba tomar los mandos de su B-29 para lanzar la bomba sobre Hiroshima. En el sueño, él intentaba deshacerse de la serpiente sin soltar los mandos pero ésta se disponía a morderle, cuando se despertó bañado en sudor.

Tomó un vaso de agua y miró la hora. Era muy temprano, pero estaba seguro de que ya no volvería a conciliar el sueño. Quedaban cuarenta y ocho horas para lanzar la bomba y su cabeza estaba a punto de estallar. En un par de ocasiones había pensado en los habitantes de Hiroshima, pero se había dicho que era inútil darle más vueltas, él no podía hacer nada para salvarlos. Si él no lanzaba la bomba, otro piloto lo haría en su lugar.

Después de desayunar se dirigió al barracón de reuniones. Dos guardias esperaban a la puerta. Entró en la sala en penumbra, porque, por medidas de seguridad, ahora cerraban todo con cortinas negras. Una de las paredes estaba repleta de mapas y fotos de Hiroshima. Un proyector de cine era la única novedad de aquella mañana.

* * *

la reunión prevista. Aquel mismo día habían llegado varios científicos para dar algunas explicaciones a los técnicos militares. Entre ellos estaban Norman Ramsey y Ed Doll. También asistieron a la reunión el capitán Parsons y el subteniente Jeppson.

Parsons preparó el proyector y puso una de las películas filmadas en Alamogordo.

Un cuarto de hora más tarde, llegaron varios representantes británicos. Los ingleses estaban furiosos, se les había excluido del vuelo de la primera misión. Los oficiales se habían quejado, pero las órdenes venían de Washington y LeMay no podía desobedecerlas.

Al grupo se unió cada una de las tripulaciones por separado, para ser informadas de la misión que iban a emprender pasados unos días. La mayoría de los hombres tenía una fuerte resaca. Llevaban varias noches bebiendo hasta caer rendidos. Tibbets comprendía la tensión por la que estaban atravesando sus hombres y prefería que se desahogaran de esa manera y ninguno se echara a atrás.

—Caballeros –comenzó a decir Tibbets–, ha llegado el momento de que descubran a qué nos enfrentamos. Vamos a lanzar un arma altamente sofisticada, que nuestros científicos han creado. El arma ya ha sido probado con éxito anteriormente.

Tibbets hizo una señal y dos hombres apartaron dos telas negras de los encerados. Aparecieron varios mapas de Japón y una gran cantidad de fotos de una ciudad, Hiroshima.

—Los objetivos principales son los siguientes: Hiroshima, Kokura y Nagasaki. Enviaremos tres aviones meteorológicos, uno a cada ciudad. Estos aviones explorarán las ciudades; si el primer objetivo falla, el B-29 que lleva la bomba irá al segundo o tercer objetivo. Otro de los B-29 llevará todo el equipo fotográfico, y un quinto B-29 irá a una corta distancia del avión que transporte la bomba. En Iwo Jima, permanecerá un sexto avión de reserva y yo pilotaré el avión que transporte el arma secreta. Ahora les hablará el capitán Parsons.

El capitán se adelantó dos pasos y mirando fijamente al grupo le dijo:

—La bomba que van a lanzar es algo nuevo en la historia de la guerra. Se trata del arma más terrible y destructora que se haya creado nunca. Creemos que eliminará todo lo que encuentre a su paso en un radio de cinco kilómetros.

Un silencio grave recorrió la sala. Los soldados sabían que estaban metidos en algo muy gordo, pero aquello les superaba. Después Parsons les relató brevemente la historia del Proyecto Manhattan. Parsons se dirigió al proyector y con una seña pidió que el técnico lo pusiera en marcha. Hubo algunos problemas técnicos, pero al final pudieron ver la prueba atómica de Alamogordo. Tras la película, Parsons volvió a tomar la palabra.

—Nadie sabe qué ocurrirá cuando la bomba sea lanzada sobre el objetivo. Esto no se ha hecho nunca, pero esperamos que una gigantesca nube se eleve sobre dieciocho mil metros, precedida por un relámpago de luz más brillante que el sol.

Parsons sacó unas gafas de una caja y comenzó a repartirlas.

—Tendrán que llevar esto cuando se produzca la explosión. El capitán dejó paso a Tibbets que se aproximó a sus hombres.

—Ahora son ustedes los tripulantes mejor preparados de la historia. No hablen de lo que han escuchado aquí con nadie. Ni siquiera entre ustedes. Nada de cartas a casa. Y, por supuesto, ni una mención a que está próxima una misión importante, ¿entendido? Cualquier desliz en este sentido será considerado alta traición y tendrán que comparecer ante un consejo de guerra. Les aseguro que si llega el caso, yo mismo les ahorcaré –dijo Tibbets muy serio.

Después, el coronel se alargó en algunas instrucciones técnicas como el día y la hora del bombardeo, la ruta a seguir y las horas de vuelo necesarias para llegar al objetivo. Después concluyó con unas palabras de ánimo:

—Caballeros, esta misión es lo más importante que les ha sucedido en la vida. Me siento orgulloso de haber trabajado con ustedes en esta misión. Su moral ha sido siempre alta a pesar de la incertidumbre y la prolongada espera. Me siento muy honrado por haber sido elegido por el gobierno de mi país para esta misión. Ustedes también han de sentirse así, con su esfuerzo van a salvar vidas americanas. Esta acción acortará la guerra un mínimo de seis meses y cuando regresen a casa, cuando vean a sus mujeres, hijos o padres, podrán mirarles con orgullo, como héroes que han dado todo lo que tenían por su país.

BERNA, SUIZA,
4 DE AGOSTO DE 1945

No se podía acostumbrar a mirar todo el rato para atrás. Hasta el punto de que apenas caminaba dos pasos y tenía que girar para comprobar que nadie le seguía. Se giró una vez más y observó la calle vacía por la tormenta. Su ropa estaba empapada, pero no se había parado a comprar un paraguas o un chubasquero. Durante las últimas doce horas había buscado a un hombre sin descanso: el señor Hack del que hablaba el informe de Dulles. Primero fue a la embajada alemana, pero el consulado estaba patas arriba. Desde hacía poco más de cuatro meses, no había ningún país que representar: Alemania había dejado de existir. Los funcionarios habían huido y tan sólo quedaba a cargo del edificio el antiguo conserje. Le había dejado pasar y revisar los archivos de los residentes alemanes en Suiza, pero los archivos habían sido arrasados. La embajada había sido un hervidero de espías durante la guerra y los funcionarios habían destruido casi todos los documentos antes de huir. Después intentó buscar a Hack por medio de la comunidad alemana en Berna, representada por algunos banqueros y comerciantes, la mayoría de Baviera, pero tampoco dio resultado. Ahora se dirigía a la embajada japonesa, por lo que había leído en el informe, Hack era uno de los agregados comerciales de Japón en Suiza.

Antes de acercarse a la fachada del consulado, miró para un lado y para el otro. Temía que los hombres de Dulles le hubieran seguido o estuvieran esperándole en la puerta de la embajada. La calle estaba desierta. John entró en la embajada totalmente empapado. No le recibieron muy bien, a pesar de su aspecto oriental su acento era claramente norteamericano.

—Señor Smith, el embajador está muy ocupado y la información que me pide es confidencial -dijo el funcionario japonés con un espantoso acento inglés.

—Pero debo verle lo antes posible, es muy urgente -dijo John casi suplicando.

—Rellene las solicitudes, ponga la razón por la que desea una entrevista y en unos días recibirá una carta -dijo el funcionario pasándole varios formularios en japonés.

—No hay tiempo, le he dicho que es muy urgente.

Un hombre vestido con un elegante traje blanco entró en la embajada sacudiendo un paraguas. El funcionario se inclinó levemente y saludó al caballero.

—Señor secretario -dijo el funcionario.

El caballero observó la desencajada cara de aquel joven de aspecto oriental y le dijo:

—¿Qué sucede?

John contestó en japonés y el hostil funcionario le miró complacido, al comprobar que era japonés como él.

—Necesito hablar urgentemente con el señor Hack, es un asunto de vital importancia -dijo John dirigiéndose al secretario.

—Pero el señor Hack no suele pasarse por aquí muy a menudo. Últimamente no hay muchos países que quieran comerciar con Japón -dijo el caballero con una ligera sonrisa.

—No le voy a hablar de negocios, pero es un asunto muy importante.

—Buruma, busque la dirección del señor Hack y désela a este hombre, rápido -ordenó el secretario.

El funcionario refunfuñó y se dirigió al archivo.

—Discúlpele, todos estamos algo nerviosos, la guerra no va muy bien.

—Entiendo -dijo John.

—¿De que parte de Japón es usted? -preguntó el caballero.

—Yo no he nacido en Japón, pero mi madre es de Kioto.

—Kioto, el corazón del Japón. Está empapado, mandaré que sequen sus ropas y que le preparen algo caliente.

El joven aceptó la oferta. Tenía la ropa pegada al cuerpo y la humedad le calaba los huesos. Entraron en un despacho amplio, que estaba casi a oscuras por la tormenta. El caballero encendió la estancia y John pudo contemplar un elegante despacho de caoba, con una amplia mesa y varias sillas y unas sencillas estanterías con volúmenes antiguos. Presidía el despacho el retrato del Emperador.

—¿Qué hace un joven japonés como usted en Suiza? Es la primera vez que lo veo y no somos muchos en la ciudad.

—Es una historia muy larga. Necesito ver al señor Hack -dijo John sin querer entrar en detalles.

—Me ha dicho que no se trata de negocios, pero el señor Hack es un asesor comercial. ¿De qué otra cosa querría hablar con él?

—Es un asunto personal, vengo de Alemania y traigo noticias -contestó John intentando hablar con vaguedades.

—Asuntos personales -concluyó el hombre.

—Me temo que sí.

El funcionario entró con una nota y se la alcanzó al secretario. Éste la observó unos segundos y se la entregó al joven.

—Tenga.

John miró la nota. Estaba escrita en japonés. A pesar de que lo hablaba perfectamente, lo leía con dificultad.

—¿No entiende nuestro idioma? –preguntó el caballero al observar el rostro confuso de John.

—Leo un poco, pero no me crié en Japón.

El joven sabía cual sería la próxima pregunta, pero el caballero se levantó y escribió la nota en inglés.

—Así está mejor.

—Sí, señor. Muchas gracias –dijo John levantándose y recogiendo la chaqueta algo más seca–. Será mejor que no les moleste más.

John se inclinó ante el secretario y salió del despacho.

—¡Joven! –escuchó desde la puerta. El joven se dio temeroso la vuelta.

—Llévese un paraguas o cogerá una pulmonía.

John respiró aliviado y salió a la calle. Apenas llovía. Por unos momentos, sintió que lo peor de la tormenta había pasado.

En el interior de la embajada, el secretario descolgó el teléfono e hizo una llamada. Aquel joven portaba algún secreto que él quería saber y conocía al hombre que podía sacárselo, por las buenas o por las malas.

36

24 HORAS

«Los años nos enseñan muchas cosas que los días no saben nunca».

R. W. Emerson

BASE TINIAN,
5 DE AGOSTO DE 1945

Aquella tarde se acercó hasta la playa. Era la primera vez que lo hacía desde que estaba allí. No había tenido ni tiempo ni ganas para ir, pero aquella mañana decidió enfrentarse al océano infinito. Caminó por la playa con la Orden de Operaciones número 35 en la mano, en la que se describía básicamente un horario de actividades para aquel último día.

Tibbets se sentía emocionado y nervioso. De todos los hombres que había en el ejército le habían elegido a él para hacer la misión. Tibbets miró el cielo despejado y rezó para que se mantuviese así las próximas veinticuatro horas. Era domingo y algunos de sus hombres se encontraban en ese momento en la pequeña capilla del campamento. Él no era muy religioso. La verdad es que Dios y él hacía tiempo que no hablaban, pero decidió pedirle ayuda.

Después se levantó de la arena y se marchó hasta los hangares. Quería que uno de los pintores hiciera un trabajo en su avión. El pintor subió enfadado a una escalera, el coronel le había sacado del partido en el que jugaba, y se dispuso a escribir dos palabras en grande Enola Gay, el nombre de la madre del coronel.

Tibbets quiso hacer ese homenaje a su madre porque en el fondo tenía temor de que las cosas no saliesen bien y quería llevar a Japón la seguridad que le proporcionaba el recuerdo de su madre.

Por la tarde, trajeron la bomba cubierta con una lona y la subieron al B-29. Aquel monstruo gigante sobresalía de la barriga del avión. Media hora más tarde, a las cuatro y cuarto de la tarde, el coronel posó para una fotografía con el resto de la tripulación del avión. Quedaban algo más de doce horas para que se llevara a cabo la misión.

BERNA,
5 DE AGOSTO DE 1945

Después de caminar más de una hora se sintió agotado. No había comido nada, no se había cambiado de ropa ni había vuelto a la pensión. Debajo de su ropa, algo húmeda, escondía el sobre amarillento del informe y, en uno de los bolsillos de la chaqueta llevaba su pistola reglamentaria, el único objeto que conservaba del ejército. John miró el nombre de la calle y comprobó que era el mismo que el del papel. Echó un vistazo alrededor y entró en el edificio. En las últimas horas no podía dejar de pensar en Ana y en su hijo. Él le había prometido que volvería, pero ahora que las cosas se habían complicado de verdad, su mujer y su hijo le parecían fruto de algún sueño.

Subió las escaleras hasta la primera planta. Miró la letra del piso y esperó unos instantes antes de llamar. Lo que iba a hacer constituía alta traición. Desvelar un secreto militar de aquella envergadura a una nación enemiga, era el hecho más execrable que se podía cometer en una guerra. Su nombre y el de su familia quedarían expuestos a la vergüenza pública. En cambio, él se sentía tranquilo y confiado. Su conciencia, por primera vez en los últimos meses, le dictaba que estaba haciendo lo correcto.

John llamó a la puerta y esperó contestación. Había meditado lo que le diría a Hack; no quería contarle todos los detalles del proyecto, pero sí informarle del inminente bombardeo y las consecuencias de la bomba atómica.

Un hombre relativamente joven, de facciones atractivas, le abrió la puerta. Sin saber porqué, en ese momento John recordó a los hombres del 393. Si él le contaba a aquel hombre los pormenores de la misión, sus antiguos compañeros morirían. ¿Cómo era capaz de traicionarles? Aquella idea torturó la mente de John, pero la voz del hombre le sacó de sus pensamientos.

—Buenos días, ¿en qué puedo ayudarle? –preguntó Hack, mirando de arriba a bajo las ropas sucias de John.

—Disculpe que le moleste, pero llevo casi dos días buscándole. Tenemos que darnos prisa, todavía podemos impedir la destrucción de Japón.

Hack miró al extraño con ojos desorbitados y le dejó pasar a su apartamento.

37

12 HORAS

«Demasiados, demasiados enigmas pesan sobre el hombre».

Fiodor Dostoievski

BASE DE TINIAN,
5 DE AGOSTO DE 1945

Todos los hombres del 393 estaban muy nerviosos aquella tarde. Algunos se habían acercado a la pequeña capilla católica para confesarse antes de emprender vuelo y otros, intentaban matar el tiempo jugando a las cartas o durmiendo. Cada uno rebajaba la tensión como mejor podía, pero después de tantos meses y bajo aquella presión, los soldados estaban ansiosos por terminar la misión.

A la hora de la cena, todos devoraron la suculenta comida especial que les habían preparado. En un par de horas, los aviones meteorológicos comenzarían su misión de reconocimiento y después saldría el avión principal.

Tibbets observó el cielo despejado que comenzaba a oscurecer y se sintió aliviado. Al final, aquel joven meteorólogo, el teniente Smith, había acertado al escoger agosto como el mejor mes para lanzar la bomba, pensó. Ahora estaba por ver que Hiroshima fuera el blanco perfecto y que toda aquella maldita guerra terminara cuanto antes.

El coronel Tibbets se acercó al capellán del 509, William Downey y quiso despejar sus dudas antes de emprender la misión.

—Padre Downey, me alegro que esté con nosotros esta noche.

—Necesitan un poco de ayuda del cielo esta noche –dijo el sacerdote.

—La verdad es que sí –dijo Tibbets con su media sonrisa.

—No se preocupen, Dios no abandona a sus hijos.

—A veces tengo mis dudas de que estemos haciendo lo correcto.

—Querido coronel, como cristianos despreciamos el homicidio y la guerra, pero hay ocasiones en las que nos vemos obligados a matar. Hay que matar; el que no lo acepte tiene que estar preparado para aceptar la alternativa de la derrota –dijo el sacerdote juntando las manos.

—Nosotros no tenemos nada en contra de esa gente… Simplemente tenemos que hacer un trabajo para que la guerra termine –contestó Tibbets inquieto.

El coronel se despidió del sacerdote, el grupo debía reunirse por última vez antes de que el avión saliera para su destino. Llamó a sus hombres y les dio las últimas instrucciones.

BERNA,
5 DE AGOSTO DE 1945

—No podemos hablar aquí –dijo Hack señalando con la mano la pared y una lámpara. Después, Fujimura, John y él salieron de la casa y caminaron hasta la plaza que había frente a su casa.

La tarde estaba avanzada y los transeúntes comenzaban a abandonar las calles para dirigirse a sus casas. El fresco de los últimos días había desaparecido de repente y un aire caliente y pegajoso sacudía la copa de los árboles.

—No podíamos hablar dentro, creemos que tenemos micrófonos, aunque no estamos seguros si los han puesto los norteamericanos o nuestro gobierno –dijo Fujimura.

Los dos hombres observaron al joven. Tenía la cara pálida, el rostro demacrado por la preocupación y el cansancio. Su traje arrugado y algo sucio se encontraba en un estado lamentable.

—Tenemos que darnos prisa. No sé qué día puede ponerse en marcha la misión, pero desde el uno de agosto, pueden hacerlo en cualquier momento -explicó John agitado.

—¿Qué misión? -preguntó Hack en inglés.

John se dio cuenta de repente de que hablaba en inglés y que Fujimura no le entendía, así que comenzó a hablar en japonés.

—Mi nombre es John Smith Okada. Soy coronel de las Fuerzas Aéreas de Estados Unidos. Quiero que avisen a su país de un ataque...

—¿Qué quiere a cambio? -preguntó Hack.

Aquello parecía una trampa. ¿Por qué un japonés se hacía pasar por oficial norteamericano y les hablaba de aquella manera? ¿Los norteamericanos querían probar sus verdaderas intenciones de buscar una paz negociada?

—No quiero nada -respondió John confuso-. No hago esto por dinero.

Al otro lado de la plaza, unos hombres observaban la escena dispuestos a intervenir en cualquier momento.

John hizo un amago de sacar el sobre y Hack y Fujimura se pusieron nerviosos.

—Tranquilos, tan sólo voy a sacar un... -dijo John metiendo la mano bajo la ropa.

El sonido de una bala atravesó la plaza y John se quedó paralizado de repente. Un intenso dolor en el costado le hizo doblarse para delante. Intentó respirar, pero a cada bocanada de aire le dolía más el costado. Levantó la vista con ojos de pánico y en un último esfuerzo, logró sacar el sobre de debajo de su camisa. Un segundo proyectil le alcanzó en la mano y el sobre rodó por el suelo. John se agarró el brazo que comenzaba a sangrar copiosamente. Ahora ya no sentía dolor, pero un cansancio casi insoportable se apoderó de él. Una tercera bala le alcanzó a la altura del pecho y John se desplomó. Por su mente corrieron las imágenes de Ana, de su hijo, de los últimos días en California y el rostro preocupado de su padre.

Dos hombres corrieron hacia ellos desde el lado contrario a los disparos. Hack los vio aparecer de entre los árboles, cogió del brazo a Fujimura y comenzó a correr. Lanzó un último vistazo al sobre, pero se lo pensó dos veces. No merecía la pena morir por intentarlo. Se ocultaron en los soportales y corrieron calle abajo. Del otro lado de la plaza apareció un japonés con un fusil de largo alcance y varias balas silbaron a los pies de los dos hombres. Los dos desconocidos apuntaron al japonés y comenzaron a disparar. Varias balas le alcanzaron y cayó al suelo. Los dos hombres cogieron el sobre de las manos calientes de John y se marcharon a toda prisa.

John Smith Okada respiraba con dificultad. El suelo estaba templado por el sol del día y un sueño pesado le invadía cada vez más. Su vista comenzó a nublarse y pensó en Berkeley. Cerró los ojos y pudo ver la bahía de San Francisco y los barcos entrando y saliendo bajo el Golden Gate. Siempre había soñado con vivir y morir allí, pero ahora tenía que emprender su viaje al «país sin descubrir».

EPÍLOGO

«Si no aceptan ahora nuestras condiciones, deben esperar que, desde el cielo, les llegue la ruina más terrible que se haya contemplado en la Tierra».

Presidente Truman

HIROSHIMA,
6 DE AGOSTO DE 1945

La ciudad se desperezaba de la noche cuando la luz lo cubrió todo. Una luz cegadora, mensajera de muerte y odio, como si todo el mal acumulado en los últimos cuatro años se concentrara en un punto y lo consumiera todo por completo. El gran estruendo siguió al resplandor en una violenta tormenta atómica. La bola de fuego devoró todo a su paso y un hongo gigante de ceniza y fuego ascendió hasta el cielo despejado de la mañana.

A miles de metros de altura, el silencio reinaba en el Enola Gay. Todos habían contemplado el resplandor y se sentían angustiados por su intensidad. Ninguno se decidía a mirar, el olor a plomo y el intenso calor les hizo sentirse como si estuvieran en la misma boca del infierno. Cuando el avión se alejaba a toda velocidad del epicentro, el gran hongo comenzó a acercarse a ellos para devorarles. El viento huracanado les empujó hacia arriba, pero la nube de fuego, ceniza y polvo llegó a lamer ligeramente la cola del avión. Después un mar de fuego lo cubrió todo. Ya podían volver a casa.

CRONOLOGÍA

1936

- 7 de marzo: Ocupación militar alemana de Renania.
- 25 de octubre: Nace el Pacto Roma-Berlín; el ministro de Asuntos Exteriores italiano, conde Galeazzo Ciano, visita por dos días Alemania, firmando el acuerdo que consolida las posiciones contra Gran Bretaña y Francia.
- 1 de noviembre: El primer ministro italiano Benito Mussolini proclama el acuerdo del Pacto Roma-Berlín en la ciudad de Roma.
- 25 de noviembre: Japón y Alemania suscriben el Pacto Anti-komintern.

1937

- 7 de julio: Un intercambio de disparos entre soldados japoneses y chinos en un puente ubicado en las cercanías de Pekín, provoca la Segunda Guerra Chinojaponesa.
- Agosto: Japón invade China.
- 6 de noviembre: Italia se adhiere al Pacto Anti-Komintern, suscrito por Alemania y Japón el año anterior.
- 25 de noviembre: Alemania firma un acuerdo militar con Japón.
- 26 de noviembre: Shangai, capital de China, es invadida por Japón.
- 13 de diciembre: Se inicia la Masacre de Nanking, donde mueren alrededor de 100 mil civiles chinos.

1938

- Febrero: Roosevelt revisa el plan de guerra (Plan Naranja), que transfiere parte de la flota estratégica al Pacífico y pone en marcha el Decreto de Comercio con el Enemigo de 1933, para congelar los activos japoneses, lo que ahoga a la economía de Japón. Adolf Hitler muestra su apoyo a Japón.
- 12 de marzo: Anexión alemana de Austria.
- Mayo: Decreto de Expansión Naval Vinson-Trammel. Se aprueba un presupuesto de 1.000 millones de dólares para aumentar la fuerza naval, que consiste en la fabricación de sesenta y nueve naves y 3.000 aviones.
- 9 de junio: El gobierno chino provoca el desbordamiento del río Amarillo, ahogando a cientos de miles de chinos, pero detiene temporalmente el avance japonés.
- Agosto: El gobierno americano refuerza sus defensas en sus bases del Pacífico. Enrico Fermi recibe el Premio Nóbel de Física en 1938 por sus estudios sobre la energía nuclear. Se crean los Tigres Voladores. El oficial retirado, Claire Lee Chennault comienza una guerra aérea secreta en China, usando fondos reservados aprobados por Roosevelt. Crea y entrena una fuerza aérea muy eficaz contra el ejército japonés.
- 29 de septiembre: Se firma el Pacto de Munich entre Alemania, Gran Bretaña, Francia e Italia. El pacto incluye la cesión a Alemania de los Sudetes, región perteneciente a Checoslovaquia y con mayoría de población alemana.

1939

- 14 de marzo: Alemania invade el resto de Checoslovaquia, mientras Italia lanza una invasión sobre Albania.
- Abril: El Congreso estadounidense introduce una resolución para suspender el comercio con Japón.
- 23 de agosto: Se firma el Pacto Molotov-Ribbentrop.
- 1 de septiembre: Las tropas de Gerd von Rundstedt inician

el Fall Weiss, la invasión de Polonia. Comienza la Segunda Guerra Mundial.

- 3 de septiembre: Gran Bretaña y Francia le declaran la guerra a Alemania.
- 5 de septiembre: Estados Unidos se declara neutral.
- 10 de septiembre: Envío de la Fuerza expedicionaria británica a Francia. Comienzo de la Batalla del Atlántico.
- 17 de septiembre: La Unión Soviética irrumpe en territorio polaco.
- 27 de septiembre: Polonia se rinde a los alemanes.
- 28 de septiembre: Los ministros de Relaciones Exteriores alemán y soviético plasman en un acuerdo la división de Polonia.

1940

- 9 de abril: Sin previa declaración de guerra, tropas alemanas invaden Dinamarca y Noruega (Operación Weserübung).
- Mayo: La flota estadounidense del Pacífico es enviada a Pearl Harbor.
- 10 de mayo: Neville Chamberlain renuncia, Winston Churchill es nombrado Primer ministro del Reino Unido.
- Junio: Churchill accede a la petición nipona de cerrar la carretera de Birmania, una ruta clave para el abastecimiento del ejército chino.
- 4 de junio: En medio de ataques aéreos, los Aliados finalizan la evacuación de Dunkerque. Se salvan 378.000 soldados, pero se pierde todo el material de guerra.
- 7 de junio: Por primera vez la RAF bombardea Berlín.
- 10 de junio: Italia declara la guerra a los Aliados.
- 14 de junio: París es tomada por Alemania.
- 24 de julio: La primera tentativa alemana de invadir el Reino Unido con aviones y lanchas torpederas es desbaratada.
- 27 de julio: Los aviones de la RAF comienzan a atacar siste-

máticamente objetivos alemanes.

- El día 2 de agosto de 1939, Albert Einstein, en nombre de varios científicos, le escribe una carta al Presidente Roosevelt instándolo a apoyar al grupo de científicos que investigan la utilización de la energía atómica en el Proyecto Manhattan.
- 28 de agosto: Comienzan los bombardeos nocturnos masivos contra las ciudades británicas. Son atacadas Londres, Manchester, Liverpool, Birmingham, Sheffield, Derby y Coventry. Los italianos bombardean Gibraltar.
- 31 de agosto: 1.000 aviones alemanes hacen cinco incursiones sobre Londres. También atacan Liverpool, Manchester, Bristol, Durham, Gloucester, Portsmouth y Worcester.
- Septiembre: Los estadounidenses descifran los códigos japoneses.
- 22 de septiembre: Japón invade la Indochina francesa.
- 26 de septiembre: Estados Unidos impone un embargo de chatarra a Japón.
- 27 de septiembre: El III Reich, el Imperio del Japón e Italia firman el Pacto Tripartito de Potencias, también conocido como el Eje Roma-Berlín-Tokio.
- Noviembre: Los Tigres Voladores obtienen fondos de ayuda.
- 2 de noviembre: El presidente estadounidense Franklin Delano Roosevelt le ofrece ayuda a todas las naciones para detener a los agresores del Eje durante su campaña de reelección.
- 29 de diciembre: Miles de bombas incendiarias son arrojadas sobre Londres destruyendo el Guildhall.

1941

- 6 de enero: En un discurso ante el Congreso estadounidense, Franklin D. Roosevelt anuncia las «cuatro libertades»: libertad de expresión, libertad de credo, libertad de vivir sin penurias económicas y libertad de vivir sin miedo.
- 7 de enero: Yamamoto, jefe supremo del ejército japonés, recomienda en un memorando un ataque por sorpresa a Pearl Harbor.

- 24 de marzo: Berlín es atacado con miles de bombas incendiarias.
- 16 de junio: Estados Unidos exige el cierre de todos los consulados alemanes.
- 22 de junio: Alemania ataca a la Unión Soviética, sin previa declaración oficial de guerra.
- Julio: Roosevelt designa al general MacArthur comandante en jefe de Filipinas. Éste asigna a los Tigres Voladores de Claire Chennault el papel de defensa de la zona.
- 27 de julio: Las primeras tropas japonesas llegan a Saigón.
- Septiembre: Roosevelt ordena el cierre del Canal de Panamá a los japoneses.
- 6 de septiembre: El embargo estadounidense de petróleo y metal disminuye las reservas niponas. Los líderes militares japoneses deciden atacar Estados Unidos y el Reino Unido si no han resuelto el problema por la vía diplomática para el 10 de octubre.
- 10 de octubre: Se cumple el plazo que los jefes militares japoneses le habían dado a los diplomáticos para levantar el embargo estadounidense de petróleo y metal.
- 1 de diciembre: En una Conferencia Imperial celebrada en Tokio, el emperador Hiro-Hito da su aprobación definitiva al ataque a Pearl Harbor.
- 7 de diciembre: Japón bombardea la base militar estadounidense de Pearl Harbor, sin haber declarado la guerra a Washington previamente.
- 8 de diciembre: Estados Unidos declara la guerra al Imperio japonés. Japón invade Tailandia y Malasia, esta última era colonia británica. Japón ataca Hong Kong. Japón invade las Filipinas, colonia estadounidense.
- 11 de diciembre: Alemania e Italia declaran la guerra a los Estados Unidos. China le declara la guerra al Japón, Alemania e Italia.
- 25 de diciembre: Los británicos en Hong Kong se rinden.

1942

- 1 de enero: 26 países firman en Washington un acuerdo en el que se comprometen a no hacer pactos de paz especiales con las Potencias del Eje.
- 15 de febrero: Las tropas británicas en Singapur se rinden ante Japón. Termina así la campaña de Malasia, con 130.0 prisioneros de guerra, la peor derrota británica en su historia.
- 8 de marzo: Las fuerzas armadas holandesas en Java capitulan. Indonesia queda así bajo el absoluto control nipón.
- 18 de abril: Estados Unidos ataca a Tokio por aire con bombarderos que han despegado en portaaviones y aterrizan en China.
- 7 de mayo: Se produce la Batalla del Mar del Coral, la primera batalla entre portaaviones.
- 4 de junio al 7 de junio: Se produce la Batalla de Midway. El Imperio Japonés comienza a perder la supremacía en el Océano Pacífico.
- En octubre de 1942, Groves nombró al científico Julius Oppenheimer, un profesor de física de la Universidad de California en Berkeley, para dirigir a un grupo de científicos europeos inmigrantes, que se dedicarían a tiempo completo a la fabricación de la bomba atómica y decidieron instalar los laboratorios en el desierto de Los Álamos.
- 2 de diciembre: Enrico Fermi, premio Nobel italiano que había emigrado a Estados Unidos, logra ejecutar la primera fisión nuclear calculada y controlada. Fermi pertenece al grupo de científicos que trabaja en el desarrollo de la bomba atómica.

1943

- 14 de enero: Se inaugura la Conferencia de Casablanca. Durante este encuentro de diez días el Primer ministro británico, Winston Churchill, y el presidente de Estados Unidos,

Franklin Delano Roosevelt, discuten sobre las metas y estrategias de la guerra.

- Julio: Se forma el escuadrón de las Ovejas Negras, dirigido por el mayor Gregory Boyington.
- 10 de julio: Tropas aliadas desembarcan en Sicilia, Italia.
- A la toma de dicha isla le preceden continuos bombardeos, también sobre el sur italiano.
- 13 de octubre: Italia le declara la guerra a Alemania.
- 28 de noviembre: Se da inicio a la Conferencia de Teherán en donde se encuentran, por primera vez, Iósif Stalin, Roosevelt y Churchill.
- 26 de diciembre: Se da inicio a la Segunda Conferencia de El Cairo con la presencia de Churchill y Roosevelt.

1944

- Enero-Febrero: Estados Unidos ataca las islas Marshall.
- Junio: Se forma el Grupo Mixto 509, el grupo aéreo que tendría a su cargo las operaciones de bombardeo de la Bomba Atómica.
- 4 de junio: Los Aliados entran en Roma.
- 6 de junio: Los Aliados desembarcan en Normandía, hecho conocido como el Día D. Comienza la liberación de Francia, con más de 5.000 barcos de guerra, 14 bombarderos y aviones caza.
- 15 de junio: El ejército estadounidense desembarca en Saipán, Islas Marianas del Norte.
- 19 de junio: Inicio de la batalla del Mar de Filipinas, que supone el fin de la Armada Imperial Japonesa.
- 13 de julio: Se finaliza la ocupación de Saipán.
- 21 de julio: Los norteamericanos desembarcan en Guam.
- 8 de agosto: Finaliza la ocupación de Guam.
- 20 de octubre: Tropas de Estados Unidos desembarcan en Leyte y Mindoro.

- 25 de octubre: Batalla del golfo de Leyte.
- 24 de noviembre: Primer bombardeo de ciudades japonesas con superfortalezas B-29 que despegan en las islas Marianas.
- 16 de diciembre: Inicio de la ofensiva alemana en las Ardenas.

1945

- 4 de febrero: Se abre la Conferencia de Yalta presidida por Franklin D. Roosevelt, Winston Churchill y Iósif Stalin. Ante la inminente victoria de los Aliados, los jefes de Estado discuten sobre el orden político de la posguerra en Europa y de cómo poner fin a la guerra en Asia.
- 9 de febrero: La ciudad filipina de Manila cae en manos estadounidenses.
- 19 de febrero: Los norteamericanos inician la invasión de la isla Iwo Jima.
- 23 de febrero: Finaliza la batalla de Iwo Jima, una vez los norteamericanos conquistaran el cerro sur de la isla.
- 10 de marzo: Durante un ataque aéreo sobre la ciudad de Tokio, fallecen 80.000 personas devoradas por las llamas.
- 26 de marzo: Iwo Jima queda ocupada totalmente por los norteamericanos.
- 10 de abril: Estados Unidos desembarca en Okinawa.
- 12 de abril: Muere el presidente Roosevelt. Harry Truman asume la jefatura del gobierno.
- 17 de abril: Heinrich Himmler muere durante un combate.
- 18 de abril: Los estadounidenses desembarcan en Mindanao.
- 30 de abril: Adolfo Hitler se suicida en Berlín.
- 2 de mayo: Berlín capitula ante las tropas rusas.
- 8 de mayo: Se firma la capitulación incondicional de Alemania en Karlshorst. El cese de todas las hostilidades se fija el 8 de mayo a las 23:01 y es válida para todos los ejércitos alemanes.
- 18 de junio: Truman decide usar la bomba atómica.

- El Presidente aprueba la operación Downfall, nombre clave para el lanzamiento de la bomba.
- 16 de julio: Se detona la primera bomba atómica en el desierto de Nuevo México.
- 17 de julio: La Conferencia de Potsdam se abre. Truman, Churchill y Stalin deliberan sobre el nuevo orden de Alemania.
- 6 de agosto: Un B-29 llamado Enola Gay lanza la primera bomba atómica sobre Hiroshima. La explosión acaba instantáneamente con la vida de más de 100.000 personas.
- 8 de agosto: La Unión Soviética invade Manchukuo.
- 9 de agosto: La segunda bomba atómica es arrojada sobre la ciudad japonesa de Nagasaki. Mueren más de 36.000 personas y se producen más de 40.000 heridos.
- 15 de agosto: El emperador Hiro-Hito asume la rendición incondicional de Japón.
- 2 de septiembre: Los japoneses firman la rendición a bordo del acorazado Missouri. Esta firma da fin de manera oficial a la Segunda Guerra Mundial.

54384968R00223

Made in the USA
Lexington, KY
12 August 2016